自由权志

我们的世界
彼此相爱

The world we love
each other

自由极光 著

长江出版传媒 · 长江文艺出版社

图书在版编目（CIP）数据

我们的世界彼此相爱 / 自由极光著 .-- 武汉：长江文艺出版社，
2016.4

ISBN 978-7-5354-8107-8

Ⅰ.①我… Ⅱ.①自… Ⅲ.①长篇小说－中国－当代 Ⅳ.① I247.5

中国版本图书馆 CIP 数据核字 (2015) 第 124197 号

我们的世界彼此相爱

自由极光　著

选题产品策划生产机构 | 北京知书文化传媒有限公司 | 北京长江新世纪文化传媒有限公

出品人：谢不周　凌草夏　八月长安

出版人：金丽红　黎　波　安波舜

责任编辑：张　维　　　封面设计：金牌設計室 DO DESIGN STUDIO　　　媒体运营：张　坚

责任印制：张志杰　　　内文设计：金牌設計室 DO DESIGN STUDIO　　　封面绘制：PP 殿

总发行：北京长江新世纪文化传媒有限公司

电话：010-58678881　　　传　真：010-58677346

地址：北京市朝阳区曙光西里甲 6 号时间国际大厦 A 座 1905 室　　　邮编：100028

出版：长江出版传媒　长江文艺出版社

地址：湖北省武汉市雄楚大街 268 号湖北出版文化城 B 座 9-11 楼　　　邮编：430070

印刷：三河市鑫利来印装有限公司

开本：889 毫米 ×1270 毫米　　1/32　　　印张：11.5

版次：2016 年 4 月第 1 版　　　印次：2016 年 4 月第 1 次印刷

字数：352 千字

定价：38.00 元

爱，是这个世界上最强大，最动人的东西。

没有什么可以与爱抗衡。

两人彼此相爱，就会拥有全世界。

我们的世界彼此相爱

目 CONTENTS 录

01

丘比特的两根箭

1···

夏小雪第一次见到肖亦凡的时候，是四年前那个炎热的夏天，传媒大学开学的第一天。

那么盛大的开学典礼，锣鼓喧天，彩旗飘飘，她却起晚了。

她像中了蛊一样在床上沉睡不醒。直到清晨的风不再那么凉爽，树上的知了开始不知死活地鸣叫，她的额头上开始冒出细细的汗珠。睡梦中的她，有那么一丝不情愿地猛然翻了个身，"嘭"一声，夏小雪的额头亲切地同床头栏杆来了个亲密接触，她像是被深海鱼雷炸了一般醒了过来。

她龇牙咧嘴地摸着霎时肿起来的额头，脏话忍不住就要脱口而出。

但眼前的景象，让她顿时热汗变冷汗，三魂飞七魄。此时的四人宿舍空空荡荡，全无一人，只有洁白的窗帘煞有介事地在飘啊飘，很配合宿舍里一片安静祥和的局面。

她顾不上额头的疼痛，赶紧翻出压在枕头下的手机，一看时间，再次飚汗。

开学典礼已然开始了有一刻钟。

时至今日，夏小雪跟宿舍另外的三朵金花回忆起当日的情景，依旧是咬牙切齿、义愤填膺，几近血泪控诉地指责她们不够姐妹，开学第一天就置她于不顾，实在是不仁不义不忠不孝。

但是这三人自然不会白白担了这莫须有的罪名。她们指天誓日地说，夏小雪当日在床上跟木乃伊一样叫不起来，她们尽了全力，就差上前扇巴掌灌辣椒水上老虎凳了。

总之，夏小雪在天时地利人和的配合下，成功地在开学典礼，迟到了。

但是，这还不是最惨的。

2···

当夏小雪披头散发地出现在学校礼堂，看到黑压压的人头，听到校长慷慨激昂的陈词，原本是想低调又华丽地、弯腰碎步神不知鬼不觉地走到本班的区域悄然坐下。

但是，她低调得过了头，碎步也迈得太像音速小子，礼堂除去主席台的位置也实在黑得要命，以至于她没有看清楚前方的路，结果果敢又横冲地，撞到了礼堂的柱子上，并且发出了一声惊天地泣鬼神的巨响。

也不会想到一个貌似柔弱的女孩子撞上柱子，竟然会发出如此之大的声响。三秒钟过后，被撞得懵掉的当事人迟缓王夏小雪同学，终于意识到了自己的疼痛，以河东狮吼的架势，发出了一声凄厉的惨叫，几乎要瞬时划破礼堂的大顶。

然后，夏小雪忘却了疼痛，她再也发不出任何声音来。

因为，尖叫过后，礼堂呈现出了前所未有的安静。

该如何形容那种静呢，用当事人夏小雪的原话是"比死了还要难过的静"。

夏小雪同学霎时被全礼堂上上下下老老少少几千双眼睛，以各种眼神打量，虽然穿着衣服，基本上也跟裸体游街差不多了。

所以，理所当然的，夏小雪同学，瞬间石化了。

她的身体，一动不动地呈现某个四十五度角抱头倾斜的姿势，长达三十秒之久。

而后，跟所有蹩脚的爱情小说一样，有个人从天而降，温柔地道出了解除石化的咒语，扶起了夏小雪。

3···

"同学，你没事儿吧。"这是肖亦凡跟夏小雪说的第一句话。

他不由分说地扶起了在地上凝固成水泥人的夏小雪。

帮她拍打了几下沾满了灰尘的衣服裤子。

而后引导着她，在本班的某个空位上坐下来。

这一系列动作完成得行云流水，天衣无缝。

而后，肖亦凡讲了第二句话："好啦！人没死，眼珠子还转哪，看热闹的都散了吧。"

他说这话的时候，脸上咧着大男孩的灿烂笑容，温暖得仿佛要把整个礼堂点亮。

突然，学校礼堂爆发了几乎要掀开屋顶的笑声，连在台上一脸严肃的学校领导，也憋不住笑意，摇着头笑起来。

而第一当事人夏小雪，却依旧处在惊魂未定的状态，她的心跳剧烈得要死，她甚至连自己"扑通扑通"的心跳声都能清楚地听见。

随后，开学典礼继续进行，夏小雪就坐在肖亦凡身边，很近，近到她似乎都能闻到身边这个大男生的白色三叶草T恤上，洗衣粉晒过阳光的清新味道。

她斜着眼睛，努力而胆怯地在黑暗里，打量这个如同天神降临般的男生。

肖亦凡穿蓝色牛仔裤，纯白色球鞋，个儿挺高，不瘦，还稍微有点儿肌肉，利落的短发，单眼皮，眼睛却是大大的，嘴角带着一丝玩世不恭的笑意，阳光得仿佛要让夏小雪立即开始光合作用。

夏小雪的心脏，一直维持着超过每分钟一百二十次的高频率跳动，直到开学典礼结束。

还好开学典礼只需要两个小时，不然保不齐夏小姐会因为心跳过快而死，当即开学典礼变成她个人的结业葬礼。

"喂，下次要注意点儿啊，对了，你叫什么名字？"这是俩人走出礼堂后，肖亦凡跟夏小雪说的第三句话。

夏小雪当即还处在痴傻的状态，所以整个人的拍子都是慢的。

"我……叫……夏……"

"夏……夏雨荷！！"

夏小雪当即傻眼，连摇头都不会了。

肖亦凡心里为自己的幽默小小地骄傲了一下："哈哈，好了不逗你了，你叫夏什么？"

"嗯，夏，夏小雪。"夏小雪还是有点儿缓不过来。

"我叫肖亦凡，以后有人欺负你，就报上我的大名！"

肖亦凡伸出手来，做一个握手的姿势。

　　夏小雪迟疑下，也伸手过去。

　　两只手握在一起，两张那么年轻的笑脸，校园里绿树葱葱，阳光一片大好。

　　也许丘比特刚好路过，顺便射出了根爱神之箭，只不过这爱情箭，只射给了夏小雪一个人。

　　肖亦凡的那根，估计是友情的，或者压根儿射歪了抑或偷懒连射都没射。

　　这事儿如果让夏小雪知道，估计她哪怕闹上天堂，也要把丘比特宰了。■

02

爱你爱得像雷锋

1 ...

大学四年，夏小雪的名字就是跟"肖亦凡"这仨字儿紧紧联系在一起的。

但凡有肖亦凡惹事儿的地方，就必然会有夏小雪紧跟着去解决问题的背影。

每次帮肖亦凡擦完屁股，夏小雪都想起，当初他信誓旦旦地说如果有谁欺负她就报上他的名字的那股劲儿，俨然一幅山口组二当家的范儿。

她总是会忍不住笑出来，想说自己俨然才是大哥背后的巨大黑手哪。

夏小雪每次都会拖着方芳一起去案发现场，以示她帮肖亦凡纯属哥们儿义气，十分清白，无比纯洁。

方芳是个西北女孩儿，天生的古道热肠，换古代就是一花木兰。

俩人在宿舍里睡上下铺，开学没几天就成了闺蜜。

方芳看夏小雪这个江西直肠子傻女孩儿，爱肖亦凡爱得这么缺心眼，她在哀其不幸怒其不争之余，也透着一水儿的怜惜，所以也就毫无怨言，就算有什么不爽的，也憋在肚子里，让它们通通烂掉。

时间久了，她们两个女生，跟肖亦凡那边儿的三个男生，就成了特好的哥们儿。

大家在一块儿，大碗喝酒，大口吃肉，颇为豪气。

大学的日子总是没心没肺的快乐，无须谁安好，有朋友在，也都是晴天。

大三的时候，夏小雪一次次去帮忙送信送礼物，还带着虽不情愿但却十分有效的出谋划策，让肖亦凡追到了国际新闻班的班花陆露。

肖亦凡每天乐得都跟中了五百万似的，对陆露，含在嘴里怕化了，捧在手上怕摔了，风吹了都怕迷了眼睛，每天上蹿下跳，鞍前马后，活脱脱李莲英伺候老佛爷的架势。

至于夏小雪，每日帮肖亦凡按时去选修课点名，准点儿交作业，连快递都帮他签收。

方芳看不过去，说您这是搞暗恋呢，还是当妈呢。

夏小雪每次都淡淡地笑笑，说举手之劳嘛。

每每都换来方芳的一句隐藏了同情的冷哼。

大四上学期，肖亦凡某日跟众朋友宣布说，要跟陆露双宿双飞到美国，深入敌人内部，好师夷长技以制夷。

这下子夏小雪彻底颓了，她难过得几乎想毁了地球，但苦于没那个本事，只能扯着方芳去学校后门的"红珊瑚"小饭馆喝酒。

方芳三下五除二把自己灌高了，这才憋不住，骂夏小雪说："夏小雪，有像你这样爱一人爱得那么像雷锋的吗？"

此话一出，还没喝高的夏小雪瞬间就高了，眼泪一下子飙了出来。

夏小雪这一哭，刚喝高了的方芳也就不高了，连忙哄。

她越哄，夏小雪就越哭。

终于把方芳惹火了，迁怒于罪魁祸首肖亦凡，当即要拿起手机打给肖亦凡，骂他个狗血淋头。

没想到这招无比好用，夏小雪立即收声，哽咽着夺过手机特鹌鹑地看着方芳说："方芳，我错了，我错了，你别打成吗？我……我不想让肖亦凡难做。"

这话终于也把流血不流泪的西北铁娘子方芳惹哭了，她一边大骂夏小雪是她见过的最傻的姑娘，一边哭得睫毛膏花成了熊猫膏。

俩女孩儿在一巨逼仄的小饭馆抱头痛哭，那日刚好是韩国女明星郑多彬自杀的日子，自此之后，学校里就开始疯传说，有俩狂烈的追星族，因为郑多彬的死，在学校后门儿的小饭馆哭得死去活来，貌似也要自杀追随郑多彬而去。

方芳和夏小雪隔天听到这个传闻，一开始还随着众人冷嘲热讽了下这两个传说中的人物，但时间地点一对应，俩人也就心里有数了。

可也不方便解释什么，只能在大家把这事儿当笑料讲的时候，说点儿别的岔开话题，或者干脆飘走，耳不听为净。

2…

夏小雪在学校里并非没人追，从大一开始，追她的人真的不少。

她的容貌，虽然达不到神仙姐姐的级别，但在这个满是恐龙的学校里面，真心也算是清新可人的小美女一枚。

但是不幸的，无论形形色色的男孩儿们使出何种手段，在木头人夏小雪的眼里，都是完全被无视的。

她的世界里，只有女人，肖亦凡，其他男性，三种人。

肖亦凡是被从万绿丛中独一份儿单给提出去供起来的。

他已然登上了夏小雪的神坛，而夏小姐，也已经走火入魔，没有要破除封建迷信的意思。

逐渐地，夏小雪就成了一个不灭的传奇，各种八卦也就油然而生。

有说她有白血病，所以不想害别人的，有说她是拉拉，只爱女人的，更有甚者，说夏小雪毕业后想直接剃度出家，削去三千烦恼丝，皈依佛门，所以自然不会爱上任何人。

但是，但凡是传说中的女子，就自然会有想要挑战传说的勇士，骑着各种牌子的自行车抑或开着车，不怕死又坚定不移地出现在女生宿舍的楼下，以为自己会是那个例外。

这其实无可厚非了，每个女人都想做次灰姑娘，男生们想做青蛙王子也是人之常情。

但夏小雪一直秉持着"不主动、不拒绝、不理会"的三不政策。

任凭风吹雨打，她岿然不动。

再美好的花园，关着门不让人进，一开始还有人想尽了法子要破门而入，为着那所谓的征服欲。

但日子久了，碰壁的多了，就算是开满了金花儿的花园也是会没人搭理的。

何况满北京那么多形形色色的花园呢。

现代男性都是有了这个花园还想要更多花园的主，怎么可能只跟一个花园死磕呢。

所以，等到大四的时候，夏小雪的花园门口，已然空无一人了。

她倒是无所谓，她有所谓的只有爱着别人的肖亦凡。

3···

大四一年以龙卷风席卷大陆的架势,迅速掠过众人的生活,留下一片狼藉。

他们终于熬到了毕业典礼。

这日,夏小雪在阳台上打包行李。正是下午,阳光晒得她很怅然。

她忽然就想起了四年前的那个仿佛笼了一层金子黄的早晨。

眼睛里的雾气没理由又太有理由地升腾起来,鼻头忽地就酸了。

她倚靠着宿舍阳台的门,丝毫不去管门上是不是积攒了很多要命的灰尘。

她闭上眼睛,重重地叹了口气。眼前是一片黑暗里透光的阳光。

"夏小雪!"她听见有人叫她。那声音她再熟悉不过了。

她没有去理会,内心有点儿暗暗地嘲笑自己,想说都出现幻觉了啊,这事儿闹的,她自己都觉得贱得尘埃里开出花儿来了。

"喂!夏小雪!你发什么痴哪!"

啊,不是幻觉,夏小雪猛然睁开眼,楼下正站着肖亦凡。

此时的他穿一件蓝格子衬衣,卡其色的工装裤,头发短得依旧恰到好处,样貌同四年前并无分别,除去更加分明的棱角。

虽然看得出来他在努力地成为一个大人,但那玩世不恭的神情,依旧是年轻的。

"啊,我收拾东西累了,闭目养会儿神。"夏小雪连忙回答。

"赶紧的,要照毕业照了,这是你的学士服,钱我帮你付啦,赶紧下来拿。"肖亦凡晃晃手里的学士服。

"啊,谢谢啊!我一会儿把钱给你。"

"靠,打我脸呢?这才几个钱啊,别恶心我,赶紧下来。"

夏小雪注意到肖亦凡手上的学士服,不只是他和她的,应该还有陆露的、方芳的、郭阳的、夏天的。

她心里有种说不上来的感觉。一方面有点儿盼望肖亦凡只拿着他和她的衣服,一方面又因为自己的盼望而感到可笑和羞愧。

03

多么深情的一瞥

1···

"一二三，茄子！"

"咔嚓"一声，一个定格，一张完美的毕业照映现在厚厚的黑色底片上。

镜头后是许多张年轻的笑脸，明媚得仿佛春天的风吹过柳树梢，大家快乐得莫名其妙。

众人一同把学士帽往天上丢去。

夏小雪没有丢，她用手指玩着学士帽的穗子，满脸笑容地看着大家。

众人鸟兽散，各自解散成小分队合影去。

肖亦凡背后灵一般出现在夏小雪的身后，飞快地扯下夏小雪的帽子，往天上丢去，然后像是小时候爱恶作剧的小男生，大笑着飞速地跑开。

夏小雪翻了一个无可奈何的白眼，追过去。

"喂，肖亦凡，别跑了，我就知道你要来丢我帽子。"

肖亦凡停下来，饶有兴趣地一脸坏笑地看着夏小雪。

"你怎么知道？难道夏小姐已经会未卜先知了？"

"少来，我还不知道你是什么人啊。怎么没看到陆露啊？"夏小雪装作不经意地问。

"她拍完她们班的毕业照之后就撤了，去见个留学中介。"

"哦，这样啊。"夏小雪眼中闪过一丝细微的黯然。

"喂，肖亦凡，要不要跟小雪一起照张相啊？"方芳不知道什么时候拿着相机走了过来。

"哈哈，说到这个我想起一事儿来。"肖亦凡笑道，"那天我整理移动硬盘，看到大学四年拍的照片儿，结果我去什么地方，干什么事儿，都有背后灵似的你们俩。"

方芳翻个白眼："你以为我想跟着啊，你的背后灵只有小雪一个人，没我的份儿！就算我是背后灵，也是我们家小雪的，非你肖亦凡的。"

"嗨！没办法，哥们儿我太有魅力了，你越否认，就越证明你心里有鬼。"肖亦凡摆出一个很自恋的姿势和一个很贱的表情。

方芳和夏小雪很有默契地对视一眼，各自交换了一个特别会心的讽刺表情，一起向肖亦凡做了一个"懒得理你"的表情，而后走开了。

只剩肖亦凡一个人在后面嚷嚷："喂喂，就这么走了啊？还要不要跟你们的偶像合影了！"

2···

走回宿舍的路上，方芳和夏小雪都没有讲什么，同时放空，两人间有种心照不宣的沉默。

天空里浮云悠悠，无数身着艳丽服装的正太和萝莉同她俩擦身而过，两人感觉自己简直跟路灯没什么分别。

路过便利店，方芳忽然以一种特别突然的频率开口道："小雪！你要吃冰棍儿吗？！"

小雪瞬间给吓得一个激灵。还没等回答，方芳就冲进了便利店，再冲出来的时候，手上就多了两根冰棍儿。

那冰棍儿严格说来不能叫冰棍儿。这种叫"绿舌头"的类冰棍物体，夏小雪大学四年一直固执地吃它，风雨无阻，不分春夏秋冬。

她坚称它是冰过的果冻，每次身边的人打趣小雪说，怎么不找个男朋友，她总会调皮地举举手中的"绿舌头"，告诉别人，有它呢，吃它的时候，我有接吻的感觉，还要男朋友干吗？

于是，在她们留在传媒大学的最后一天，俩人坐在大操场边上，吃着自己的男朋友。

那场面十分和谐，俩姑娘的脸上都洋溢着那么幸福的笑容。

那是一种只有少女才拥有的芬芳笑容。

甜美得仿佛要融化这世间的一切。

3···

"对了，小雪，肖亦凡他们几个说待会儿去学校后门吃散伙饭。"方芳"咔嚓"一声掰断自己手中的冰棒棍，随口说道。

"嗯，知道了。"夏小雪微微一笑，侧头望向远方，眼中是一片空茫的寂然。

方芳看出夏小雪的不对劲儿，拿胳膊碰她一下："怎么了？怎么看你郁郁寡欢的。"

夏小雪轻轻地把被风吹散的头发拨至耳后，挤出来一个不怎么自然的笑容："没怎么啊，我挺好的。"

方芳立即断定是有事儿，她转过身来，看着夏小雪柔声说："又不是第一天认识你，咱俩都做了四年姐妹了，赶紧给我老实交代！"

夏小雪叹口气，低头搓着手中的冰棍儿包装纸："我有点儿不想去了……"

方芳立即明白了，低声试探性地问："因为肖亦凡？"

夏小雪不讲话，埋头吃她的绿舌头。

方芳叹口气，极其恨铁不成钢："哎，孽债啊。小雪，不是我说你，你喜欢人家，你就赶紧下手，老憋着算什么呢。你这深情一憋就是四年，憋的人家英语六级都过了，女友也有了，就差结婚生子了，你这还苦哈哈地恋着呢。至于吗？这男的都是阿米巴原虫，你不去诱导他，他能上钩吗！"

夏小雪没有讲什么，把脸侧向一旁，眼睛努力睁大。

方芳明白小雪正在用自己的方式让眼泪不流出来，知道自己说得有点儿过了，这下慌了神，急忙改换路线："算了，不说你了，说得我都觉得自己是一复读机了。来，跟我深呼吸一个。吸气……呼气……"

看夏小雪没反应，方芳一个巴掌拍过去："快点儿，跟着来，这可是不传之秘，治愈大法。"

夏小雪被逗笑了，很乖地跟着方芳做起深呼吸来，如此重复了三次，方芳一脸坚定地说："来，跟我说，肖亦凡去死吧！"

夏小雪愣一下，斜眼看看方芳，却只看到一张严肃无比气势逼人的脸，于是她勉强又小声地说："肖……肖亦凡，去死吧……"

"雪大姐，你念咒哪，给我大声点儿！学学我们西北女子的豪气冲天！"

方芳在一旁摆出一个刘胡兰迎风瞪敌人、董存瑞舍身炸碉堡的伟大姿势。

夏小雪终于发自内心绽放出一个微笑。

她站起来，长长地吸了一口气，大喊："肖亦凡，我恨你，你给我去死吧！"

4…

那声音在空旷的操场上，层层叠叠地循着声波的频率散播开去。

太阳已经在为下山做准备了。

整个传媒大学，笼着的是一层和善、温暖、漫不经心却又直指人心的光芒。

橘色的塑胶跑道，白色的看台座椅，周围葱郁的绿树，远方飞过的陌生灰色飞鸟。

一切都是这样熟悉而陌生。

方芳拍拍夏小雪的头，眼中满是懂得和怜惜。

"亲爱的，有没有爱无所谓，快不快乐才有所谓，你是好姑娘，每个好姑娘都应该快乐的。"

夏小雪抿嘴笑，两个酒窝浮上脸颊，清爽的风吹乱她的发，她眼睛有些红，于是这个害羞的好姑娘，背身过去，柔声说："说了毕业不准哭的，你要弄哭我是吗，小心你这个好姑娘变成老姑娘！"

夏小雪大笑着跑走，方芳摇摇头追上去。

一切都那么安静美好，毫无纰漏。

就连夏小雪，都没有听到，她心底那割不掉又放不下的一句——

肖亦凡，我爱你，你一定要比我幸福。🆎

04

小二兑上大可乐

1···

肖亦凡在学校后门的重庆小吃打了个喷嚏。

他用左手摸摸鼻子，脸上显露出不耐烦的神色，嘀咕道："操，谁骂我。"

他的右手正举着手机，电话那头是个女生的声音，声调有点儿高。

"肖亦凡！你跟谁说脏话呢！"

肖亦凡的脸色，由淡转浓，呈现一种大雨降至的阴沉来。

郭阳和夏天两人对视一眼，各自做了一个咧嘴的表情，以示心中的囧。

"我没跟你说，我说骂我的那人。"

"谁骂你了，只有我骂了，那你就是说我了！"

"我说你这人有逻辑没啊！"

"没逻辑，谁有逻辑你找谁去啊。"

"可以啊，我一会儿就跟郭阳夏天他们找去。"

"肖亦凡！我觉得你身边的朋友都把你宠坏掉了，你还知道自己是谁吗！"

"爱谁谁吧，我现在不想跟你浪费时间！"

肖亦凡终于爆发，一把将电话按掉，"啪"一声把电话摔到桌上，引得整个重庆小吃的人都在侧目。

"亦凡，iPhone 哎，你不要，可以造福一下哥们儿啊！"夏天特痛心疾首地说。

"去你的，丢了也不给你丫。"肖亦凡白他一眼。

"怎么了，亦凡？"比较靠谱的郭阳用他特有的磁性嗓音很有人性地表达了关切。

"我雅思成绩才 5 分，连非洲学校都申不了。"肖亦凡眉头皱起来，叹了口气。

桌上的手机响起来，彩铃是陆露的声音，"猪头，接电话啦，猪头，接电话啦"。

肖亦凡看都没看就按掉。

电话又打过来。肖亦凡再次按掉。

电话没有再打来。

"亦凡，不至于。"郭阳劝道，"陆露也是为了你好才着急上火的嘛。"

"没考好也不是我的责任啊，再说了，都已经这样了，她就只会嚷嚷，埋怨我，我心里还不舒服呢，她还不知道安慰一下啊。"

郭阳摸摸鼻子，不讲话了。

气氛有点儿冷，夏天连忙岔开话题："哎，方芳和小雪怎么还没到啊？每次都跟蜗牛似的。哎，你们说，蜗牛有性别吗？"

2…

方芳和夏小雪刚推开重庆小吃的门，就听到夏天说两个人是蜗牛。

方芳悄然飘到夏天身后，伸手就扼住了夏天的脖子，恶狠狠道："小夏天，听说你对两个神仙姐姐不满意？"

夏天摆出个欲哭无泪的表情，求饶道："姐姐饶命，我这不是活跃气氛嘛。"

"活跃气氛？"方芳瞟了一眼脸黑成包青天的肖亦凡。

"怎么了，亦凡？"方芳还没开口，夏小雪就条件反射似的问。

"没怎么，夏天瞎说呢！赶紧坐，老板，上菜吧。"

两个人乖乖坐下，气氛依旧略显尴尬。

"陆露怎么还没来啊？"夏小雪看出了点儿苗头，小心翼翼地问。

"她不来了，去死了。"肖亦凡一肚子火。

"大少爷，都是自己人，你有什么话不能直说的！"方芳可没夏小雪那么循循善诱。

"嗨！没什么大事儿。"肖亦凡抓抓头发，摆出一张满不在乎的脸，"我雅思考的分儿特低，估计今年出不了国了，她刚刚跟我发飙来着。"

"你分儿不高，她发什么飙啊，神经病。"方芳借题发挥，"我觉得你们几个都瞎了眼，放着我们小雪这么温柔善良上得厅堂下得厨房的姑娘不要，偏要挑战那种自虐型的，这下爽了吧！"

"你这是害小雪呢，这不是把小雪往人渣堆里推嘛！"夏天嬉皮笑脸地说道。

"对啊，女人如衣服，有了新款就给放回衣柜收着了。小雪可是兄弟，可以挡死的好不好，能是一个档次的吗。"

"是让我们小雪给你挡死吧！"方芳没好气地说。

肖亦凡做一个擦汗的动作，摆手向方芳作揖："方奶奶，您老今儿能放过我吗？"

"陆露她也是在气头上，估计明天就好了，亦凡，别生气啦。"夏小雪安慰肖亦凡，也捎带着给他解方芳的围。

"我才没生气呢，跟她，我至于吗！"肖亦凡大大咧咧地说道。

方芳丢给肖亦凡一个白眼："是，你不至于，脸都拉到桌子上了还说不至于！"

"得，方芳姐，我真错了。"肖亦凡苦笑着抱拳道，"我待会儿自罚三杯，要是脸还不由自主地拉下来，您就去厨房拿刀来，给我割了好了。"

"这可是你说的啊！"

"对！我说的！要不咱们签一免责协议。"

"甭了，这儿这么多证人呢，不怕你小子翻供。"

"哈哈！"肖亦凡笑起来，特别爽朗的笑，毫无添加。

"老板，拿酒来！"肖亦凡豪迈地讲，故意拖长了后三个字的音，用一种近乎京剧的腔调。

大家都笑起来，重庆小吃的其他客人们也都悄然地摇头轻笑，那笑容里，带着那么丝丝的羡慕，羡慕他们这么肆无忌惮的青春。

也带着那么一丝的伤感，伤感也许这青春，是时候，该画个句点出来了。

3…

肖亦凡他们常喝的酒，忘记是哪里学来的，肖亦凡一直坚持说是自己发明的，既然无人去求证这件事情，那么大家也都默认是他发明的。

这种酒要用到两种液体，两种类固体。

液体是红星二锅头和可乐，类固体是餐巾纸和玻璃杯。

做法很简单，四分之一二锅头，四分之三可乐，倒入玻璃杯，然后用纸巾盖住杯口，拿起之后用力一拍，泡沫四溅，就势喝下。

至于感受，用肖亦凡的话来讲就是，"整个世界都清净了"。

基本上，这样的喝法，人均两瓶小二，半瓶可乐，就已经可以达到速high（兴奋）的境界。

肖亦凡他们在深夜一点钟，超额完成了任务，就已经可以达到速high的境界。

重庆小吃已然只剩下肖亦凡他们一桌人，而这桌人呢，正在进行露天的KTV活动，齐齐合唱知名歌曲《青春修炼手册》。

脸上喝得红扑扑的夏小雪装作去拿酒，实际上一脸哀求地跟已然被众人搞得有点儿无奈的老板轻声说道："老板，待会儿他们再要酒，你就说没有了，成吗？"

老板露出为难的神色："这……不太好吧，肖亦凡那贼小子也不好糊弄啊。"

"他喝多了，肯定看不出来您骗他。我求您了。"

夏小雪的语调有点儿变化，在酒精的作用下，她有些眼泛泪光。

年过四十的老板哪儿经受得起小萝莉的泪眼攻势，连忙答应道："好好好，我尽量。"

夏小雪这才挤出一个笑容，拿起柜台上明面儿上的最后几瓶小二，蹦蹦跳跳地回到座位上，把酒往自己面前放着，也不递给肖亦凡他们。

小雪略醉的可爱姿态，老板看得有点儿呆，老板娘看得有点儿憋火。

4…

夏小雪回到桌上时，众人已然完成合唱，陷入了短暂的集体沉默。

方芳和郭阳大眼瞪着小眼，仿佛是含情脉脉，又仿佛在彼此仇恨。

夏天低头"噼里啪啦"地发着短信，手指速度飞快。

肖亦凡没眼睛好对，也没短信好发，只得盯着夏小雪拿过来的小二，很快他发现了问题，大着舌头说道："小……小雪！怎么就拿回来这么几瓶儿哪，这……这还不够我一人喝的呢！"

夏小雪抿抿嘴："就这么多了，你们把人家的库存都喝光了。"

肖亦凡脸上浮起那种酒醉后有些不听使唤的笑容。

"小……小雪，你骗人，你……你老这样，一骗人的时候就抿嘴，嘿嘿，四年了，哥们儿早，早就摸透了你。"

夏小雪的脸色稍变，但不是为了她的谎言被揭穿，而是为着看似神经大条的肖亦凡原来是注意她的。

"我骗你干吗呀，真没有了，不信你去问老板嘛。"

"我，我，我不问老板，就问你。"

"你问谁酒都没了。"

"我，我还是不信你，除非……"

肖亦凡话故意只说到一半，便嘴角一咧，略带着那么点儿挑衅的意思，其实是想让夏小雪接话。

夏小雪果然特中招地问："除非什么呀？"

"嘿嘿……"肖亦凡一脸坏笑，"除非你把你面前的一瓶小二给干了"。

肖亦凡话音刚落，夏小雪便应声而动，手法快到众人都没反应时间。她十分麻利地拧开小二的瓶盖，"咕嘟咕嘟"开始喝。

众人都有点儿蒙，包括肖亦凡。原本他也就是恶作剧想开个玩笑，没想到夏小雪当真了。

还是方芳第一个反应过来，一把将夏小雪手中的酒瓶夺下。

"喂！小雪，亦凡醉了，你也跟着疯什么。"

小雪看方芳一眼，把被夺下的酒再次拿起来，轻松说道："我没事，就让我跟亦凡好好玩一次嘛，以后也不一定有机会的。"

夏小雪那眼神方芳从未见过，满是淡然的悲伤，略带着丝丝的沉沦。方芳叹口气，在桌下偷偷拍拍小雪的大腿，伸手也拿一瓶小二过来，伸手给郭阳倒上。

"来来来，小阳，咱俩喝。"

郭阳特憨厚地摸摸头，"我怎么成小阳了？"

"哈哈，少废话，喝！"方芳拍一掌郭阳，就势碰了碰郭阳的杯子，把酒喝了。

肖亦凡没想到夏小雪会是这反应，待小雪把整瓶小二干光后，他还恍然了大概十秒钟，接着，又傻笑着说道："嘿嘿，小雪，看不出来你深藏不露哪，牛，我也陪你干一瓶。"

说罢，肖亦凡就要伸手过来拿酒，却被夏小雪伸手挡掉。

"这样喝没意思，咱们划拳吧。"

"划拳？划什么拳？"

"我不会什么拳，咱们就剪子包袱锤吧。"

"哈哈，来！"

两人在重庆小吃特别孩子气的"剪子包袱锤"，小雪明显在出拳的时候比肖亦凡慢个半拍，故意输掉，可已经被酒精弄晕头脑的肖亦凡并没有看出来，相反地，他为自己的屡战屡胜而高兴着："哈哈，小雪，你们女人划拳就是不在行嘛！"

小雪也不讲什么，只是吐吐舌头，装作有点儿输了的懊恼。

那可爱的样子，让肖亦凡有些恍然。

郭阳看小雪一直在喝，刚要说点儿什么，却被方芳使了个眼色，拦住了。

过一会儿，方芳才在郭阳耳边轻声说道："小雪瞒了四年了，你就让她发泄一下吧。"

郭阳笑笑，那笑容有些理解有些感伤，他认真又悄然地点了点头。

原来全世界的人都晓得夏小雪喜欢肖亦凡。

只有肖亦凡一个人，横冲直撞，直上直下，以为所有的一切，都只不过是友谊。

他们在一起四年，却仿佛隔着世界上最为遥远的距离。 世界

05

宇宙无敌美少女

1 ···

时钟已经指向深夜两点，老板端着一盘水果向众人走来，桌上摆满了小二的空瓶，方芳和郭阳依旧在讲悄悄话，夏小雪正在干掉最后一杯小二，夏天则早趴在了桌上，睡着了，老板把水果往桌上一放，态度特柔和地说："哥儿几个，送你们的，时候不早了，你们看，是不是该撤了？"

肖亦凡一听不乐意了。

"撤什么撤，老板，我们这还没喝够呢。对不对，小雪！"

小雪向老板投射一个可怜的眼神，以示抱歉，转头跟肖亦凡像哄孩子似的说道："时间是不早了，老板明天还得做生意呢，咱们今天就先到这儿吧。"

说罢，小雪又丢给方芳一个眼色，方芳自然机灵，接话道："亦凡，也该撤了，我明儿还有一面试呢。"

郭阳也紧跟着说："亦凡，你看夏天都睡着了，老板，结账吧，多少钱？"

老板赶忙拿出身后早已准备好的账单，递给郭阳。

"一共两百七十五，你们是老顾客了，给你们去个小钱，两百五。"

酒醉之后的肖亦凡，具有强烈的连线本能。

他把账单的数额，连线到了晚上陆露打电话骂他二百五的事情，继而得出的结论是，老板要故意羞辱他。

他"腾"一下站了起来，吓了在场所有的人一跳。

"你，你说谁二百五呢。"

小雪连忙起身把肖亦凡按回座位上。

"人家老板说账单哪！你跟这儿发什么酒疯！"赶紧又转身跟老板赔不

是，"对不起啊老板，他醉了，您别介意，他没恶意的。"

老板撇撇嘴，脸上已然露出了不快的神色，但还是故作客气略带讽刺地说："没事儿，习惯了。"

肖亦凡刚刚那突然一站，又经过夏小雪那么一按，身体里的酒精难免一运动，直接起作用了。

他有点儿想吐，头也忽然晕得厉害，但这个输人不输面的半大男人，还是硬撑着说："账单……账单我他妈也不付两百五！该多少给他多少！"

看老板脸色变了，张嘴又要讲什么，郭阳赶紧接话安抚道："好好好，两百七十五，咱们一人五十五，这是我跟方芳的。"

说罢，郭阳从钱包拿了一百一十块出来，递给小雪，每次大家出来聚餐，都是小雪负责最后的敛钱。

"我自己付啦。"方芳有些不好意思。

"谁付都一样"一向正经的郭阳偶尔也显得坏坏的，方芳脸红得仿佛八月里的红色氢气球，随时都要爆掉。

"哈哈，你们，你们两个有奸情！"肖亦凡的注意力被转移，一边大着舌头，一边费劲儿地从口袋里掏钱包出来，递给夏小雪，"小……小雪，为了他俩的，奸情，今儿，我请啦！"

小雪没有理会肖亦凡，轻车熟路地打开肖亦凡的钱包，抽出一张五十块来，看到夏天还在睡，她就从自己钱包里拿了一百一十五出来，连同郭阳递过来的钱，交给老板，特别诚恳地感谢道："谢谢您了，今天给您添麻烦了，您别见怪。"

老板让懂事的夏小雪搞得有点儿不好意思，接了钱过来后，连声说道："没事儿没事儿，不麻烦不麻烦。"

肖亦凡要起身拿钱包，抢着把钱拿回来自己付，可刚站起来，就一个不稳，倒在了地上。

小雪连忙又去扶，心疼中带着点儿埋怨地说："你喝多了就小心点儿啊！"

"这，这点儿酒，怎么会喝多。我，我都说了我请了，你把钱还给，还给他们……"

夏小雪看着他的样子，又好气又好笑，只得说："好啦，下次要你请啦，大家一起讹你一顿好的。"

肖亦凡这才露出满意又痴傻的笑意，就此作罢。

2…

方芳和郭阳像抬轿子一样搀着肥胖又不省人事的夏天，夏小雪则以变形金刚的架势，撑着肖亦凡。

五人以一种奇特的队形，跟个邪教团体小分队一般，鬼鬼祟祟穿过传媒大学后门的小巷子，走到学校门口的主路上打车。

"咱们怎么走啊？"站到了马路边，方芳开口问道。

"你们送夏天回去，我送肖亦凡。"夏小雪回答。

"你行吗？不然我让郭阳自己送夏天回去，我跟你送亦凡。"

"行的，我没醉，郭阳一个人弄不动夏天的。"

"我，我也没醉，不用送，我，我自己回去"肖亦凡突然开口说道，"不，不信，哥们儿，给你们走个猫步看看。"

说罢，肖亦凡甩开夏小雪的手，摇摇晃晃地，试图把马路当 T 型台。

但现实是残酷的，他在三秒钟内摔在了地上。

夏小雪急了，一个箭步冲上去把肖亦凡拖起来，语气已经有点儿出于关心的恼怒："怎么回事儿啊你！能不能让人省点儿心，谁能一直在你身边儿陪着你啊！"

大家都愣住了。大学四年了，没见过这样的夏小雪，更没见过这样同肖亦凡讲话的夏小雪。

方芳心中却明镜一样，不住地涌起一阵阵难过，刚要说点儿什么缓和下现场尴尬的气氛，没想到肖亦凡先一步讲话了。

此时的他，像个做错了事情的一年级小学生，特别小狗地看着夏小雪，委屈地说道："我，那我错了还不成吗……"

大家都笑了。

夏小雪笑得特别大声，笑得眼泪都要流出来，只是，没有人发现她眼中一闪而过的难过。

肖亦凡则完全蒙了，接着也傻乎乎地跟着大家开始笑。

夏日夜晚，传媒大学的风，轻微荡漾，路边的柳树，细小地抖动着枝条。

即便有着那么多暗涌的不为人知的感伤，可这依旧是个令人沉醉的夜晚。

3…

众所周知，深夜的传媒大学门口，难打车的指数，基本上跟蜀道难差不离。

五人静默着打闹着嬉戏着等了差不多二十分钟，才缓缓从远方开来一辆车。

夏天家住南城，比较远，肖亦凡则住在现代城，所以夏小雪坚持让他们先走了。

方芳故意最后一个上车，望着夏小雪欲言又止。

终于，她悄然对夏小雪说："小雪，今天亦凡醉了，以后你们也没什么机会再见到了，趁着他喝醉了，脑子也不清醒，你就把你在心里憋了那么久的话都跟他讲了吧，明天他醒过来，是记得或者忘了，也都不重要了，但是于你，起码也算了了一桩心愿，咱们没时间再沉湎过去了，时间走得那么快，我们一个恍神，就再也追不上了。"

说罢，方芳叹口气，紧紧地握握夏小雪的手，坐到了出租车的副驾驶，招呼司机开车。

北京的凌晨，已然在不知不觉间飘起了淡淡的雾，车灯在一片轻薄的雾中，射出两股恍若隔世的光芒。

夏小雪望着出租车远去，继而看一眼蹲在马路牙子上已然在打瞌睡的肖亦凡，忽然嘴角，就有了一个满是怅然的微笑。

她鼻子很酸，可越是酸，眼泪就越在眼眶里不肯出来，嘴角就越发地上扬，她就越想让自己在这一刻是微笑着的。

"夏小雪，你是宇宙超级无敌美少女。"

夏小雪在心底这样对自己说，然后她真的，真的很开心地笑了起来。

她仿佛回到了她跟肖亦凡第一天认识的那个早晨。

她当时，那么快乐，多么明媚，那么直来直往横冲直撞。

那笑容，仿佛黑夜中的一点点光，虽然微小，但却珍贵，忽然就奇迹般地照亮了夏小雪的整个生命，给予了她前所未有的力量。

4…

当下一辆出租车出现在夏小雪和肖亦凡面前的时候，夏小雪几乎是以连滚带爬的姿势在拦车，那架势，要是换上一个胆小的司机，估计会以为出现了灵异事件，没准儿就油门儿一踩，赶紧溜了。

还好这位师傅应该是个见过世面的，他没有被夏小雪吓跑，而是毅然停下了车。夏小雪看师傅的眼神甭提多亲切了，基本是迷恋的水平，如果不是边上有一个醉得七荤八素的肖亦凡，那师傅绝对会以为夏小雪是个女流氓，坐他的车是要劫色的。

夏小雪扶肖亦凡上车，司机看到肖亦凡的醉汉样，有点儿不想拉，公然拒载道："姑娘，要不您打下一辆吧，你这朋友给我吐车上，这趟活儿我就白拉了。"

夏小雪哪肯轻易地放过这得来不易的出租车，于是赶紧跟司机装可怜："师傅，您就通融下吧，我们都等了半小时了，这时段您也知道不好打车，要是给您吐车上了，我多给您五十块钱成吗？"

这一水儿敬语，换一个但凡有点儿人性的司机，也就拉了。

没想到这司机不是个吃软豆腐的主，人性水平基本在平均线以下，依旧毅然拒绝道："不成！下车吧。"

要是换平常，夏小雪就乖乖下车了。

可看看身边已经快睡着的肖亦凡，她心一横。

夜半时分，这冰冷的话语，顺利地点燃了夏小雪。

她家族遗传基因里，南方女人的那种泼辣给活生生地激发了出来，她冷下脸来，故意瞟一眼车窗前的司机资料，拿起手机用一种没有丝毫感情的语调说道："您要是不拉我们的话，这应该算拒载吧，那别怪我投诉您了。"

这司机俨然是没有料到，这个刚刚还显得楚楚可怜的女孩儿为何一瞬间就变成这样，当时他就震惊了，继而只能无奈地问："去哪儿啊？"

"现代城"，夏小雪一句话都没有多说。

今天，她太累了。世界

06

等到下一个天亮

1···

肖亦凡一上出租车，就蜷缩在车窗边，睡了过去。

车子开动不久，他觉得姿势有点儿不舒服，迷迷糊糊地左歪右扭，在不知不觉里躺倒在了夏小雪的腿上。

他的头重重地压在夏小雪腿上的刹那，夏小雪的酒瞬间就醒了。

她石化在座位上，动都不敢动，脸涨得像是九月份的野地番茄，盯着肖亦凡的大脑袋，听着他不时发出的如同小狗一般的哼哼声。

她试图把肖亦凡的头撑起来，但为了不吵醒肖亦凡，她用的力气，连一片纸都托不起来。

很快，夏小雪认命了。

她把脸侧向一边，望向车窗外，不去想躺在自己腿上的那个人。

司机从后视镜望了两人一眼，觉得肖亦凡没有要吐在他爱车上的征兆，这才舒了口气，安心地开车。

车内的空气有些闷，司机默默地把车窗开了一道缝，顺手开了收音机。

细碎的钢琴前奏飘出，应该是电台的深夜音乐节目。

夏小雪听过这首歌，一个台湾小女生唱的，叫作郭静，歌的名字，叫作《下一个天亮》。

车速很快，她的长发被吹得有些乱，宽阔的公路上，没有几辆车，北京的天空，零落地点缀着几颗孤独的星。

她忽然觉得这歌儿很好听，特地留意了下歌词：

用起伏的背影挡住哭泣的心，有些故事不必说给每个人听。

许多眼睛看得太浅太近，错过我没被看见那个自己。

用简单的言语解开超载的心，有些情绪是该说给懂的人听。

你的热泪比我激动怜惜，我发誓要更努力更有勇气。

等下一个天亮，去上次牵手赏花那里散步好吗？

有些积雪会自己融化，你的肩膀是我豁达的天堂。

时间可以磨去我的棱角，有些坚持却永远磨不掉。

请容许我小小的骄傲，因为有你这样的依靠。

等下一个天亮，把偷拍我看海的照片送我好吗？

我喜欢我飞舞的头发，和飘着雨还是眺望的眼光……

2…

夏小雪倏忽间有点儿想哭。她赶紧把脸侧向一边，对准灌进车里的凛冽的风，好让那冷冽的风，吹散她眼中的雾气。

她感觉自己的脸颊出现了一滴冰凉的小水珠，她以为自己还是不争气地哭了，拿手去擦。

手刚伸出来，她就发现，原来是下雨了。

北京迎来了这个炎夏的第一场倾盆大雨，雨水迫不及待地瞬时倾倒下来。

而夏小雪是否是第一个发现落雨的人，这一切无从得知。

只是，夏小雪见证了雨落下的整个过程。从天空中落下来的第一颗雨滴，夹杂着风，如同一个奇迹般，准准确确地出现在了她的脸上，像是替她哭泣。

她看着车窗外刹那间瓢泼的雨，把车窗摇上，她怕把肖亦凡吹感冒了。

夏天感冒，总是很难好的，而且肯定会被大家骂笨蛋的。

而后，夏小雪长长地舒了口气，虽然面无表情，可她的内心，绝望得连眼泪都掉不出来，好像紧随着挪亚方舟的一艘小船，眼看着目标，却永无自己的方向，有的，只是滔天的孤独感。

3…

现代城很快就到了，雨大得要把人活生生浇死。

夏小雪付了账，在司机幸灾乐祸略带报复性质的眼神中，狠着劲儿把肖亦凡从出租车里冒雨拖出，继而千辛万苦地踏上电梯。

到了肖亦凡家门前，小雪手忙脚乱地扶着肖亦凡拿钥匙开门，进门后却找不到灯的开关在哪里。肖亦凡却撑不住了，张嘴就要吐出来。夏小雪心一横，只能任由他吐在自己身上，不管这是不是她花了半月零花钱买的战衣。

终于借着走廊上的灯光，她找到了房间灯的开关。

进了门，她先扶肖亦凡在沙发上躺下来，又赶紧拿工具去收拾肖亦凡吐在门口的秽物。

刚收拾好，肖亦凡又冲向厕所开吐，夏小雪给他拍背，即使知道此时的肖亦凡很可能听不见她讲什么，也依旧不由自主心疼地念他说："这下子你可都改了吧，以后看你还喝不喝那么多。"

肖亦凡吐得一把鼻涕一把泪，估计胃部空出来之后，脑袋也清醒了一点，他给了夏小雪一个有些赖皮的笑，眼神依旧迷糊地回应夏小雪："改？改什么？我……我肖亦凡就这样！"

说罢，就要靠着猛劲儿强行站起来。可他哪里站得起来，一起身就要如山倒，夏小雪连忙一个弓步把他扶住，继续哄孩子："好好好，就这样就这样。"这才缓缓地把肖亦凡扶到沙发上。

他大概也累了，一沾沙发就蜷缩成一团，安静下来，像是一只受伤的小兽。

夏小雪连忙趁这个空当，悄然去卫生间找拖把，再把肖亦凡吐在地上的东西擦干净。

好不容易收拾完，她站在卫生间的镜子前，看到镜中头发蓬乱，脸色苍白，衣服湿透，且满身呕吐物的自己，已然累得讲不出话来。

她拿湿毛巾尽量把自己的衣服擦得干净一些，忽然听见客厅有"嗡嗡呜呜"的动静。

她连忙快步走出，又是肖亦凡，在酒精的刺激下，他不知在梦中想起了何种的往事，抑或是吐过之后的胃实在难受得紧，像个小孩子般细碎地抽泣起来。

大学四年，她未曾见到过肖亦凡这个样子，那么无助，即便是在他完全没有意识的时刻，也足以让夏小雪的心中一阵翻天覆地的阵痛。

她不知道，仿佛与烦恼绝缘的肖亦凡，透彻得仿佛水男孩般的肖亦凡，心中亦有这样一块，她未曾发现的世界。

她安静地在肖亦凡身边坐下来，让肖亦凡枕在她的腿上，轻轻地拍他的后背，捋顺他浓密而黝黑的头发。

她轻声地安慰肖亦凡："亦凡，亦凡，我在你身边呢。"

肖亦凡不知听没听到，只是哭声越来越小。

时间不知道过了多久，肖亦凡终于沉沉地睡了过去。

夏小雪起身的时候，被肖亦凡枕着的腿已经麻了，她极慢极慢地移动，支撑着有些虚脱的身体，走到了卧室，拿了薄被出来，轻轻地替肖亦凡盖上。

然后她关灯，准备离开。

4···

走到门口之时，窗外有夜行的车经过，按了下喇叭，夏小雪下意识地回头看了一眼。

窗外的路灯，投射进来丝丝的光线，刚好映在肖亦凡的脸上，那张夏小雪再也熟悉不过的脸。

她忽然想到了方芳的话。

她忽然想做点儿什么，为着自己过往的四年，为着自己所有的怯弱、胆小与害羞和毫无指望的爱。

她悲伤地走到沙发前，蹲下来，看着肖亦凡。

夏小雪的手，不由自主地摸向肖亦凡的脸，她的脑袋早已空白，甚至不知自己早已泪盈于睫，更没发现，在她碰触到肖亦凡的刹那，肖亦凡眼睫毛轻微的颤动。

夏小雪用一种无比平静的语调，仪式般决绝地自言自语。

"肖亦凡，你知道吗？我喜欢了你四年。从开学典礼我摔倒在阶梯教室，你把我扶起来的那一刻就爱上你了。"她笑了，那笑容很甜蜜，仿佛昨日重现，"我多胆小啊，只敢悄悄地跟你做朋友，替你写作业，帮你去点名，却不敢跟你说一句，我喜欢你。我眼睁睁地看着你有了女朋友，看着你幸福，我心里虽然难受，可是也高兴。好多次，我都特傻，总幻想什么时候，你也能喜欢我。我给自己编了一个梦，一编，就是四年。现在……毕业了，梦也不得不醒了……我也只敢趁你喝醉的时候，才敢跟你说一句，我喜欢你，喜欢你到就算是死掉也无所谓……"

　　夏小雪讲不下去了，她的泪水早已滂沱了满脸，她再也不想讲什么了。

　　有太多的话要讲，倒不如让它们烂在心底。

　　她拿开放在肖亦凡脸上的手，站起，转身，准备离开，再也不回头。

　　5···

　　夏小雪还没来得及挪动脚步，忽然就有人在她身后，一把抱住了她。

　　她下意识地要叫出来，可"啊"字还没有来得及穿过她的声带，她就被一个强有力的臂膀把身子掰了过去。

　　然后夏小雪看到了一脸愧疚，双眼红红的肖亦凡。

　　夏小雪的脑子"嗡"的一声，她短路了，只有眼泪在不停地流。

　　肖亦凡没有讲话，他只是望向夏小雪的双眼，千言万语尽在不言中。

　　随后，他们接吻了……

　　窗外的雨不知道什么时候已经停了，天空有了一种微微的灰暗的蓝。

　　这两个年轻人，并没有意识到，等到下一个天亮，他们的人生，其实已经有了细微的改变。世界

07

请你一定要幸福

1···

头疼欲裂的肖亦凡在床上醒过来，睁开眼睛，太阳已然在地平线上挣扎，夕阳很美。

那并不强烈的光，依旧使他迷蒙的脑袋一片空茫的白。

他眯起眼睛，这才看清楚周围的环境，发现这是在自己家中。

他使劲儿按按自己的头，口很渴，他起身，想去喝点儿水。

瞬间，他发现有点儿不对劲儿，他低头猛然看一眼，结果发现自己全裸着身体。

一个激灵，肖亦凡倦意全无，刚刚还晕晕乎乎的，仿佛脑袋周围有小鸟在旋转绕圈飞翔的他，已然被开了一枪。甭说鸟，连鸟窝都随着烟消云散了。

昨天他喝醉后的一幕幕重现眼前，他连滚带爬地奔向客厅，走到卧室门前，又停住，侧耳听门外的动静。

直到确定没有人，他才缓缓把门推开，看到无比整洁的空荡客厅，他这才舒了口气。

他走到沙发边，想拿烟抽，却忽然发现餐桌上有东西，是水果沙拉和鸡汤，鸡汤被小心地放在保温瓶里，旁边有张纸条，肖亦凡拿起来看，是夏小雪的笔迹。

"吃点儿这些东西，身体可能会舒服些。就当一切都没有发生过吧。亦凡，你要幸福，一定要幸福。请不要联系我，这是我唯一的请求。"

肖亦凡呆呆地看着那张字条，缓缓地在餐椅上坐下来。他狠狠地抽口烟，一脸沮丧和自责，紧紧抓住自己的头发，嘴里忍不住骂自己。

"肖亦凡……操……"

2 …

肖亦凡猛抽了几根烟，觉得自己的脑子就像是被轰炸了一样，到处都是废墟，残留的仅仅是一片茫茫的空和白。

他拿起手机打给夏小雪，电话里一直都是那个机械女声：对不起，您所拨打的电话已关机，请稍后再拨。

他一遍遍地打过去，换来的仅仅是机械女声的中英文轮流提醒，再次让肖亦凡心理暗示到了自己的雅思成绩，让他觉得全世界都在羞辱他。

不过，他现在已经对这种羞辱无所谓了，如若能挽回他做的事情，他宁可被全世界的人用英文羞辱。

烦躁懊恼地在家来回逛了几百回，肖亦凡觉得累了，他觉得自己仿佛在家里走了几十公里那么远，最后他打开电脑，开了QQ。

QQ里夏小雪的头像就像一台小型的黑白电视机一样，稳稳地停留在那个地方。

四年了，在他的印象里，但凡他在线上，这个头像就没有灭过，可今天，它出乎意料又顺理成章地灭了。

肖亦凡心中浮出那么一丝潜移默化的怅然若失，他把夏小雪的小窗口点开又关上，如此往复，仿佛一项运动。

最终，他还是在对话框给夏小雪留了言，本来噼里啪啦写了很多，过了一会儿，他又把它们删掉了，来来回回只发了五个字：小雪，对不起。

他发完这几个字，就仿佛虚脱了一般趴在电脑桌上，希望电脑辐射射死他。

随后，他仿佛想起了点儿什么，迅速地拿起电话，拨了一个号码。

他打给了方芳。

接电话的是郭阳，按照以往的性格，肖亦凡肯定是要逗一下这对昨晚一起回家的男女的，可今天，他没心情了。

肖亦凡直截了当地冲电话那头的郭阳问："郭阳，方芳呢？"

"方芳做饭呢，什么事儿啊？"郭阳暗自奇怪今天这小子竟然没有耍贫嘴。

"我找小雪有事儿，可打她电话她关机，你知道她住哪儿吗？她不是跟方芳一起租了房子吗？"

"什么事儿这么着急啊，你等等，我让方芳接电话。"

肖亦凡听见电话那边郭阳鬼哭狼嚎一样地叫唤方芳来接电话，方芳边答应着边骂郭阳让他闭上臭嘴边跌跌撞撞地跑向他。

肖亦凡听得有点恍惚，他突然觉得昨天散伙饭的美好还有今天电话那边居家的快乐仿佛都离他那么遥远。

"喂，亦凡，小雪坐今儿中午的火车回老家了啊，走得特别急，宿舍的东西都没收拾好，发短信给我交代了下就走人了，我问她干吗这么着急回去她也没讲，你知道她怎么了吗？"

"啊……估计是家里有什么事儿不方便说吧……"

"我估计她是还没醒酒，在火车上睡着了，昨天还不都是你，喝高了还硬把人家小雪拖下水。"

"哎，姐姐您打住吧，昨天喝高了之后的那人不是我，你不能把那人跟我画等号，你就当是幻觉吧。"

这是肖亦凡的真心话，他真的希望这是一场幻觉。

身为一个双鱼男，在面对重重烂摊子，或者貌似烂摊子的烂摊子的时候，他们唯一的本能，就是催眠自己说，一切都是幻觉。

"行了行了，不跟你臭贫，挂了啊，你等会再打给她看看吧，我那边火上还坐着锅呢。"

还没等肖亦凡作反应，方芳就不由分说地把电话给挂了。

肖亦凡拿着电话听筒，听着那边的"嘟嘟"声，若有所思地呆坐在沙发上。

最后他还是掏出手机，给夏小雪发了个短信，依然就那么几个字，"小雪，对不起"。

肖亦凡其实并不想说对不起，可是他不知道，除了这声对不起外他还能说些什么。

他的人生，第一次体会到，有很多话想对一个人说但却什么都说不出来的感觉。

这种感觉对肖亦凡来说挺奇妙的，不但奇妙还挺郁闷，更觉得窝火。

那个时刻的肖亦凡并不知道，他奇妙、郁闷又窝火的生活，其实，才刚刚开了一个小小的头。

3···

太阳已在不知不觉中下山，屋里已然没有光，肖亦凡在一片漆黑中变成了雕塑思考者。

忽然，门铃响了，突然就打破了这屋中表面的和平。

肖亦凡猛地从沙发上弹起来，手里不知道什么时候点起来的烟已经烧去了一大截，烟灰随着肖亦凡的起身一下子散落开来，缓缓地落在地板上。

那个瞬间，忽然让神经大条的肖亦凡，忽然有了那么点儿感怀的伤感。

肖亦凡摇了摇头，他不知道自己怎么突然变得那么恶心和诗情画意了。他情不自禁赏了自己一个白眼，等门铃再次响起，他已然快步走到了门口。

打开门，竟是陆露，脸上是讨好的笑，还摆了一个给他 surprise（惊喜）的姿势

肖亦凡脸色一暗，他现在没这心情接受这个惊喜。今天早晨起来时的那个惊喜对他来说已经五雷轰顶了，陆露的到来根本不能相提并论。

更何况，其实昨天吵架的时候，他也已经有百分之九十的肯定今天陆露会主动来找他，至少这次会。

看见肖亦凡拉得老长的脸，陆露赶紧扑上来挽住他的胳膊，问："怎么啦，猪头，还生气哪？"

"我没那么容易生气。"肖亦凡没好气地说。

"好啦，我知道你肯定生气了。我错了，我错了还不行？"陆露像小猫一样在肖亦凡身上蹭啊蹭的。

肖亦凡终于挤了一个苍白的笑容出来："说说，你错哪啦？"

"呃……我不该放你和你朋友的鸽子让你没面子，不该说你不思上进……不该骂你二百五……陆露知错了，敬请猪头责罚！"

肖亦凡伸出手去，刮刮陆露的鼻子，说："好了，这就算惩罚了。"

陆露大笑起来，头埋进肖亦凡怀中："我们家猪头对我最好了嘛……"

在肖亦凡怀中的陆露一脸幸福的笑，肖亦凡也微微笑着，陆露就像他的克星，不管她怎么刁蛮怎么任性，只要在他面前表演撒娇的老套戏码，他永远都会中招，屡试不爽。

就像他无论做了什么样的错事，即便反人类了，他也知道夏小雪会在他

身边，帮他解决问题，弹无虚发。

可今后这样的日子，是不是真的不再有了？

他想起夏小雪字条上的话语，忽然觉得心中波涛汹涌的伤感，如同冬日里可可西里的雪暴那般，让他毫无招架之力地被覆盖住了，毫无喘息机会。

他眼中闪过一丝，他不愿不想不能承认的悲伤，继而抱紧了怀中，如同小猫咪捉蝴蝶一般烂漫的陆露。

08

姐能关上旋转门

1···

在夏小雪回到家中的时间里，一切风平浪静，相安无事。

夏小雪虽然是满怀着伤心回的家，偶尔想到肖某人的时候心里也难免会阵阵小手挠痒痒般的心焦和疼痛，但毕竟是年轻人，懂得如何转移视线，夏小雪转移视线的方法是猛背《新概念英语》四。基本上，但凡是个心智健全的正常人，在《新概念英语》四的面前，受到的挫败应该比爱上一个不该爱的人大得多。

再者，当前的主要矛盾在夏小雪回家的这两个礼拜中，得到了重要的凸显。夏妈妈几乎是以国际油价变动的频率通过各种方式和手段提醒夏小雪说，应该赶紧找工作去了。

夏小雪一开始还嗯嗯啊啊，给妈妈个反应，到了后期，就干脆直接无视了。

当然了，这种无视，也是表面上的。

经过妈妈每天的催眠，夏小雪内心其实也开始焦虑，再者，她也开始想念北京了。

她想念北京被挤爆的公交，地铁上的人挤人，传媒大学后门的大排档，热血的街道大妈，当然，还有那些她身边善良的贱人们。

她决定回北京。

夏妈妈送夏小雪到火车站，一路上丢给她无数的人生格言和心灵鸡汤，夏小雪只能用沉默消极抵抗。

待到夏小雪要上车，转头的刹那，她忽然注意到了妈妈头上那已然变得明显的白发。

她忽然就想到四年前，妈妈送自己去北京上大学的时候，那时还是一头乌黑的头发，时光就这样无情地夺走了这么多的东西。

夏小雪微微地红了眼睛，低声说道，"姆妈，回去吧，我走了，你保重。"

夏妈妈的眼泪还是掉了下来。年纪一大，感情就没有那么容易刹车，她微笑着最后交代一句："囡囡，北京要是待得不舒服，就回家来，姆妈一直在呢。"

这简单的一句话，就让夏小雪不得不赶紧把头转过去，快速几步踏入车厢，擦掉那已经夺眶而出的泪水。

火车穿过高山、森林和广袤的平原，从白日绵延到黑夜，又从黑夜突破，迎来阳光。

夏小雪一路都没怎么睡着，她一直蜷缩在中铺上，听着 MP3，侧身望向窗外雷同却又恍惚的风景，想了很多，又仿佛什么都没想。

十几个小时后，当夏小雪听到火车快到站的广播时，那个在以往听来冰冷得有些讨厌的女声，让夏小雪的热血再次沸腾起来，一如四年前，她刚来北京读大学的时候。

她拖着一箱子的土特产卷在蚂蚁战队般的人流中，踏出北京站之时，看到了等在门口的方芳。

她把箱子一丢就冲过去跟方芳抱了在一起，两个女孩子旁若无人地仿佛解放战争胜利了一般大笑大叫，虽然引得路人频频侧目，但她们并不在乎。

小雪没在北京的这段日子里，超女方芳通过各方面的考量以及同各路的中介斗智斗勇，综合性价比和位置，终于以一个非常赏心悦目的价格，在劲松租了一间长年见不到阳光的不到四十平的两居室。

这让小雪省了不少劲儿，可以更加顺利地将有限的生命投入到无限的找工作战斗中去。

当小雪来到两人的小窝，把行李一丢，用近乎迷恋的眼神看着方芳的时候，方芳把头一甩，特别女王地说道："哼，姐是谁啊，姐能关上一扇旋转门！"

2…

在首都北京找工作就像一场无声但却残忍的战役，让夏小雪忙得焦头烂额废寝忘食，甚至忘了肖亦凡。

准确地说，她是差点忘了肖亦凡，起码在她找工作的那些日子里。

很多时候，我们忘掉一些事情一些人，真的是一件需要天时地利人和的事情。

俨然，夏小雪没有足够的幸运。

那天晚上，几乎又跑了大半个北京城的夏小雪，拖着疲惫而且绝望的步子回到家中，随手把包一扔就瘫坐在沙发上。她感觉自己像个山寨版的变形金刚扭蛋，轻轻一扯就能四分五裂。

屁股还没坐热就听见方芳在厨房深情地问候道："小雪，回来啦？赶紧洗手，我做了红烧肉，专门给你补补……"

听见红烧肉三个字，夏小雪就条件反射一般，甩开如山的疲倦一个箭步冲进厕所去了。

她的胃里一阵猛烈地翻腾，仿佛有一个大马力的搅拌机在运作。她呕了好几下，胃里却已然没有什么食物好贡献，只可怜巴巴地吐了一点儿来路不明的液体。

方芳听见呕吐声拿着锅铲子就从厨房跑出来，关切地站在厕所外扯着嗓子问："小雪，你没事吧？是不是中暑了？"

"没事儿，就是胃有点儿不舒服。"

方芳继续扯着嗓子喊话："你也太不给姐姐面子了，刚说了红烧肉你就去吐了，有那么恶心吗？"

正说着，小雪就从厕所里脸色苍白地出来了。

"怎么啦，小雪，你脸色怎么那么不好啊，今儿的面试有戏吗？"

"不太有，那个 HR 好像不怎么想招女的。"

"HR 是男的女的呀？"

"女的。"

"这种刚翻身农奴把歌唱，接着又出来搞压迫的女人，就应该给活活抽死……哎，什么味儿啊这是？"方芳边说着边竖起鼻子四处闻，经过几秒的判断之后，她尖叫着"啊，我的红烧肉！"一溜烟地像只兔子般跑开了。

夏小雪跟着方芳走到厨房门口，闻到那个味道，不由皱起眉头，又有了想呕吐的冲动。

她赶紧捂着鼻子跟方芳说："亲爱的，我没胃口，先不吃了，今儿挤公车人太多，我估计是中暑了，我去床上躺会儿，你留点儿剩饭给我就成。"

方芳一边铲着红烧肉一边继续扯着嗓子喊："你要不要吃点儿药啊？喝点儿藿香正气水什么的。"

夏小雪没回答，她现在什么都不想说。她觉得如果此刻不马上回房间躺着，自己就必死无疑了。

3…

方芳成功挽救了自己的红烧肉之后，很贴心地装了一小碗放在一边，给小雪留着，自己又盛了一碗去客厅坐着，看着电视吃。

这个时候电视里都还是新闻时间，方芳无聊地调了一会儿就把电视关了，开始跟屋里的小雪说话。

方芳是个用丹田说话的女子，所以即使隔着墙，即使她不用力说话，也字正腔圆铿锵有力。

"小雪，你这一周都吐了两次了，找工作这种事情你得慢慢来，急也急不来的，身体是革命的本钱嘛，对不？"

屋里的小雪没答话，方芳无聊地吃着饭，顺手拿起桌子上的日历开始翻看，日历的每一个月份上都用红色的笔画了一些圆圈或者叉叉，某人的生日，倒霉日，还有生理期都在上面被标注了出来。

其实有时候，翻看日历就跟翻看一本书一样，那些标着记号的某天，一定发生过什么事情。这就是一个故事，你慢慢地去试着记起这个故事，把它的细枝末节串联起来，一段回忆也就这么形成了……

方芳很爱翻看日历，她把那叫作"检阅忧伤"。别看她现在狼心狗肺的，小时候还真干过不少诸如雨中漫步之类的女文青举动，所以她的生命里，有着贼多的做作形容词。

正检阅着呢，方芳仿佛突然被击中了，但，击中她的不是忧伤，显然是比忧伤强大更多的东西。

她放下筷子看看这个月和上个月的圈圈，小雪的生理期这个月没有标注。

她知道夏小雪不是一个会忘记标生理期的人，因为夏小雪每个月都要拿出几乎一天的时间来往日历上画圈圈。方芳一开始还嘲笑夏小雪有强迫症，后来自己近朱者赤，也给同化了。

综合夏小雪这几天频繁呕吐的表现，方芳坐不住了，"噌"地站了起来，轰轰烈烈地冲进夏小雪的房间里。

此刻夏小雪正盘着腿闭目养神，突然就感觉一股阴风袭来，汗毛都不由自主地竖起来了。

睁开眼，看见方芳站在床边死死地盯着自己，她情不自禁地打了一个寒战，手摸着胸口说道："干吗呢方芳，想吓死我啊。"

"少来，更恐怖的还在后面呢，我问你，你这个月月经是不是没来？"

"呃，方芳你现在讲话真是越来越直接了啊，问这个干吗？"

"你甭管，直接告诉我！"

夏小雪被方芳问得一头雾水，刚刚的恶心难受也好了大半。她起身，伸手过去摸摸方芳的额头，略带玩笑地说："怎么了，方芳，你不会吃你自己做的红烧肉中毒爱上我了吧！这么关心我的生理期干吗？"

方芳把脸沉下来，严肃地说道："夏小雪，我现在没跟你开玩笑。"

夏小雪这才略微地想了想，吞吞吐吐地说道："嗯……好像是没来吧！这个月事儿太多，我都忘啦！"

"忘了？大姐，这种事儿也能忘？！我告诉你，都迟了将近一个月了。"

"一个月应该没事儿吧。"

"你以前上学的时候迟到一个月再去上课，你说有事没事？"

"不能这么类比嘛，可能我这段时间找工作压力太大吧，正常啦。"

"……那个，你最近有没有跟人那什么？"对于夏小雪这个大傻妞，方芳终于放弃了拐弯抹角。

夏小雪的脸一下就红了，她有些不好意思地明知故问："那什么啊？"

方芳瞪了夏小雪一眼，眼神仿佛在恶狠狠地说：少装蒜，回答。

夏小雪低下头，轻声说："好像是……好像是有吧。"

方芳有点儿急了，丹田声情不自禁地就随着情绪上扬起来："这事儿可大可小，什么好像不好像的啊。"

"算，算是有吧。"夏小雪依旧没有放弃抵抗，但是看小雪的反应，方芳俨然心中明白了个大概。

"得，姑奶奶，您坐着别动，等我一会啊。"

方芳回自己的房间噼里啪啦地鼓捣了一通，最后终于在自己凌乱的如同战后伊拉克一样的抽屉里，找到了一盒验孕棒，接着就拿着飘回夏小雪的房间。

她把验孕棒递给呆坐在床上搞不清状况，仿佛大梦初醒一般的夏小雪，努了努嘴说："去验验。"

"不用了吧，应该没事儿的。"夏小雪有点儿犯怵。

方芳口中十分简洁明了地蹦出俩字儿："验去。"

那语气，冷酷得仿佛在寒冰床上躺了大半生的小龙女。

小雪没见过那么严肃的方芳，知道自己如果不主动，方芳估计就要强制执行了，只能乖乖接过去。

"这个怎么用啊？"

"后面有说明书，自己看。"

夏小雪没再多说什么，拿着验孕棒进了厕所，过了没一会儿又出来了，小心地看着方芳说："我……我尿不出来。"

方芳干净利落地冲到饮水机旁，接了一大杯水递给她。

"喝了，别剩啊。"

夏小雪乖乖地喝下去，又回到厕所去了。

4…

屋子里很安静，空气像凝固了一样，仿佛掉下来能砸死一批人。

两个女生虔诚地盯着桌子上的小棒棒，一句话也不说，直到上面两条紫红色的线慢慢地显现出来，越来越明显。

两个人看着这两条线都有些蒙了。

夏小雪懵是因为她不知道这两条线是什么意思，方芳懵是因为，一向觉得自己上天入地无所不能的她，也从心底涌出来强大的无力感。

一会儿，夏小雪小心翼翼地问沉默的方芳："这个……是什么意思啊，应该没事吧。"

方芳的脸阴得如同大雨将至，过了好一会，她叹口气，冷静了一下自己的情绪问小雪："跟我说，是哪个孙子干的？"

听方芳这么问，夏小雪傻了，她知道自己中招了。

但是让她难过的是，她的脑子里首先想到的竟是：不能把肖亦凡供出来。

夏小雪，她想，你就那么爱肖亦凡吗，爱肖亦凡超过了爱你自己吗？

这是一件多么让人难过的事情。

无数先哲的爱情传说或者格言故事里，都明明白白地写着，当你爱一个人，爱到失去了自己，那个人是绝对不会爱你的。谁会爱一个连自己都找不到的人呢？

这些言之凿凿的大道理，夏小雪都明白，可明白或懂得，跟能不能坚持贯彻是两码事儿。

谁都知道红灯不能闯，那么每年爆发的那么多车祸算怎么回事？

反正，在爱情的道路上，夏小雪俨然已经默认自己是个飙车王了。红灯闯了那么多次，无数的剐蹭和小事故后，她终于有机会，体验到了重大车祸的感觉。

"方芳，别问了，你不认识。"夏小雪的眼睛里胀满了泪水。

"夏小雪，你以为我是第一天认识你吗？是不是肖亦凡？！"

"你别问了，不关你的事儿。"

"孙子……"方芳气急之下，眼里也有了泪。她强忍着，眼泪蒸发，就变成了愤怒。

她跳起来，不加助跑就蹿了出去。

夏小雪在后面使劲地叫她，眼泪决堤了一样流出来，但是方芳头也不回，门被狠狠地摔上，方芳那架势，俨然是要去杀人的。世乔

09

两相情愿你我他

1…

经过一路的奔波，再加上北京夜晚怡人的小风一吹，方芳的怒火已经被理智浇灭了许多。

她明白这个时候发火是没有用的，即使自己的火大到能把肖亦凡家的房子给烧了也都是徒然，现在需要做的是思考如何解决这个棘手问题。

可是如何解决呢？

这又不是做菜，炸炒炖烧蒸，这是怀孕，是生孩子，解决的方法无非就是生或不生。

方芳摇了摇头不让自己再想下去。她知道，能解决这件事情的人只有肖亦凡。

她只能是一个愤怒的娘家姐妹。

一开门，肖亦凡对于方芳的到来很是惊讶和意外，最近在家中闭关，被雅思词汇搞得快崩溃的他，看到一个活的熟人，心里自然是无比的汹涌，觍着脸就开始冲着方芳贫："哟，这是什么风把方芳姐姐给吹来了？"

方芳斜着眼瞪着肖亦凡，也不搭话，自个儿坐在沙发上点了根烟，表情严肃得让肖亦凡有点发毛。他忽然意识到这位姐来者不善，可又不知道说什么好，只得插着手侧立一旁，像个小丫鬟。

抽了几口烟，方芳发话了："如果没事儿，我也不敢来登你这破烂三宝殿。"

肖亦凡更觉察出苗头不对，他知道方芳一旦不用丹田说话，而是以冷嘲热讽开场的时候，事儿一定不小，不过这次他没往自己身上想，他幸灾乐祸地以为，是郭阳惹到了眼前这尊斗佛。

"怎么了呀，姐姐？郭阳招你啦？"肖亦凡特别知心哥哥地问，眼神恨不得慈祥得飘出雪花儿来。

"你甭管别人的事儿，先管管好你自己吧。"

方芳这一句把肖亦凡弄蒙了，心不由自主提了一提："我自己？我怎么了呀？"

"肖亦凡，你是真傻，还是给我在那边儿装傻呢？"

"方芳，咱这就不对了，这可不像你啊，什么事儿啊拐弯抹角的，直说行吗？憋死我了。"

"行，我就当你不知道吧，我给你个提示，你对夏小雪做过什么？"

听方芳这么一说，肖亦凡不说话了。方芳接着说："想起来了吧？不憋了吧？"

"你……你知道多少啊？"

"你别管我知道多少，你只要问问你自己，是不是于心有愧。"

短暂的沉默后，肖亦凡用近乎求饶的眼神看着方芳："我……我那晚喝醉了。真的。"

"喝醉了？笑话，喝醉了你怎么不去死啊？"

"方芳，咱能不这么说话吗？"

"那怎么说话啊，还得给你颁个奖，开个会表彰你不成。"

肖亦凡小声地嘟囔着："这不都是两相情愿的事儿吗。"

2…

方芳一听这话就愣住了，她斜着的眼变得跟小刀儿一样锋利地盯着肖亦凡，俨然一副母狮待怒的架势。

肖亦凡被她盯得浑身的毛都竖起来了，可嘴上还是仗着最后那点自尊心和少得可怜的自信心更小声地自言自语着："不就是那么回事儿嘛……"

肖亦凡的这句话彻底把方芳这座炸药库给点着了，古往今来所有的泼妇雾时附体，她疯了一样扑上去对着肖亦凡开始拳打脚踢。

可眼里的泪还不争气地飘出来，验证了她其实是只纸老虎的事实。

"你是不是人啊，小雪就是瞎了眼，怎么看上你这么个狗东西，小雪怀孕了你知不知道，你做人能不能有点儿良心啊……"

肖亦凡本来就想由着方芳打吧，事情都发生了，打过也就算了，但是当他听见方芳说小雪怀孕了的时候，立刻抓住了方芳挥舞在空中的手。方芳被他这一抓，一点反抗的能力也没了。

这是常理，一般人爆发之后都会虚弱。方芳虽然叱咤风云了这么多年，但怎么着也是一女的，仅仅是个女的。

不过，没有反抗能力的她仍然凶狠地瞪着肖亦凡，试图从精神上杀了他。

肖亦凡这个时候也一脸的严肃，比方芳刚才的表情可怕严肃多了："你刚才说什么？"

"我说：小雪她怀！孕！了！"

"是……我的吗？"

"……是狗的！你他妈说的这是人话吗？"方芳又要发作，这次肖亦凡也怒了。

"你他妈让我静一静。"

两个人霎时安静下来。肖亦凡放开了抓着方芳的手，方芳的两只鸡爪子还呈现挥舞状停留在空中，老半天才慢慢地放下来。

沉默中对峙了好一会，肖亦凡问方芳："你说怎么办？"

他的语气很冷静，可是这冷静里面隐藏着巨大的不安，还有不知所措。

"怎么办？我怎么知道怎么办？如果我知道怎么办，我就一个人把事儿办了，还用得着劳烦你？"

"我现在特乱……"肖亦凡说着，把脸深深地埋在两只手里。

"你特乱？你有资格说这话吗？"

"方芳我求求你，我是真的不知道，真的特乱，您就别逼我了成吗？"

"就两个办法，要和不要。"

"你说我能要吗？"

"那就是不要了？"

"我真是不知道。"

"得，您别不知道了，你去跟夏小雪说去吧，还是你根本不打算见她，我一走你跟着也走了，从此人间消失啊？"

肖亦凡把刚点起来的烟狠狠地在烟灰缸里碾灭，站起身看着方芳。

"我没那么怂，走吧，小雪现在在家吧。"

3···

肖亦凡跟着方芳回了家，两个人站在小雪房间门口，房间内外一样的沉静默然。

方芳示意肖亦凡先在外面等着，她轻轻地敲了敲门然后推门进去，看见夏小雪安静地躺在床上，平稳地呼吸着，俨然已经睡着了，哭过的眼睛还肿着，脸颊上还留着未干的泪痕。

方芳心疼地看着夏小雪，她知道小雪这几天实在是太累了，每天为了工作奔波还不算完，生活还劈头盖脸给了她这样重的一击。

方芳正心疼地盯着夏小雪，小雪就睁开眼了。

她看见方芳回来了，硬生生地挤出个微笑，"你回来了，我太累了就小睡了一会儿，对不起，方芳，让你担心我了。"

方芳瞬间愣住了，一时间接不上话来。

她心想夏小雪你怎么那么傻啊，这都什么时候了你还在自我检讨，你什么时候才能为你自己想想。

"你去找肖亦凡了吧。"夏小雪看着方芳，淡淡地笑了笑，那笑容如此让人心疼，"按照我们家方芳的性子，肯定把肖亦凡也拖来了吧。肖亦凡，出来吧！"

肖亦凡听见这话，慢慢地手足无措地走进夏小雪的房间，脸色凝重，却充满了抱歉。

"那天晚上是我主动的，没你的事儿。孩子你肯定不想要，也要不了，你不用担心，我会去打掉他的。"夏小雪故作轻松地对肖亦凡说。

她不想让肖亦凡为难，她知道这个时候他一定已经慌了神，这本来就是他们两个人之间的事情，如果肖亦凡不知道该怎么做，她就必须要替他来做一个决定。

其实，她根本没得选，肖亦凡也没有，这是唯一的办法，也是她唯一可以为肖亦凡做的。

"小雪……我……"

"别说了，我说过，一定要肖亦凡幸福的，不是吗？你不用内疚，这个世界上，即便是最浅的喜欢，也不应该给对方带来困扰，我这么做，也算是一种对自己那份喜欢的负责吧，希望你会想明白。行了，都那么晚了，你早点回去吧，方芳，你帮我送送他好吗？"

夏小雪躺回床上，她只想闭上眼睛睡一觉什么都不想再管，好像睡一觉起来这一切就会好起来一样。她真的太累了。

方芳和肖亦凡互相看了一眼，有些不知所措。方芳示意肖亦凡先出去，自己跟着也出来了，帮小雪关好房门。

4…

方芳送肖亦凡下了楼，两个人一直都没有说话，快要出小区了，方芳终于开口道："行了，我就送你到这儿了，你自己路上小心点儿吧。"

"方芳，我……我真的不知道要说什么了。小雪……我还是觉得她不对劲儿。"

方芳凄然地笑笑。

"虽然我也不知道她怎么想的，可肖亦凡，我特想问问你，小雪喜欢你这么多年，你是怎么看她的？"

"我……我说不好。我一直把她当哥们儿的……"

方芳冷笑了一声，略带嘲讽地说："那她这哥们儿做的，倒是真够义气的。"

肖亦凡没有辩驳，深深叹了口气："小雪要是有什么需要我的，一定要告诉我，我真的想为她做点儿什么……我要真什么都不做，就真的太不是人了……"

"那我回去跟小雪商量商量吧。"

"行，那谢谢你了，我走了。"

说罢，肖亦凡失魂落魄地转身走了，看着肖亦凡悲伤的背影，方芳心里突然像被针扎了一下。

她一直以为毕业就像是一个终点也是一个起点，从那天开始生活中的一切都会改变。

她试想过很多很多种未来，但是唯独这一种，她从未想到过。

这样无力，如此身不由己。

看着肖亦凡的背影越走越远，快要到巷口，方芳突然对着肖亦凡大喊：

"肖亦凡，难道你真的对小雪一点儿感觉都没有吗？一点儿都没有吗？！"

肖亦凡的背影微微一震，但最终，他没有回头，而是转身过去，消失在了巷口。■■

10

· · · · · ·

被爱的人要道歉

1 ⋯

回到家，肖亦凡没有开灯，只是随手在 CD 架上抽了一张莫文蔚出来，放入组合音响，而后便窝在沙发上，在黑暗的包围下，默默燃起一根烟。

烟头的光，是燃烧的红，莫文蔚的声线，仿佛一只温柔的小手，轻轻抚摸他的心房，又仿佛一把打开回忆之门的钥匙，让他不得不面对那些过往。

也许你的爱是双人床，说不定谁都可以陪你流浪。
你的目光锁在某个地方，你的倔强是一道墙内心不开放……

肖亦凡不由得开始转头回忆，四年来夏小雪在他生命里出现的每一个细节。

从开学典礼的那个早上，他们第一次遇见……

每一天、每一时、每一分、每一秒。

在他的那些回忆里，夏小雪突然不再是他的哥们儿了，而是一个真正的女孩子，可爱，灵巧，懂事又执着。

像一朵深秋时分盛开在小路边的黄色野菊花，付出绽放，却什么都不要。

泛黄时光里，夏小雪的一切都很美，阳光灿烂，云淡风轻。

她总爱在风中把头发轻轻拨到耳后，低头笑得娇羞。

他抱头，把头埋在双腿间。他一直觉得自己挺善良，可这次，他真的觉得自己挺不是东西的。

他无法扪心自问，他无法轻松地说他四年来真的一直傻得要死，从未意识到夏小雪对他的爱。

他习惯了在她的关怀下生活，所以他把那一切都理所当然地解释为友情。

他用友情的挡箭牌，寄居蟹一般享受着夏小雪对他的所有的爱。

黑暗中，肖亦凡的眼泪掉下来，他把过去一切的理所当然，都拿出来摆在面前。

才发现，原来夏小雪这四年，爱他爱得那么绝望真切又奋不顾身。

而他，又回赠了什么？

空欢喜？

他不能再想下去了，他忽然觉得很累，累得下一秒就要死掉。

谁说被爱的人就不需要道歉。

他真的想跟夏小雪道歉。

可他也真的，一句话都讲不出来。

2…

方芳送完肖亦凡，回到家中，却发现夏小雪已然等在客厅。

她张了张嘴，却发现自己讲不出话来。

倒是夏小雪先开了口，满脸表演出来的笑："嗨！我们家方芳也有说不出话来的时候啊。"

方芳在小雪身边坐下来，点上一根烟，抽一口，继而便望着夏小雪，那眼神，仿佛已经把夏小雪看透。

小雪下意识地把脸移开。

方芳终于开口，那声音，是颤抖的。

"小雪，你能别这样吗？看你这样，我难受……"

小雪仿佛雕塑般一动不动，可脸颊上的两行泪，已然出卖了她。

方芳轻轻抱住夏小雪，爱怜地抚摸她的头："小雪，你哭出来，哭出声来会好受点。"

夏小雪抹一把脸上的泪，脸上却有了淡淡的微笑，她看着方芳，特别认真。

"方芳，要是我说，我不难受，我也不后悔，你会笑我傻吗？"

方芳哭出声来，看着她摇头："我怎么舍得笑你傻，小雪，我心疼你，值得吗？"

"我也不知道我是怎么了。"夏小雪抽抽鼻子，拍拍自己的脑袋，"就好像这里有个地方坏掉了，什么都不要想，什么都不想计较。"

"我真不明白你喜欢他什么……"

"世界上有种东西叫命中大劫，面对大劫，只得投降，没理由。"夏小雪舒口气，"我已经遇到啦，那么，从今以后，估计就要交好运了吧。"

夏小雪伸手过去，帮方芳擦掉脸上的泪。

"你才是傻姑娘呢，哭得比我还伤心。对啦，肖亦凡怎么样了？他心里肯定不好受，你就别再骂他了。"

"这时候你还管他！"

"都管了这么多了，不差这一次两次的啦。"

"那个……他说……他说想为你做点儿什么。"

夏小雪笑出声来，眼神清澈。

"这个傻瓜，嗯……好吧，那就让我好好想想让他做点儿什么，好让他的心里好过一点儿吧。"

方芳又要张嘴说点儿什么，夏小雪却伸手轻轻按住她的嘴巴，那声音满是苍凉。

"这是最后一次了……最后了……"

随后，夏小雪缓缓垂下她的手，眼神中的光彩瞬间黯淡。

仿佛烟花火。

3 …

是夏小雪主动打电话给肖亦凡的。

周二的清晨九点整，北京的太阳刚刚撒到屋子里，二环路还在堵着车。

电话中的她跟以往听起来没什么不一样，相反更加的活泼爽朗。

倒是肖亦凡，有点儿手足无措，带着惶恐，还有十足的小心翼翼。

夏小雪轻描淡写地向肖亦凡提出了自己的要求，她要去一趟欢乐谷，末了，她说她还想同肖亦凡去看看大海。

电话那头的肖亦凡没想到夏小雪竟提出这般简单的要求，一时间陷入沉默。

夏小雪敏感地察觉到肖亦凡的沉默，连忙有些仓皇地补充："如果你有时间的话。"

"如果你有时间的话"，这句普普通通的话，却如同千斤重磅，沉沉地击打在肖亦凡的心上，他闭起眼睛，仿佛都能看到夏小雪如同小兔一般有些惊慌的眼神。

"当然有时间"，肖亦凡语气中有绵延不尽的伤感，"怎么可能没有时间。"

"你复习雅思的时间也很紧啦。"夏小雪又恢复了那种硬撑的爽朗。

"那咱们就今天去欢乐谷？今天不是周末，没什么人。"

"嗯，好吧。现在九点，那咱们十点欢乐谷门口见？"

"我借个车开车接你去吧？"

"不用啦，麻烦死了，我坐地铁去。"

"这样不太好吧……"

"有什么不好，安啦，就这样定啦。"

电话那头的夏小雪轻轻笑起来，她从未见过这般患得患失的肖亦凡，心里虽然怅然，但也不是没有一点儿稍纵即逝的甜蜜。

"那……那好吧。那个，看海的话，咱们去青岛好不好？"

"青岛太远啦，去秦皇岛吧。我查过了，动车两个小时就到了呢。"

"秦皇岛？会不会太那个了……"肖亦凡的语气有些为难。

夏小雪知道肖亦凡是想说秦皇岛太不上台面了，她知道他想补偿她，给她更好一些的东西。

但是她，并不想把时间拖得太长，所以选择一个近一些的地方，其实更深层的小心思里，她在想，青岛肖亦凡可以同很多人去，但是秦皇岛那么low的地方，肖亦凡可能一辈子只会在她的要求下，勉强去一次。她现在所有的要求，都不过是浅浅地做个梦而已，如若是梦，她宁可独一无二。

"哪个？哎呀，青岛太俗了啦，秦皇岛才是王道！"

"嗯，好吧，就这样，我打电话订票。"电话那头的肖亦凡诚惶诚恐。

夏小雪又有点儿想笑，可是笑意涌到嘴边，就划出了条有些苦涩的曲线。

"跟你说好，我不要花你的钱，咱们ＡＡ。"

"……我没有让女孩子花钱的习惯。"肖亦凡小声嘟囔。

"那你现在就需要我帮你培养啦。"

"小雪……"肖亦凡想说点儿什么。

"好啦！"夏小雪明显不想听到肖亦凡想讲的话，立即举手投降，"让你付让你付。"

　　肖亦凡到嘴边的愧疚，又生生地被吞回去，这让他更难受，夏小雪好像连他的道歉都不需要。

　　"那……待会儿见。"

　　"嗯哪！迟到的人一辈子吃方便面找不到调味袋！"夏小雪飞速地挂掉电话。

　　肖亦凡拿着手机，听着电话挂断的"嘟嘟"声，待了很久。

　　他并不晓得，电话那头的夏小雪，在按掉电话之后，也仿佛卸下了战衣的美少女战士，变为了一个黯淡的路人。世界

11

欢乐谷的摩天轮

1 ···

夏小雪是坐地铁到欢乐谷的，先坐地铁到大望路，又换了 31 路公交车，颠颠簸簸，一个多钟头才到。

北京秋天的燥热猛于虎，公交又没有空调，夏小雪穿了一件碎花的白底小裙子，当她微微喘着粗气，出现在肖亦凡面前时，额前的刘海已被汗水打湿，紧紧地贴在皮肤上，有些狼狈，有些滑稽。

肖亦凡正在抽烟，抬头看到夏小雪，先是有些囧，毕竟他是罪人，这种囧，也是那种孩子做了错事，且意识到自己错误的那种囧。

继而，他发现夏小雪略略的狼狈，这让他有点儿心疼。

"坐公交来的吧？我早说去接你的。"

"呵呵。"夏小雪从包里拿纸巾出来，擦一擦额头上的汗，"麻烦死了，你又不顺路。"

"哪儿有那么多顺不顺的啊……"

夏小雪还是傻乐，扯扯肖亦凡，"哎呀，这不都来了嘛。走，咱们买票去。"

肖亦凡从口袋里掏出两张票来，在夏小雪眼前晃晃："我早买啦。"

"哎呀，你买之前怎么都不跟我说一声。"夏小雪一脸的惋惜。

"啊？"肖亦凡被抱怨得一头雾水。

夏小雪解释道："这票你去售票处买一张是要一百六的，要是找旅行团的人，一百三就可以了呀。"

"哎，我还以为怎么了，不就三十块钱嘛。"肖亦凡满不在乎地讲。

"三十块？"夏小雪撇嘴，"你不当家不知道柴米贵，三十块都够我跟方芳买好几天的菜了。"

"今儿不让你花钱。"肖亦凡小声说，"再怎么着也不能让你花钱。"

这话轻微地让夏小雪有些神经过敏，她别过脸去，声音很淡："你什么意思？"

"哎呀，我没什么意思。"肖亦凡赶紧赔笑脸，"我嘴笨，你又不是不知道的，我真不是一个精打细算的人，也没有让女孩儿花钱的习惯。"

"我跟别的女孩儿不一样。"夏小雪讲得很小声，很小声。

肖亦凡沉默了，半晌，他低头道："对不起……"

此时，两人身边有一群熙熙攘攘的年轻人经过，大学生的样子，几个人打来打去，像极了当初的他们。

两人回想到过去，都略略的有些伤感。刚毕业没多久，一切却已物是人非。

不过，这短暂的沉默，奇妙又适时地缓解了两人的尴尬。

夏小雪对自己刚刚莫名其妙的敏感觉得有些好笑又伤感。

于是她又挂上了微笑，元气十足得仿佛什么都没发生一般拉起肖亦凡："傻愣着干吗，走啦！"

肖亦凡也顺着这个台阶，把刚刚的一切都抛之脑后，露出他傻乎乎又阳光十足的笑容，跟着夏小雪往入口走去。

2…

两人仿佛所有的年轻情侣般，在欢乐谷的游乐项目前不知疲倦地排着队。

肖亦凡故意跳过那些太过剧烈的游乐项目，夏小雪也心知肚明。两人一开始都故作谈笑风生，但玩着玩着，毕竟是年轻人，也就玩开了。

那些阴霾，仿佛真的就能立即被吹散。

夏小雪最爱的项目是激流勇进。两人买了雨衣，还是弄湿了衣服。夏小雪却很兴奋，拖着肖亦凡排了两次队，玩到自己都有点儿不好意思了，才罢休。

走到那个出名的摩天轮前，夏小雪明显很有兴趣，但肖亦凡却有点儿要走开的意思，拖着夏小雪转移注意力。

"小雪，那边儿有碰碰车。"

夏小雪玩儿的正在兴头上，没有发现肖亦凡拙劣的转移手段，刚好摩天轮排队的人很少，夏小雪拖着肖亦凡二话没说就上了摩天轮。

等到他们两个安稳地坐下来，摩天轮开始缓缓地移动，夏小雪这才发现身边的肖亦凡有点儿不对劲儿，这孩子脸上一贯的嬉皮笑脸不见了，取而代之的是一脸的严肃和放空。

夏小雪从未见过这般的肖亦凡，本能地有些想笑："亦凡，你怎么了？"

肖亦凡这才如同大梦初醒一般，傻乎乎地回答夏小雪，声音里带着遮掩不住的颤抖："没……没怎么啊。"

夏小雪摆出一脸不相信的表情，狐疑地盯着肖亦凡看，肖亦凡则报之一个略带尴尬的遮掩微笑。

直到摩天轮升到半空，夏小雪才反应过来，也许肖亦凡恐高。

她想不到天不怕地不怕的肖亦凡竟然恐高，忍不住就笑出声来："你怕高你就早说嘛！"

"……谁怕高了。"

"要我把镜子递给你吗？你的脸都跟小白兔一样了。"

夏小雪一边说着，一边坏笑着装腔作势翻包找镜子。

"白兔？！喂喂，夏小雪，不带你这么埋汰人的啊！"肖亦凡用一种无色的音调表示了他苍白的抗议。

"嘿嘿。"夏小雪露出难得的坏坏笑容，从包里掏出手机来，对准肖亦凡，"我要拍张照片跟大家共同分享下这件事情。"

"太不厚道了！"肖亦凡大叫，孩子气地扑过去要夺手机，夏小雪死活不给，灵活地闪到一边。两人在摩天轮的小盒子里动作稍微有点儿过大，然后小盒子很给面子地摇晃了几下。

肖亦凡敏锐地感受到了这份儿摇晃，然后静止在一个特别扭曲的姿势，瞬间石化了。

夏小雪先是被肖亦凡的石化感染到，也瞬间停顿了个几秒钟。

继而，夏小雪看着肖亦凡，开始大笑。肖亦凡从未见过笑成这般的夏小雪。

阳光得仿佛春天的桃花朵，那跟从前的夏小雪有着小小淡然的笑不同，这个笑，有幸福感。

肖亦凡看着，心底，仿佛有一块很柔软的地方被触动了。

那一瞬间，他也觉得很幸福，能够让夏小雪，这么幸福地笑。

3···

两个人离开欢乐谷的时候已经是下午，太阳还没下山，晚霞却出来了。隐隐约约地，月亮也捎带着不甘寂寞地若隐若现。

夏小雪发现了这奇妙的景象，告诉肖亦凡之后，两个人看了很久的天空。

两人心中的感觉都很奇妙，他们从未一起仰望这么久的天空。

北京太大了，太匆忙也太繁华。

他们每日如同无头苍蝇一般忙碌得不得了，甚至无暇看看双手，是不是空空。

他们甚至从未想到过看看天空，从未想到，可以这般美好地，看看浮云悠悠。

肖亦凡的手机铃声不适时地把两人拉回现实生活。肖亦凡接过，嗯嗯啊啊之后，脸上是难掩的不好意思。

"怎么了？"夏小雪问。

"小雪，刚刚订票的给我打电话，说明天去秦皇岛的动车组车票被旅行团包圆了，咱们后天去？"

"啊？"夏小雪忽然很不甘心，仿佛全宇宙都在跟她做对，一种莫名的任性，从她心中升腾而起，她一定要去秦皇岛，立刻，马上。

"那今天的呢？"

"今天？今天你不累吗？玩儿了一天了。"

"我不累！你累了吗？"

"我当然不累。"肖亦凡嘴上怎么可能输给夏小雪，他要做铁人。

"那咱们今天去吧？"

"今天？可咱们一点儿准备都没有啊。"

"准备什么？"

"呃……好像也没什么好准备的……"

"那你打电话问问吧，有的话就订两张。"

"你真决定啦？"

"嗯！"夏小雪看着肖亦凡重重点头，"肖亦凡不是雷厉风行的吗？怎么变得这么婆婆妈妈了。女王发令啦，就今天去！"

"成成成，你是女王，今天去就今天去，今天要是买不到火车票，咱们就算步行，我也把夏女王带到秦皇岛。"

"嘿嘿。"夏小雪笑了，很满足很满足。

肖亦凡看着夏小雪有点儿呆，他从未见到过这般容易满足的女孩子。

你给她一点点，她就恨不得把全世界都还给你。

4···

两个人如愿以偿买到了去秦皇岛的火车票，拿到票的时候已经是五点多。

刚好是北京城堵得死去活来的时间。

在夏小雪的提议下，两个人先乘地铁到了蒲黄榆，被刚下班的白领们挤成了人肉煎饼，继而俩煎饼又马不停蹄地打车赶往北京南站。

D7动车是六点半发车，两人几乎是掐着点上的车，火车恨不得在他们前脚踏上车，后脚就飞速开动。

他俩气喘吁吁地在靠右的双人座上坐下来，不约而同的同时喘了一口粗气，又都笑了。

两个人的心里，都满漾着一种难以言喻的相濡以沫。

一路的奔波，他们都累了，也就没讲什么话。

肖亦凡带了iPod，递给夏小雪，示意她可以听音乐。

夏小雪塞了一个耳机到肖亦凡的耳朵里，车厢里冷气开得很大，出了一身汗的两人略微有点儿冷，所以不由自主地靠得很近，彼此的体温，让他们觉得很温暖。

经过欢乐谷的相处，两人的距离仿佛在不知不觉中缩短了。

这一切，当然，他们并不自知。

而后，肖亦凡先在音乐声中睡了过去。

他不由自主地把头依垂在夏小雪的肩膀之上，仿佛醉酒的那个夜晚。

夏小雪在肖亦凡碰到她肩膀的刹那，心又提了一提。

她看一看肖亦凡，他睡得像个孩子，夏小雪又露出了自己不曾察觉到的温柔微笑。

她忽然觉得一切都够了。

这是她无数次曾经幻想过的场景，如今梦想成真，她觉得自己，应该知足。

两人到达秦皇岛的时候已经临近九点，当他们昏昏欲睡地随着人流步出火车站，就感觉到潮湿的海风迎面而来。

年轻的血液就这样瞬间被点燃了，肖亦凡拉起夏小雪就往海边跑，这一跑就是十来分钟，等看到大海，肖亦凡对着大海大声地呼喊过几声之后，夏小雪才气喘吁吁地问："肖……肖亦凡……咱们为什么不坐三轮车过来啊……"

肖亦凡这才如梦初醒般地向夏小雪吐吐舌头，挠着头回答："你不说我都没想到，哈哈，你就应该提醒我嘛。"

夏小雪赐予肖亦凡一个白眼，嘴角还是挂着要憋住的笑。

她其实就爱他的横冲直撞，和带点儿傻乎乎的憨厚没头脑。

"喂，小雪，我们住哪儿啊？"吹了一会儿海风的肖亦凡，智商终于恢复到了八十往上。

"这周围沿着海边有无数的旅馆啊，肖亦凡你怎么一到这里就变笨蛋了……"

"这叫大智若愚！"

"我看你是大愚弱智吧。"

"我……"

还不等肖亦凡回嘴，夏小雪就故意打断他："stop！走了，找住的地方去！"

说罢，夏小雪抿嘴笑着跑开，留肖亦凡傻傻地矗立在原地，半晌，才带着委屈朝夏小雪的背影喊道："夏小雪，你太不厚道了！要憋我憋出内伤吗！"

夏小雪的背影笑得都哆嗦了，笑声随着海风，传到肖亦凡的耳朵里，他也笑起来，追了上去。

在他追上夏小雪的时候，他并没有看到，夏小雪早已在跑开时便悄然拭去的泪。

假若有那么一点点湿润的残留，也大概被夜晚的风，给吹干了吧。

夏小雪真的不知道她为什么要哭，她是真觉得幸福。

可这幸福，来得太突然，太迅速。

她知道，这世间的一切，总是来得快，去得也快。

她虽知足，却依然会留恋。

她毕竟只是一个女孩子。🅰️

12

双人房和单人床

1 …

在海边闲逛了一会儿，两人决定先找家旅馆住下来。

于是他们就沿着海边一边走一边注意有没有合适的旅店。

夏小雪眼疾手快，一下子就看见一家叫"海韵"的旅馆，门面看起来装饰得很温馨，很舒服。夏小雪不禁想起很久之前自己很爱的一首叫"海韵"的歌，邓丽君那柔和温婉的歌声似乎又在她的耳际回响起来。

> 女郎你为什么，独自徘徊在海滩。
>
> 女郎难道不怕，大海就要起风浪。
>
> 啊不是海浪，是我美丽的衣裳飘荡。
>
> 纵然天边有黑雾，也要像那海鸥飞翔。
>
> 女郎我是多么，希望围绕你身旁。
>
> 女郎和你去看大海，去看那风浪。
>
> 啊不是海浪，是我美丽的衣裳飘荡。
>
> 纵然天边有黑雾，也要像那海鸥飞翔。
>
> 女郎我是多么，希望围绕你身旁。
>
> 女郎和你去看大海，去看那风浪……

想起这首歌的夏小雪不禁轻轻地哼唱起来，在夜晚秦皇岛的海边，伴着嘈杂而动人的海浪声，轻声唱着。

肖亦凡听见夏小雪哼唱，没有说话，只是静静地微笑着听她柔声吟唱，心中忽然变得如此柔软而安静。

　　"邓丽君的歌是吗？"夏小雪唱完，肖亦凡问。

　　"哎，你怎么知道，你也听过这首歌吗？"夏小雪觉得有点惊讶，"我以为你们男孩子都很少听邓丽君的歌呢。"

　　"我还知道这首歌叫《海韵》，对吧。"肖亦凡继续得意地臭显摆着。

　　"哇，果真很有才华很有深度呢你。"夏小雪故意配合着他说。

　　"嘿，你还埋汰我上瘾了啊。"肖亦凡笑着说。

　　夏小雪冲他做了个鬼脸，没接话，而是指着那家叫"海韵"的旅馆给肖亦凡看。

　　肖亦凡顺着夏小雪指的方向看过去，然后心领神会地牵起夏小雪的手往那边走去。

　　而夏小雪，呆呆地盯着被肖亦凡牵着的手，很机械地被拉着往前走去。

　　跟夏小雪想的一样，"海韵"里面也装修得很温馨很舒服，灯光都是柔黄色调，田园风的布置，更让人舒心的是，有个热情而善良的老板娘。

　　他们都觉得很满意，决定在这里住下来。

　　肖亦凡掏出身份证准备登记，却被那和蔼的老板娘告知只剩下一间大床房了。

　　肖亦凡和夏小雪都觉得有些尴尬，两个人互看一眼，夏小雪很知趣地说："不然，我们还是去周围找找看吧。"

　　肖亦凡点点头，但是心里还是闪过那么一丝揪心的疼。

　　他心疼的是夏小雪为什么永远都那么懂事，永远都那么善解人意，为什么她不任性一点，刁蛮一点，也好让自己的内疚不会越来越重，压到他几乎喘不过气来。

　　两人几乎沿着不长的海岸线找了一圈，可周遭的旅馆不是客满就是脏乱差，根本就没有办法入住。

　　夏小雪明显已经有了一点疲态，最后还是肖亦凡说："我们去住海韵吧，大床房就大床房，大不了我睡地上，没事的。"

　　夏小雪点点头，有点无奈，但是眼睛里还是闪过一丝幸福。

　　因为两个人，这么久以来，第一次，可以这么近。

近到仿佛没有明天，她也可以安然接受。

2…

两人登记完毕之后，迫不及待地回到房间，他们都有些累了。

肖亦凡飞扑到床上，整个人呈现出一个"大"字。他意犹未尽地翻滚了几下，嘴里还念念有词地说："累死我了，我可要好好享受下大床。"

他坏笑地盯着夏小雪，希望她给自己点儿反应，比如骂他不仁不义不忠不孝出尔反尔什么的，可夏小雪忙着把刚刚闲逛时在路边超市买的洗漱用品拿出来，根本懒得理他。

肖亦凡调皮地吐吐舌头，开始虐待枕头，自己玩儿的不亦乐乎。

夏小雪用余光瞄到这一幕，嘴角还是忍不住偷偷地有了笑意。

收拾完之后，夏小雪在椅子上坐下来，看着床上的肖亦凡。房间很静，两个人忽然都有点儿囧。

肖亦凡赶紧打开电视，乱七八糟的嘈杂节目，让屋里的气氛缓和了不少。

"是我先去洗澡，还是你先去啊？"肖亦凡忽然觉得自己身上黏糊糊的，其实也是想缓解下两人独处的这份囧，但没想到，这句话，适得其反，让夏小雪的脸有点儿红。

肖亦凡也意识到自己这话说得有点儿不对头，于是故作豁达地说："唉，女人真麻烦，你既然那么难做决定，那还是我先去吧。"

"不行，休想，我先！"夏小雪很好地配合了肖亦凡，换了拖鞋昂首挺胸地迈进洗手间洗澡去了。

"小心地滑啊。"

肖亦凡还在外面大声地提醒着。

"知道啦。"夏小雪带着笑意在浴室里同样大声地回答。

两个人洗完澡后，夏小雪坐在椅子上，肖亦凡半依靠着床休息。

电视开着，但是没有人有心情去看，电视屏幕一闪一闪的，忽明忽暗好像是黑夜里的一团微弱的火焰，渺小而绝望。

两人羞辱了一会儿弱智的电视节目，夏小雪忍不住说："我们去海边走走吧，晚上的大海可跟白天里的不一样喔。"

肖亦凡点点头，一边起身一边还跟夏小雪打着哈哈："这个时候黑灯瞎火的，有什么好看不好看的，能看见吗？又不是狼。"

"谁说不是狼啊，我就是只女色狼啊。"

夏小雪说完，觉得形容和气氛都有些不恰当，于是尴尬地笑笑，顺手推了肖亦凡一把，故作镇定地说："走啦，少废话。顺便出去吃东西，我都要饿死了。"

说完便兀自冲出了房间。

两个人在海边随便找了一家小饭店坐下来，点了几个菜，又叫了两瓶啤酒。酒都是肖亦凡的，夏小雪喝白水。无论如何，她觉得她现在不是一个人了。

夏小雪的确是饿了，第一个菜上来，她顾不得什么形象，几乎是狼吞虎咽。她这才想起今天一天都几乎没有吃什么东西，又累又饿。

可是，她心中还是满溢着一份幸福感，虽说这份幸福感，同样地被细微的悲伤萦绕。

她知道，这是他们之间最后的时光，等到再回去北京的时候，一切就会恢复到最初的样子，好像什么都没有发生一样，生活依然要那么波澜不惊平静如水。

"肖亦凡，你有想过自己的未来吗？想过你渴望的生活是什么样子的？"夏小雪突然问。她突然想提前看一看肖亦凡未来的样子，即使在这份未来中，她已经决定不会参与。

肖亦凡被夏小雪突如其来的问题问住了，他愣了一下，然后缓缓地回答："我不知道……"

以前他一直觉得自己是幸运的，可以不去想那么多关于未来的东西。他想，生活就是不停地面对些什么，逃避些什么，解决些什么，然后就可以顺其自然，面对就好。

为什么要去想类似未来那样虚无的东西呢？

人总是庸人自扰地去想关于未来的事情，但是从来没有人跟自己的未来真正遇见过。

未来，永远都延宕了一天。

那是我们永远都没有办法抓住的东西不是吗？

这是肖亦凡一直以来的人生观，可夏小雪这样一问，肖亦凡忽然有种无源的悲伤。是的，他竟然不知道自己，想要的到底是什么。

这些年来的日子，他像是被顺水推舟的一条船，从未想过日子的流水，将带着他驶向何方。

"你呢？小雪？你想过没？"

"我？我没什么宏图大志啦。"

"说来听听嘛。"

"好啦……我就想等我能够有一些资本之后，去一个不像北京这么大，这么辛苦的城市，跟自己喜欢的人，过一点简简单单的小日子。"

"嗯？什么小日子？"

"比如能够开个小店，不用朝九晚五，啊，差点儿忘了，还要有个孩子！我最喜欢……"

说到孩子，夏小雪停住了，她下意识地把手放在了腹部。

肖亦凡也顿住了，两人之间的空气仿佛凝固。

夏小雪知道自己不该提"孩子"这个敏感的字眼，她笑了，那是一种强迫自己的笑容。

"啊，老板，麻烦你上菜快一点，我们都要饿死了。"

夏小雪并不巧妙地转移话题。

肖亦凡又有点儿心疼，但是，他什么都没有说。

他拿起面前的酒杯，一饮而尽。

3···

吃过饭之后，肖亦凡又买了一罐啤酒。这次，他贴心地为夏小雪买了一瓶矿泉水。

跟夏小雪一起坐在空无一人的沙滩上，安静地看着远方黑成一片的汹涌大海。

两个人很久没有说话，而是各自想着自己的心事。海风吹乱了夏小雪的头发，也吹乱了两个人悬空着的心。

"真的很怀念大学的时光，那是多么美好的一段日子啊，要是能一直都那样就好了。"夏小雪轻声说。

"嗯，可是时间总是在我们最快乐的时候，跟百米冲刺一样地飞奔而过，太残忍了。"肖亦凡也轻声说。

"还记得那个时候，每次你有什么事就打电话给我，有一次我都发烧呢，还爬起来帮你去点名，呵呵……但是神奇的是点名回来我睡了一觉，烧就退了，是不是很厉害啊？"夏小雪回忆着，她的眼睛一直看着远方，仿佛是在自言自语一样。

肖亦凡的心里特别难过，他不知道以前自己是真傻×还是装傻×，一直都没有看出夏小雪对他的心意。他不知道如果当时自己能够灵活一点，敏感一点感觉到的话，那么今天会不会就是另外一个样子。可是，四年来，他是真的没有感受到夏小雪对他的感觉吗？

他无法肯定地回答。

"小雪……"肖亦凡叫她。

夏小雪转过头微笑地看着肖亦凡，等着他继续说下去，但是肖亦凡却什么都说不出来，最后，他只能淡淡地说："对不起……"

"哎，我还以为你要发表什么有趣的言论呢，都说了不用说对不起的，我又没怪你，真是的，你一个男生怎么那么小家子气啊，哎，我鸡皮疙瘩都起来了。"

夏小雪故意又转头面朝大海，然后轻轻擦掉眼角快要掉下来的眼泪："你不要搞得跟连续剧一样，我们来到这里，就要开开心心的。"

肖亦凡没有再讲什么。

月亮不知什么时候从云里爬了出来，照耀着两人，给两人笼罩上了一层奇异的金黄。

"好啦，时间不早了，我们回去吧，我有点儿冷了。"

夏小雪站起来拍拍屁股上的沙子，肖亦凡也站起来，把格子衬衣脱下来，丢给夏小雪。

"穿上。"

夏小雪没有拒绝。

两个人一起朝"海韵"旅馆走去。

快到沙滩尽头时，夏小雪突然停下来，狡黠地笑笑说："等我一下啊。"

然后她转身又跑回海边，对着大海大声地喊道："肖亦凡，你去死吧！"

她的声音被汹涌的海浪瞬间吞噬掉，站在远处的肖亦凡看着夏小雪幼稚的举动很想笑，但是当他牵动嘴角的时候，才发现，自己的眼角湿了。

"傻瓜！"他擦一擦眼角，轻声骂道，不知骂的是夏小雪，还是自己。

4···

回到旅馆的房间，两个人决定早点睡觉休息，折腾了一天两个人都累了，肖亦凡坚持自己要睡在地上，夏小雪犟不过，也就答应了。

房间里很安静，安静得可以听见彼此的心跳声。夏小雪睡不着，地板既硬又潮湿，她担心睡在地上的肖亦凡。

她听见肖亦凡一直不停地翻身，知道肖亦凡也没睡，最后，黑暗中的夏小雪凝聚了好大的勇气，轻声地说："肖亦凡，你睡了吗？"

"啊？没有呢。"肖亦凡很快给了反应。

"那我们看会儿电视吧，我睡不着。"

"好啊。"

听夏小雪这么说，肖亦凡立刻兴奋地从地上弹起来。

夏小雪听出肖亦凡声音里的喜悦，仿佛有种被解放的快感，不由得笑出声来。

肖亦凡像得了圣旨一样手忙脚乱地把电视打开，两人之间的空气，变得轻松且甜蜜。

打开电视，正播着经久不衰的《新白娘子传奇》，赵雅芝很年轻很漂亮，虽然演一小段就会唱起现在看来很雷的歌曲，但两人还是看得津津有味，这也是他们童年回忆的一部分。

夏小雪告诉肖亦凡，那个时候自己还在上小学，她经常跟邻居家的小朋友们一起玩《新白娘子传奇》的游戏，那个时候她总是扮演白蛇。

"有一次她们让另外一个人演白素贞，我还哭了，呵呵……"

"你们女孩儿怎么都那么幼稚啊。"

"切，你们男孩也好不到哪里去啊，那个时候你们还不是也玩办家家酒，用树枝做小手枪，还正儿八经地保护女孩子。"

夏小雪反驳道。

肖亦凡突然黯淡下来，淡淡地说："其实我的童年很短暂，在我很小的时候，我妈妈就跟着有钱人跑了，我爸受了刺激，整天喝酒，也从来不跟我说话，后来他开始做生意，努力让自己成为一个有钱人。自从我妈走了以后，算是报复也好，有理想也罢，他就觉得有钱就是拥有一切，于是我只能开始一个人的生活，一个人，吃饭，上学，看电视。每次开家长会，我都希望有人能够出现在我的座位上，可是，我的座位，永远都是空的。"

夏小雪望着肖亦凡，那是她未曾见过的一个肖亦凡，脸上不再挂着笑，嘴角也没有弧线。

她感觉到呼吸困难，心里阵阵的难过。她想给肖亦凡一个拥抱，但是，她并没有这么做，她只是伸出了手，轻轻地拍拍肖亦凡的肩膀。

"但是，我并不怨恨这一切，爸爸后来给了我很好的物质生活，让我衣食无忧。然后我觉得，我的青春期也在不知不觉中延长了，这也算是一种补偿吧。"肖亦凡露出一个不好意思的笑容，他挠挠头，"所以，我的童年虽然短暂，可现在，能不那么早地面对社会，我也觉得挺好。"

"那你后来见过你妈妈吗？"

"嗯，好像在梦里见过吧，哈哈。"肖亦凡用戏谑的口气讲这个话，可夏小雪看得到他心中暗流的悲伤。她忽然觉得，眼前这个不再嘻嘻哈哈的肖亦凡，才是真正的他。

"我们家家境也不好，可是爸爸妈妈很爱我，特别是爸爸，把我当成小公主，把他能给予我的一切，都尽量给了我。"夏小雪的眼睛闪出奇异的光芒，仿佛转眼间回到了小时候，"可后来，他生病了……突然就倒下了，家里都是药的味道，他躺在病床上，瘦得像是另外一个人……"

夏小雪讲不下去了，她强忍住即将夺眶而出的泪水。

肖亦凡握住了夏小雪的手，用另外一只手，轻轻擦去了夏小雪脸上的泪痕。

不知为何，他现在无法看到夏小雪的脸上有泪水，他觉得这个女孩，拥有的应该是灿烂笑容，他要保护她，给予她温暖。

"小雪，别讲这些难过的事情了，我们现在过得挺好，挺幸福，这个最重要。"

"嗯。"

此时此刻的夏小雪，真的是幸福的。

她就是那种女孩子，不要那么多，只要一点点。

像萤火虫一样的女孩子，一点点的温暖，就可以让她幸福很久。

两人依靠着看完了一集《新白娘子传奇》，片尾曲响起的时候，他们的眼皮已然开始打架。

"咱们睡觉吧，怀旧了一下，直接让我困了。"夏小雪说。

"嗯。"肖亦凡点点头。

"到床上来睡吧，反正有两床被子，地上那么硬又潮湿，不舒服的。"夏小雪说完，也不等肖亦凡同意，就把地上肖亦凡用的被子搬到了床上。

这一次，肖亦凡没有再说什么。他忽然觉得，他们两人之间的距离，其实挺近。

关灯之后，房间里重新恢复了安静，两个人相背而睡。

窗外，一轮明月，涛声阵阵。

两个人安然地睡着了，很甜美。

也许只有在梦里，他们才可以不去面对，这么多的现实。🌐

13

· · · · · ·

大海边的小烟火

1 ···

肖亦凡醒来的时候，房间里已经洒满了阳光，窗子开了半扇，海风吹进来，很清新。

他有点儿恍然，眼睛睁开，望向天花板，脑袋是空白的。

大概一根烟的工夫，他从床上坐起来，下意识地望向身边，夏小雪已经不在了，鼻子闻到的是夏小雪身上的味道，淡淡的香，有点儿恍若。

他一个激灵，猛然从床上坐起来，下意识地觉得，夏小雪也如同上次一般不告而别了，心里不禁有些难过，又有些恼火。

阳光透过劣质的窗帘照进来，闪烁着有些暧昧的温暖的光。想起昨夜发生的一切，肖亦凡忍不住鼻子酸了。他莫名地叹了一口气，觉得有些惘然的悲凉，更多的，还有无力。

他想，人活着怎么那么不容易啊，为什么总是要有这么多不开心的事情发生才算是真的活了一遭？他该怎么做，对夏小雪，对她肚子里的小生命，对陆露……

肖亦凡正酝酿感情呢，就听见有人敲门，于是酝酿的悲伤就被肖亦凡硬生生地吞了下去。

就像正在吃枣的时候被人拍了一下肩膀，于是连同枣核整个吞下去的感觉，特堵。

结果进来的是夏小雪，手里还端着个盘子，盘子里放着双黄蛋和烤面包。

"客官，吃早餐啦。"夏小雪笑着对蓬头垢面的肖亦凡说。

肖亦凡觉得有些尴尬，知道自己此刻的形象一定特别不优秀，于是赶紧抓了抓头发，问："海边还有这么有深度的早餐啊，够洋气的。"

"是我从老板那里找了材料，又借用了人家的厨房给你做的，因为咱们住的是家庭宾馆，不提供早餐。面包我用炉子烤的，网上学来的手艺，今天第一次理论结合实践，你就做次小白鼠吧。"

"呃……第一次……不怕毒死我？"

"好啦，我早就试吃过了，要死一起死，你赶紧给我刷牙洗脸去！"

肖亦凡笑着，觉得心里很温暖，那顿早餐他吃得很安心。

他觉得那是有生之年吃到的最好的早餐了。虽然，已经十点钟了，虽然他已经好久没有吃过早餐。

2…

午后，两个人去海边散步。出宾馆门之前，夏小雪突然严肃起来，郑重其事地对肖亦凡说："从我踏出这个门的那一刻开始，我就要忘掉所有的一切，我要有一场没有任何负担的旅行。嗯，从现在开始还不算晚。加油，耶！"

肖亦凡看着夏小雪从跟他讲话慢慢变成自言自语，觉得很可爱很有趣，但是心里又觉得很难过。

因为他知道，现在所有的忘记，都是蒙蔽双眼的自我欺骗。

只骗过自己，却暴露给全世界。

"肖亦凡，我们来赛跑，看谁先摸到海水，输的那个人要被罚坐摩天轮哦。"

肖亦凡正晃神，就听见夏小雪对他说话。他本来没怎么听见，但是当他听见"摩天轮"三字的时候整个人就僵硬了。回过神来，夏小雪已经跑出去很远，还不时回头看他并冲他做着鬼脸。肖亦凡赶紧三步并两步地去追赶夏小雪，还冲夏小雪喊着："夏小雪，你可把哥哥我惹毛了啊，我就认真地跟你比一回，你等着。"

夏小雪并没有跑太快，不是她故意让着肖亦凡，而是她想起自己肚子里还有一个小小的生命，不由自主地，脚步就慢了。

走神的工夫，肖亦凡就跑到终点了，而且一个人兀自得意地跟海水互动了起来。

夏小雪赶紧回过神，对自己说："不是说了要忘记的吗，为什么还要不停地去想呢？夏小雪，你真傻，忘了忘了忘了……"

肖亦凡得意地跑过来，看见夏小雪在发呆，就推推她豪迈地问："怎么啦，输傻啦？不能随便跟哥哥比赛的，年轻人不要野心那么重，不要总是想赢，输几次对年轻人的进步也很有帮助嘛，哈哈哈哈……"

夏小雪好笑地看了得意的肖亦凡一眼，突然冲着海边跑去，边跑边说："年轻人也不可以太得意啊，哈哈哈哈……再来。"

她一边学着肖亦凡的笑声一边跑，肖亦凡在后面追她。两个年轻人就这样在海边嬉戏着，脸上挂着别人眼里幸福纯真的笑容，可是却没有人知道这些笑容背后的苦痛和无可奈何。

跑累了，两个人就坐在海边吹着海风休息，中间有一搭没一搭地说着话，或者有时候干脆就是长久的沉默。

他们在海边坐了很久，天色已经渐渐有点暗了，傍晚的沙滩被夕阳染成金黄色，非常漂亮非常柔和，比起夜里汹涌的海浪来说，此刻的海是那么宁静美好。

尽管是在如此美丽的海边，肖亦凡的肚子还是忍不住抗争了起来。夏小雪听见"咕咕"声，笑着看肖亦凡。肖亦凡觉得很尴尬于是急忙狡辩说："这个，这个人饿也是不能控制的嘛，再说我今天吃得本来就少……"

"好啦好啦，"夏小雪笑着打断他，"我们吃饭去吧，我请客。"

两个人站起来，拍拍屁股上的沙子，肖亦凡突然孩子气了起来，说："你既然要请客，是不是我想吃什么就请我吃什么啊？"

"嗯……对啊，在我能力范围之内的。"

"那我要吃你做的，就吃你做的。"

夏小雪有点犯难了，让自己做饭是没有问题，可是手上根本就没有材料，要怎么做呢？

"这样吧，"夏小雪说，"我们来剪刀石头布啊，如果你赢了我就做给你吃。"

"又比赛啊，不是说不要轻易和我比赛的嘛，你赢不了我的。"

"那就试试看，剪刀石头布……"

肖亦凡嘴上说着不比，但还是条件反射般地出了拳，结果幸运之神对肖亦凡还是友善的，剪刀对石头，肖亦凡胜。

"看吧，我早就说了。"肖亦凡一边得意一边握着拳头向夏小雪炫耀。

"好吧，我做给你吃。哎……真不幸运，总是输给你。"

夏小雪轻声说。

是啊，总是输给肖亦凡，总是输。

夏小雪只好再去麻烦旅馆老板，但是因为实在不好意思再用人家太多东西，最后只是下了一碗青菜鸡蛋面。

可是肖亦凡吃得很开心，满脸都洋溢着幸福的神态。他一边狼吞虎咽地吃着面，一边还念念有词地说："有两下子嘛，小雪……等我成了皇帝，封你个大长今当当。"

"谁要做大长今，美的你，给我金银财宝股票期权就好了。"

"好，没问题。要什么给什么。"

"嗯，到时候你给忘了，我就跑去找你说'皇上，还记得当年秦皇岛海边的夏小雪吗！'"

"哎，这情节不对啊，琼瑶奶奶看了会生气的，明明是女儿去找的嘛……"肖亦凡说到这里，卡住了。

夏小雪也一愣，随即又笑："算了算了……这么老套的戏码，不跟你玩儿了！"

说罢，她拿起肖亦凡面前的碗，转身刷碗去了。

肖亦凡在身后叫："喂喂，小雪，你急什么，我还没吃完呢。"

他不知道，夏小雪急，是因为眼泪就要掉下来。

夏小雪也不晓得，当她的身影消失在门口，肖亦凡也黯然得仿佛一只泄了气的皮球，瞬间低下了头。

3···

吃了晚饭，肖亦凡洗了澡。

洗澡出来的时候发现夏小雪没有在房间。

他去了沙滩，借着海边路灯的灯光看见夏小雪一个人坐在海边，手里还拿着一根已经燃烧了一半的烟。夏小雪的背影看起来很孤单很悲伤，她抽一口烟，烟雾缓缓升起，在空中散开来，越来越淡，然后消失，就好像他们之间原本的那种单纯的情感，越来越淡直至消失。

他慢慢走过去，夏小雪感觉到身后有人，回头看见肖亦凡，于是悄然把烟熄灭，微笑地看着他。

肖亦凡没有说什么，他看出夏小雪并不想让自己知道。

"你不是不抽烟的吗？"肖亦凡问。

"抽着玩儿嘛。谁说的来着，抽烟是幼童装大人的第一步嘛，我早就不是幼童了，需要进化成更好的人。"

肖亦凡从未见过这样的夏小雪，仿佛一夜长大。

"你怎么一个人跑出来了？"肖亦凡没话找话。

"在房间太闷，就出来走走，你在洗澡，我总不可能把你拖出来吧。"

两个人没有再说话，只是安静地看着不安定的大海。

蓝色的海，汹涌的海，似乎可以包容一切悲伤的海。

一个小朋友沿着海滩走过来，手里的篮子里放着孔明灯和几种简单的烟火。

这些经常把情侣当成冤大头的小孩，做生意的脑筋可比肖亦凡和夏小雪灵光多了，看到两人，几乎是以看到猎物的架势冲上前去。

"哥哥姐姐，买个孔明灯许个愿吧，买些烟花浪漫一下吧，留下些美好的回忆吧……"

肖亦凡被说得没办法，夏小雪也无奈地笑，掏钱买了烟火和一盏孔明灯，才勉强把小孩子打发走。

两人在沙滩上找了一片干净的空地开始放烟火。

烟火缓缓升空，绽放出美丽的花朵，瞬间就凋零了，残骸落进深邃的大海，没了踪影，但还是有着如此华美的璀璨瞬间，令人动容。

烟火的火光照亮了夏小雪的脸，很美，很憔悴，仿佛烟花般美好。

虽然这份美好，这般的脆弱及令人怜惜。

那一刻，肖亦凡看着夏小雪，很想就这样什么都不顾地把她抱在怀里，即使万劫不复也无所谓，只是想抱她，就只是这一刻是抱着她的就好。

"肖亦凡……"夏小雪叫他。

他回过神看着夏小雪的脸。

"肖亦凡，我已经买好了回程的车票，我们坐两个小时后的火车回北京。"

肖亦凡突然觉得失望极了。

他似乎已经习惯了这样的生活，睡醒，吃夏小雪做的东西，看海，说话，或者干脆只是沉默，尽管仅仅只有一天而已。

"哦……"肖亦凡回答，他本来还想说点什么，可是却什么都说不出来。

就在这时，海边巡逻的保安发现了放烟火的两个人，急忙上来要制止。

"喂，你们两个……"

"不好，快跑小雪。"

肖亦凡虽然搞不清楚到底是什么状况，但下意识地拉起夏小雪的手开始跑。

两个人沿着海岸线跑了好一会儿，总算是把保安给甩开了。

"干吗，干吗要跑啊……"夏小雪一脸问号。

"不知道，就觉得……那个情况之下……跑就是上上策。"肖亦凡也累得够呛。

夏小雪看着他，觉得他这样子很好笑很可爱，于是在深夜的海边，爽朗地笑出声来。

"喂，干吗笑啊，你看刚才那保安凶神恶煞的，被抓到保不齐我们今天就走不了了。"

肖亦凡被笑得有些不好意思，但是，他脸上也漾出了欢快的笑容。

"好啦好啦，你最会分析了，最会见风使舵了……"

"你这是夸我还是骂我啊？"

"你自己想咯……哎，我们还有一只孔明灯没有放呢，我们还是放它吧。"

"嗯，就在这里吧。"

肖亦凡说着，拿出打火机把孔明灯点燃。

"小雪，你来许愿吧。"肖亦凡说。

"我们一起吧。"

"不要，如果有两个愿望，说不定它负荷不了就都不灵了呢，你许吧。"

"好吧……我就当仁不让一次好啦。"

夏小雪闭上眼睛，默默地许下愿望，那个在她心里面埋藏了那么久的愿望。

她想，就这样告诉孔明灯，然后放飞。

然后，在天空的某个角落，连同她的这个心愿还有所有她曾经的爱，一起，灰飞烟灭……

大家就此扯平，你情我愿，两不相欠。🔳

14

世间最悲伤之事

1 …

因为是晚班的火车，即使只有两个小时的车程，也还是会让人觉得有困意。

夏小雪和肖亦凡的座位旁，坐着一对高中生模样的小孩，女生靠在男生的肩上睡着了，两个人也和他俩一样，戴着同一副耳机。

男生悄然按着 MP3 的音量减小键，动作轻柔到仿佛尘埃中都要开出花朵来。

夏小雪看在眼中，却只是淡然地笑着，她早已过了会羡慕的年纪。

但不知为何，她看着那对少年，心中却涌起丝丝的难过。

想到他们现时如此纯洁无瑕的感情，也许终有一日会走到终点，所有的美好，都会消失殆尽，她有些沮丧。

不，不会的，即便走到了终点，也总是会有些什么留下来的吧！

嗯，肯定会的，一定会的，夏小雪坚定地想。

"小雪，怎么了？"看到夏小雪突然的失神，现时的肖亦凡特别的敏感。

"没怎么呀。"夏小雪抿嘴笑，再次强调，"真的没什么啦。"

肖亦凡没再追问什么，他只是心中有股莫名的烧灼感，无以名状。

北京站到了，在行色匆匆的人潮中，两人都没有意识到，彼此的脚步，缓慢得仿佛文艺电影中的慢镜头。

可是脚步再慢，也还是会有走到终点的时候，走到终点，这场旅程也就结束了。

他们的心里，不约而同都有一丝不舍。

仿佛这趟旅程的结束，也就意味着他们要跟不久前的美好说再见了。

再也不见了。

出了站，人海茫茫，大家摩肩接踵，各奔前程，他俩却忽然有一种迷失感。

"肖亦凡，你把眼睛闭上。"

"啊？"

"听我的啦。"

"呃……你要干吗呀，这儿可挺多小偷的。"

"你闭上眼我再告诉你！"

"好吧好吧。"

肖亦凡把眼睛轻轻闭上，夏小雪踮起脚尖，对着肖亦凡的耳朵，努力掩饰起自己声音中的黯然，悄声说道："我不想让你看着我离开。"

虽然肖亦凡看不见，可夏小雪还是挤了一个干涩的笑容出来，仿佛骗小孩儿韩剧的女主角。

以前她总觉得韩剧里面的女主角们矫情得要抽她们耳光才解恨，可这事儿真的发生在自己身上，夏小雪竟然也韩剧了。

可肖亦凡并非那木脑壳的男主角，他明白，他懂得。

可他张嘴，却一句话都讲不出来。

他还有什么好说的呢？他觉得自己混蛋透了。

此时此刻，他只能紧闭着眼睛，缓缓摇头，那劲儿恨不得把脖子扭断。

小雪又向后了一步，低着头，她不想不敢也不能看着肖亦凡。

她怕有丝毫的可能坚持不住，瞬间分崩离析。

夏小雪还是固执地让肖亦凡不要看着她离开。肖亦凡答应了。

夏小雪转头就流了满脸的泪，踏上回家的地铁肆无忌惮地躲在车厢的角落，又流了满面的泪。

她却并不知道，肖亦凡怕她出事，其实尾随着她，进入了相连的车厢，透过玻璃窗，看到了所有的一切。

望着哭得痛彻心扉的夏小雪，肖亦凡无力地伸出手去，却永远也抵达不了近在咫尺的夏小雪。

此时此刻，他知道，夏小雪需要独自一人，需要用她自己的方式，去面对这一切。

唯有这种承担，这种变相的自我伤害，才能治愈她自己。

地铁的浑浊空气里，嘈杂人声中，肖亦凡忽然有种彻头彻尾的无力感。

世间最悲伤的事情，莫过于你想为对方做点儿什么作为补偿，对方却告诉你什么都不需要，还反过来安慰你，告诉你一切都已足够。

就仿佛爱一个人，明知道你没有错，却还硬要我原谅。

2…

两人约在医院门口见面，定了八点半。

天刚蒙蒙亮，大概六点，肖亦凡就打车到了医院，挤在一群灰蒙蒙的人之中，排队挂号。

他想要给夏小雪挂一个专家号，这是他唯一能够想到的，能够做到的事情。

人很多，挤在医院的大厅里，空气很浑浊，大家的脸色都不好。肖亦凡忍不住皱起了眉头，但是，他忍耐着。此时此刻，他只想做好一件事情，就是挂号成功。

号七点正式开挂，等在他前面的有差不多八个人，专家号有十五个，肖亦凡自信满满。

一侧耳，就听到前面两个黄牛在聊天。

"最近生意怎么样？"

"嘿嘿……只要有人生孩子，妇产科的专家号就永远是热门。"

"我弟他们挂肿瘤科的，生意也不错。"

"是吧！那下次我也得注意注意，上次一个妇产科的专家号我竟然砸手里了，心疼我半天。"

肖亦凡越听，白眼就越翻上来。他觉得这些人丑恶死了，庸俗，素质低。

他下意识地往后靠靠，离他们远一点，免得再听到他们令人作呕的谈话。

但是，他却并未想到过，这些人，也仅仅只是庸庸碌碌地，想要讨一口饭吃而已。

七点到了，人群开始缓缓移动，终于排到了肖亦凡，他把钱递进小窗口："小姐，一个今天的专家号。"

挂号处的是位刚毕业的小姑娘，被肖亦凡称作小姐，俨然很是受用。她抬头看一眼肖亦凡，语气十分惋惜地说："对不起，今天的专家号挂完了，普通号成吗？"

"啊？真没了？"肖亦凡有些惊愕。

"真没了。"小姑娘一脸无辜地望着肖亦凡。

肖亦凡垂头丧气地从挂号处走开，他沮丧极了，自己为什么连这点儿事情都做不好。

出了挂号大厅的门，在医院的门口，肖亦凡又看到了那两个黄牛，为了夏小雪，他决定向黄牛买号。

"喂，妇产科的号多少钱一个？"肖亦凡语气不怎么友善。

两个黄牛正在抽烟，斜眼打量了一下肖亦凡，一脸爱买不买的神态："两百！"

"两百？十五块一个的专家号你们卖两百？"

"怎么了？有意见啊？"

肖亦凡被顶得半死，转身就要走，一个黄牛眼看着有生意不做白不做，能出一个号是一个，于是开口叫住肖亦凡。

"喂，哥们儿，一百五给你一个。"

肖亦凡连头都没有回，他那牛脾气，就算原价给他，他都不会要了。

肖亦凡再次跑回挂号窗口，踟蹰徘徊，反复深呼吸。

他没干过求人的事情，但是这一次，他觉得他必须做做看。

挂号窗口的小姑娘也发现了肖亦凡的存在，她斜眼观察，看着看着，嘴角就有了笑意，她想看看这个大男生要做什么。

终于，肖亦凡一跺脚，再次冲到窗口："那个……小姐，请问你这里能帮忙再挂上一个号吗？"

"什么？"小姑娘有点儿没听明白。

"就是能帮忙多给我匀一个号儿出来吗？我……我可以多给钱，多少都成。"肖亦凡一边说，一边心急火燎地往外掏钱。

小姑娘被逗笑了："不行，我们没这么做的，而且，专家号真是挂完了……"

肖亦凡的脸一下子黯淡下来，声音微弱："可我真有急事儿……"

小姑娘看了不忍，连忙补话："倒不是没有办法啦……"

肖亦凡眼睛都亮了起来："有办法？什么办法？"

"刚刚你第一次排的时候我就想告诉你啦，谁让你跑那么快，我也不方便当那么多人面叫你回来。"小姑娘撇撇嘴。

"啊……我刚刚太着急了。"

"着急也讲究策略嘛，一看你就没什么社会经验！好啦，你等到八点左右，大夫上班了，你就去专家诊室，告诉大夫你的情况，让他加一个号儿给你，记得，态度诚恳点儿。"

"这么简单？"

"你这意思是想再难点儿？"

"不不不……"肖亦凡挠头，"真不知道怎么谢你才好。"

小姑娘笑笑："我可不是要帮你。好好对人家。"

肖亦凡想跟小姑娘笑笑，却发现嘴角硬到笑不出来。

看看时间，已经七点四十，他跟小姑娘挥挥手，上楼去妇产科门口等着了。

3…

在门口等了二十分钟，专家室的大夫八点就到了诊室。

肖亦凡几乎是跟在人家的屁股后头进去的。

愣头青一般磕磕巴巴地跟大夫讲了一遍，大夫没为难肖亦凡，很爽快地给他开了条子。

肖亦凡跑上跑下，终于加到了一个专家号，时间已经指向八点一刻。

他蹲在医院门口的马路边抽烟，看早上庸碌的人群，心中忽然不是滋味。他的心中闪过一丝沉重，为着这无奈而烟火气十足的生活。

想一想过去仿佛童话一般的日子，他揭开现实生活的小小边角，竟然发现，这个世界，同他想象的，如此不同。

夏小雪此时悄然来到他身边，从身后蒙住他的双眼。

肖亦凡微笑："夏小雪，幼稚不幼稚啊你。"

夏小雪把手放开，抿着嘴唇，故作不屑地低头望着肖亦凡："肯定是你刚刚看到我走过来了，耍赖鬼。"

肖亦凡被逗乐了："有你这样的吗，蒙我眼，还说我要赖。"

"怎么样，你咬我啊！哼，走啦，去挂号。"

肖亦凡伸出手来，递了加号的单子过去，轻描淡写地说："喏。"

夏小雪接过来，心头那一块敏感的小柔软，还是轻微颤动了一下。

但她没有讲什么，她是夏小雪，她讲不出什么哄男生开心的漂亮话，更何况，现在的她，远没有表面上的那般镇定。

因为是加号，基本要排到中午才能看上。

"咱们先去对面的肯德基坐会儿吧！"夏小雪提议道。

"嗯，好的，没问题。"肖亦凡从地上站起来，拍拍屁股。

两人并肩往肯德基走去。进了肯德基，人很多，挤满了外地来北京看病的人，每个人的脸上都是难掩的愁云惨淡。

两人等了一会儿，才坐到两个在角落的位置。肖亦凡去买了喝的，给自己买的可乐，贴心地为小雪买了热牛奶。两人没有再讲什么话，都是年轻人，心里有忐忑，始终也会浮在面上。

肖亦凡因为起得早，一会儿，就趴在桌上沉沉睡去。

夏小雪喝着一杯热牛奶，看着肖亦凡，心中忽然满是平静。

原本一路上所有的忐忑，所有的害怕，所有的无可奈何与委屈，都在这一刻烟消云散。

她终于认命，既然爱了，就无怨无悔，即便残骸腐化，她的心中依旧开满繁花。

夏小雪为了肖亦凡，可以什么都不怕。

4···

终于等到了中午，夏小雪在检查，肖亦凡等在门口，如坐针毡。

妇产科门口，也等着很多跟他一样的男人们，只不过与肖亦凡不同的是，他们的脸上，虽有焦急，可大部分，都带着幸福的微笑。

想想也对，如果不是为了迎接一个新的小生命，是没有必要大费周折挂一个专家号的。

诸如堕胎这样的事情，并不光彩，大部分时候，人们都会低调处理。

随便的可能会在街头诊所解决，即便来大医院，也大多挂一个普通号，但求速战速决。

肖亦凡身边的男子看到肖亦凡这么年轻，以为他早婚，心生好奇。

男人的八卦，不次于女人，特别是对于守候在妇产科门外的男人们而言，这个八卦度，更应该提高几个百分比。

对方应该是个新晋准爸爸，心中紧张，于是就想要通过跟肖亦凡攀谈来舒缓下心中压力。

"哥们儿，紧张吧？"

肖亦凡看他一眼，笑了笑，不知该答什么好。

"你多大了？"对方又问。

"二十二。"

"那是今年刚够年龄嘛，够小的。"

"嗯……"肖亦凡不知道他指的什么，但还是模糊答应，他现在心没在这里。

"什么时候领的证啊？"

肖亦凡这才明白他说的是什么，想解释，又不知该如何解释，于是随口回答："上个月。"

"刚结婚就有了？还是之前就有的？够幸运的啊你。"新晋准爸爸拍拍肖亦凡的背，以示男人间的亲密，肖亦凡却被问得有点儿发毛。

还好医生及时出来，救了肖亦凡。

"夏小雪家属在吗？"

肖亦凡赶紧起身："在在在！"

"你进来一下。"

肖亦凡这才如释重负，逃一般去到诊室里。

进入诊室，夏小雪竟然不在。他看一眼医生，那中年学术权威的严肃脸，更加显得凝重。肖亦凡的心中忽然升腾起丝丝缕缕的不祥预感，心跳莫名地加速。

神啊，夏小雪千万不要出什么问题，一切的一切，都冲着我来。

肖亦凡在心中默然祈祷。

15

没有退路的人生

1 …

医生坐下来，示意肖亦凡也坐下。

肖亦凡有点儿迟钝，缓缓地在办公桌对面坐下来。

仿佛回到了小学时光，被班主任叫到办公室，永远不知道自己做错了什么，只知道是错了。

医生淡定地上下打量了他几遍，眼神里充满了疑惑和不解，终于开口问道："你是夏小雪的什么人？"

"嗯……男朋友……"

"交往多久了？"

"没……没多久……"

"怎么这么不注意啊……都是成年人了，总要学会为对方负责。"医生口气里满是责备。

肖亦凡头低下来，不知道该如何应答。

最后，医生叹了口气，平静地说："夏小雪子宫内膜异位，如果做了流产手术，很有可能导致不孕。我觉得你们是不是应该再慎重地考虑一下。"

听到医生这么说，肖亦凡当场就傻了，这对肖亦凡来说无疑是个晴天霹雳。

他下意识地想要咧咧嘴角，撑出一个玩世不恭的微笑，好排解掉他此时的震惊。

但是，他的脸仿佛被混凝土浇灌了，一片寂然。

他甚至有点儿想要夺门而逃，离开这个满目白色，充斥着悲惨哭声的鬼地方，随便找一个地方躲起来，再也不回来。

但是，他什么都没有做。他缓缓抬起头来，坚定地望着医生，开口问道："那要怎么办？您说。"

医生被这个男孩子眼中的点点闪烁莫名地打动了，他也不是没有遇到过相似的情况，可这个年轻人的表现和担当，让他有些动容，于是他决定给出他良心的建议。

"你们有考虑过结婚吗？如果考虑要结婚的话，最好还是留下这个孩子。"

肖亦凡沮丧而不知所措地摇头，轻声说："我们……没有……"

他的声音很小，小得几乎连自己都听不见。

结婚，肖亦凡觉得那是距离自己很远很远的事情，内心里，他还把自己当成个少年。

他不知道，也不想知道，自己已经在时间的流逝中渐渐成长，渐渐模糊了自己年少的模样。

医生看出他心事重重，继而转话题说："不过，我劝你还是先跟女方交流一下，因为女方坚持要流掉这个孩子，已经安排住院了。我们院方觉得这并不是件小事情，应该由你们双方慎重商量考虑之后再做决定，你们还是再考虑一下吧。"

"啊？小雪坚持？坚持什么？"肖亦凡有点儿不相信自己的耳朵。

"对啊，非常坚定地打掉这个孩子，还不让我们告诉你。但是，你有知情权，毕竟这种手术，也需要家属签字的。"

肖亦凡的心像是玩儿了一次高空自由落体，瞬时失重，跌落在地，摔了个粉碎。

他瞬间就明白了夏小雪所有坚持的原因。

夏小雪你为什么这么傻呢？你觉得这样做，我就会好过一点吗？

肖亦凡从诊室出来，身体还在止不住地颤抖。他有点儿想流泪，可是他哭不出来。

他觉得他太不爷们儿了，他不允许自己哭出来，他要开始担起这一切，从这一秒开始。

2…

肖亦凡冲到夏小雪的病房门口，又停下脚步，透过狭窄的玻璃窗，他看到病房里面的夏小雪。

她正在逗着隔壁床刚刚出生的小孩子，脸上的笑容纯洁灿烂，是肖亦凡从未见过的光芒。他想，此时的夏小雪心里一定安静得像湖泊一样，没有任何的波澜，只是在默默等待最后的处决吧。

肖亦凡推门走进去，夏小雪看见肖亦凡便停止了跟小孩子的玩耍，只是对他笑笑，重新躺回病床上，眼睛里的光芒就像被吹灭的蜡烛一样瞬间熄灭。

她已经换好了病号服，瘦弱的身体在肥大的病号服的包裹下显得更加瘦小。

两个人都没有说话，那种静默就像一个屏障，将两个人包围起来，越缩越小，让人窒息。

夏小雪突然咧开嘴笑了，对肖亦凡说："哎，我穿病号服是不是看起来特可爱，显得我特别瘦，我觉得我都可以做代言人了，真的是太……"

"为什么？"

肖亦凡打断夏小雪企图活跃气氛的玩笑，夏小雪每笑一下，刀子就往肖亦凡的心里插深一点，那种疼痛蔓延开来，让肖亦凡恼火。

夏小雪被肖亦凡突然的严肃和冷漠吓住了。她不笑了，嘴角垂下来，望着窗外，安静地回答："不为什么。"

不为什么！

这个答案让肖亦凡越发的心如刀割。

他多么希望夏小雪能够给他一个理由，一个也能让他自己解脱并且觉得有说服力的理由，可是夏小雪却说"不为什么"，没有任何原因也没有任何反驳的机会。绝望而悲凉。

沉默了许久，夏小雪转过脸来看着肖亦凡，眼神冷得像一把冰刀："肖亦凡，你不用想太多，我并没有你想象的那么爱你。我决定不要这个孩子，只是不想把我自己给耽误了，与你无关，你不需要自责，也不需要有任何悲伤的情绪，更不需要那么自以为是自作多情……"

夏小雪的语气冰冷而绝情，像是对待陌生人一样。

"夏小雪，你以为你自己的演技很好吗？"

听完夏小雪的话，肖亦凡的眼眶微微有些发红。

"你是为了你自己吗？你明明已经知道做这个手术的结果是什么，如果真的是为了你自己的话，为什么还肯冒这么大风险？你说？为什么你刚刚说那一番自以为很无情的话的时候，连声音都是抖的。"

"我……"夏小雪试图遮掩，可是，她拙劣的演技，真的骗不过任何人。

肖亦凡不忍听她再讲出伤害自己的话："小雪，这是我们两个人的事情，你为什么要自己一个人去承担，你以为这样我就可以解脱吗？可以旁若无人地继续生活？你第一天认识我？或者，在你心中我就是那种人？那种自私自利的人，毫无责任感的人？"

夏小雪答不上来，可是，她仅仅能做的事情，就是骗过肖亦凡，自己承受。她慢慢软下来，倚靠在了病床上，看着肖亦凡，缓缓又轻声地说："可是，肖亦凡，如果不这样，还能怎样？我们还有退路吗？"

肖亦凡沉默了，夏小雪去拉他的手，让他在病床上坐下来。

"亦凡，这的确是我们两个人的事情。可是，起因在我，所以我来承担。你稀里糊涂被我拉上船，不怪我，我已经很感谢了。无论你相信与否，这都是我的真心话。"

肖亦凡动容，握紧夏小雪的手："你给我一点时间，给我一点时间，小雪。如果你真的相信我，就给我一点时间，让我想到一个更好的方法，相信我好吗？"

讲完这些话，肖亦凡已经有些哽咽。

夏小雪无法拒绝，她永远无法拒绝肖亦凡，于是，她微笑着，点了点头。

不知道从什么时候开始，夏小雪爱上了微笑。

仿佛微笑是一件无敌的法宝，施展它，就可以抵御全世界。

3…

送夏小雪回家之后，肖亦凡拖着疲惫的身子回到家。他窝在沙发里，蜷缩成一团，脑袋是停滞的。

下午四点多，北京的太阳已经开始惦记着落山，天有点阴，洒进室内的光，也罩上了一层灰蒙蒙的雾。

电话响了，肖亦凡起身去接，从沙发上爬起来都似乎耗尽了他全身的力气。

电话那头的是陆露，一上来就有些兴师问罪的意味，但话语里，还是听得出关切："肖亦凡你都消失好几天了，你干吗去了啊？手机还关机。你知不知道我有多担心？你到底干吗去了，你为什么都不跟我联系，也不跟我说一声……"

肖亦凡听着电话那边的陆路像机关枪一样质问着他，"突突突突"，仿佛不把他射成一个马蜂窝就不罢休。他略带不耐烦地打断陆露的话，敷衍道："忙着学英文，上课手机要关机的。"

"学英文？学英文也要给我打电话啊，英文一学难道中文就不会说了吗。手机上课关机，下课总是要开的吧……"

"哦。"肖亦凡要死不活地回应，陆露反倒没了脾气，主动示好。

"那个……我现在过去找你吧。"

"别了，今天很累，改天吧。"

陆露俨然没有想到，一向宠着她的肖亦凡会这样回答她，她一下子就给点着了，结合了一下肖亦凡近期的表现，她决定有的放矢地发飙。

"肖亦凡你不要太过分了，你知不知道这几天我有多担心你，你怎么还一副没事的样子，改天？改哪天，改到你哪天又消失了是不是？你怎么可以这样……"

"行了行了，没什么事我挂了啊。"

听肖亦凡这么说，电话那边的陆露有点慌了，她从来都没有见过这样的肖亦凡，以前她只要一发火肖亦凡就赶紧哄她，可这次却没有。

陆露非常不安，于是只好再次低头，软了口气："你不要生气嘛，我是真的担心你所以才冲你发火的……"

"好了，我不生气，明天我打电话给你好吗？今天我真的很累。"

"嗯，好，那你早点休息，明天我等你电话。"

"好，早点睡。"

说完肖亦凡就"啪"一下挂断了电话，电话那头的陆露，有点儿蒙。她掐了掐自己的脸，确定这一切都不是梦。

刚想躺回沙发上，电话又响起来，是肖亦凡爸爸打来的，询问他最近的状况如何，需不需要用钱。

肖亦凡想到小雪，就借口说自己报了辅导班，再加生活费房租什么的，让爸爸打两万块给他，肖爸爸爽快地答应了。

然后肖爸爸又问他跟陆露的事情，说如果两个人觉得不错，不如先结婚，再出国念书。

肖亦凡苦笑："我现在还没有想过结婚的事情，再说吧，不急。"

"亦凡，爸爸没有多少时间好等了，想看见你早点结婚生子事业有成。"

肖亦凡听出爸爸语气中有点不对劲，于是追问："爸，你这是什么意思，什么叫等不了多少时间啊？"

"哎，爸爸不是觉得自己老了吗。"

"您哪里老了，别胡说八道。"

"好，好，不老，不老。行了，那你早点休息吧，爸爸不打扰你了，有什么需要的就跟家里说。"

"行，那您也早点休息吧。"

"对了，我过几天要去北京出差，到时候打给你，你来酒店，我们见一面。"

"好，晚安。"

挂了电话，肖亦凡只想安静地睡一会儿。

正准备去洗澡睡觉，电话又一次响起来，肖亦凡砸了电话的心都有了。

他不耐烦地接起来，还没等说话，电话那边就传来方芳焦急的声音："肖亦凡，夏小雪呢？"

"我送她回去了啊。"

听肖亦凡这么说，那边的方芳急了："她根本就没回来，肖亦凡你怎么送的啊，夏小雪不见了……"

16

第七棵白杨树下

1···

一票人都在火急火燎地寻找夏小雪，可是偌大的北京城，就连找一只恐龙恐怕都得费上点工夫，更何况是如此普通如此孤单，在北京城里没有皇亲国戚的夏小雪。

几个人力不从心地站在夜晚北京城的大街上，满脸的焦急。

在大家乱成一团的时候，还是方芳比较聪明才智，掏出手机果断地拨打了110。那边电话刚接通，方芳就对着话筒说："喂，警察叔叔，那个，我有一朋友失踪了，一小女孩儿，在北京没什么亲戚，我们这不是都没招了，您看，您们能不能费累给找找？"

"失踪多久啦？"方芳刚说完，电话那边就传来一个不耐烦的年轻女人的声音。

"哦，是警察阿姨啊，那个，今儿下午出去了就没回来……"方芳小心翼翼地说着。

"没超过二十四小时呢，超过二十四小时再报案吧。"那女接线员明显不高兴，冷冷地丢下这几句话，接着便传来断线的"嘟嘟"声。

是啊，想想人家能开心吗？一接起电话就被叫叔叔，一会儿工夫又改成阿姨，这年头凡是花甲以下年纪的都得叫姐姐，你叫阿姨，那不是摆明了不会做人嘛。

可是方芳不乐意了，听着那边的"嘟嘟"声，火"噌噌"往上蹿，对着手机就骂上了。方芳骂着骂着就哭了，她的眼泪就跟开闸的黄河水一样，突如其来地流下来。大家都累了，知道她着急小雪，需要发泄，所以就索性任方芳那么又哭又骂。那声音在北京安静的大街上听起来格外突兀和尖锐，但更多的，却是绝望。

一群年轻人，在这个偌大又冷漠的城市里举目无亲地绝望着。

"方芳，你别这样，你这样我看着心里特别难受……"肖亦凡看方芳哭了，便上前安慰。刚安慰几句，方芳的火反而更大了。她指着肖亦凡说："滚吧你肖亦凡，你还挺多情的，大街上整天都是哭的女的，你怎么不随便去难受几个，也把人家肚子给搞大了啊，你多英雄啊，多能耐啊，专逮夏小雪这种软柿子欺负，×，你怎么不去搞陆露去……"

"方芳，你这话过分了啊，亦凡肯定也不是故意的，肯定也是有理由的……"旁边一直默不作声的夏天和郭阳终于在方芳机关枪一样的扫射里听出了端倪，知道了事情的大概，于是上前阻止越来越过分的方芳。

"理由，这种事儿需要什么理由啊，郭阳，你说，你需要什么理由？你想给你们家留种了是吧，你寂寞了，想弄个孩儿出来玩玩？还是什么？啊？你给我个理由我听听。没有是吧，夏天呢？"

肖亦凡脸色越来越不好看起来，黑得仿佛山雨欲来。郭阳连忙上前，握住方芳的手，瞪她一眼："方芳，不带这么讲话的。小雪不见了，他也着急，你在这儿口无遮拦，解决不了问题，还伤了大家的和气。"

凉风一吹，方芳也觉得自己是有点儿过了头，郭阳伸手帮她擦掉脸上的泪，看她红肿的双眼，心里亦泛起心疼。

"看看你这烂性子，到时候小雪还没找到，你却先给急死了。"郭阳的声音变得甜蜜而低沉，"你舍得先死，留下我一个人？"

方芳被逗得终于脸上有了笑容。她看着蹲在地上的肖亦凡，也生出了那么一丝后悔："亦凡，对不住了，刚姐们儿一着急，说话就没谱了，你别放在心上……"

肖亦凡硬生生挤出一个难看的笑容，以示理解。张嘴想要讲几句风趣话，却发现自己一句话都讲不出来。

这状况下，他其实比方芳更要心急如焚。他心里难过得就跟喝高了又做了云霄飞车之后的感觉一样，堵着，特想吐。

突然，他愣愣地站了起来，仿佛想到了什么。

他仿佛中了蛊,什么都没讲,就跑到路边伸手拦住了一辆恰好经过出租车,飞驰而去。

车子迅速带着肖亦凡逃离了现场,扬起轻微的尘土。

他的速度太快,出租车的时间点也配合得恰到好处。

大家先是愣了,不知道他意欲何为,接着夏天和郭阳便要去追。

倒是已经冷静下来,恢复正常思路的方芳说:"算了,别追了,让他一个人静一静,我们继续找吧。"

2···

肖亦凡上车后,跟司机说的地方是传媒大学,定福庄东街一号,这个无比熟悉的地方。

坐在出租车上,肖亦凡头靠在车窗上,望着熟悉的街景,忽然想起他刚毕业时那张意气风发的脸,闭上眼,仿佛那个美好的下午,就在眼前。

那时,他觉得自己拥有全世界,可刚几个月,一切,都变了。

传媒大学保护了他四年,让他免于接触所有的残酷。

他回想起往日旧时光,觉得那时,真的是幸福,只是自己身在其中,并不自知。

但现在,他心中并无留恋。

这些日子,发生的种种事情,终于让他明白,生命始终只是一场握有单程票的旅途,他回不去了。

大家,都回不去了。

肖亦凡想要去的地方,是传媒大学校园里的一个小角落。

他记得那里曾经就像他跟夏小雪的秘密小基地一样,那里隐藏着他们之间无数的小秘密,每个小秘密都像一个小坦克,被他们坚挺的友谊包裹着,坚不可摧,无懈可击。

友谊。

肖亦凡想到这个词的时候心里又难过起来。他想,其实那个时候他们之间,就已经有了些许的变化吧,只是自己固执地不愿承认,不肯承认,也不想承认。

仿佛承认了他们之间的某些流动着的情愫,这份珍贵,就会瞬间变质。

他记得那年，他们都刚升上大三，机缘巧合下，他认识了陆露。

那个时候的陆露已经出落得美丽高贵，一副公主的模样，神圣不可侵犯，可是肖亦凡偏偏就是侵犯了，他对陆露一见钟情，横冲直撞就去追。

结果硬生生地被宠坏了的陆露给撅了回来，他沮丧得如同一个第一次失恋的小男孩。

那天晚上他难过得罄竹难书，一直一帆风顺的他什么时候遭受过这等打击。

他发短信给夏小雪，半撒娇半抱怨，要死要活。

于是那晚，小雪就把他带到那个地方，并且告诉他，每次她伤心难过的时候，在那里坐一会儿，心情就会莫名好起来。

夏小雪说，那是一个很神奇的地方，有着奇妙的魔力，可以带走所有不开心的事情。

那晚，夏小雪陪肖亦凡聊了一个晚上，并且帮他制定了一系列完美的追求计划，最后她微笑着告诉肖亦凡要相信自己，要对自己有信心，只要有自己的计划一定会马到成功。

肖亦凡不记得夏小雪给她制定的计划了，他只记得那天晚上之后，夏小雪得了一场严重的感冒，他却没有去看她一眼，没有打过一个电话发过一条短信，而是按着夏小雪给的计划轰轰烈烈地把陆露追到了手。

今天，他还想起了一件事，就是那晚夏小雪的笑容。在洁白的月光之下干净、纯洁的笑容。晚风轻扬起她细软的发，仿佛一个温柔的梦。

肖亦凡摇摇头，他不知道现在记起那个，会不会太晚。

那是传媒大学门口的第七棵白杨树下。

他记得夏小雪告诉他，上帝七天创造世界，所以她坚信七是一个完美的轮回，所以每每坐到这棵树下的时候，无论发生了多么令她难过的事情，她都会重新鼓起勇气。

一切，又重新清晰了起来，历历在目。

如今，肖亦凡就是有这样的感觉，夏小雪回到了传媒大学，回到了第七棵白杨树底下，静静地等候自己下一次的轮回。

3 …

出租车在夜晚北京空旷的大街上开得飞快，在肖亦凡回忆着这些事的时候，便开到了校门口。他付钱下了车，拔腿就往校园里跑。

可是跑了几步，他的步子又慢了下来，甚至变得无比沉重。

他忽然有些害怕。那份怕，越扩越大，仿佛黑洞一般，吞噬了他所有的勇气和希望。

他怕当他走到第七棵树下的时候，发现夏小雪不在，发现她已经不再对他们的小基地，那样虔诚，发现自己最终找不到她，丢了她。

那对于肖亦凡来说，将是一份多么大的打击，几乎可以摧毁一切信念。

"一，二，三，四，五……"

肖亦凡轻轻地默数着，那声音轻柔得仿佛怕打破这深夜最后的宁静。

"七……"

当他站在第七棵白杨树下的时候，他的心一下子就空了，仿佛所有的星星，都突然从天空里被瞬间抽离。

肖亦凡失魂落魄地在长椅上坐下来，夏小雪不在这里，他把她弄丢了，他把所有的美好都弄丢了。

4…

肖亦凡默默点了根烟，白色的烟雾缭绕地向上爬升，在黑夜里看起来格外刺眼。他看着烟雾慢慢消失，感觉眼睛刺痛。

方芳打电话过来了，肖亦凡虚弱地接起来。

"肖亦凡，我们还是找不着夏小雪，怎么办啊，怎么办啊……"方芳在电话那头着急得似乎又要哭了。

肖亦凡赶紧稳定方芳的情绪说："你们都回家吧，我一个人找。"

虽然在安慰方芳，可他的语调中是难以描述的失落。

"亦凡，你别这样，我们是一拨儿人，我们是一起的。"

"方芳，没事儿，我懂，我都懂，谢谢你们。"

"你别太自责，小雪我了解她，她说不定只是要找个地方冷静一下，现在说不定已经回家了。我跟郭阳夏天他们再去家附近看看。"

"现在换成你来安慰我了吗。"肖亦凡笑一声，全都是对自己的轻蔑，对方芳，他觉得温暖，"方芳，我还是比较习惯你骂我。"

"肖亦凡，你小子……"电话那头的方芳，内心也不是没有颤动。

挂了电话，肖亦凡把手机握在手里，想着刚才方芳说的话，鼻子一下子就酸了。

"我真不是人……"

肖亦凡骂自己，然后他把脸埋在两腿之间，肩膀开始微微地颤抖。

突然，奇迹般地，他听见轻轻的脚步声，越来越近，越来越近。

他的心跳，也随着那脚步声，渐渐加速。

他不敢抬头，他知道自己心中的希冀，那脚步声的主人是谁。

终于，那人走近了，仿佛也看到了他的存在，停下了脚步。

肖亦凡，仿佛一只忐忑的受惊小鹿，缓缓抬起头。

而不远处的那位来客，俨然也正透过黑暗，在打量他。

四目交接后，电光火石间，他们都认出了彼此。

是夏小雪！

肖亦凡愣了一下，他慢慢地站起身来，看着走过来的夏小雪，还没等夏小雪做出什么反应，上去一把就把夏小雪紧紧地抱在怀里。

他抱得那么紧，几乎要用尽自己毕生的力气来拥抱自己面前的这个女孩儿，这个他以为被自己弄丢了的夏小雪。

生怕一放手，夏小雪就会再次消失不见。🌍

17

鸵鸟一样的爱情

1···

被突然抱住的夏小雪根本没有反应过来，还以为自己遇见流氓了。

正下意识地想着，自己该怎么沉着冷静、赤手空拳地对付流氓，就听见一个无比熟悉就算失忆也无法忘记的声音，在自己耳边说道："小雪，我总算找到你了，我以为我把你弄丢了……"

那声音很小，但是很清晰。

清晰到足够勾起夏小雪对于前尘往事所有的愉悦与悲伤。

她想起从前，自己与肖亦凡坐在这里诉说自己心里的小秘密，也想起她帮肖亦凡出主意想办法去追陆露。虽然那个时候自己心里有无数的不愿意，但是最后却还是那么做了，而且她自己都佩服自己怎么把计划安排得那么完美，那么无懈可击，让肖亦凡那么轻而易举就追到了陆露。

当她看见肖亦凡和陆露牵着手从校园里，从她眼皮底下打马而过，潇洒得仿佛四月里下山的两只骄傲的小狐狸，她多么想狠狠地抽自己俩嘴巴。她想，自己当初为什么不故意把计划制造得漏洞百出、支离破碎、面目全非，好让肖亦凡没有那么轻易地就从自己身边离开……

也许是想到这些，也许是想到更久远的之前，回忆总是让人觉得伤感，即使是快乐的回忆，依然会让人们，因为快乐的日子再也回不来了，而觉得悲伤无奈。

总之夏小雪哭了，在肖亦凡的怀里，哭得稀里哗啦的。一开始还只是汹涌地流个眼泪，到后来她索性放开声音，大声哭起来。

那声音，无比凄楚，夏小雪仿佛要将这些年来的委屈，统统付之一炬。

　　肖亦凡慌了。这么多天以来，夏小雪一直都表现得比自己还要冷静，虽然肖亦凡知道其实她心里面也不好受，但是他从来都不知道她的心里会承受着这么大的压力。

　　在这个大家都为了找她而精疲力竭的晚上，夏小雪在自己的怀里撕心裂肺地哭着，哭得那么绝望那么让人心疼。

　　她边哭边问："怎么办，肖亦凡，我真的不知道该怎么面对，我好累，我累得真想一头倒下去，再也不醒来。我不知道该怎么对待我肚子里面的小孩，我根本没有办法简单轻易地做个决定，那不是一件衣服，一双鞋子，那是个小生命，是小生命……"

　　夏小雪哭得上气不接下气的，嘴里一直说着话，就像梦呓一般，但是每个字肖亦凡都听得清清楚楚、真真切切，每个字都像一把刀，插在肖亦凡的心上，汩汩地冒出鲜血。

　　当夏小雪说到"小生命"的时候，肖亦凡浑身颤抖了一下。他没有讲话，只是把夏小雪抱得更紧了，然后他沉默着，任由夏小雪在自己怀里哭。

　　等到夏小雪的哭声渐渐变小的时候，肖亦凡深深地吸了口气，轻声而坚定地说："夏小雪，嫁给我！"

　　2…

　　这下夏小雪的哭声彻底没了，就跟哭得突然死过去了一样，戛然而止。

　　她从肖亦凡的怀里挣扎出来，呆呆地看着肖亦凡。

　　肖亦凡也同样看着她，然后伸手擦干她脸上残留的眼泪，重申："嫁给我。"

　　同时，他也是在确定自己刚才说的话，不是因为嘴秃噜了而不小心溜出来的。

　　所以语气更加坚定。

　　夏小雪看着肖亦凡，看到他眼神中认真的闪烁，然后同样坚定地摇了摇头，说："肖亦凡，谢谢你，我不要。"

　　"为什么？"肖亦凡没想到会得到一个这样的回答。

　　即便夏小雪不答应，他也以为这起码会让哭泣中的夏小雪心情复杂且困扰个一段时间，可是没想到，她那么快就有了答案。

　　"这不是我想要的结果。"夏小雪说。

她的语气惊人的平静，就像刚才大哭的不是她。

"你想要的结果是什么？"

"说出来也许连我自己都会觉得做作，可是，这是我的真心话。"夏小雪淡淡地笑起来，"肖亦凡，我想要你幸福。只有你幸福了，我才会幸福。"

"可是你有没有想过，你要的这种幸福，会不会让我真正的幸福？"

肖亦凡有点语无伦次，但是他心里是清楚明白的：如果丢开夏小雪，自己去找夏小雪所谓的幸福，那么他会真的幸福吗？他会吗？

不会的。

"可是……"

"没有什么可是……"肖亦凡打断夏小雪的话，"事情都已经发生了，请让我们两个人一起承担，好不好？"

夏小雪沉默了，或者她根本无话可说，她的确希望有个人能跟她一起承担所有的事，但是她不希望这个人是肖亦凡，因为她爱他，就不想让他与自己一起承担苦痛。

可是，除了肖亦凡，还有谁能跟自己一起去面对这一切呢？

街边的路人甲乙丙丁，遇到这样的事情，任夏小雪天仙下凡，也会躲得远远的。

现代社会的男人，在关键时刻，能撑起的担当，比不上一只狗。

3 …

肖亦凡认真地看着夏小雪，他想自己这次无论如何都不能再放弃了。

他们没有那么多的时间，这也是唯一的、最好的办法。他不能等到夏小雪的肚子一天天大起来的时候再去想该怎么办。

他以前常常想，反正自己年轻，自己有的是时间。但是这次，他第一次知道原来年轻也会丢给他很多时间解决不了的问题。

"小雪，我现在已经长大了，不再是以前那个不懂事的小男孩了，我是个男人，男人总要学会承担，有很多事情我们总是要去面对。"

"可是我……我不想你跟我一起面对这么多。肖亦凡，这事情与你无关。就跟我喜欢你一样，这一切，都根本与你无关！"

"与我无关？"肖亦凡苦笑起来，"是你与我无关，还是肚子里的小生命与我无关？你是不是不敢相信我？觉得我只是一时冲动，明天太阳一升，我就会翻脸不认账？或者你根本无法把未来交到我的手上，觉得我无法让你和孩子都幸福？"肖亦凡的声音有些抖。

"不是……"夏小雪差点儿又要哭出来。

"已经四年了，夏小雪，四年里我一直都感受不到你对我的爱，我承认我是个傻×没错。这些日子里，有时候我就在想，其实那个时候我应该是知道的，只是我不愿意承认和面对，我总是希望你一直在我身边关心我照顾我，多好啊，我多么害怕失去这些关心和照顾，却从来不曾想到过你的感受，但是，我希望我现在明白这一切，不会太晚。"

肖亦凡的眼睛渐渐红了，四年来的时光，像放电影似的，在他讲这些话的同时，倏忽而过，恍若昨日。

他想到开学的那日，夏小雪莽撞地进入礼堂，掀开门帘的刹那，光打到她的脸上，那青春姣好的容颜，他看着她横冲直撞地冲向柱子，当时，心难道没有动一下？

今时今日，他无法扪心自问。

"我其实是个很自私的人，自私到生怕我们的关系有什么变化，然后失去你所有的无微不至，可是，你为我所做的已经够多了，现在，换我为你做一回，行吗？"

讲这些话的时候，肖亦凡拿出了自己前所未有的真诚，他记得就连追陆露的时候都没像现在这么诚恳过。

那个时候就跟一鸵鸟似的，他没勇气面对夏小雪喜欢自己的事实，于是就把头埋进沙子里，不听，不看，万事大吉。

而今，自己竟然这样勇敢地去承担和面对一切，看来自己真的是长大了，是个男人了。

肖亦凡莫名地有些感觉良好，觉得自己勇于承担的感觉还挺好，一边又责怪自己在这样严肃的场合里跑神，于是回过神看着夏小雪。

当他再次认真地看着夏小雪，看着那张越发值得怜惜的脸的时候，他的心变得好柔软。

他终于明白，今时今日，自己早就已经离不开夏小雪了，不管是她给他的关心，爱，还是夏小雪本身。

4…

肖亦凡滔滔不绝地说完这一番话，夏小雪沉默了，也许她在努力地强迫自己，给出一个答案，抑或，她只是在等待，等待肖亦凡指明下一步的方向。

爱肖亦凡这么多年，她早就没有了自己的方向。

当初那个说要去远方的少女，早已迷失。

肖亦凡看着夏小雪，不知道她在想什么，但是此刻，她想什么对于他来说一点都不重要，因为他已经做了决定，已经想到了最好的解决办法。

这对于他来说，已经问心无愧，值得欣慰。

此时此刻，面对着夏小雪的沉默，他觉得自己有必要做点儿什么。

肖亦凡悄然走到路边的草地上，拔了几根草，笨拙地编了一个出奇难看的草戒指。

编好之后，他拿在手里端详，为自己的浪漫有点儿沾沾自喜，但同时又觉得戒指做得真丑，有点儿煞风景。

他慢慢站起来，抖了抖有点麻痹的腿，走到夏小雪面前，单膝跪地，右手举着自己编好的丑戒指，对夏小雪说："夏小雪，你愿意嫁给我吗？"

夏小雪被他这一系列的动作给吓傻了，本来就不知道要说什么的她，这个时候更加讲不出话来。

她认真地看着跪在自己面前举着一枚丑戒指的肖亦凡，心情那样复杂。

这不就是自己在梦里幻想过很多次的情景吗？花前月下，月黑风高，肖亦凡跪在自己面前举着戒指向她求婚，然后自己会微笑地流下泪来，欣然地拿过戒指，自己戴在无名指上。

可事到如今，当一切都如自己所愿发生的时候，她却没办法接过那枚戒指，戴上，然后欢天喜地地嫁给他。

不是因为戒指不够美，不仅仅是因为自己不可以那么自私，更重要的是，夏小雪不想自己是一个逼婚的贱女人，她要的是肖亦凡心甘情愿地爱她，不是为了那天杀的责任感。

她看着肖亦凡真诚的眼睛，心里终于做了决定，她平静地对肖亦凡说："对不起，我不能嫁给你，如果你想知道原因，那么我告诉你，因为这样，对你不公平，对陆露不公平，对我，也一样。"

说完，夏小雪转身离开。

留下一条腿还跪在地上的肖亦凡，仿佛被雷击中的小鸭子，有点儿呆傻地蒙了。世界

18

只要你相信了我

1 …

夏小雪没走出几步，就被一瘸一拐追上来的肖亦凡拉住。

他的腿刚刚在蹲坐的过程里，麻掉了。

夏小雪没回头看他，她怕看见肖亦凡又对她使用那种几近哀求的绵羊般的眼神，那是她最没有办法抗拒的。

就是这样的眼神，成了夏小雪爱情滋生的温床，等她有一天真的决定要回头的时候，才发现自己对肖亦凡的那颗爱情的火种，早已经在她的心里蓬勃蔓延。

星星之火，早就燎了原。

世界上最悲哀的事情，不是梦醒后无法回头，而是等到猛然觉悟，却发现自己，明知前方是悬崖，却不想回头。

"夏小雪……"见夏小雪扭头不看他，肖亦凡用颤抖的声音说，"为什么每次，你都要用自己认为对的方式，来解决我们两个人都必须要面对的事情？"

"对我来说，我的方法是最合适、最公平的。"

"这件事情本身就没有什么公平不公平的，我做了一件事，然后我必须要去面对和承担，就是这么简单。"

听肖亦凡这么说，夏小雪回过头，坚定地看着肖亦凡的眼睛，问："你觉得这件事情很简单吗？那我问你，你跟我结婚，你有没有想过我的感受，你把我当成什么？"

肖亦凡不说话了。

他确实是没有什么话好说，把夏小雪当成什么？即将给自己生一个孩子的女人，被自己酒后乱性然后搞大肚子的女人，曾经对自己关怀备至但是如今却让自己不得不去面对两个人之间特殊情感的女人？

总之不管是什么女人，肖亦凡都没有办法告诉自己，也没有办法告诉夏小雪说：她是自己心爱的那个女人。

夏小雪继续问下去："你刚刚向我表白，向我求婚，是因为爱我，还是……只是因为内疚。"夏小雪的声音有点哽咽，但她还是深吸了口气，继续把话说完。

"也许……两者都有。"肖亦凡说。

"也许？好吧，就算是这样，那你对我的爱，究竟是因为习惯或者依赖，还是只是因为爱我而已？"

肖亦凡沉默了，他从不知道原来夏小雪是可以这样的伶牙俐齿，堵得自己一句话都说不出来。此时的夏小雪就好像一个法官，宣判自己有罪，并且列举了所有对他不利的证据，让他没有任何回天之力。

夏小雪看着肖亦凡，她笑了，她笑得很坦然，也很绝望。

而后，她甩开肖亦凡的手，转身离开，那背影，虚弱又凛然。

她知道一切都跟自己料想的一样，她太了解肖亦凡了。

因为懂得，所以慈悲。

其实她自己早就知道答案，知道肖亦凡的心，只是她依然想听见他亲口说出来，亲手给自己一刀，她才会觉得这世界多么活泼又可爱。

2…

当夏小雪即将迈出校门的那一刻，她听见身后的肖亦凡，用近乎嘶吼的声音对她喊道："夏小雪，你想想你肚子里的孩子。"

夏小雪整个身子一震，腿却再也迈不动了，仿佛两棵在远古时代被掩埋的树木，经过多年的风吹雨打终于出土，化为了石材。

孩子，就是夏小雪的软肋和要害。

她想要保护的，只有这个孩子而已。

肖亦凡走过来，从背后轻柔地抱住夏小雪。

她瘦弱的身子在肖亦凡的怀抱里颤抖，夜越来越深，夏小雪突然觉得很冷，于是将身体，稍微地往肖亦凡的身体上靠了靠，感受他的体温，好为自己取暖。

她始终是一个贪恋温暖的弱小女孩，她没有她想的那么水火不侵。

"夏小雪，给我个机会吧，也给你自己一个机会，还有，孩子，也给孩子一个机会……咱们的孩子……"

果然，听见"咱们的孩子"一词，夏小雪爆发地哭了。

这五个字，戳到了夏小雪内心所有的软弱和无助，击溃了她刚刚建立起来的所有坚强和固执。

终于，她哭着，摇着头，为肖亦凡敞开了一丝丝的缝隙，那缝隙很窄，却看得到光。

"肖亦凡，你会后悔的！"

"我从来没有后悔过，我唯一的后悔，就是对于你。嫁给我，小雪。相信我，让我给你一个未来。"

夏小雪终于放弃了挣扎，她把自己的身体彻底地瘫软在肖亦凡怀中，她太累了，她需要一个依靠。

肖亦凡赢了，他觉得自己心里松了很大很大的一口气，他抱着夏小雪，望着没有几颗星星的夜空，有一种胜利感油然而生，又伴随着些许空虚。

继而他又想，自己，胜利在什么地方呢？他不得不承认，虽然问题终于有了解决的最好方法，但并不是他最想要的。

可是自己最想要的又是什么呢？他说不好。

于是，肖亦凡决定放弃这无益的思考，而是继续维持胜利者的姿势，决绝地站在黑夜当中。

最后，他从自己的手里拿出已经被他的汗水打蔫的奇丑无比的草戒指，默默戴在了夏小雪的无名指上。

看着夏小雪手指上的草戒指，肖亦凡刚才的沾沾自喜一扫而空，因为他突然觉得那戒指无比的丑陋和寒酸，看得自己心里，特别难受。

虽然他也明白，这份难受，不单单是因为这枚丑陋的戒指。

3…

两人肩并肩回到方芳和夏小雪合租的房子里，一屋子人已经虎视眈眈地等在那边了，时针已经指向凌晨三时，因为紧张之后的疲惫，也因为第二天还要上班，大家的脸色都不好看。

进了屋，夏小雪没说话，她斜眼看了方芳一眼，又低下头。

她知道自己这回特别没理，她不该说消失就消失，让大家担心。

特别是对于方芳，对于这个仿佛彼此生活在透明里的姐妹，她实在没有任何理由，走得这么干净利落。

她看见方芳的脸，因为熬夜和流泪，肿得仿佛被五十只大汉轮番抽过耳光。

她心里排山倒海般的难受，想说点儿什么，可嗓子是紧的，一句话都说不出来。

方芳看见夏小雪拼命闪躲自己的眼神，心里的无名火"腾"一下就烧了上来。

在大家都毫无戒备的状况下，方芳一个箭步冲过去。

扬起手来就是一个耳光，打在夏小雪脸上。

这一耳光声音很是响亮干脆，一屋子的人都被吓傻了。

只有方芳和夏小雪知道，那其实一点都不疼。

夏小雪微笑地看着方芳，眼睛里的泪却快要溢出来了。她说："你瞧，你还是舍不得下重手。"

夏小雪话音刚落，方芳就崩溃了。她抱着夏小雪哭得很澎湃，鼻涕眼泪全部都擦在夏小雪唯一一件比较昂贵的衣服上，擦得夏小雪那叫一个心疼。她抱着方芳，拍拍她的肩膀说："别哭了，我这不是好好地站在这儿吗？我答应你，以后我都不会再这样一声不吭地失踪了好不好？"

"夏小雪，你的良心给狗吃了，大家找你都找疯了，我连警都报了，有什么事儿，你不能跟我说，不能让我帮你一起解决啊？你把我当什么了……"

方芳边哭边抱怨着，口齿也不是那么清晰了，还夹杂着鼻涕和眼泪，就跟一个小独奏音乐会一样。

"方芳，别哭了，没事儿了。我当时没想那么多，脑袋里的那根保险丝一下就断掉了，就想找个地方自己待着。"

夏小雪说完就有点想抽自己，她知道自己这次突然失踪看起来十分自私，可是她真的只是想一个人躲起来安静一会儿，就安静一会儿，让她可以一个人静静地想这些事情，想想自己，还有肖亦凡。

只是连她自己都没想到，肖亦凡找到了她，在他们那个小小的秘密基地，仿佛一个奇迹。

"夏小雪，我跟你说，如果你下次再让大家这么担心你，我就一巴掌打死你，一了百了。"方芳继续哭着说。

"哎，哎，我知道了，不会了。"

"出了事儿，先找方芳再找警察，要把需要我培养成一种本能，我把你当亲妹妹看的，大家在北京，都不容易……"说到动情处，方芳又度度哽咽。

夏小雪赶紧舒缓情绪："嗯，我从明天就开始训练，争取搞成条件反射。"

方芳被逗笑了，她放开夏小雪，然后抚摸着刚才打过的夏小雪的脸，齉齉着鼻子问："还疼吗？"

夏小雪露出奸笑，摇摇头："我会报复的，你可以殷殷期盼。"

方芳也笑了，紧紧握住夏小雪的手，生怕她再次不见了。

几个大男人就这样被这一幕姐妹情深搞得红了眼眶。

4…

"哎，你们俩煽完情了是吧，接下来我跟大家宣布个事儿啊……"一直站在一旁的肖亦凡，终于摇头晃脑地跳出来，准备用自己的好消息来缓解一下尴尬且感伤的气氛。

他清了清嗓子，继续宣布："那个，我跟夏小雪同志，在党和人民的感召教育下，决定……结！婚！了！"

听见这个消息，众人愣住了，气氛霎时凝固。

继而，以没心没肺的夏天领头，大家欢呼起来，方芳尤其兴奋地两眼放光，摇晃着夏小雪一个劲儿问："是真的吗？小雪，这是真的吗？"

夏小雪微笑着点点头。

方芳高兴得都不知道说什么了，只知道一个劲儿地往外挤笑容。

"肖亦凡，有你的啊！"，夏天过来拍肖亦凡的肩膀，"等孩子出生，我要当干爹的。"

"你们怎么都知道了啊……"

"有盛怒之下的方芳姐在，你觉得你的秘密能够留多久？刚你不在，她都快把这事儿编成九九八十一段，去天桥上说书去了。"

"方芳……"肖亦凡转头对着方芳张牙舞爪，"不带你这样的。"

方芳回一个白眼："我这是方便你，省得跟大家解释。前人栽树，后人乘凉。你小子省了事儿、娶了媳妇，还想怎么样，中福彩吗！"

肖亦凡被堵得讲不出话来，只能干笑，转移话题。

"好了，好消息就宣布到这儿吧，天都快亮了，夏天，郭阳，你俩明天不是还上班吗，早点回去吧。有什么疑问，等明天咱们把酒言欢。"

"行，那我们就先回去了，恭喜了兄弟。"郭阳一脸真诚。

夏天也站在门口一边穿鞋一边嬉皮笑脸："肖亦凡，你是我偶像，铁血真汉子。"

郭阳和夏天大笑着离去，屋中只剩下他们三个人。

方芳用一种古代媒婆的眼神看着肖亦凡，然后话中有话地打趣道："怎么着啊你是，是留这儿睡啊，还是把我们家夏小雪带走啊？"

夏小雪笑着推了方芳一把："行了吧你，你也赶紧睡觉去吧，我还有点话跟他说。"

"行，那你们慢慢聊吧，我先去睡了，等着你明天跪在我床前告诉我整个过程。你看我哭成这样，明天起来眼睛准肿……"方芳一边抱怨着，一边知趣地大摇大摆地回房间去了。

客厅就剩下肖亦凡和夏小雪了，夏小雪倒了一杯水给肖亦凡，两个人在沙发上坐下，夏小雪长长地舒了一口气。

"肖亦凡，你掐我一下。"

"嗯？"正在喝水的肖亦凡一头雾水。

"快点啦。"夏小雪伸胳膊出去。

肖亦凡听话地轻轻掐了下夏小雪的胳膊，一脸问号地望着她，夏小雪脸上并无异样。

夏小雪又长长地舒了一口气，仿佛要把胸中所有的阴霾一舒而空。

"这一切来得太快了，好像梦一样，总怕一眨眼，一切就都不见了。"

肖亦凡笑起来，轻轻拍拍夏小雪的背，以示安慰。

"小雪，你现在眼前的这一切，都无比真实，都切切实实地，握在你手中。"

夏小雪把头倚在肖亦凡肩上："亦凡，可是你有没有想过，还有更多的残酷现实，等着我俩。"

"嗯？"

"说心里话，结婚这件事情太仓促了。对于我来讲，太猝不及防。我想，这对于你也是一样，我们都没有考虑清楚所有的后果……"

"你怕我后悔？"

"我怕我自己后悔。"夏小雪笑。

"那也晚了，你已经是我的人了。"

"可是……肖亦凡。"夏小雪欲言又止，声音低下来，"也许我不应该讲……可是……陆露怎么办，我现在感觉自己就像个肥皂剧里的坏女人，好像很可怜，又好像很讨厌，因为可怜变得特别讨厌。"

肖亦凡沉默了。

夏小雪敏感地意识到了肖亦凡的沉默，但是，话在口中，她终于还是没忍住。

"你的父母呢？他们会同意吗？还有，我们的未来怎么办？孩子还有一段时间就要出生了，到时候我们要面对的问题还要更多。"

夏小雪连珠炮似的几个问题，一下把肖亦凡问傻了。

他突然有点懊恼，当时自己为什么没考虑到这些，甚至还自信地觉得自己无所不能。

可是其实，这份无所不能，只是青春的荷尔蒙冲上头颅，带来的短暂幻象，无关现实。

但话已经说出口了，戒指给人家戴了，消息也放出去了，关键时刻，他怎可回头？

他不是没有隐隐地后悔，可是他刚建立起来的顶天立地的新好男人形象所带来的迷幻效果，让这份后悔迅疾地被冲淡了。

"肖亦凡，我问这么多问题，不是要为难你的，我只是想让你知道……如果你后悔了……"

"小雪……"肖亦凡打断夏小雪，"你问了我那么多问题，也让我问你一个吧。"

夏小雪点点头，等着他问。

"你相信我吗？"

夏小雪同样被问得有点傻了，说真的，她不知道。

她不知道自己该不该相信肖亦凡，毕竟，她心里比谁都清楚，肖亦凡要娶她的理由，并不是因为爱她。

但是，也许是肖亦凡如此真诚的眼神，也许是窗外的晨星很美，夏小雪终于还是点了点头。

她决定，再去相信一次。

随后，她便被肖亦凡一把抱住，紧紧地，紧紧地抱住。那种难得的信任仿佛源源不断地在两人间传递。肖亦凡在夏小雪的耳边轻声地，仿佛自言自语般说："只要你相信我，那就足够了。"

窗外，太阳冲破地平线，慢慢地升起来了，阳光之下，一切都是新的。

连同两个人的故事也是一样，才刚刚开始，亦是新的。

19

这次我选择放手

1 …

踏着晨光，肖亦凡并未重新充满朝气，而是拖着疲惫的身体和大脑回到家中，整个人像深海火山泥一样融进沙发里。

从刚刚高度紧张的状态，到突然停下来，他时刻都感觉要分崩离析。

打开冰箱，他喝了点儿酸奶，象征性地吃了几块饼干，给没电的手机换了电池，手机里有一条未读短信，是陆露发来的，陆露鼓励他好好学英文，说为了奖励他的刻苦，准备给他一个惊喜。

肖亦凡把脸埋在手心里，想到陆露，他有些难过。

毕竟当初陆露是自己张灯结彩，大费周章追过来的，现在，自己却要跟别的女人奉子成婚，这对于陆露，其实是太不公平。

而此时此刻，他对陆露的爱，也变得有些淡漠。

这一连番堪比天涯八卦贴的事情，让他焦头烂额，也现实了一些。

爱情，这种珍贵的，需要天真去呵护的奢侈品，他有些用不起了。

他抽了一根烟，最后把心一横，决定立马就向陆露摊牌。他知道拖得越久，自己就越没有勇气去伤害陆露。他依然记得在他追陆露的时候给予她的所有的关于永远的承诺，但是现在，他要亲手摧毁掉它们。

肖亦凡并没有顾虑时间，他想趁着自己的勇气还没有被时间消磨殆尽的时候，跟陆露干净利落地一拍两散，这让他有种凛冽的快感，鲜血淋漓，类似于死刑犯但求速死的感觉。

于是，他拿起手机，拨通了陆露的电话。

此时的陆露，果然还在睡梦中，六七声之后，才迟迟地接了电话，肖亦凡听见电话那边陆露慵懒的声音。

"喂？"

"是我，那个……你在睡觉吗？"问完这句肖亦凡就想立马咬断自己的舌头，这个时候不在睡觉，难道是在 KTV 引吭高歌吗？

"是你啊，这都几点了，怎么这个时候打电话给我。"听见是肖亦凡，陆露似乎清醒了不少，语气中更是难掩的欣喜。

"嗯……我有话，想跟你说。"肖亦凡支支吾吾的。

"啊，那你说啊，怎么这么早给我打电话啊？是不是想我了？哦，对了，你收到我短信了吗？"

"嗯，收到了。"

"你要不要猜猜是什么样的惊喜啊？"

"不猜了……猜不出来。"

"呵呵，我就知道你猜不出来。我跟你说啊，我决定放弃今年出国的机会了，我要等你一年，跟你一起去，你看，我为你牺牲多大啊，还不对我好点啊你。"陆露一边得意地宣布着惊喜，一边冲着肖亦凡撒娇。

肖亦凡说不出话来，他感觉自己的勇气在一瞬间像座被炸烂的水塔，轰然倒塌，只剩下一片漫天的汪洋。

"哎，换你了，你不是说有话要对我说吗？是什么啊。"

肖亦凡沉默了一会，最终还是鼓起勇气："陆露，我们……分手吧。"

"你说……什么？"陆露俨然不相信的口气。

"分手吧，我是认真的。"

说完肖亦凡就把电话给撂了，然后他关了手机，拔掉了座机的电话线，迅速躺在了床上。

他希望自己能赶紧睡着，因为只有在自己睡着之后，他才好不去想这现实的一切。

他知道等他醒来的时候，就已经无路可退，只得硬着头皮，默默走下去。

虽说这些事他迟早都是要面对的，但是，此时的他，却希望一切都来得晚一点，好让他能睡久一点，再久一点。

可是，有多少世事能如人所愿，往往上天连一个最基本的要求都不会轻易满足。

刚睡下没多久，门铃便疯狂地响起来，肖亦凡从浅浅的睡梦中惊醒。

他起身开门，睡得迷迷糊糊的肖亦凡并没有想到，所有他必须要面对的事情，一件都逃不掉、躲不开、忘不了。

门口站着的，是衣冠不整的陆露，脸上，还残留着未干的泪痕。

2…

刚睡醒的陆露脸还有些浮肿，明显大哭过的她，眼睛红肿得像是被围殴了，头发蓬乱，脸色苍白得仿佛纸灰，看上去无比憔悴，全然没有了平日里公主般的骄傲和高贵。

此刻的陆露，就是一个被莫名其妙甩掉，然后跑来讨个说法的普通女人而已。

而肖亦凡，因为睡梦被吵醒，也因为看到陆露如此兴师问罪的样子，竟然生了一丝的怒气出来。无论他一度多么宠陆露，骨子里，他依旧是个大男子主义者。

现时的他，觉得自己委屈又辛苦，他仅仅想要好好地睡一觉而已，为何陆露不能放过她，世界不能放过他。

而此时的陆露，看着肖亦凡，眼睛里燃满了怒火。她尽可能地让自己平静，但说话的声音已经开始颤抖："肖亦凡，你什么意思，我请问你，你说分手，是什么意思？"

肖亦凡不说话，他也没什么好说的，毕竟"分手"二字表达的意思已经足够清晰，根本没什么好解释的。

陆露看着沉默的肖亦凡，脸上露出虚弱的嘲讽的表情。

"你是不是有别人了？"

"……"

"那我当你默认了，她是谁？"

肖亦凡依旧选择漫长的沉默。

"肖亦凡，你别误会，我绝对不会死皮赖脸地去找你那个贱货歇斯底里，我没那么喜欢你，我就是想弄个明白。

"肖亦凡，这不像你啊，你不是一向敢作敢当吗？有本事偷吃，就有本事给我承认啊！

"肖亦凡，当初那个信誓旦旦说要给我幸福的人还在吗？你现在一句分手，就把过去的一切全都推翻，你不觉得滑稽吗？我觉得对我公平吗？你是不是已经不知道自己是谁了？一切都尽在你掌握之中，你已经无所不能了。"

陆露一系列的连珠炮似的逼问和嘲讽，每一个字都像一把刀，狠狠插进肖亦凡的胸口。

是啊，对陆露不公平，可是他讲不出来所有的真相。

他觉得，隐瞒一切，让自己略带自虐地独自面对，才会稍稍心安，对陆露的伤害，也才是最小的。

可面对不依不饶的陆露，他还是决定虚弱地挣扎一下，想单方面中止交流："陆露，我现在很累……我们改天说好吗？求你了……"

陆露瞪大了眼睛，眼眶里又有泪水翻滚，仿佛面前的肖亦凡是个陌生人。

"你真的爱上别人了是不是？我太傻了。从你一直躲着我开始，我就应该明白你肯定有问题了。肖亦凡，你良心给狗吃了，你怎么能这么对我！我对你这么信任，你还给我什么，你还给我什么……"

陆露完全放下往昔的仙女风范，崩溃得如同一只受伤的母狮般冲肖亦凡大嚷，说着那些她从来都不会说出口的话。

继而，她看到她同肖亦凡的合影，送给肖亦凡的诸多礼物。

她猛然冲过去，开始摔东西，镜框摔碎在地上，碎成一片片，礼物也被踏在脚下，面目全非。

肖亦凡并未上前阻拦，他只是呆呆地看着这个仿佛陌生人般的陆露，心里既有痛，又带着悲伤到极致的麻木。

爱情总是有这样的魔力，可以让一个人失去最最基础的理智，变为一个陌生人。

待陆露把东西摔得差不多了，肖亦凡发出一声不被察觉的叹息，继而冷声说道："是，我是爱上别人了，而且从一开始，我就没有好好地爱过你。你刁蛮任性，她随便什么都比你好得多，分手吧，我不想再跟你继续下去了，我好累，真的很累。"

说这些话的时候，肖亦凡甚至因为自己的那份波澜不惊，而被吓住了。

他清楚地听见，每一句话，每一个字，那么清晰决绝，不留余地。

却陌生得，言不由衷得，仿佛有人在操控。

陆露愣住了，身体开始微微发抖。

"我不相信……"陆露摇着头，眼泪大颗大颗掉下来，"一定是有什么事情发生对不对，你是迫不得已的对不对？肖亦凡，我太了解你了，你不是这样的人。要是我有做错的地方，你告诉我，我改好吗。"

"太晚了……陆露。"

"不晚！你现在肯定是不清醒了。你，你先睡觉吧，我先走了，等，等你冷静下来我们再谈。"

陆露转身，想要逃走，逃开眼前的这一切，哪怕像个鸵鸟，她也甘愿。

可身后却传来肖亦凡依旧冷酷的声音。

"你站住！"

陆露身躯一震，肖亦凡连逃走的机会都没有给她。

看着面前无法接受这一切的陆露，他想对陆露和盘托出，可是，话到嘴边，又想到夏小雪，肖亦凡觉得自己的心就跟被撕烂了一样。

终于，他决定，干净利落，鱼死网破。

"我已经向那个女孩求婚了，她已经有了我的孩子……其实……其实我很早就开始同她交往，只是你一直都不知道而已。"

听完这些话，陆露傻了，她已经哭不出声来，只是眼泪川流不息地从她的眼眶里淌出来。她呆呆地看着肖亦凡，仿佛时间在这一刻，在她自己身上，静止下来。

陆露似乎听见时间走过她身边的声音，一下一下地，击碎陆露所有的信心，自尊，爱情和最后的希望。

3…

陆露待了一会儿，转身飞奔着离开肖亦凡家。让她面对，让她勇敢，她断然做不到，只好逃走，为自己保留最后的一点点尊严。

肖亦凡反应过来，赶紧追了出去，追到楼下的时候，他看见陆露虚弱地靠在肮脏的墙壁上，瘦弱的肩膀一直抽动，她顺着墙缓缓蹲下来，把脸埋在两腿之间，无声地哭着。

肖亦凡感觉自己的心都被撕碎了，却还是走过去，拉起陆露，冷冷地说："跟我回去。"

他一直都知道，随着时间的推移，其实陆露爱他比他爱陆露要多得多。此时他所做的一切，就好像给了她糖之后又拿匕首狠狠地在她身上刺了几刀。那几刀刺得稳准狠，让她连喘息机会都没有，招招毙命。

把陆露拖回家之后，肖亦凡似乎知道自己不能再做什么让陆露再次对自己燃起希望，他要决绝地浇灭她所有的期许，一点都不能剩。

"别误会，拖你回来，我只是不希望看到你为我做傻事。我们之间本来就是玩玩，并没有那么认真的，只是没想到你竟然陷得这么深。我不想再继续拖下去才把真相告诉你，如果真的伤害到你，那么我向你道歉……"

说这些话的时候，他突然发现自己是一个很好的演员，明明心已经很痛了，却还是要说这些连自己都觉得不是人该说的话，让自己的心更痛。

而这些话，更让本来伤心的陆露，彻底绝望。

肖亦凡记得，从前自己总是不懂，相爱的两个人为什么不能在一起，反而要互相伤害，那个时候他想，那都是文学作品里面无病呻吟的段子，只要两个人相爱，没有什么是可以阻挡他们在一起的，真爱至上，一直都是这个道理。

可是如今，他终于懂了，原来有很多时候，爱情，并不能主导任何事情。

肖亦凡说完这一番话后，陆露擦了擦眼泪，竟然笑了，那略带凄楚的笑容，让肖亦凡看得心中发毛。

陆露昂起头，颤抖着唇，紧咬牙齿，字字铿锵。

"肖亦凡，你听好了，我，陆露，才不会因为你做傻事，我会过得很好，比谁都幸福，尤其是你！"

说完，陆露走进洗手间，迅速地洗脸，梳头发，再出来的时候她已经干净整洁美丽动人，尽管哭过的眼睛微微红肿，但是依然不能掩盖她公主般的美艳和自信。她再次对肖亦凡露出那个凄凉而坦然的笑容。

"肖亦凡，我还像你当初第一次见到我的时候那么漂亮吗？那个时候，你说过，永远不会让我哭的。不过，从今天起，我再也不会为任何人哭了。"

陆露转身离开，在关门的刹那，肖亦凡的眼泪终于掉了下来，大颗大颗滚烫的泪珠砸在地板上，衣服上，也灼伤了肖亦凡的脸。

同时，他在那一刻无意识地浮起了丝丝笑容，干净的，祝福的，期许的，伤心的，抑或绝望的笑容。

陆露有权利找到更昂贵的幸福，那种现时的他，一辈子都再也给不起的幸福。

所以这一次，他选择了如此残酷的放手，这寒到彻骨的收鞘。

而后，他躺在沙发上，迅速睡着了，也许只有这短暂的睡眠，才能如同饮鸩止渴般，让他好过一点。世界

20

结婚就别来找我

1 …

肖亦凡这一觉睡得非常沉。他做了一个冗长的梦，梦里他轰轰烈烈几乎拯救了地球，有了花不完的钱，然后潇洒地抽身而退，带着一个女生幸福地周游了整个世界，仿佛集合了蝙蝠侠、蜘蛛人和金刚狼为一身，又或是合体版葫芦娃。

但是梦里，他看不清楚那个女生的脸，夏小雪，陆露，或者是林志玲 or 苍井空。不过，无论是谁都好像无所谓。

醒来之后，肖亦凡有些呆滞地回想梦里他到底做了什么，可以让他如此成功。

他悻悻地准备把一切都挪用到现实中来，但是，这终究成了一个了无痕迹的梦，如同最后同他相忘于江湖的那个女生，回头望去，瞬间空白。

罢了，他记得以前有人告诉过他，被遗忘的梦境最终会成为现实。

想到这个，他甚至有点儿沾沾自喜起来，完全把陆露来大闹的事情，暂时性失忆地抛诸脑后。

终究是年轻人，所有的快乐和悲伤，都仿佛是在演戏。

肖亦凡开机不久，手机就玩命地震动起来，一个接一个地震得他手发麻。他一看，十几条短信，都是父亲发来的。

这些年他跟父亲的关系已经疏离到跟陌生人没两样，如今接到父亲的短信和电话，就像接到除了借钱就不会跟你联系的朋友的短信一样，真是有些浑身不自在。

他看了短信，肖爸爸来北京出差，住在金融街的威斯汀酒店，约他晚上八点钟过去吃饭。

　　肖亦凡看了看表，下午五点多钟，时间还很充足。

　　他起身下床，点了一根烟，站在窗户边，看着窗外的车水马龙，万家灯火，突然就觉得一切都仿佛是一场闹剧，带着嘲讽的黑色幽默。

　　俯瞰街道时，他想，有那么多的人都在为自己能生活得更好一点，或者只是希望能生活下去而奔波着，自己也同样如此，很快就要结婚，而且有一个孩子，但是前途却黑暗得伸手不见五指。

　　他觉得更可笑的是，自己的父亲出差都会住"威斯汀"，而自己却还要租住在几十平米的小房子，品尝着为生活奔波的苦。

　　但他却并未想过，也有诸多如他一般的年轻人，毕业之后就要辛苦工作，每月三千块就已经是高薪，跟三到四个人合租，住在五环外。

　　他有点儿不想面对父亲，因为他知道父亲铁定不会同意他如此仓促的决定，只是他没有想到这一天这么快就到了。

　　一天之内，夏小雪向他提出的三个难题他竟然要同时面对两个，他不知这到底算作巧合，还是考验。

　　也许我应该趁着这个时候迅速成长起来，肖亦凡想，成为一个男人，好让自己有足够的时间和勇气去面对夏小雪的第三个难题：关于他们的未来。

　　有一丝绵绵的骄傲，从他的心中幽幽地升起来，让他有种挠痒痒般的快感。

　　他如同面包超人一样，信心满了起来，洗了澡，换了身干净的衣服出了门。

　　肖亦凡提前十分钟到了酒店，打电话给父亲说自己到了。

　　肖爸爸一点都没有因为接到肖亦凡的电话而感到开心和喜悦，只是平淡地说："我这边还有点事情，你先吃点东西，我一会儿过去。"然后就把电话挂了。

　　肖亦凡早已经习惯了父亲的临时失约，这么多年来，几乎每次都是如此。

　　在父亲的眼里，别人和生意永远都比他这个儿子重要，每次接到肖亦凡的电话，他都是那种商人的不温不火的口气，伪装得疏而不漏，无懈可击。

　　可是这一次，肖亦凡的心里突然燃起了一股无名火，夹杂着这么多年来的不满和怨恨，一起迸发，越烧越旺。

　　他找了个边角的位置坐下来，点了一份七成熟的牛排面无表情地吃着，心里觉得很难过。他已经不记得自己已多久没有跟父亲坐在一起好好地吃一顿饭了，更不记得跟父亲母亲坐在一起吃饭是多久之前的事情了。

他小时候，母亲离开这个家，父亲萎靡了很久。

那段时间肖亦凡刚刚升上初中，每天放学回家父亲都不在，肖亦凡没有钥匙，就坐在门口的楼梯上等，有时候等着等着就睡着了，醒来已经是半夜。

每次父亲回来，都带着一身的酒气。

后来肖亦凡配了家里的钥匙，却不再喜欢回家。每天放学之后他总跟同学在外面玩到很晚，等大家都回家了，他还是一个人在街上逛悠，直到困倦得不行，才回家睡觉。

再后来不知为何，父亲突然就奋发图强，成为当地小有名气的成功人士，生意也逐渐做大。他尽可能给肖亦凡最好的，但是，却始终无法再弥补那缺失的亲情。

肖亦凡的心中一直有一个小孩，躲在黑暗角落，渴望一个家。

这么多年来，他一直都拥有比别的孩子多得多的物质上的满足，可是，他所奢求的一个家，却始终遍寻不得。

2…

那些被他反复咀嚼过很多遍的往事，现在忆起，依旧揪心，却让他有种反复自虐的快感。

思绪突然就被一个清脆的哭声给打断了，寻着哭声找过去，是一个金发碧眼的小女孩，正哭得仿佛世界终结。小女孩长得真是漂亮，像一个芭比娃娃。

肖亦凡远远看着她，又想到夏小雪肚中的那个小生命，心中漾出一种莫名的暖。

把刀叉放到一边，他走上前去，用自己蹩脚的英文开始跟小女孩攀谈。

与其说是攀谈，倒不如说只是很和适宜地，运用了自己这么多年积累的情景对话，但是小女孩倒是被这个奇怪的哥哥哄得挺开心的，不但不哭了，还跟肖亦凡一问一答起来。

众人目光注视下，肖亦凡不是没有得意。

他想，自己果然是个有女人缘的火树银花的男子，连外国小女孩都被自己的魅力降伏了。

他抱起小女孩坐到自己的位置上，要了一份冰激凌给她吃。

谈话中，肖亦凡知道小女孩叫黛西，找不到自己的妈妈了。

"没关系，妈妈一会儿就回来了。"

他柔声安慰，眼神里散出从未有过的温情光芒。

小女孩也就真的不闹，安静地吃着她面前的那份冰激凌，脸上是天真满足的笑，一时间，空气都仿佛变得甜美起来。

肖亦凡看着吃冰激凌吃得开心的小黛西，再次想到夏小雪肚子里自己的孩子。他想，如果自己的孩子也有这么可爱该多好。

我会有一个像黛西一样可爱的孩子，我会成为一个绝世的好爸爸，带着他周游世界。

肖亦凡的白日梦再一次被人给打断，一个满脸焦躁的外国女子匆匆赶来，看见黛西正坐着吃冰激凌，一下子就冲上前来，抱起了她，紧紧搂在怀里，眼泪都几乎要掉出来。

肖亦凡赶紧站起来用蹩脚的英文解释了刚才的经过。

那女子笑笑，然后用还算标准的中文对肖亦凡说："谢谢你先生，刚才我在前台，转身黛西就不见了，我急得要死。真是给您添麻烦了，为了表示感谢，我请您喝杯咖啡吧。"

"嗯……您的中文讲得真好。"肖亦凡有点被这老外滚瓜烂熟的中文给吓住了，继而想，要是我的英文也这么流利该有多好，多牛×。

"我看黛西很喜欢你的，她平时对陌生人很少这样友善，呵呵。"黛西的母亲安娜跟肖亦凡闲聊着。

"你的女儿很可爱，也很漂亮。"肖亦凡不知道说什么，于是转而称赞起黛西来。他多少有些尴尬，因为自己向来不适应跟陌生人打交道，更何况是陌生的外国人。

"这个孩子只要一看不见我就会哭，她的父亲在她很小的时候就离开我们了，我一直都尽力给黛西最好的一切，可是，精神上的缺失始终是物质所弥补不了的。"安娜故作轻松地对肖亦凡说。

肖亦凡突然就对眼前的黛西产生了一种异样的好感与同情，跟自己相同遭遇的孩子，还这样小，比自己当年，还要小。可是他什么都没有说，只是表示理解地点点头，伸手摸了摸小黛西的头。

他忽然想起夏小雪，他记得在秦皇岛的时候，夏小雪告诉过他自己的遭遇，都是可怜的孩子。肖亦凡默默地告诉自己："我一定要对夏小雪好，一定要让她幸福。"

他知道，这也是能让他自己找到幸福的，唯一路径。

3···

又随便聊了几句，肖亦凡的电话就响了。他礼貌地对安娜说了句"sorry"，转过身去接电话。

电话是肖爸爸打来的，他告诉肖亦凡，自己马上就到酒店了。

挂了电话之后肖亦凡对安娜说："安娜小姐，我还有点事情，要离开了，非常谢谢您的咖啡。"

"嗯，您去忙吧，也谢谢您帮我照顾黛西。"

肖亦凡对这无比礼貌的社交语言感到十分不适应。他想，自己是真的不适合在这种环境中出没。

他还是更喜欢跟方芳，郭阳，夏天他们混在一起，虽然满嘴飙着脏话，但是总有种让人熟悉的温情。

正恍惚着，肖亦凡斜眼看见爸爸从远处气宇轩昂地走过来。他赶紧站起来，冲父亲招招手。

他很想说一句"爸，这边"，但是这句看似普通的话，不知为何就是卡在他的喉咙，吐不出来。

他已经很久没有叫过"爸爸"了，对于他来说，那两个字对于他来说，已经比英文还要陌生。

肖爸爸走过来，脸上依然是一水儿的沉着，没有任何情绪上的起伏，比起刚才安娜找到黛西时的感慨万千，肖爸爸简直就是一包公，铁面无私得仿佛要随时祭出狗头铡。

两个人坐下来，寒暄了几句见面必说的，才渐渐开始进入主题。

"英语学得如何了？"

"我最近想把出国的事儿先搁一搁，先找个工作锻炼下。"

"嗯，也好，那工作的事儿有眉目没？"

"还在找，没有什么合适的。"

"我有一个朋友正好有家广告公司，你过几天去看看，让他给你弄个合适的工作，这年头……"

"不用了，再说吧，我不急。"

肖亦凡有些突兀地打断父亲，他反感他那种一切尽在掌握的姿态。

在他的记忆里，父亲一直都是对他指点江山，挥斥方遒的样子。

他虽向来默默遵从，可现在，他觉得，他有必要学会说"不"。

被肖亦凡拒绝，肖爸爸也没再多说什么，而是话锋一转："你跟陆露最近怎么样了？"

来了，该来的总算还是来了，躲也躲不掉，但是总归是要面对的。

肖亦凡在心里自己嘟囔着，终于还是鼓起勇气，对父亲说："我跟陆露分手了。"

说完肖亦凡就打住了，等着父亲发作，但是出乎他意料的是，父亲表现得出奇平静，平静到肖亦凡甚至想扑过去咬父亲一口，看看那是不是他本人，还是说自己这会儿依然在做梦。

"嗯……我跟陆露分手了。"肖亦凡想也许父亲是上了年纪耳背了，于是重申了自己的话。

"我已经知道了，其实我刚才，就是跟你陆伯伯一起吃的饭。"

"……"

"其实你们年轻人，总是会有冲动，打打闹闹是常有的事情。陆露是个女孩子，你去主动道个歉，哄哄，也就没事了。你陆伯伯可说了，陆露现在在家以泪洗面，你陆伯伯很担心他这个宝贝女儿啊。"

"可是……"

"我最近正在跟你陆伯伯谈一个项目，你这个时候跟陆露出现这个状况，万一你陆伯伯生起气来，不但对我的项目不利，对你也一样，你自己好好想想是不是这个道理？"

说这些话的时候，肖爸爸的语气有了起伏。他仿佛故意想让自己的语气听起来循循善诱一点，好让自己的利益在这件事情中，表现得并不那么明显。

可肖亦凡心里更加涌起异样的反感，他觉得自己很可悲，父亲到现在还在用这种哄小孩子的办法对付他，以为他听不出弦外之音，以为哄哄他，他就会唯命是从。

他觉得自己不被尊重，或者，从未被尊重过。

这种类同于羞耻感的情绪，瞬间挤压发酵，转变成了愤怒。

因着这份愤怒，他决定再点上一把火。

"我让一个女孩怀孕了，我必须对她负责任，我们已经决定要结婚了。"

肖亦凡期待着自己的态度可以让自己的父亲抓狂，这会让他有种难以言喻的快感，类似于一种验证，验证自己在父亲心中的重要性，抑或挑战，挑战父亲的绝对权威。

可是，肖爸爸还是冷静一笑，一切尽在掌握地说道："我已调查过那个女孩了，小家庭出来的，家庭条件也不是很好，给个几十万块钱事情也就解决了，要是对方真的闹起来，我也有办法，你不用担心会对你造成什么影响。你可以先跟陆露去美国，她读大学，你可以读预科，在那边学语言，有环境的优势，事半功倍。"

肖亦凡先是因为没有激怒父亲感到丝丝失落，继而因为父亲讲出的话，傻了。

他心里的那把火就像被芭蕉扇猛扇了三下，又浇了整个塔克拉玛干油田上去，"轰"地一下就炸开了。

一种难言的伤悲，从他身体最虚弱的角落蔓延开来。原来自己一点都不了解自己的父亲，一如父亲不了解他。

4···

父亲的话让肖亦凡感到心寒，心碎，心伤，心疼。

他强压着火，强抑住心中的愤怒，试图跟父亲解释，试图最后挣扎："我必须要对她负责，你不知道，如果打掉这个孩子的话，她很可能以后都不能再怀孕了……"

肖爸爸冷笑着打断："那就多给几十万好了，这都是钱可以解决的问题。"

肖亦凡愣了，是那种这个时候你上去踹他的要害，他都感觉不到疼的那种愣。他不相信自己的父亲竟然如此的冷漠，近乎人性泯灭。

肖亦凡看着眼前的父亲，仿佛一个陌生人。

"你知不知道那对一个女孩子来说是多大的伤害？"

"我只知道，对于你来讲，什么路是对的，什么路是错的。"

肖亦凡有些绝望地笑起来："你知道的对错，放在我身上，永远都是绝对真理是吗？"

"亦凡！"肖爸爸终于动容，"这一次，你就听爸爸的好不好，你不是想买个车？只要你肯跟那个姓夏的女孩子分开，要什么车，爸爸都买给你。"

"你太让我失望了。我从来没有想过，你这么自私。你甚至事到如今还把我当成那个脖子上拴着钥匙的小男孩，以为给我一块糖，我就可以乖乖听话。我告诉你，我早就跟你想的不一样了！早就不一样了！"

"不一样你也是我儿子！"肖爸爸也略略动了气。

"自从妈妈离开之后，你关心过我吗？这么多年你给我的，除了钱，还有什么？你知道吗，这么多年来我所期待的，不是钱，而是一个家，是家庭的温暖，家人的关心和爱护，这些，你给过我吗？你试着想要给过我吗？你永远都觉得自己是对的，可是你知道不知道，有时候，我真的希望我不是生在一个这样的家庭里！"

肖亦凡再也忍不住了，这些年来的不满仿佛被撕开了一个口子，瞬间铺天盖地倾泻而出。

面对肖亦凡的控诉，肖爸爸昂起了脸，一副意料之中的样子，语气也恢复了平日的淡然平静："中国有句老话：饱暖思淫欲。你想要关爱，是因为你已经得到了足够的物质，你现在去北京城看看，那些整天连温饱都不能保证的人，你问问他们，是想要一百万，还是想要关爱？亦凡，我告诉你，如果哪天你连生活都成了问题，你就不会再矫情地要求什么狗屁关爱了。"

肖亦凡被父亲的一番话说得哑口无言。

自己最近语言功能退化得厉害，随便一个人都能把自己堵到闭嘴，方芳是这样，夏小雪是这样，陆露是这样，现在，连父亲也是这样。

也许父亲说的是对的。如果哪一天，他的口袋里只剩下一块钱，那么他绝对不会因为"是买个馒头填饱肚子，还是买朵即将颓败的玫瑰送给自己的女朋友"这样的问题而困扰。

只是，他现在没有选择，他没有办法让自己像父亲一样那么冷漠无情，他要为他犯过的错，为那个尚在肚子中的孩子，也为他自己，负责。

半晌，肖亦凡安抚了自己的情绪，平静地说："我要跟她结婚。我已经决定了。"

终于，肖亦凡的目的达到了，他的这句话终于让一直平静的肖爸爸震怒了，他不顾自己的形象和身份，狠狠地拍了桌子，对肖亦凡说："你不要不知道天高地厚，我给你机会，你别不知道珍惜。"

肖亦凡笑笑，那种胜利的微笑，带着决然。

他觉得这次见面已经够了，他的目的达到了，该面对的他已经面对过了。

他站起身，坚定地看着父亲："我一定会娶夏小雪，我长大了，有些责任我必须承担。我做这件事情，不是为了反叛，也不是为了气你，我只希望我的下半生，不会因为这件事情而一直愧疚。"

说完，他骄傲地离开。

肖爸爸在他身后颤抖着声音吼道："肖亦凡，如果你决意要跟夏小雪结婚，那你从此以后就别妄图再从我这里拿到一分钱，你也不要等到没钱的时候，再哭着来找我。"

肖亦凡听见这些话，背对着父亲站住了。他的心，瞬间有那么一块，"咔嚓"裂掉了，再也粘不回来。

跟这个金钱至上，给了他无数钱但是除此之外却什么都不能给他的父亲，他觉得，无话可说了。

"爸爸，你保重。"

肖亦凡咬着牙，压住眼中滚动的泪，讲出这五个字，而后再也没有回头。

所以他并不知道，就在他离开的瞬间，肖爸爸站起来想要追上去。

刚起身，他的胃部，却突发一阵钻心的疼痛，他壮硕的身子，猛然一震。

他捂着自己的胃部，脸上已在一瞬间满是汗珠，双腿软掉了，再怎么用力也站不起来。

最终他只能缓缓瘫坐在座位上，绝望地看着肖亦凡的背影，越走越远，最后消失在自己的视线里。■

21

爱的路上千万里

1…

步出大堂的那一刻，肖亦凡的眼泪就滚落了下来。他知道父亲在盯着他，所以他竭力让自己的背影看起来平稳自然，可身子还是止不住地轻微颤抖。

他的心仿佛陷进了一个黑洞，身子虽然在脑子的支配下前行，但周身却感到一种全然的吞噬般的麻木。

肖亦凡上了停在门口的出租车，车门关过来，在这个小小的密闭空间里，他再也兜不住那早已决堤的情感，放声大哭。

他不是孬种，只是这一切来得太突然，来得太过猛烈，他根本没有心理准备。

当一个人习惯了某种依靠，你想让他摆脱，必须要快刀斩乱麻。深思熟虑？他会想到一千万条理由说服自己不要放弃这种依赖。

短暂的痛快之后，肖亦凡揣测着迷茫的未来，有种类似于儿童断奶的惶恐。

这份哭泣，也算是阵痛后的应激反应。

司机师傅不愧是见过了许多大阵仗，作为京城最见多识广和能侃的一个群体，看到肖亦凡的样子，他像是司空见惯似的，只是淡淡地问了一句："去哪里？"

肖亦凡在恍惚中，犹如条件反射一般，说出了夏小雪家的地址。

从金融街到劲松是一段不短的路程，肖亦凡肿着眼，呆望着窗外。

窗外的夜北京，灯火通明，繁华至极，他却觉得，恍若空城。

车行至东二环，司机师傅终于还是没克制住心中的八卦小细胞，开口问道："小伙子，遇到什么伤心的事儿了？"

肖亦凡不想讲话，可又觉得不回答不礼貌："没什么……"

"嗨！其实这世上的事儿吧，真没什么大事儿。无论多大的事儿，睡醒了不又是新的一天嘛。"

"您倒是很乐观。"肖亦凡有些苍白地笑。

"乐观也是活，不乐观也是活。人活着，总要自找乐趣吧，不能自己逼死自己哪。像你，这么年轻，活蹦乱跳的，哪儿有什么过不去的坎。等再过段时间回头看看，都是小水沟。"

"师傅你讲话太有哲理了。"肖亦凡由衷地讲。

"哈哈，这可够不上是哲理，也就是自己骗骗自己的小门道。人活一辈子啊，把自己哄过去了，也就能没事儿偷着乐了。"

是啊，肖亦凡默然想，能把自己哄过去，是多么幸福的一件事。

只是这生活中有许多事，却是怎么哄也哄不过去的。至少，肖亦凡渐渐意识到，他那些能把自己哄过去的日子，已经一去不复返了。

肖亦凡到夏小雪家门口的时候，夏小雪正自己在家整理东西。

方芳同郭阳约会去了，于是她便能静下心来好好回首这有如拍电影般的几日时光。

所有的一切均在意料之外，她对新生活充满了期待，更仿佛看到了将来的一幕幕场景，脸上不自觉地，还是有了笑。

门铃声在这时响起来，她以为方芳回来了，起身去开门。

门刚打开，出现在她眼前的，竟是一脸无助的肖亦凡。夏小雪看出肖亦凡的异常，赶紧关切地问道："亦凡，你怎么来了？发生什么事情了？"

夏小雪关切的问候，仿佛一只柔软的小手，轻轻地抚摸了肖亦凡的心。他一把就将小雪拉来揽进了自己怀里。

他此时闭上眼睛只字不提，抱着小雪的臂膀在不断地颤抖并且越勒越紧，仿佛要把她嵌入自己的身体。

小雪微微感到一丝呼吸不畅，手臂也被勒得生疼，可是她仿佛感知到了什么，只是拍打着肖亦凡的背，希望他能好过一些。

走廊上的声控灯灭掉了，两个人仿佛雕塑一般，站在黑暗中。

肖亦凡的眼泪再次流了下来，似乎是小雪的温暖再次融化了他本已修补好的情感防线。

这泪水，不是惋惜，而是因为这是他如今唯一值得依靠的避风港，所以他索性统统地把一切压力释放。

夏小雪看到这个四年来自己为之付出一切的人这样天崩地裂的难过，自己也红了眼眶，但她却强忍住泪水，只希望自己能给他一个坚强的臂膀，让他重新充满能量。

她踮起脚尖，用手遮盖住肖亦凡的眼睛，任那些泪水，聚集在她的掌心中。

仿佛这样做，就可以让那些泪水所代表的伤悲，都由她统统地接收并承担。

2…

肖亦凡同夏小雪挤在她的小小单人床上，并排躺着，迟迟不能睡去。

肖亦凡一直在脑中勾画自己与小雪的将来，有好有坏。

他上学的时候曾给自己规划过无数浮夸的未来，而如今，他明白自己必须得为一些柴米油盐的问题开始操心。

结婚的事情迫在眉睫，可现在一时间众叛亲离，他毕竟还是个刚从象牙塔走出来的小男生，自然会毫无头绪，手足无措，甚至有些怀疑自己的能力。

他希望在这时，有人能帮助他不动摇，而这个人，只能是小雪。

"小雪？没睡着吧？"肖亦凡打破沉寂，"你怎么不问我发生了什么？"

"嗯……如果到了你想说的时候，你自然会说的嘛。"

"小雪，你相信我能给你带来幸福吗？"

小雪坐起来，黑暗中，她看着肖亦凡的眼睛，仿佛一只精灵般的小兽。

"傻瓜，除了你，我还能相信谁。"

肖亦凡紧紧握住夏小雪的手，就这么轻描淡写的一句，却给他带来了无穷的力量，他一定要让夏小雪幸福，赌上一切。

"肖亦凡，我也想问一个问题……我是你想要的那个人吗？"

一时间，肖亦凡只是呆呆看着夏小雪，没有回答。

夏小雪赶紧笑笑："这真是个傻问题，算了，算了。"

肖亦凡坐起身来，认真地望着夏小雪的眼睛："小雪，我之所以没有立即回答你这个问题，是因为我也在问自己，我到底是不是夏小雪想要的那个人。我知道我肯定不会是夏小雪心中那个完美的丈夫人选，可是，在以后的日子里，我会努力又加倍地，成为夏小雪想要的那个人，成为夏小雪的守护神。"

这番话说得夏小雪的眼眶又红了，可此时此刻，她不想哭，也不能哭。

她站起身来，打开电脑，悄然擦掉躲在眼眶中的泪滴。

"给你听首歌吧，很老，但是我最近很喜欢。"

"哦？什么歌？"

"叫《爱的路上千万里》，小娟唱的。"

"小娟？你们班那个吗？"

"滚啦！是个唱民谣的歌手啦，在咱们学校礼堂开过音乐会的。"

柔软又绵长的女声，从效果并不怎么好的音箱传出来，那歌，温暖甜蜜，却能听得人有莫名的丝丝伤感。

> 爱的路千万里，我们要走过去。
>
> 别彷徨别犹豫，我和你在一起。
>
> 高山在云雾里，也要勇敢地爬过去。
>
> 大海上暴风雨，只要不灰心不失意。
>
> 有困难我们彼此要鼓励，有快乐要珍惜。
>
> 使人生变得分外美丽，爱的路上只有我和你。
>
> 使人生变得分外美丽，爱的路上只有我和你……

"亦凡，这是我们的歌，无论如何，你要记得这首歌。"夏小雪在肖亦凡耳边，轻声讲。

"幼稚！"肖亦凡笑夏小雪，但这首温情的歌，也听得他动容。

时间在这个小小的房间内，仿佛停滞了。

这一刻，无论窗外是否暴风骤雨，明天又将面对何种困境，这两个年轻人，是幸福的。

第二天清早，肖亦凡轻描淡写地讲了昨日发生的事情，夏小雪安静地听完。

"小雪，你可要跟我开始过苦日子咯。"肖亦凡笑说。

夏小雪撇嘴："啊，那怎么办，我可是本来想嫁个富二代当少奶奶的。"

"赶紧着！现在趁着还没板上钉钉，给你一个后悔的机会。"

"嗯……好吧。"夏小雪声音低下来，却依旧坚定，"那我还是选择不后悔。"

"什么？没听到！"肖亦凡逗她。

"哼，好话不说二遍。"夏小雪转身走出房间。

"喂！不说二遍你走什么啊。"肖亦凡在背后坏笑。

"我尿急！"

肖亦凡看到小雪这样，心里甚感欣慰，觉得自己的决定是对的。

而他却不知道，夏小雪一走进厕所，脸上的泪就掉了下来。

她无声地哭泣，怕被肖亦凡听到。但这泪水，也是喜悦的。这个男人，为她放弃了如此之多，她所有的盲目，终于换得了一个值得。

等她调整好自己的情绪，整理了妆容，从厕所出来，发现夜不归宿的方芳带了早餐回来，正在逗肖亦凡。

"什么时候领证啊？准新郎。"

"快了快了，怎么着也得挑个好日子。"肖亦凡有些憨厚地回答，"得好好筹划一下，不能让你这个好姐妹草草嫁掉吧，不然你们能饶了我？"

方芳拍手叫好："算你小子有良心！我们小雪必须风风光光地嫁，婚车至少得是个加长宾利！后面的车连起来那得赶上一个动车组的长度，不然怎么对得起全国的观众。哈哈，还有……"

看到肖亦凡面色有些尴尬，方芳的话还没说完，夏小雪就抢先说道："好啦，我决定了，一切从简，最好今儿就能去领证。"

"那怎么成！"肖亦凡跟方芳异口同声。

"小雪，你可得想清楚了，女人出嫁可是大事，一辈子就一次！当然要风风光光华华丽丽，不然以后怎么跟你肚子里的小宝宝吹牛。"方芳一脸的苦大仇深。

"方芳说得对！小雪，我不能让你潦草地就嫁掉。"

夏小雪笑，悄然传递给方芳一个只有她们姐妹才懂的眼神："我的婚礼我做主，亦凡，我现在很幸福，不需要婚礼来证明什么了。"

小雪的眼神，方芳虽然不能全懂，却也心领神会了个大概，于是主动岔开话题离场："天哪，夏小雪，你还能再酸点儿吗，我的小心脏有点儿受不了了。不理你们了，我去把早餐分一下。"

待方芳提着早餐走开，肖亦凡还想说点什么，夏小雪却上前挽住肖亦凡的胳膊，先开了口："亦凡，我们都是要过日子的人了，何必在乎这些。你放心，钻石戒指和豪华婚车，我都在小本本上给你记好了，等你赚到大钱了，一样我都不会放过的。而且就跟方芳说的那样，我还要当着全国观众的面风风光光地再嫁一次，听到没？"

肖亦凡不是傻瓜，又怎么会不知道夏小雪这样做的真实想法。他站在那里，愣愣地笑着，终于讲不出话来。

接下来几天，夏小雪成功说服了自己的妈妈，让她同意了两人的事情。肖亦凡问起细节的时候，夏小雪总是笑笑，轻描淡写地带过。肖亦凡心中有数，也就不再追问。

因为刚毕业的关系，他们刚好都拿有家里的户口，所以两个人抽空去了离北京比较近的肖亦凡的家乡，那个山东的海滨小城青岛，顺利地从民政局领了证。

领证的时候，他们有个有趣的发现：民政局的两排座椅，分别坐了来办结婚的人和来办离婚的人。

四下并无标志提示该坐哪边，但是，所有人都跟商量好的似的，自觉分开坐。

人越聚越多，于是场面就变得有些滑稽起来：一边如胶似漆，你侬我侬，一边却仿佛仇深似海，把身边人当作路灯一枚。

夏小雪被这个场景弄得满肚子问号，觉得有些好笑，却又不好笑出声来，只能低声问肖亦凡："哎，亦凡，为什么会这样啊？"

肖亦凡仿佛等这个问题等了很久，立马胸有成竹地回答："通过我刚刚的观察发现吧，每进来一对离婚的，发现结婚的甜蜜的样子，就会怒火中烧，自觉地坐到远离他们的位置。再进来一对结婚的，看见那对离婚的怒目相对，怨气冲天，肯定也不愿意挨着他们坐，以此类推，就变成现在这样啦。"

肖亦凡为自己敏锐的观察力有些洋洋自得起来，声音也在不知不觉中有些旁若无人，引得好几对要离婚的夫妇频频侧目，靠他们最近的两位，甚至都有些怒目而视了。

夏小雪自然敏锐地捕捉到了这一切，轻拍一掌肖亦凡："哎，你小声点儿，让人听到了不好。"

"我说的都是事实嘛……"

"那咱们内部交流就好了，这样让别人听到，肯定是不太好的嘛。"

"你瞧，问我的也是你，不让我说的也是你，这还没结婚呢，你就要逼死亲夫哪。"

"油腔滑调！"

从民政局出来，青岛正值一年中最美的季节，风和日丽，海蓝天阔。

肖亦凡带夏小雪去吃海鲜，路过石老人附近的时候，肖亦凡指着海岸边的别墅区，无心地对夏小雪说："你看，那是我家。"

说完这话，一种难言的情绪，袭上肖亦凡心头。

夏小雪自然感知到了这一切，于是，她怯弱地略带小心地建议道："亦凡……要不你回家去看看吧，我在海滩上等你就好。"

肖亦凡低头，笑了，那笑容有些苦涩。

"我爸的脾气啊，八头牛也拉不回来，等再过一阵子吧！"

"可是……"

"别可是啦！今天是大日子，不要提不高兴的事情了。你现在可是我的准老婆，不听老公的会被休掉的哦。"

"结婚证还热乎着呢，就盘算着休掉我呢，你安的什么心！"

"嗯……现在才看到我的黑心，为时已晚！"肖亦凡笑着向夏小雪扑过去。

夏小雪并未跑开，她现在已经不是一个人，肚子里的小生命，宝贵而脆弱，她很小心翼翼。

畅快淋漓地吃完海鲜，两人沿着海岸线散步，一会儿，夏小雪累了，他们随便找个地方坐下来，看海。

肖亦凡在海风中，轻轻拥着夏小雪，两人静默着，看云卷云舒，潮涨潮落，湿润的海风吹来，阳光充盈，一切，都美得恍若七彩肥皂泡。

"小雪，谢谢你。"肖亦凡眼望着大海，突然低声讲道。

夏小雪微微一笑，没有讲什么，只是略带调皮地唱起了那晚放给肖亦凡听的那首歌。

"爱的路千万里，我们要走过去，别彷徨别犹豫，我和你在一起……"

那歌声，有些单薄地飘荡在风中，能顺着风飘至远方，还是会荡至海岸后就被浪花吞噬，这一切都不得而知。

就如同这两个年轻人，他们今后的路，能否一帆风顺，如同这个下午般美好？这一切，虽有注定，却无人知晓。

只是，这么美好的午后，即便前路茫茫，又有什么所谓。世界

22

我们搬到天通苑

1···

清晨的阳光，慵懒地撒进小小的合租屋里，北京城已经开始车水马龙。

二环路已经开始堵，三环路也没好到哪里去，好多人睡眼惺忪地在路边等着公交车。

肖亦凡连滚带爬地从夏小雪屋中跑出来，袜子只穿了一只，衬衣扣系得歪歪扭扭。他跑向厕所，使劲儿一推，竟然没推开。

厕所里传来方芳的声音："姐姐我正忙着呢，等会儿哈。"

肖亦凡俨然等不了，憋得额头瞬间布满了细小汗珠。

"方芳，你快点儿！我要迟到了！"

"我刚进来！"

"姑奶奶，我就尿个尿。"

"那你也得等我把裤子穿上吧！肖亦凡，不是我说你，闹铃又定晚了吧。活该！少睡十分钟能死啊。"

"算了算了，我去地铁的厕所好了。"听到方芳的指责，肖亦凡下意识地就要落荒而逃。

说罢，他把鞋子一穿，西装外套一拿，就开门跑了出去。

几秒钟过后，急促的敲门声响起，夏小雪连忙跑去开门。

肖亦凡冲进来，拿起沙发上的公文包，来不及解释什么，又一阵风似的走了。

厕所冲水的声音传出，披头散发的方芳走出来，看到在准备早餐的夏小雪，说道："得，我估计他又得迟到，你怎么不早点儿叫他哪。"

夏小雪一脸为难："他昨儿加班到三点多，我想让他多睡会儿来着。"

方芳又好气又好笑："好吧，你这一心疼，我估计他又得让那天杀的公司扣五十，这就是好几斤肉哪！"

夏小雪也笑起来："那就不吃肉了呗。"

"你们两口子还真是乐观。对了，房子你这两天找了没？"

"找了，可不是太贵就是太远，我今天准备去天通苑看看。"

"你说肖亦凡搬过来住的事儿，你干吗要告诉房东哪。你这不打自招，让那老变态抓住把柄了吧。还有肖亦凡那房子，你们退得也忒利索了点儿，就不知道先把这儿打点好。"

"算啦，谁知道房东会在多住一人这事儿上纠结呢。肖亦凡那房退得急是因为转租的人要立即搬进去，我们也没办法啊。房东六十多岁的人了，也就是靠这套房的房租生活。"

"什么人在你眼里都能成好人，我服了，你是一观音菩萨，我是一罗刹成了吧。"

"贫死你，一个夏小雪搬出去，另一个郭大阳就可以搬进来咯。"夏小雪跟方芳挤挤眼。

方芳被逗得脸都红了，赶紧岔开话题："我，我先睡个回笼觉去。"

2···

肖亦凡从地铁站的厕所里冲出来，拨开人群跟小炮弹一样就往地铁站台冲。

可等他喘着大气站到站台上，地铁门却在他面前缓缓关上了，分秒不差，仿佛故意要气死他。

他只能目送着地铁开走。

肖亦凡一脸沮丧，口中忍不住骂了一句脏话。

也不知道骂的是地铁，是自己，还是刚刚在他前面走得慢慢悠悠，挡路挡得严严实实的那个哥们儿。

前台的时钟刚刚指向九点过五分，肖亦凡完全是以燃烧生命的方式，远远地跑过来。

待他跑近，就发现他最不想看到的场景，展露在他的面前。

主管双手插在胸前，铁面无私状等着他的大驾光临。

肖亦凡一看到他，瞬间堆起满脸讨好的笑意，嘴咧得恨不得把整口牙都露出来。

"王总，早啊，您今天气色不错啊。"肖亦凡想通过问好的方式蒙混过关。

对方俨然不吃这套："我不觉得早。肖亦凡，你自己说你这个月已经是第几次了。"

肖亦凡变得吞吞吐吐起来："两三次吧……"

"两三次？"对方变戏法一般拿出一个红色小本来，瞧一眼，特别痛心疾首地说，"四次！"

肖亦凡故作吃惊："没那么多吧……"

"没那么多？你自己看。"主管把记录册往肖亦凡面前一丢。

肖亦凡装模作样看了几眼，恳求道："王总，这次你就放过我吧。这个月再扣钱我就得倒找钱给公司了。"

主管却是一脸的铁面无私："这我做不了主，全公司上上下下几百双眼睛看着呢。这你能怪谁呢，下次注意吧！"

"我我我……王总，我家里还有老婆孩子等着吃饭哪。"肖亦凡打出亲情牌，妄图逃过一劫。

但是，主管俨然刀枪不入，冲肖亦凡笑笑，丢下一句："那你更不应该迟到了。"

说罢，他瞟一眼肖亦凡，转身晃晃悠悠地回到了自己的办公室。

肖亦凡一脸怒气，却又无可奈何，败犬一般提着自己的包，走到了自己的小小格子间里。

3···

这是个高层的小一居，阳光挺好，屋里的装修，明显是宜家样板间的范儿。

夏小雪只管一个劲儿地看，满脸写着"满意"。

她旁边站着一个高个儿中年女人，一看夏小雪的表情，心中就明白了个大概，开口问道："怎么样？考虑好没？这两天这房子来看的人可多了。"

夏小雪有点儿不好意思："嗯……阿姨，这房子挺好的，就是稍微有点儿贵。"

高个儿女人一脸惊讶，仿佛见了外星人："这还贵？装修和楼层在这儿摆着哪，南北通透，明厨明卫的！三千一个月，满北京城你上哪儿找去啊！"

夏小雪更加不好意思起来，声音也变得有点儿底气不足："阿姨，我刚毕业，工作还没找到，手头上钱不多……您就再给我便宜点儿吧。"

高个儿女人上下打量了下夏小雪，仿佛要鉴定一下她是否是个刚毕业的穷大学生，那眼神让她略略的不太舒服。

终于，高个儿女人用赏赐般的语调说道："好吧，两千八，半年付，最低了。"

夏小雪缩缩脖子，鼓起勇气："阿姨，两千七成吗？"

高个儿女人把眼瞪得跟铜铃一般，仿佛要把夏小雪瞪死。

夏小雪不敢看她，硬着头皮再次求道："您就当帮帮我成吗？"

高个儿女人长舒一口气，长得仿佛要把整个房间的空气都吸进去再吐出来，特别不情愿地答应了，仿佛吃了一个多么大的亏。

"行了，我也不在乎这一百块了。你带钱了吗？现在就签合同吧！"

夏小雪高兴得几乎要当场跳起来："阿姨您真是个好人！带了，在我的卡上，我一会儿下楼提给您。"

高个儿女人熟练地从口袋里掏了一份儿合同出来，先签上自己的名字，又递给夏小雪。

夏小雪仔细看完了合同，认真签上了自己的名字。

随后，夏小雪仿佛想起来了点儿什么。

"阿姨，您能让我看看您的身份证和这房子的房本吗？"

高个儿女人听了这话仿佛有点儿不高兴，脸色一沉，像是受了多么大的冤屈。

"怎么？还不相信这房子是我的啊！我把我这么好的房子便宜租你，你还怀疑我哪？"

夏小雪赶紧解释："阿姨我没这意思，您别生气。"

"身份证和房本我都搁家了，明天我拿电卡过来的时候给你看好了！"

夏小雪犹犹豫豫地点了点头，话到嘴边，又吞了回去。

高个儿女人把钥匙递过来："这是钥匙，你今儿就能搬进来。"接着，又拍拍夏小雪的肩膀故作亲昵，"放心，阿姨不会坑你的，阿姨也有个女儿。"

夏小雪忽然有点儿不好意思，脸上绽开有些不好意思的笑容。

给了高个儿女人钱，讲了再见，夏小雪迫不及待地跑进楼里，乘电梯上楼，拿钥匙开了门，转身飞速地把门关上。

屋里一片阳光明媚，夏末的风，轻柔恣意，拂动她的发。

她快乐地大叫，笑着冲向沙发，脱了鞋在上面蹦蹦跳跳。

刚跳了几下，她就像是突然想到了什么，下意识地环住肚子，悄然坐下来。

“亲爱的宝宝，我们有了一个自己的家了。”她轻声地低头说道。

阳光洒在她青春的脸庞上，给她笼上了一层幸福的柔光。

4…

下午三点多，北京的交通难得的可爱，车子在环路上一路畅通无阻。

夏小雪和方芳把大包小包的东西提上楼，就开始了大作战，屋子在两个女生的收拾之下变得整洁又温馨。

方芳把最后一袋垃圾丢出去，伸个懒腰：“小雪，我走了哈。”

扎着围裙的夏小雪从厨房探出头：“别啊，留下吃饭。”

“不吃了，我就不打扰你们小两口的二人世界了。”

“平常也不见你有这觉悟啊？是不是郭阳今天要过来啊。”

“嘿嘿……今天天气挺好的。”方芳用这种方式算是默认了。

夏小雪摇头笑：“我火上还坐着锅呢，就不送你咯。今儿谢谢啦。”

方芳一边穿鞋，一边打趣夏小雪：“我这些事儿都是替我未来的干儿子做的，你甭谢我。”

夏小雪的脸红起来：“你怎么知道是儿子，万一是女儿哪……”

“是女儿我就直接抢过来，省得她跟着她妈学坏。”

说罢，方芳大笑着关门跑走。

“方芳你真讨厌！”夏小雪举着汤勺追出来，却只看到刚刚关过来的门。她往围裙上擦擦手，继续回到厨房，开展她的烹饪大作战。

门铃响，夏小雪迅速跑过去开门，是一身疲惫的肖亦凡。

看到新居，肖亦凡脸上有了笑意，一把抱过夏小雪。

“哇，我们家小雪挺能干的嘛！”

小雪噘嘴：“那是！来，亲亲！”

肖亦凡在小雪脸上猛亲一口，夏小雪更开心地笑，满脸的幸福：“肖亦凡，你胡子好久没刮啦！"

饭桌上，夏小雪不停地为肖亦凡夹菜。

肖亦凡每吃一个菜，夏小雪都紧张地问："好吃吗？"

肖亦凡自然无一例外地猛点头，差点儿条件反射了，只要夏小雪一动筷子，他就想点头。

吃完饭，两人看了会儿电视。

等他洗澡出来，夏小雪已经躺在床上开了台灯看书。

他看着夏小雪，虽然身体疲惫无比，可脸上还是有了笑意。

等他也上了床，夏小雪撒娇般地把头埋在肖亦凡怀中，夜风习习，满天星斗。

月亮很大很亮，透过落地窗，撒了一地的银。

过了一小会儿，夏小雪开口道："亦凡，睡了吗？"

肖亦凡很快回答："没呢，怎么了？"

"嗯……我在想，要不要继续找工作……能补贴一点儿是一点儿。"

肖亦凡的语气变得坚决："不行！"

夏小雪试探性地再次询问："那……我找个不用坐班的？"

"我说了不行！你就给我老老实实跟家待着，养着！"肖亦凡的口气依旧是不容置疑。

夏小雪心中涌起满满的甜蜜，往肖亦凡怀中又紧紧凑了下。

"那我从明天开始就好好学做饭！争取成为最优秀的全职太太！"

"这才上道嘛！"

待夏小雪幸福地在肖亦凡怀中睡了过去，肖亦凡这才轻轻地把她的头转移到枕头上，活动了下被枕得有些发麻的肩膀。

继而在黑暗中，发出了一声，不被察觉的叹息。🌍

23

人生何处不相逢

1···

这是个好天，北京难得有这样晴朗的天气，万里无云，微风习习，天蓝得前所未有。

洗衣服作为一件异常家常的重体力琐事，自古以来，就是热恋期的女性们发泄过剩爱意的绝佳途径。

精力充沛的夏小雪，孜孜不倦地经过四小时的奋战，终于把她势力范围内的所有脏衣服，都统统消灭殆尽。

迎着风，在日光里，她踩在从宜家买来的彩色小矮凳上，开始一件件晾晒肖亦凡的衬衣。

她细心地用手抚平衬衣上的每一个褶子，透过阳光，她还是会发现一些需要逼近到眼前才能发现的细小痕迹。对此，她也绝不姑息，统一返工重洗。

当她经过如此繁复的浩大工程，把最后一件衣服也完美地晾好，太阳已经逼近地平线。

阳台上洒满了柔黄的光，那场景很是壮观，满满一阳台的衣服，五彩斑斓，随风而动，空气中弥漫着洗衣粉同阳光混合后的淡淡香气，清新、纯净又温暖。

夏小雪心满意足地看着迎风飘扬的它们，脸上是满足的笑，长发被轻轻吹动，她用手把它们拨至一旁。

刚刚下班的肖亦凡，在楼下看到这一切，有些呆了。

夏小雪微笑着撩动头发的那个瞬间，美丽得不可方物，让他的心，柔软得仿佛要滴出水来。

他明显地能够感受到此时此刻夏小雪的幸福，而一想到，这一份幸福和快乐，是因为他，他觉得既骄傲又自豪，也仿佛被这份幸福感染了。

他想到今天刚发的工资，决定去超市给夏小雪买点儿孕期补品，提着公文包，转身去了超市。

拿钥匙开门的声音忽然响起，夏小雪以为肖亦凡回来了，仿佛看家小兔一般迎出去。

可举着钥匙出现在门口的，却是一个陌生的短发女人，三十岁左右的样子，中等个头，穿着一身藏蓝色工作服。

这把夏小雪吓了一大跳，条件反射似的大叫了一声，那人明显也被小雪吓到了，也跟着叫起来，场面出现短暂的沉寂，两人异口同声地问道："你是谁？"

对方打量了一下夏小雪，确定了她的安全无公害，很快平复下来，用几近质问的口气问夏小雪："你怎么会有这房间的钥匙的？！"

"这房子是我租的啊！你又是谁？怎么会有我们家钥匙的？！"

"我是中介公司的，这房子租期刚到，一直是签给我们公司由我负责的，我当然有钥匙了。"对方理直气壮，不像骗人的样子。

"啊？这是我昨天才跟一个高个儿阿姨租的啊！我给了她半年的房租呢。"夏小雪有一种不好的预感。

"高个儿？是不是一个有点儿东北口音的中年女人？姓黄？"对方比画着。

"对啊，就是她！你看这是我们签的合同。"夏小雪转身要去拿合同。

"小姑娘，那是上一个租客！你怎么不看房本什么的就轻易相信别人啊！"

夏小雪呆住了："那……那怎么办？"

"哎……"对方叹口气，"真够缺德的，对方敢讹你这钱，说不定已经不在北京了，不然你先打个电话给她？"

夏小雪拿起手机来打，对方果然关机，她呆呆地拿着手机，六神无主，几乎要哭出来。

"阿姨，那……那我现在怎么办啊？"

"我今天是来收房的……她还有一个月押金在我们那里放着。"对方沉吟一下，"这样好了，如果你还想租这房子的话，那一个月的钱，就算是你的押金。如果你不想租了，我就把那钱退给你。"

"那……我，我等我丈夫回家跟他商量一下好吗？"

"好吧。"对方耸耸肩，一脸无奈的样子，转身要离开。夏小雪快走几步，送了送她，这才想起来应该谢谢人家："那个……阿姨，谢谢您……"。

对方回头过来笑笑："别叫我阿姨，我大不了你多少，以后别那么轻易相信别人了。"

夏小雪关上门，脑袋"嗡嗡"作响，她倚靠着门背，缓缓坐到了地上。

隔了一个夜，她昨天交出去的接近两万块就打了水漂。

妈妈打给她用来应急的三万元，就这样不明不白地少了三分之二，她真的有点儿接受不了。

泪水涌出了她的眼眶，她被漫天的自责淹没了。

2···

肖亦凡提着大包小包的补品，刚推开家门，就看到泪眼婆娑的夏小雪坐沙发上痴痴地望着他。

肖亦凡赶紧把东西往边上一丢，冲到沙发旁。

"小雪，你怎么了？不舒服？"

夏小雪摇摇头，咬住嘴唇不讲话。

肖亦凡的手伸向夏小雪的额头，摸了摸，并不烫。

"哎，肯定是洗那么多累着了，你现在毕竟……"

还没等肖亦凡说完，夏小雪"哇"地哭了出来。

"我……我被骗了！"

夏小雪泪水就此决堤，肖亦凡坐在一旁，有些不知所措，有些懊恼，有些无奈，唯一能做的，就是不停地递纸巾过去，终于在断断续续中，听完了事情经过。

等夏小雪完完整整地讲完，肖亦凡笑了。

"我这么伤心，你还笑。"本来哭得差不多的夏小雪再次悲从中来。

"我笑是因为觉得你可爱嘛，破财消灾，没事儿！"

"我……我太笨了。我怎么就那么容易相信别人，简直是傻得没救了。"

"不是傻，是单纯善良。"肖亦凡把夏小雪揽入怀中，"而且还好你只给了半年的，要是你一给给一年的，咱俩就只能喝西北风了。所以，已经是不幸中的万幸啦。"

"半年的钱也是钱啊，一想到可以给宝宝买好多东西，我……"夏小雪第三次悲从中来，眼泪又落下来。

肖亦凡赶紧改变方针，转移话题，温柔地对夏小雪说："好啦，还好这房子没人租不是嘛，你明天拿钱跟那个中介重新租，记得直接去它们的店里，明天一早就去，别让别人抢走了，最近房子很紧俏的。"

夏小雪一抽一抽地看着肖亦凡："亦凡，你有没有觉得我变笨了，我觉得有了宝宝之后我变得脑袋都不转了。"

肖亦凡装作一脸惊异："这跟宝宝有什么关系，还不是因为我们伟大的母亲大人的善良在作怪，好了，不要哭了，不然就不可爱咯。而且，宝宝听到你这样讲他，说不定会在肚子里踢你的喔。"

肖亦凡模仿蜡笔小新的样子拿脸去蹭蹭夏小雪的脸，夏小雪终于有了笑容，轻轻伏在肖亦凡怀中。

"亦凡，如果我成了个笨蛋你还会爱我吗？"

肖亦凡看着她，关切而又爱惜地笑着说："傻瓜，当然会啦。"

"那我万一变得不可理喻脾气暴躁疯疯癫癫呢？"

"你哪会变成那样！"

"怎么不会，孕妇会出现好多状况的，有科学根据的。"

"别听那些'砖家叫兽'胡说，他们就会吓唬人。"

"到底会不会嘛！"

"好啦，会。"

"骗人，看你的样子一万个不情愿。"

"雅典娜，我说什么都是错，你是要逼死你的圣斗士吗？"

"哼哼……"夏小雪可爱的哼唧一声，"好啦，其实雅典娜被你哄得很开心啦。"

降伏了夏小雪，此刻的肖亦凡觉得自己倍儿伟大。

工作虽然多却难不倒他，家里虽然有这些烦心事，可是经过自己这么一调理，就拨开云雾见了月明。一两万没听个响声就飞走了，就他们家现在的状况，虽说让他有些心痛，但转念一想，就当给孩子上了个胎教课吧。他不当家，不知柴米油盐贵，对一两万也没什么概念，不会跟夏小雪一样，所有的钱都能换算成奶粉。

肖亦凡是全世界最会安慰自己的人，身为一个双鱼男，他很会为自己找理由，好让日子好过一些。

两人看着电视，小雪趴在肖亦凡的腿上沉沉睡去。

肖亦凡机械地点击着遥控器，关了声音，只浏览着画面。

画面里是那些剧情狗血的电视肥皂剧，看得肖亦凡满脸笑意，心想自己的经历是不是也能拍部电影。他从高中时就觉得自己的人生跟演电影似的，经历了许多旁人无法想象的事情，直到现在，他才完全确定了自己的人生影片的基调——一部悲喜剧。

看着时候不早了，肖亦凡抱起小雪，走到了床边，把她轻轻放到床上，掖好被子。

他蹑手蹑脚地去洗漱，回来一沾枕头就睡着了。

天刚蒙蒙亮，肖亦凡起床拉开窗帘的一个缝隙，看到又是一个略带阴沉的天气。

深秋的北京，树叶落了一地，空气中有潮湿感，灰色的小鸟，间歇地倏忽而过。

这样的天气总是让人不知所措，不知该是奋发振作还是随波逐流。

夏小雪还在安稳地睡着，昨晚哭肿的眼睛依旧红通通的，身体蜷缩成一团，让人看了好生怜惜。

肖亦凡梳洗换装完毕，正要出门的时候看了一眼正在睡觉的夏小雪，笑着摇摇头，那笑容，仿佛有些苦楚。

3…

拥挤的地铁上，诸多为生计而奔波的人面无表情，在这样的环境里任何人都感觉不到亲近感。气氛凝重，大家都不发出声音，略微的有些怨气地固守着自己的位置。

只有列车行进的声音，在浑浊的空气里流转。

自肖亦凡上大学的那一天起，他就不容许自己的将来变成一个三点一线的上班族，庸庸碌碌，毫无生机。

　　而如今的状况却是他始料未及的，似乎所有的梦想和坚守都已离他而去，他有些心痛，甚至是绝望。

　　但他很快打住，不再想这些。他知道负面情绪除了会把他搞得更沮丧外，没有任何好处。于是他闭上眼睛，头靠在一侧的栏杆上，好似睡着了。

　　夏小雪此时从睡梦中苏醒过来，窗帘半遮掩着，有那么一丝阴天特有的朦胧光线透了出来，照在了床上。

　　她半个躯体浸在散漫的光中，眼前还是一片黯淡的色调，屋里很静，她睁开眼，汹涌的怅然若失淹没了她。

　　她摸着自己的肚子，若有所思，展露出有些苦涩的微笑。

　　电话响了，小雪看了看手机号码，是母亲打来的。

　　小雪清清嗓子，调整好语调，让自己的声音显得有活力点儿，而后按下了接听键。

　　"喂，囡囡啊？"妈妈的声音传来，听上去好苍老。

　　"嗯，妈妈，你怎样？最近好吗？"

　　"妈妈还是老样子，你呢？身体有没有不舒服？记着不舒服一定要去看医生啊，不要心疼钱，你有了宝宝，要经常去检查的。"

　　"我知道的，妈妈你放心吧。"

　　"你平常也不打电话给妈妈……"电话那头的妈妈有些委屈，又有些不好意思，"妈妈很记挂你的，一直想去北京照顾你，可是妈妈现在也没有退休，走不开的啊。"

　　夏妈妈的声音低下去，明显是有些难过。

　　夏小雪眼睛有些红，她把电话拿到一旁，深吸一口气，憋回眼里的泪："妈妈，你不要这样啦，我很好的，每天吃好多东西，养得白白胖胖的。"

　　"亦凡的工作怎么样？对你好不好？"

　　"他工作还不错啊，每天都很努力。对我好得不得了，家里的活儿抢着做，连兼职的工作都不让我找，就让我在家里安安稳稳地待着，昨天还买了好多保健品给我。"

　　"唉……妈妈还是放心不下你，虽然亦凡是个好孩子，可是你们当初结婚，还是太仓促了……"

"妈妈，我已经长大了，你就放心吧……"

电话那头一阵沉默。

"那，钱还够不够用？妈妈这个月工资发了，你们如果有需要，妈妈可以打一些给你的。"

听到这句话，夏小雪的心突然一颤，但是还是装作自然随意地回答。

"上次您给我们的钱还没动呢，亦凡那里也有一些钱的。我们刚搬了新的房子，便宜了一些，虽然离他单位远一些，可是舒服多了，每天都会有阳光晒起来。"

"你们有什么难处就说啊。"

"知道了妈妈，你放心吧，我有什么事情瞒过你。"

"结婚的事情你就瞒着妈妈了……"

"妈妈，这件事情不一样。我答应你，以后什么事情都会跟你说的，好不好。"

"小雪，妈妈想你了……"夏妈妈像是鼓起勇气才讲出这句有点煽情的话。

小雪的泪滴已经在眼窝里打转了，她用手使劲揉了揉鼻子。

"姆妈，我也想你了。呵呵，等我赚了大钱，买了大房子，就接你来北京，让你抱外孙。"

"妈妈不求你赚大钱，就希望你好好的。"

"啊！做运动的时间到了。我挂了啊，妈妈你好好保重身体啊。"

夏小雪几乎是有些仓促地挂掉电话，她眼里的泪已经在眼窝里越聚越多，下一刻就掉了下来。

她转动着眼球，竭力不想让泪滴下来，妄想让泪滴在眼眶里干涸。

有一滴眼泪不受控制地从脸颊划过，小雪立刻就用手掌擦拭掉它。

紧接着，她闭上了眼睛，仰起头，像是希望那些未流下的泪滴就那样消失不见。

"宝宝……"夏小雪用手抚摸着自己的肚子，眼睛睁开，望向远方那灰暗的天，"妈妈现在很不满意自己呢，不知道爸爸会不会更不满意妈妈呢。宝宝，你能告诉妈妈吗？"

"妈妈好失败，不能给任何人带来快乐，可是妈妈已经很努力很努力地去做了，可为什么，还是做不好。"

"妈妈这样，是不是很脆弱呢，不过，为了你，妈妈会加油的……"

小雪看着自己的肚子，得不到任何的回应，或者，她并不需要回应。

肖亦凡到了公司，身上的西装因为在地铁上与人拥挤而变得褶皱不堪，头发也有些凌乱，这一身的狼狈，让肖亦凡觉得今天又会是憋屈的一天。

肖亦凡一坐定，就有一个相熟的同事凑过来，给他使了个眼色，然后低声神秘地说："亦凡，王八蛋走人了……"

肖亦凡当下为之一振，但下意识地，还是小声问道："怎么可能，真的假的啊？"

那个同事的眼神颇为不屑，仿佛肖亦凡在怀疑他不容置疑的权威性。

"当然是真的，我的消息什么时候假过。今天一大早人事部就贴了通知，你难道不觉得今天有些清净，没那么闹心吗？"

每个公司，总会有那么些人，上至国家大事下至柴米油盐，他们一概要宣读一遍，不厌其烦地做这种传声的角色，生怕别人不知道，生怕别人不知道自己知道得早。

肖亦凡赶紧查阅了自己的邮件，发现确有此事，脑子里瞬间推翻了自己认为天气和心情成成正比的论断。

肖亦凡有了一种翻身农奴把歌唱的畅快感受："哈哈，终于不用看丫的那副嘴脸了，迟到五分钟丫都不肯睁只眼闭只眼，自己却躲在办公室抠脚丫，装什么铁面无私啊！"

同事却是一脸的忧国忧民。

"还不知道是福是祸哪，万一来个更变态的，那这日子就没法过了。"

肖亦凡伸了个懒腰："没法过也得过啊，现在找份儿工作多难啊。"

同事表示同感："哎，也是，你是没看上次招聘会，来了多少人，现在是有多少没工作的大学生啊，蚂蚁似的。"

说罢，他语重心长地拍拍肖亦凡的肩膀，又走到另外一个人的桌位旁边，低声说道："知道了吗？狗腿子走人了……"

肖亦凡看着他，摇摇头，又略带无奈地笑笑，开始自己今天的工作。

他身处在这样的一个环境，默默遵循着这里的规则，但内心里，他是排斥的。

他希望自己能尽力地游离事外，却又不想让人看出他的超脱和不合群。

梦想和现实的距离，在肖亦凡身上，拉得太远。

他无路可退，只得打晕自己，硬着头皮走下去。

4…

时间已经逼近正午，夏小雪正在茶几上写着点儿什么，那茶几有些矮，小雪只能趴在上面，但是又怕这样对肚子里的宝宝不好，所以她只能竭力支撑起自己的身体。

那个姿势看起来费力又滑稽，像只笨拙的兔子。

她时而眉头紧蹙，时而微笑，因为累，竟然滴下了几颗汗珠，可她没有顾及它们，完全沉浸在自己构筑的小小世界里。

日记本的第一页，夏小雪这样写道：

亲爱的宝宝，妈妈决定写一本日记给你，记录下你在妈妈肚子里所有的点点滴滴，让你知道，我们多么爱你……

写完，夏小雪心满意足地检查了一遍，确认没有错别字，才合上本子。

想想自己还没有跟中介联系好房子的事情，她轻叹口气，把本子轻轻放到茶几的抽屉中，拨通了中介的电话。

中介说既然他们要续租，那原房东留下的一个月租金，就算他们的。

夏小雪觉得自己交了好运，兴奋地又打开了日记。

刚吃完午饭，有些疲惫的肖亦凡站在过道抽烟，又是那个同事走近。

"唉，哥们儿，旧的前脚走，新的后脚就来了。"

"什么意思？"

那哥们仿佛怕别人听到一样凑到肖亦凡耳边："新上司来了。"

"这么快？"随即，肖亦凡又笑笑，"来了就来了呗，反正又轮不到我，谁来都一样。"

"你猜是男的女的？"

"不猜，咱们公司，女人当男人使，男人当畜生使，能坐到这个位置，都得变态。"

刚回到自己的桌位上，肖亦凡就收到了邮件。

邮件的内容是，下午三点，新领导到位，各职员到部门会议室欢迎新上司。

肖亦凡关掉了邮件，把领带松了松，舒了一口气，不知为何，他有点儿心慌。

他有些自嘲地笑了笑，想说自己心慌个屁。

会议室里，满满的人，众人的鼓掌声充斥在其中，空气中弥漫着人为制造的热闹。

肖亦凡低着头推门进去，站定之后，远远地往台上看一眼，瞬间仿佛被晴天霹雳劈了三遭。

此时站在正中央位置，一身笔挺的 OL 装扮，笑得自信又美丽的新领导，竟是陆露！

肖亦凡顾不得加入鼓掌的队伍里，他彻底蒙了，脑袋瞬时停摆，一片空白。

整个介绍会议的过程，对肖亦凡来说，都仿佛是一个不真实的梦境，可台上陆露铿锵有力的声音，证明一切都是真的："希望今后能够跟大家合作愉快，一起为公司的发展壮大而努力！散会吧！"

众人鸟兽散，有几个交际狂人，上前跟陆露亲切交谈。

同事拿胳膊碰碰肖亦凡，耳语道："看看，人家含着金汤匙出生的人，哪儿是咱们能比的哪，听人事部的八卦说，她也是刚毕业呢……"

肖亦凡沉默不语，似乎没有听到同事在讲什么。

他耳鸣得仿佛脑袋里钻了一个师的蜜蜂。

陆露步出会议室的时候，若无其事地看了一眼肖亦凡，肖亦凡同她对视了一下，便迅速低下头去，下意识地要躲开。

"这位同事，你等一下。"陆露一开口，正在走出会议室的众人都停下了脚步。

肖亦凡意识到陆露指的人是他，他心一提，转过身来，张张嘴，却讲不出话来。

之前他们有无数种称呼彼此的方式，可现在，他一个都用不上。

"这位同事，我们公司是大公司，公司的每一环，都是成功的关键。你的领带衣服和鞋子，是不是有些太过随意了？"

众人面面相觑，以为新领导要杀鸡儆猴，可肖亦凡知道，事情不是那么简单。

一丝难过涌上他的心头，那一丝难过，瞬间又天女散花般漾开。

顿时，他的心，仿佛霎时被祭上了木炭一堆，烧灼般难受得几乎要裂开。

他抬头看陆露，四目交接，陆露现时的眼神，却冷酷得让他恨不得当场死掉。

他忽然就明白了，现在站在自己面前的这个陆露，并不是自己曾经朝思暮想的那个陆露了。

那个天真烂漫的陆露，很可能被他活活杀死在了那个摊牌的早上，一剑封喉。

如今，存在于他们二人之间的关系，是那样的微妙，他们连最熟悉的陌生人都算不上。

这残酷的定位，让他连呼吸都有些困难。

"陆……陆总。我以后会注意的。"肖亦凡几乎是用颤抖的声音讲完这句话。

"我希望没有以后。"

陆露同肖亦凡擦身而过，肖亦凡有些木讷地让开，看着她离去。

旁边看热闹的人都认为这个上司也不好惹，可怜的肖亦凡刚逃离狼爪又入虎穴，让他们好生唏嘘，都暗自庆幸被拿来开刀的不是自己。

其实他们都不知道，肖亦凡走霉运的真正原因。

当然，他们也不必担心，因为倒霉的只会是肖亦凡一人。

陆露四平八稳地走入自己的办公室，轻轻把门关上，又顺手把百叶窗拉下，继而她倚靠着墙，缓缓滑落。

跟刚刚的自信不同，此时的她，脸上满是汹涌的悲伤。

来到肖亦凡公司的这个决定，是自己在无数个纠葛万分的夜里，为求一个解脱艰难做出的。

而如今的这番景象，与自己设想的竟然是那样的相似，可为何，她却丝毫感觉不到任何成功的喜悦。

只有一阵阵冲动发泄过后的颤抖，和揪心的疼痛。

肖亦凡的脸，出现在办公室门口时，她的心，就止不住地痉挛。

　　她时刻感觉自己下一秒就要撑不住了。

　　可是，她必须要撑住。

　　这场独角戏，她要演下去，她再次把自己逼上了悬崖，已经无路可退，即便粉身碎骨，她也要一个交代。

　　此时的肖亦凡，在座位上发呆，失魂落魄。

　　他无法给现在的局势一个清晰的论断，他甚至有点儿怀念那个被称作"王八蛋"的经理，即便每天被骂，他也心甘情愿。

　　电话铃声响起，吓了他一个激灵。

　　"喂，你好。"肖亦凡依靠仅有的一点条件反射接起电话。

　　陆露的声音通过细细的电话线，远远传来。

　　"肖亦凡，麻烦你来一趟办公室。"世界

24

一切都加倍还你

1···

肖亦凡走到陆露的办公室门口，舒了一口气，几乎是下意识地整理了一下衣装，用手梳理了下并不乱的头发，艰难地敲了敲门。

"请进。"陆露清脆的声音传来，陌生又熟悉。

肖亦凡在那一瞬间，突然想掉头就走，永远离开这个鬼地方，远远地没有痕迹地，干干净净地消失，仿佛一切都不曾存在过。

当然，这仅仅是个假设，生活永远不是一个 RPG 游戏，你可以随时回到登录界面转换角色。

肖亦凡比谁都清楚明白。

这个念头就如他每天千千万万的白日梦一般，瞬间产生，给予他瞬间安慰后，继而瞬间消逝。

他跟所有的双鱼男一样，内心有个小小世界，依靠自产自销的白日梦提供生活勇气。

其实，大部分男人都这样。

肖亦凡推门进去，低着头，仿佛做错事的小学生。

转瞬间，他想到自己是决然躲不掉与陆露的面对面了，不如轻轻松松，从容面对，但求速死。

于是他鼓足勇气，抬起头，努力地让目光坚定平静一些。

但是看见陆露的那一瞬，他仿佛长久没有浇水的阔叶植物一般，瞬间蔫掉了。

陆露坐在那写着什么东西，并没有抬头看他，她的头发轻微垂落下来，滑落在额前，依旧那么美。

肖亦凡有些尴尬地站在那里。

二人现在的角色定位虽然有些混乱，唯一明确的是一个可笑的工作关系，陆露是他的顶头上司。

陆露坐在桌子后在纸上写写画画，镇定自若，可她的心里，却汹涌得仿佛涨潮期的大海。情感的波涛一次次拍打在她脆弱的心壁做成的礁石上，每一下都刺痛不已。

她清楚地知道肖亦凡站在那边望着自己，她却不准备打破这种宁静。

打破了这份宁静，就如捅破了那层薄如蝉翼的纸片。

有许多事，就真的已成定局。

她知道自己有些自欺欺人，但她并不在乎，谁要在乎呢，她想。

空气里有那么些微尘，在透过窗户的光线下无所遁形。

有温柔的光，静静地洒落在她的脸上，她认真的侧脸。笔尖划过白纸的窸窸窣窣的声音，让肖亦凡仿佛看到了三年前的陆露。

那应该是个六月吧，北京已经有些炎热，阳光焕散得厉害。

三三两两的学生分散在教室的各个角落，台上的老教授声音低沉而缓慢，时钟滴答滴答，外面传来忽远忽近的蝉鸣。

肖亦凡在陷入睡梦之前依稀记得陆露坐在自己的左前方，窸窸窣窣地记着什么，不时抬头看前方。

彼时的肖亦凡只能看到她那白皙而又棱角分明的侧脸。精致，乖巧，每一寸肌肤上仿佛都闪着光和亮。

她时不时把几缕不听话飘至眼前的头发拨到耳后，不经意的动作让肖亦凡仿佛每一个毛孔都轻松舒展开来，脸上堆满幸福的傻笑。

恍惚中，一切都太美好了，他有种安心的睡意，几乎就要沉沉地睡去。

不不不……不能就这么睡了，一定有什么被遗漏了。

对了，当时坐在自己身旁的那个人又是谁呢……

那个人的脸，从模糊到清晰地，浮现在肖亦凡眼前。

他以为他忘了，可是，他还是都记得。

那是因为考试临近而认真记着笔记的夏小雪，而这个笔记，是他的。

想到这里，肖亦凡悬崖勒马般地让自己从回忆的河流中抽离。

他低着头，呆滞甚至有些木讷地问道："陆总，请问有什么事？"

平衡被打破了，就如泄洪闸门被打开。

陆露看着肖亦凡，竟然一时失语。短暂的沉默后，她才缓缓开了口："你进办公室没有关门的习惯吗？"

肖亦凡早已料到了陆露的态度，他打定主意，就算陆露拳打脚踢针扎撕咬也绝不动容。

他小声回答道："对不起。"继而转身，把门关上，然后面无表情地再次向陆露问道，"陆总，找我有什么事吗？"

陆露把笔往桌子上"啪"一放，她被肖亦凡云淡风轻的态度激到，那眼神，冷酷得令人害怕。

"跟自己的上司讲话，是不是要加个请字？"

肖亦凡头歪向一边，抿一下嘴唇，内心略微有些难受。虽说打定主意做皮球，毕竟还是难以抵御一切。

"我第一次说过了，您没听到。"

"你第一次讲过的话太多了，没听到也不奇怪。"陆露一脸讽刺的笑，"还是说我的听觉退化了？"

"陆总，我没这个意思。"

陆露玩着手中的笔，侧脸面向肖亦凡，略带挑衅："肖亦凡，你做梦也想不到能在这里遇到我吧。"

肖亦凡不讲话，两个肩膀却已然开始耷拉。

陆露仿佛无视肖亦凡的反应，眼神虽然盯着手中的笔，却明显没有焦点。

干笑了一声，那笑声，如此鄙夷，又略带自嘲。

"其实我觉得你特牛 ×，真是一言既出驷马难追，消失得那么干净彻底，大学四年我都没见你这么爷们儿过。房子一下子就退掉，我上门烧房子都找不到人，以为你死了呢，几乎要把北京城翻过来找你想要鞭尸，没想到您竟然闪婚，还闪孕了。不过我还是得谢谢你，你让我觉得自己没白活，人生挺精彩，堪比山海经。"

陆露这一番自我解嘲，让肖亦凡觉得很不是滋味。

这几句字里行间都透着讽刺和暗箭的话语，杀伤力并没有很大，可说的人是陆露，威力自然不可同日而语。

肖亦凡抬头看着陆露，眼神闪动着，用几乎有些哀求的口气说："陆露，别这样成吗？"

陆露又干笑一声，一脸不解地看着肖亦凡："我怎么了？我说的不都是事实吗？"

肖亦凡张嘴想解释点儿什么，可一看陆露的眼神，就又觉得无可辩驳，只得沉默。

"你刚刚不是叫陆总吗，的确，陆露现在也不是你能叫的。继续，别换。"

肖亦凡不讲话，手不知不觉攥成了拳，微微地抖。

陆露点上一根烟，抽了一口，然后看着冒出的烟直直向上飘散，声音平静得可怕："其实没什么事儿，我就是想明确告诉你，你的好日子到头了。当初你带给我的所有的一切，我都会加倍还你。行了，你可以出去了。"

肖亦凡的身体有些僵直，好一会儿才反应过来，缓步走了出去。

他不想解释，不想再在这里停留，哪怕一秒钟。

他只想远远地走开，哪怕回到自己小小的格子间躲起来，也能换得片刻的安宁。

2…

夏小雪跟中介办好了手续从店里出来，街上行人并不多，阳光散落在她脚下，全身都有一种秋日的暖意，走路都带着轻飘飘。

毕竟是年轻人，所有的情感，都迅速得仿佛在演戏。

路过一个菜市场，远远就听到人声鼎沸，她的视线移过去，一派热火朝天的景象映入眼帘。

夏小雪虽然此生无数次路过菜市场，却因为小女生天生对杀戮的那丝排斥，走进去的次数屈指可数。

今天她却没有想太多，径直走了进去。

她有些莫名的兴奋，有点儿观光的意思看着这个于她很是新鲜的小世界。

市场喧嚣里带着热闹的家常氛围，大家和善又快乐。

她内心漾出一圈圈幸福的涟漪。

她转了一圈儿，终究还是避免不了看到生肉杀鱼，但这次，她却似乎被周围的快乐气氛感染到，丝毫不觉得恐怖。

这才是过日子呢，她想着，脚步就停在了猪肉摊前，怯生生地跟那个一脸彪悍的摊主说："师傅，麻烦您给我一斤排骨……"

卖肉师傅叼着根烟，从牙缝里挤出一句："要哪种？"

夏小雪瞪大了眼睛："这还有分啊？我不知道呢，你能给我介绍下吗？"

卖肉师傅打量一眼夏小雪，看她一身的稚嫩，便很好脾气地笑笑说："一看你小姑娘就没买过肉，要做菜还是熬汤？"

夏小雪小声略带迟疑地回答："做菜吧，我们家两个人……"

卖肉师傅一句"得嘞"，手起刀落，一块肋排准确地被砍下，刀法精准，剁得案板震颤。

夏小雪哪里见过这阵势，吓了一跳，接过排骨时，手还微微带着点儿震颤。

买齐东西回到家，夏小雪脱下鞋就雀跃地跑进厨房里，开始忙碌起来。

她一边看着"贝太厨房"的书籍，一边把材料都罗列好，配料的多少搞不定，就完全按照书上写的来。她小心翼翼地拿着一杆迷你小秤，边称边自言自语："肉桂……20克……香叶……10克。"

虽然进展缓慢，但也算有条不紊。

光已经没有那么强了，取而代之的是温柔的黄，不时有穿堂的风，缓缓跑过。

夏小雪认真地做着饭，厨房渐渐有香气飘出，她忽然有些想哭，为着这平凡的幸福。

转眼间时钟就跳到了五点半，同事们陆陆续续停下了手中的工作，开始准备收拾东西走人。

虽然平时大家都摆出一副工作至上的态度，张口闭口不提家务事，可是谁都明白，总有些人记挂着等待着他们。

这种临近时限的等待，似乎能让所有人都兴奋起来。

肖亦凡很明白，他也有一个这么等待着自己的人。

不对，是两个，还有一位，安安静静地躺在夏小雪的肚皮里，不知魏晋。

想到这个，他的嘴角有了点儿笑意，可继而想到陆露，他的心又沉下来。

手机响起，有短信进来，是小雪。

"命令你今晚下班后就速度赶回来！"

肖亦凡脸上不由自主地露出一丝微微的笑。

正要回短信，就看到一脸笑容的陆露从办公室缓缓步出，他下意识地把手机往边上一丢。

陆露拍拍手掌，对着所有人说："今天我请大家吃饭，荷花泰菜，大家可得赏脸。"

众人欢呼雀跃，有免费晚餐，谁都会开心。

有的人开始给家里打电话说不回去吃饭了。有的簇拥在陆露身旁，谈天说地。

陆露左右逢源，人群里不时发出在此刻的肖亦凡耳中假而刺耳的笑声。

肖亦凡听到看到这些，望着刚被丢至一旁的手机，此时的他有点纠结，不知如何决定，小雪在家里等他，明显是有什么好事情等待着跟他一起分享。可自己又想趁这个机会跟陆露解释一下，化解下冲突，这也是一件顶紧要的事情。

这不仅事关自己在这个公司能不能安稳地做下去，也事关他内心的那条小小沟壑，无论如何，他始终对这个女孩子有所亏欠。

肖亦凡正举棋不定之际，陆露却走出了人群，拿着一份文件过来，走到肖亦凡桌前，放下来，脸上依旧是波澜不惊的笑："肖亦凡，你把这份文件整理好了再来吧，辛苦了。"

肖亦凡一愣，伸手接过文件打开一看，明显是很大的工作量。

周围本来喧闹的人群忽然之间静了下来，本来一片祥和的场面变得些许窘迫。

有些人开始小声嘀咕，低声议论。

转瞬间大家好像明白了些事情，却又不那么明白，倒是有几个聪明人看出了点儿头绪，知道这又是一场办公室风暴序篇，不如躲开，赶紧找个机会走到陆露身旁沟通请假，说有急事要回家。

陆露一一答应，丝毫没有放在心上，她唯一的目标只是肖亦凡。

肖亦凡有些面红，他刚刚还抱有一丝和解的希望，可现在，那丝希望的火苗，就这样被陆露直接灌上了一座大坝的水。

肖亦凡当下有些不知所措，心里有种虚空的难过。

但他没有多说什么，简单地"嗯"了一声，便拿过文件来埋首工作了。

一切都已无法挽回了吗？肖亦凡问自己，如果我们不能爱，为什么还要恨。

他推翻了曾经的爱，可陆露现在却要把一切都毁掉，连同回忆。

虽然有极少数人借机遁掉，但大多数人还是跟没事一样，围在陆露身边，下班前的十几分钟就在众人的喧闹中消耗掉了。

他们簇拥着陆露走出办公室，肖亦凡迅速被自动屏蔽了。他虽然面无表情，但心里，也是不好过的。

在一个集体中，最快速又干净利落的杀人方法，就是孤立他，陆露俨然深谙此道。

肖亦凡发了个短信给小雪然后继续埋头做文件，不去的那几个人，经过肖亦凡身边时都客气地跟他寒暄了几句，并不多说，也都各自回家了。

办公室只剩他一人，开着一盏灯，马不停蹄地整理着文件。

他并没有注意到，陆露在出门时，假装不经意地回眸。

3…

荷花泰菜，陆露跟众人交流欢快，不时有笑声传出。

众星捧月的簇拥下，没人看出来她的笑容其实疲惫又僵硬。

觥筹交错，有人开始奉承："陆总，我见过那么多人，像您这么年轻有为的可不多。"

陆露话得回得恰到好处："哪里哪里，我年纪还小，以后还需要大家的帮助。"

酒过三巡，众人微微有些面红，也没刚刚那么拘谨了，开始互开一些轻松的玩笑。

有人看出陆露有心整肖亦凡，于是就想借机套近乎："哎呀，肖亦凡没来啊，他这个人吧……"

还没等说完，陆露笑着却不乏严肃地打断："肖亦凡没来，人后还是不要讲他的好，毕竟，咱们是一个团队，人多口杂，不要引起不必要的误会。"

那人一下子酒就醒了，当即有些尴尬地回应说："当然，当然……"继而借故打手机出去了。

陆露变回了和颜悦色，一个劲催促大家："来，大家喝酒，不用客气。"

可是气氛却霎时冷了下来，在场的众人，都心有戚戚然，不敢再多说话，只得反复劝酒，制造虚假的热闹气氛。

喧闹间，她依旧有落寞。她喝了很多酒，但并不醉。

肖亦凡，依旧是她的肖亦凡，万般不好，也是她的，她不许别人讲他，任何人。

窗外已是万家灯火，夏小雪在餐桌旁，明显是等了很久的样子。

桌上有简单的三菜一汤，精致而用心，但仔细看看，不难看出拙劣的影子。

她起身，看看外边的天，北京夜晚的天，是红的。

那种暗的红，铺天盖地，人看多了，不免会有伤感丛生

夏小雪走到茶几旁，又拿出日记本来，开始写道："亲爱的宝宝，今天妈妈下厨，做得不好，但是想要给爸爸一个惊喜。爸爸又在加班了，为了我们这个家庭努力着……"

每一个字都工整而有力，带着她此时为人妻母的爱和希望。

一身疲惫的肖亦凡从公司出来，步行走向地铁站，此时的北京夜，已经有了如水的微凉。

此刻的他，大脑已经停摆，每一步，都走得仿佛机器人。

今天发生了那么多事，他现在却只有一个念头，就是回家。

空荡荡的一节地铁车厢，只剩他一个。

与早上的拥挤不同，此刻竟然有些悲惨的冷清。

他的西装有些褶皱，衬衣有些脏，人有些虚脱无力。

他又睡着了，车厢内斑驳的光，间歇落在他的脸上。

他的嘴巴微微地颤动，像个婴儿，毕业这么久，他却始终有种孩童般令人心疼的表情。

肖亦凡一进门就看到趴在餐桌上睡着的夏小雪，睡得那样安静祥和。

他不忍吵醒她，蹑手蹑脚地走过去，却看到没有动过的三菜一汤。

肖亦凡站在那里，手足无措，有些想流泪。

虽然他今天感觉自己仿佛经历了一世的曲折，可是此时，他却又如同感到了那一世的温暖。

他俯身下去，轻轻亲了亲夏小雪的脸。

夏小雪并没有睡熟，醒了，揉着眼睛看到身边的肖亦凡，眼神里闪出了光彩，仿佛春天里在田野上捉到蝴蝶的小朋友。

"啊，你回来啦，菜都凉了，我给你热去，不准说不好吃哦……"

夏小雪起身，端起菜来，转身就要往厨房里冲。

肖亦凡却从身后，一把就将小雪紧紧地揽在怀中。

夏小雪被肖亦凡突如其来的举动搞得一头雾水，又忽然很害羞，端菜的双手僵在胸前。

"亦凡，你干吗呀……我端着菜呢，人家好辛苦才做的，撒了就没得吃了。"

肖亦凡不讲话，就那样抱着她，仿佛要把她嵌入身体里。

夏小雪明显感受到了点儿什么，关于肖亦凡，她总是有着近乎变态的敏锐："怎么啦？遇到不顺心的事了吗？"

肖亦凡还是不讲话，眼泪开始在眼窝里打转。

虽然他知道自己的命运是自己决定的，怪不得别人，可他是真的累了。

小雪没再讲什么，她站在那里，仿佛一棵春天的树，骄傲且温暖地，任由他抱着。

"排骨好吃吗？"小雪关切地问道。

肖亦凡用力点点头。

小雪笑了："就是少了点，明天我多买一些。"

肖亦凡笑着回答："够吃了，没事的。"

小雪有些自嘲地解释："我怕做不好，分三次做的。结果做着做着，排骨就越来越少了。"

"那前两份呢？"

小雪挠挠头，有点儿不好意思："我见做得不好，嗯……嘿嘿，就自己都吃了。"

肖亦凡放下碗筷，不吃了，一脸倔强。

小雪瞪大眼睛："怎么啦？"

"你吃了那些失败的，让我吃这些，我怎么吃得下去。"

夏小雪的鼻子瞬间就酸了，可她还是抿着嘴，控制住自己这么脆弱的情绪。她不想让肖亦凡觉得她是个爱哭鬼。

"都是排骨呀，你放心啦，没有那么难吃，我还是有做饭的天赋的，只是你的这份比较精品而已。而且啊，说不定你吃的这份是最失败的作品呢，我很狡诈的。"

肖亦凡却一脸认真地看着小雪："以后，不许委屈自己。我不能允许，我肖亦凡的妻子，孩子的母亲，受一点点委屈！"

说完，他拿起筷子夹了块排骨给小雪，自己略带害羞地低头扒起饭来。

小雪看了看肖亦凡，一脸幸福的微笑，也低头慢慢地吃起了自己面前的那块排骨，虽说，她真的有些吃不下了。

她的肚子里，除了孩子以外，占据最大空间的，应该就是各种被烧制得奇形怪味的排骨了。

夜深了，两人躺在床上，台灯开着，小雪把头倚在肖亦凡的肩膀上。

"小雪，你说我们给宝宝取个什么名字？"肖亦凡问了一个全天下的准爸爸都会问的问题作为开场，"对了，今天上班，你猜谁成了我的新上司？"

思虑了一晚，肖亦凡还是决定告诉小雪陆露的事情，可，夏小雪竟然没反应。

肖亦凡微微侧头看一眼，小雪已经熟熟地睡了过去。

他仿佛审视一件珍宝般打量着小雪的脸，看到她乖巧的鼻翼轻微地张合，忍不住地轻轻伸手摸摸，柔柔地帮她理顺额头上散落的发。

而后忽然就决定，瞒着陆露的事情，不让她多心。

随后，他把灯关了，也很快睡了过去，脸上是满足又微微的笑。

窗外的北京城，此时也静了下来。

街道上，偶尔有出租车倏忽经过，车灯射出两道光线，散到远处。

虽然微弱，却还是给这个并无不同的夜，偶尔添了一丝微不足道的亮。

就像人生，也许就是这些细微的、渺小的、微不足道的小小亮光，在漫长黑暗的路途中，供给我们一点点微弱的暖。■

25

去燃烧吧夏小雪

1 …

当肖亦凡从棉花糖般柔软的睡眠中，被冷酷无情的手机闹钟揪出时，他下意识地闭紧了自己的双眼。

六十秒钟过后，他的大小脑齐齐复苏。欢迎来到残酷人间，他的内心说道。

睁开眼，他皱了下眉头，抬起手臂挡一下光线，侧身拿起手机看一下时间，瞬间发现今天竟是自己最为心仪的星期五早晨。

当他发现这一点的时候，整个人一下子就神清气爽了起来。

像是一个凌晨五点就去原始森林狂奔了三千米的老头一样，他身体里的每一个细胞，都在此时此刻，焕然新生。

肖亦凡是如此炙热地爱着星期五，因为过了这一天，他就可以安心休一个周末，不用坐很久的公交和地铁，不用忍受北京便秘的交通和繁杂的人群，不用每天早晨跟鸡似的准时起床打鸣，而且可以有两天的时间可以不用面对陆露，不用面对他们两个人曾经的，现在的和即将发生的未知的一切。

此时，比星期一到星期四他醒来的平均时间基本提前了半个小时之多，他不禁又莫名地得意起来，心说这真是个美好的早晨。

正美着，厨房方向突发一通"叮叮咣咣"的倒塌声，还伴随着夏小雪一声叫了一半又吞回肚子的惨叫，仿佛锅碗瓢盆一起模仿红衫军闹起了起义。

肖亦凡赶紧起身，冲进厨房，连拖鞋都没来得及穿，身上能遮羞的仅仅是一条已经洗得略略发黄的 CK 内裤，这还是他小少爷时期硕果仅存的遗留产物。

他冲到厨房门口，看见夏小雪脸上难掩着那份刚起床的慵懒和惺忪，正手忙脚乱地收拾着她一手酿成的惨剧。

肖亦凡的心，奇妙地被一股暖流给紧紧地包裹住了。

夏小雪看着几乎衣不蔽体的肖亦凡，一边继续收拾一边略有抱歉地说："对不起，是不是把你吵醒了？我也太笨手笨脚的了。"

肖亦凡没说话，而是默默地走过去从后面抱住夏小雪，慢慢闭上眼睛，呼吸着他从来都没有留心过的，夏小雪的味道。如今，在夹杂着烤面包，煎蛋，牛奶等等油腻味道的厨房里，肖亦凡竟然有点上瘾了。

"干吗呀？别闹了，再去睡会儿吧，早饭做好了我叫你。"夏小雪在肖亦凡怀里轻轻地挣扎着说。

"我不，我想抱你一会儿，就一会儿。"肖亦凡撒娇。

"好啦，我这儿忙着呢，早饭一会就好了，你先刷牙洗脸去。"夏小雪的母爱迸发出来，在孩子还没出世的时候，她看着肖亦凡，也仿佛是个大宝宝。

"得令。"肖亦凡调皮地立正站好，向夏小雪敬了个礼，穿着自己昂贵而陈旧的小三角裤一溜烟儿跑出了厨房。

那个早晨，肖亦凡在家享受完夏小雪的"爱心早餐"，利用自己早醒所省出来的充裕的时间，一点儿都不狼狈地走进办公大楼。自从工作以来，他难得地像个成功人士一般，没有在上班的路上把自己弄得灰头土脸。

他想起自己的家，自己的妻子，还有自己即将出世的孩子，心里回荡着满满的幸福感。

只是，也许肖亦凡并不自知，他此时的幸福感受，可能仅仅只是瞬时迸发的激情，仿佛是贴在墙上的有关"美好家庭"的宣传招贴画，那份感动，仅仅源于幻象。

至于妻子是谁，是那个为他早起下厨的夏小雪，还是路人雌性甲乙丙丁，在这一刻，他其实，并不怎么在乎。

2···

送走肖亦凡后的夏小雪，俨然像被放掉了气的充气娃娃，全然失去了清晨时美少女战士般的活力。

她重新躺回床上，什么都不做，也什么都不想做，只是躺着。

她每天要做的就是给肖亦凡做早饭，洗衣服，简单打扫下房间，等肖亦凡回家。周而复始，然后目睹自己的肚子一天天大起来。

对肖亦凡来说这是如此美好的一天，可对于夏小雪来说，这一天，跟别日，并无不同，她就是这样日复一日地生活着，面无表情地目睹时间的流逝。

她开始跟自己的肚子聊天，这是她每天必然要做的事情之一。

有几次她那些胎教的话说完了，就开始聊别的，后来渐渐地投入了，如同真的有人在跟她聊天一样。

她讲起以前自己上学的时候逃过什么老师的课，哪个同学上着课突然看老师不顺眼就把老师给打了，嘴里还顺畅地叙述着那些他们学生时代早已驾轻就熟的段子，一段接一段，跟说相声似的。

她太寂寞了，孤独仿佛漫天的潮水，令她在漫长的谋杀时间的过程里，感觉自己时刻都会变态。

说话这件事，看上去很轻松，实际上却很耗费精力。尤其像夏小雪这样身怀六甲的，说了不久就仿佛用尽了半生力气。

于是，她像每一名资深的家庭妇女一样，开始计算这段时间里的花销。

一项一项的数字加上去，夏小雪习惯性噙在嘴角的微笑就一点一点冷下来，心中不安的阴云也越积越重。

直到最后的统计结果出来，她脑袋里的那根孱弱的保险丝，"啪"一声，瞬间就断掉了。

尽管她已经省到连纸巾都分成两个单层来用，但只靠肖亦凡一个人的力量，支撑这个家庭实在是太过勉强。

她忽然意识到，等到孩子出世之后，还有更多的问题等着她。

当初她向肖亦凡提出的关于"未来"的问题，同样也是问她自己的。

她的未来，她和肖亦凡的未来，还有他们孩子的未来。

她不能眼睁睁看着这个家陷入经济上的窘境中，自己却在独守空房的寂寞里烂掉。况且女人当自强，她必须开始新的生活！

她从床上"咻"地一下就弹了起来，动作流畅得仿佛功夫熊猫，夏小雪觉得自己生机勃勃，一点都不像个孕妇。

她拿起电话打给方芳，方芳这会儿正在钻上班的空子，望着电脑正义地放空着。

这是方芳最爱的事情，在赚钱的时刻光明正大地闲着，才可以从漫无天日的无聊中感受到生活的美好。

"哟，姐姐，您还记得我呢，我以为您嫁了以后就瞧不起咱们这些嫁不出去的姐妹了呢。"方芳的口气听起来很雀跃，俨然心情大好。

"方芳，几天不见你怎么还是这样子呢，郭阳也不好好管教管教你。"

"我哪儿像你得遵从三从四德，得，有话快说有屁快放！"

"方芳，我跟你说正经的，你帮我留意一下，如果……有种我在家里能做的兼职，你就帮我介绍下。"

"让我想一想……"电话那头的方芳呈沉吟状，"啊！对了，你别说啊，我这里还真有一差不多的活儿，是个兼职的封面设计工作，以你的水平，这活儿做起来还不就跟玩儿似的，不过，钱可好像不多啊。"

"给钱就行，钱多钱少的，我不在乎。"

"肖亦凡不是不让你工作吗？"

"别让他知道就行了嘛，这事儿天知地知你知我知。"

"绝了，成了人妻之后你都开始学会搞地下工作了……"

"肖亦凡的性子你又不是不知道……现在家里就靠他一人一月那四千多块钱，扣扣这个留留那个，到手就三千多点，将来宝宝出生又是一笔费用……我妈虽然每个月都偷偷给我两千，但毕竟也不是长久之计呀……我能补贴一点儿是一点儿吧。"

"行，那我帮你问问看，钱应该是设计一个封面一千五吧。"

"我少拿点儿也可以的。"

"你放心，有姐姐在，钱只有多没有少。在你眼里姐难道不是那种拯救地球型人才吗？"

"好啦好啦，在我眼里你就跟奥特曼似的。你可别让肖亦凡知道了，他知道了肯定要火冒三丈火烧眉毛火急火燎的。"

"放心吧，咱俩一条船上的。行了，我现在就去问，一会儿打给你。"

"嗯，我等你电话。"夏小雪刚要挂电话，电话那边的方芳就嚷起来："你刚刚火字开头的三个成语，没有一个用对的！孕妇的智商真的会变低吗？"

"去死啦你！"

方芳坏笑着挂掉了电话。阳光透过玻璃窗，洒满了整个房间。夏小雪环住双臂，不自觉地低头微笑了起来。

3···

挂了电话，方芳就行动起来，立刻如同铁臂阿童木般往经理室方向跑。

她是真的把夏小雪当成姐妹的，用她的原话说，"夏小雪犯贱也算犯得终成正果，古往今来，圣母玛利亚之后也就只她一个了"，本着名留青史的目的，她也要好好对她这个妹妹。

事实上，她在办公室无聊得已经浑身不舒服了，迫切需要通过与人交流缓解这份难耐的空虚。

敲了门得到应允后，方芳推门进去，部门经理正心不在焉地看一份文件，显然就是听见有人敲门才刚拿出来摆好的。

方芳想，经理刚刚一定比自己还无聊，等着有人陪他说说话，陪他聊聊天，陪他唠唠嗑，于是方芳立马就摆出一副"三陪"的架势上阵了。

"小方啊，看你急匆匆的，有什么事啊？"

"经理，也没什么大事儿啦，咱们公司那个封面设计的兼职还要人吗？"

"要啊，怎么？你要干？"

"嗨，不是我，我那点儿水平，最多也就会画个简笔向日葵。是我一大学同学，设计超牛的，以前拿过奖的，肯定好使，您看行吗？"

"那先随便给她个小案子让她设计下，看看水平再说吧。"

"您怎么这么信不过我啊，我给您推荐的人什么时候错过，我以人格担保，不好使我白给您打工一年，不过您想试试试吧，真金不怕火炼。"方芳尽可能地刹住车，开着无伤大雅的玩笑。她虽然嘴贫，可也明白这是她的顶头上司。

"你这丫头，忒贫。"经理果然在无聊侵袭后，被这种笑点很低的玩笑给逗乐了。

"经理，这活儿怎么算钱来着？"方芳趁机明知故问，想尽可能多地给夏小雪争取点儿福利。

"一个案子一千五吧。"

"这么少啊？难怪您一直都招不到人呢。"

"一千五还一帮人都抢着干呢,现在大学生,一月全职八百都干。"

"别,要是您给我八百我肯定不干。当然了,您怎么会舍得给我八百哪。"方芳笑着说。

"哈哈,要是你,不要钱我也不敢要,谁知道会给我捣什么乱呢。"经理笑得那叫一个百花齐放。

"嘿嘿,我怎么会给经理您捣乱哪。好啦,不打扰您工作了,谢谢经理了,小方芳我跪安了。"

方芳从经理室出来,门刚关过来,她还是忍不住翻了个白眼。

她其实已经有些厌倦自己要扮演一个谐星的角色,她做人家的开心果,谁做她的开心果?

回到自己的办公桌前,方芳拿起电话打给夏小雪。

夏小雪接得很快,看来是一直在那边等着。

"怎么样,方芳?成不成啊?"夏小雪难掩言语中的急切。

"你怎么跟国军审问特务似的,求人办事儿要谦卑知道吗?"

"宇宙第一美少女方芳姐姐,请问事情办得怎么样呀?汪……"夏小雪不忘学个小狗叫什么的,以此来满足方芳渴望得到谦卑的心情。

"我办事儿你还不放心啊,都搞定了,不过你得先设计个小东西测试下水平。"

"没问题,大东西小东西,只要能赚钱就是好东西。"

"你讲话怎么语无伦次的……封面设计费是一幅一千五,不多,没给你争取到。"

"不少了不少了,谢谢你啊方芳。"

"行了吧,你少来这套,请我吃饭才是王道。"

"嘿嘿,对了,你跟郭阳最近怎么样了,还有夏天呢,我都很久没有他们的消息了,肖亦凡也整天忙,没时间跟他们联系。"

"郭阳啊……挺好的啊……"

夏小雪听出方芳言语中的不对劲儿:"怎么了嘛?有什么话跟我不能说的啊。"

"哎,怎么说呢,小雪,我最近是越来越觉得郭阳这人不太靠谱。我本来以为他看见你们俩这么快步入新婚礼堂，也应该有所动容吧，也该攒点钱准备娶我什么的。可是他现在还是那样儿，挣多少花多少。你也知道的，我们俩的钱一直放一块儿，我省成那样，他老人家倒好，整天就跟花阶级敌人的钱一样。"方芳说到这里，心里有点感伤，"其实这也不是钱不钱的事儿，是心，我觉得他压根儿就没有要过日子的心，我现在特没安全感……我方芳虽说是个铁娘子，可安全感对我也很重要啊！"

"郭阳人挺好的，你就别瞎想了，结婚咋能说结就结呢？我们俩这也是有特殊情况的呀，人家郭阳总得有个心理准备吧，给他点儿时间，你也得循循善诱不是？"

"我循循善诱，那对方也得有这个上钩的心哪。而且……小雪，其实……我跟你说，你可别说出去。"

"当然！"

"其实我前段时间认识一人，对我也挺好的……"方芳压低声音，"长得也算端正吧，而且还是超级有钱的那种，钻石王老五……"

"行了行了，说什么呢你！"夏小雪打断方芳的话，"哪有你这样的呀，还没结婚呢，就开始想着出轨，你这可不对啊，我得批评你。"

"行了吧你，你才结婚几天啊，就摆出过来人的样子批评我啦。"

"那人干什么的？"

"是我们公司的大老板……"

"大老板？有多老？"

"三十二吧，怎么样，是不是很年轻有为？"

"年轻有为的有几个好东西！你还是看牢郭阳这棵好苗子吧。不然到时候鸡飞蛋打，我看你找谁哭去。对了，夏天最近干吗呢？"

"夏天？还那样吧，他最近去做婚礼录像的活儿，挺不顺的。你也知道，夏天一直都挺心高气傲的，老觉得自己是一牛 × 大学毕业的，哪能愿意踏踏实实地干那个呀。听郭阳说，他还经常跟客户起冲突，觉得人家土鳖，在公司跟同事也不合群，整天都挺郁闷的。"

"唉……大家，还真的都挺不容易的。"电话那头夏小雪的声音突然伤感了起来。

"别啊，你可别突然一下子就感伤，动了胎气，我可担当不起。大学一毕业不都这样吗，慢慢就会好起来的。就算是富二代，也还有他们非主流的苦呢。行了，我得干活了，我一会给你把案子发过去，好好做啊。之后糙点没事儿，第一个活儿你得好好做，先给我们经理留个好印象。"

"肯定的！不辜负方芳姐的重托！"

挂断了电话，方芳整个人倚在椅背上，摆个舒服的姿势看着天花板。

是啊，大家其实都不容易，可是生活本身就是一件很不容易的事情，就像李宗盛写的那样："日子像道灰墙，骂它没有回响，好像越不想怎样就越是怎样……"

既然没有回响，又为什么还是会有那么多人忍不住去抱怨、报复，抱着不切实际的梦想，义无反顾地赌上自己的青春。

方芳不懂，她也不想懂。世界

26

纠纠缠缠都是爱

　　打完最后一个字，肖亦凡长舒一口气，两手交错捏了捏自己的肩膀，一股酸痛的感觉袭遍全身，眼窝里瞬间噙满了困倦的小泪滴。

　　检查文件，保存。又觉得不放心，再检查，再保存。

　　因为陆露这些日子以来近乎变态的刁难，肖亦凡做什么事情都有些神经紧张，平时驾轻就熟的东西也开始变得毫无自信。

　　检查完第三遍，确认准确无误后，肖亦凡才真正放松下来，拿起烟，想找个僻静的地方定定神。

　　楼道里，肖亦凡点上一根烟。

　　脑袋里面空空如也，有如万马奔腾般的耳鸣也在困扰着他。肖亦凡不由得咒骂起来，妄图用脏话来缓解疲劳和压力。

　　渐渐地，肖亦凡感觉这招似乎起了作用，停滞了的思维开始缓缓活动。

　　陆露的脸，微薄的工资，夏小雪期待的眼神，一下子又全部从记忆中翻起，霎时脑中交错出现好多的画面，光怪陆离，他的头仿佛随时都要爆炸。

　　肖亦凡紧闭起双眼，痛苦地摇摇脑袋，仿佛这样就可以把这些画面甩到一旁。

　　这时，那位办公室的传声筒同学推门走进楼道，看到肖亦凡，面露尴尬。

　　这些日子以来，陆露对待肖亦凡的态度，瞎子都能看得出来，此时的肖亦凡就是一个被革命的典型，与他为伍相当于自掘坟墓。

　　这个同事，当下真是进退两难。

　　进一步，怕殃及池鱼，退一步，可肖亦凡已经抬头看到了他。

眼下他也只能硬着头皮走到肖亦凡身边，故作亲昵地叹了一口气，掏出烟，上前一步拍了拍肖亦凡的肩。

"亦凡，借个火。"

肖亦凡连头都没有抬，伸手从衬衣口袋拿出打火机给他点上，对方拍拍他点火的手，这是礼貌，他没理会。

同事苦大仇深地狠狠吸一口烟，吐出长长的一团烟雾，缭绕在黑暗中，衬着两人间短暂的沉默。

"亦凡，你可别怪哥们儿啊。"

肖亦凡看看他，笑了笑，故意装傻："嗨，这话从何说起？"

同事用沉默回答，意思是，没外人，别装傻了。

那沉默的空当，让肖亦凡有些尴尬。他放弃装傻，半敷衍半真心地说道："有什么好怪的，大家都是混口饭吃而已。"

同事看肖亦凡一脸拒绝交流的样子，有点尴尬，但话已然说开了头，总不能现在就走掉。

"唉，亦凡，大家都是兄弟，你知道的，我日子也不好过。"

肖亦凡抽了一口，盯着手里的烟不讲话。

"亦凡，就咱们两个在，有些话我也就直说了。哥几个也不知道你怎么就得罪了新头头，大家不是想冷落你，你也知道，看人脸色拿钱吃饭，哪个不是上有老下有小，谁敢跟顶头上司对着干。哥几个是真没办法啊，势单力薄，一个不小心就全军覆没了。"

同事把眼前的大实话说了一遍，表真心之余，又可以装可怜，一举两得，无本万利。

肖亦凡这点儿经验还是有的，继续敷衍："行了，我谁也没怪，大家都不容易，我了解。"

同事叹了口气，感觉自己的感情攻势起了效果，赶紧再补一手。

"我看你啊，还是准备好简历，能跳槽就跳槽吧，哥们我也帮你物色一下。"

肖亦凡却笑了："跳槽？我也想跳，往哪跳？一个跳不好，就摔死了。我家里还有老婆要生孩子，可是一尸三命。"

"呸呸呸，说什么呢！"

肖亦凡笑得抑扬顿挫，像是在嘲讽别人，殊不知这番话听在自己耳中，提及老婆孩子的时候，他也不免黯然。

同事拍了拍肖亦凡的肩膀，表示理解和宽慰，一脸澎湃的感同身受。

"那就再忍忍，留得青山在不怕没柴烧，这也算是个历练。"

肖亦凡苦笑了一下，不再讲什么。

面对肖亦凡的沉默，同事却没有见好就收的意思，仿佛忽然想起了什么，斜眼看了一下肖亦凡，又低下头，颇为挣扎似的，而后试探性地问道："亦凡，你究竟是怎么得罪了新上司？"

肖亦凡转头看了看他，心想该来的终究来了，敢情前面的所有嘘寒问暖，都是为了八卦而设。

曾经有那么一刻，肖亦凡是真的想跟他掏心掏肺，如同阶级同胞一般诉说自己心中汹涌的冤屈。

一丝丝恼怒感油然升起，肖亦凡像刺猬一样竖起了针刺摆出了防御阵型。

肖亦凡一阵冷笑，笑得同事一身冷汗。

随即他没正经地说："没得罪她啊，有可能她男朋友没我帅吧。谁知道。"

同事斜看了肖亦凡一眼，低头叹了一口好汹涌澎湃感同身受的气，再次拍了拍肖亦凡的肩，背着手转身离去了。

同事的背影消失在楼梯间门后的时候，肖亦凡嘴角忽然有了一个弧度。他在微笑。

此时的他忽然淡然了很多。对于人情世故，办公室的规则，他忽然真正地懂了一点点。

刚出校门的时候看待一切都斜着眼睛，觉得众人皆醉我独醒。可实际是，别人都是醒的，而自己却沉在自己的小水井里角色扮演小青蛙。

大家萍水相逢，为何不游戏一场，轻轻松松，愉愉悦悦。

说实话，这些日子以来面对陆露所有的刁难和折磨，肖亦凡真的一直都没动过辞职的念头。

一方面是因为孩子和小雪，家里需要他的这份收入，另一方面则是肖亦凡潜意识里觉得这些是自己应得的，他欠陆露的。这个女人，无论今时今日怎样恶劣地对待他，他内心始终有愧。

不过，虽然伟大的肖亦凡甘愿受苦，堪比佛陀受难，但是心理上的落差还是让他有些吃不消。

回首往日的优渥，他不是没有小小的一点动摇，那富足肤浅却无忧无虑的生活仿佛触手可及，他一向在诱惑面前没什么抵抗力。

但是他已然没有回头路。想到这里，小雪的笑脸浮上眼帘。他突然意识到自己的邪恶。有一点小懊恼。

肖亦凡抓抓头发，松松领带，轻叹口气，在台阶上坐了下来。

再次拿起烟盒，抽一根烟出来，想点上，抬手看了下时间，还是把烟放了回去，转身离去。

而此时，就在楼道的上一层，是同样躲在黑漆漆的楼梯间里抽烟的陆露。

一根烟在她的手上燃了大半，烟灰已经囤积得很长。

她听到了所有的对话，心里五味杂陈，仿佛猫头鹰一般有些呆滞地望着楼梯间里漫长的仿佛没有边际的黑暗。

陆露的手有些颤抖，仿佛下一秒就要像夏天烈日下的冰激凌般融化掉。如今自己的这个角色，她并不是个合适的扮演者。

当听到肖亦凡推门回去的声音时，她还是忍不住轻轻地，发出了一声悲伤的叹息。

烟燃至她的手指，瞬间便灼伤了她肌肤的一小寸，可她并不觉得痛，只是把烟头往地上随意一丢，碾灭它，狠狠地。

再次抬起头来，她的眼里，便又重新布满了决绝，仇恨再次吞噬了她。

下午，办公室里一片安静祥和，新项目刚刚交工，大家都嘻嘻哈哈，商量着下班后去哪里大快朵颐。

刚进公司的时候，肖亦凡曾经多么希望能在这里大展拳脚，做一番事业。

而此时，他只是机械地坐在电脑前，盼望着下班的钟声赶紧响起。

"肖亦凡，你进来一下。"

是陆露的声音，肖亦凡恍惚间像冷水淋身一样变得无比清醒。抬头一看，陆露站在办公室的门口，双手抱在胸前，一脸的来者不善。

本来喧闹的办公间，突然陷入一阵沉寂里。大家的视线在二人之间流转，有些角落不适时地传出了小声嘀咕的声音。

曾经陆露的声音无比甜美，对于肖亦凡来说，恍若天籁之音一般，而如今，单一音节入耳，都会让他汗毛竖起。

等他迟缓地站起身来，陆露已经消失在门口。他整理了一下衣服，在众人的注目礼下，走进了陆露的办公室。

进了办公室，一股熟悉的香味窜进他的鼻腔，是迪奥的那款名为"晶采魅惑"的香水。

那是他买给陆露的第一瓶香水，自此之后，陆露便只用它。

他记得陆露说，如果有一天我不在了，我希望你闻到这个味道，还是会想起我。

"陆总，有什么事吗？"肖亦凡没有任何感情色彩地开口，成熟稳重，仿佛坐在椅子上的是一个陌生人。

陆露头也没抬，把自己面前的文件往前一推，同样没有任何感情色彩地说："这份文件你怎么做的？"

肖亦凡拿起文件检查，这正是那份自己检查了 n 遍的文件。

苍蝇不叮无缝的蛋，可这份文件，他自己认为就算是狮子咬大象踩都不会有漏洞。

"陆总，这份文件有什么问题吗？"他断定陆露故意找茬，语气中已经带了气。

陆露还是没有抬头："有许多问题。"

"我检查好多遍了，没有问题。"

陆露冷笑一声抬头看着他，目光里满是挑衅。

"没有问题？没有问题我怎么发现的问题？"

"我怎么知道！"肖亦凡怒从中来。

"肖亦凡，这是跟上司说话应有的态度吗？"陆露冷笑一声，仰着下巴问道。

肖亦凡再次努力压住自己的怒火，尽量真诚地看着陆露："陆总，我真的检查很多遍了，跟您提供的资料也一一核对过了，没有问题。如果您觉得有问题，那么请您悉心指出，我会修改的。"

陆露也看着肖亦凡，忽然感觉眼前的这个人好陌生，当初那个意气风发火爆脾气的少年，为何肯这样低三下四地同她讲话？她的心，再次微微颤动起来。

陆露转移开自己跟肖亦凡对视的目光，从旁边的桌上拿起一份文件，推给肖亦凡。

继而往后一仰，双手交叉在胸口，半躺在自己宽大的老板椅里。

肖亦凡依旧站在那里，面无表情地拿起文件来仔细翻看。

一看之下，却发现这份文件与之前陆露提供的相比，多了很多修改意见。

肖亦凡明知故问："陆总，这份是什么？"

陆露事不关己地一摊手："这是客户的最新修改意见。"

肖亦凡有点着急："陆总，明天就要把这个给客户了，现在是下午三点，忽然多了这么多修改意见，跟重做差不多了，您不是让我难办吗？"

"这是你的问题，不是我的。"

"这么赶，今晚通宵都不一定能做完啊。"

陆露正色道："我再说一遍，这是你的问题，不是我的。"

肖亦凡再次翻看文件，忽然发现文件的日期是三天前。而陆露给他上份资料的时候，却是两天前。

肖亦凡明白了，这完全是陆露要整他。他的怒火瞬间仿佛被铁扇公主的芭蕉扇猛扇了几下，再也刹不住了。

肖亦凡把文件放到桌上，尽量控制住自己，指着日期说："陆总，你看这个日子，你给我上份文件也不过两天前，这上面显示人家三天前就把最终资料发给你了，您能跟我解释一下吗？"

陆露却表现得很平静："哦，那我跟你道歉，对不起啊，我给错了。"

芭蕉扇扇出的火，瞬间被观音玉净瓶里的甘露，泼灭了，只留下不是落汤鸡，却胜似落汤鸡的肖亦凡。

"陆总，那您能不能跟客户说一下，多宽限一天？同事们都已经准备下班后去庆祝了……"

"肖亦凡，我对你这种时刻想到同事的思路感到高兴"陆露打断他，"可是，这解决不了任何问题，我想客户那边是不会同意延期的。"

"那我有个请求。"

"嗯？你说。"

"这个工作，我自己做就好，不用拖累其他的同事。"

"啊？"陆露显然对于肖亦凡的这个请求甚为惊讶，"你确定？"

"我确定。"肖亦凡沉吟一下，"这是我的责任，跟别人无关。"

"呵呵，你现在倒是很爱负责任。"陆露冷笑一声，自然是话中有话。

"该我的，我都担着。"肖亦凡有些苦涩地笑笑，"不该我的，如果我能担着，我也担。"

"不错啊。"陆露有些戏谑地拍拍手掌，"跟我以前认识的那个肖亦凡不一样了啊。"

"陆总，那没别的事情，我先出去忙了。"

肖亦凡拿着文件转身离去，门关过来，陆露有点儿懵。

她本来以为肖亦凡会发飙、会大吼、会气得脸红脖子粗，拍桌子骂她，可肖亦凡现在云淡风轻的表现，让她意外又伤感。

所有的武装，瞬间都被卸下了。她的脸松懈下来，一身工作装扮的她，其实还是当初那个哭着让肖亦凡不要离开她的小女孩。

可眼前的这个肖亦凡，却已经不再是当初那个拿着吉他在她的宿舍楼下唱歌的男生了。

晚上，夏小雪在电脑前做着封面设计的工作，每一个细节都小心翼翼。

桌上是做好的饭菜，三菜一汤，有荤有素，没有动过，米饭调在保温档。

她看一眼时间，下意识看看门口，笑笑，自言自语说："亦凡，辛苦你了。"

继而她又拍拍自己的肚子，脸上堆着幸福的笑："宝宝，看看爸爸为了我们多努力，你跟妈妈也要加油哦。"

说罢，又继续埋头做她的事情，表情专注得令人心疼。

窗外的路灯忽闪忽灭，风吹着树叶沙沙作响，又是肖亦凡一个人留在办公室。

他根据最新的资料修改好了文件，起身，扭一扭疼痛的脖子，颈椎清晰地发出"咔嚓"的声响。

看看表，已经十一点了。

他穿上搭在椅背后的外套，关灯走人。

从大厦出来，风涌过来，有些冷，他下意识地抱紧了自己。

公司门口有黑车司机在招揽生意，大叫"去天通苑三个人合乘只要十五块"。

他迟疑一下，最终还是快步往公交车站走去，这时候，应该还有最晚的一班公交车。

寒风中，肖亦凡只身一人，坐在公交车站广告牌间的座椅里，依靠着，闭着眼。

萧瑟的风吹乱他的头发，可他已经无暇去整理它们了。他太累了，无论是身，还是心。🀄

27

贫贱夫妻百事哀

1 …

　　时间过得依然飞快，从来不会因为任何事情而放慢脚步。转眼已经是冬天，夏小雪的生日也跟着冬天来了。

　　对于夏小雪来说，都奔三张了，过生日已经不再是值得高兴的事儿了。她依然记得自己大学的时候每次过生日都特别想找个地方藏起来，好避免四面八方送上的生日祝福。

　　可是今年不一样，这是她跟肖亦凡一起过的第一个生日。

　　以前夏小雪就常想，要是肖亦凡能陪自己单独过生日就好了，如今终于还是等到了这一天。

　　夏小雪为自己做了一桌子好菜，说是为自己，其实都是肖亦凡爱吃的。

　　肖亦凡也很识趣，回来的时候提了一只小小的蛋糕。

　　蛋糕只有六寸，是肖亦凡下班的时候从路边的无名小蛋糕店买的。

　　不是他不想买好一点的，而是下班晚，好的蛋糕店，都关门了，只剩下这家有待打烊的。

　　两人刚摆好桌子，肖亦凡就把灯关了。

　　黑暗中，夏小雪还没来得及反应和尖叫，就听见火柴摩擦燃烧的声音。

一束微亮的火光，照亮了肖亦凡的脸。他点燃了蜡烛，二十四根蜡烛把肖亦凡和夏小雪的脸照亮，夏小雪的眼睛红了，像只冬天里的小兔子。

"许个愿吧。"肖亦凡说。

夏小雪幸福地笑笑，闭上眼睛，默默许下自己的愿望，吹灭了蜡烛。

肖亦凡起身开了灯，转身发现还有一根蜡烛在燃烧着，他上前想帮夏小雪吹灭，被夏小雪阻止了。

"别，别吹灭它了。"

"为什么？"肖亦凡不解地问。

"因为在这一年，我终于和我最爱的人走到一起了。"

肖亦凡一愣，随即笑了。他不再勉强，任由那支蜡烛燃烧着。

"刚才许了什么愿？"肖亦凡问。

"不告诉你，说出来就不灵了。"夏小雪笑着说。

肖亦凡把夏小雪搂在怀里，紧紧地抱着她。

窗外万家灯火，将他们之间的小幸福衬托得更加渺小。

"亦凡，你说，给我们的孩子取个什么名字好？"夏小雪依偎在肖亦凡的怀里，抚摸自己已经隆起的腹部，问他。

"我上次也问你这个问题了，可是你睡着了。嗯……叫什么你说了算。"

"我算了一下，预产期差不多是在六月，我就想了一个特别幼稚的名字。"

"叫什么？"肖亦凡好奇地问。

"我说了你不许笑我。"

"嗯，我不笑，你说。"

"那天我在家里看电视，看《喜羊羊和灰太狼》来着，然后我觉得懒羊羊特别可爱，就想说，孩子叫羊羊怎么样？"

肖亦凡一听，一下就笑出声来。

"肖羊羊？你怎么不取虎虎猪猪什么的啊，听着也喜庆啊。"

"你说了不笑我的，还笑。"夏小雪有点不高兴。

"好好好，我不笑。今天你生日你最大，你说什么就是什么。你喜欢叫羊羊那就叫羊羊，就算你取个猪猪狗狗什么的，我也不反对。"

"讨厌死了！你怎么那么坏啊。"夏小雪边说边在肖亦凡的胸口上打了一拳，很轻，很温柔的那种。

"我不坏你能嫁我吗？说，待会儿想干吗去？"

夏小雪歪着脑袋想了想，雀跃地说："我们看电影去吧，自从大学毕业之后，我都没再进过电影院了呢。"

这话让肖亦凡心里有点难过，说者无意，听者有心，这一刻他觉得特别对不起夏小雪。

他能做的，也就仅仅是更加紧紧地搂住她，在她的额头上轻轻地亲一下，并且发出了一声很隐蔽的叹息。

"怎么了，你不想看电影吗？"夏小雪急忙问，肖亦凡掉根头发她几乎都听得到，更何况是一声叹气。

"不是的，我只是觉得很抱歉，没能让你过上好日子。"

"说什么呢，整天就知道胡思乱想。不许想了，吃饭，吃完了看电影去，不然一会去晚了就没得看了。"夏小雪敲了肖亦凡的脑袋一下，然后牵着他的手在餐桌前坐下开始吃饭。

那天晚上两个人吃光了所有的东西，那种满满当当充盈着的幸福感，一直囤积在他们各自的心中，挥之不去。

2…

肖亦凡和夏小雪站在万达电影院的售票处，仰头看着不停滚动着的字幕，选择着要看的电影。

天气已经很冷了，两个人都穿着厚厚的衣服，像两只面包一样笨重地站在那里一动不动，可即使是这样，厚重的衣服也很难遮盖住夏小雪日渐突起的腹部。她俨然，已经是一个标准的孕妇。

"这么久没来电影院，电影票都六十一张了啊。"夏小雪感叹着。

"管他多少钱呢，你想看什么，我买票去。"

"都是国产片啊……国产片还六十呢，我有点不想看了……"夏小雪支支吾吾地说。

"国产片怎么了，国产电影更需要我们的支持啊。"肖亦凡有点义愤填膺。

"我才不支持呢，那么难看，我支持它，它也不争气啊，跟中国足球似的。外国大片六十还差不多，国产的六十，我回家在网上看去了，要不咱们逛商场去吧。"夏小雪说。

"真不看啊？都到这儿了，要不看完再去逛？"

"不看了，一点都不想看了。"

"好吧，今天你最大，那咱们逛翠微去，我给你买点什么当作生日礼物。"

"好啊，那我要买贵的。"

"买！我刚办了信用卡，咱们也提前消费一回。"

于是两人离开电影院直奔翠微。到了翠微，经过一家耐克专卖店的时候，肖亦凡忍不住还是要进去看看。

转了一圈之后，肖亦凡停在一双稀有配色的限量款球鞋面前，久久舍不得离开。

仿佛多看两眼，就能把那双鞋子看进自己的心里，看在自己的脚上。夏小雪走到他身边看着他，又看看鞋子，小声问道："你喜欢吗？喜欢就买了吧。"

"哎，不喜欢，现在耐克的鞋子越来越不好看了，走吧，不买。"肖亦凡说罢，拉着夏小雪就走了。

两个人随着涌动的人流挨家逛着服装店，夏小雪试穿了几件，但是都没有想要买的意思。

"有喜欢的就说话啊，那么久我都没有给你买过衣服呢，今天你生日，买件送你。"肖亦凡说。

"没有那种特别喜欢的，再说我现在这个身材，买了也就穿这几个月，等生了宝宝之后说不定我就胖得跟猪似的，也就不能穿了，浪费这个钱干吗？"

肖亦凡听了，本来还想说点什么，但是最终还是什么都没说，似乎有点不高兴。

但是夏小雪没看出来，依然兴高采烈地看衣服、试穿、评价，乐此不疲。

肖亦凡记得很久之前自己看见喜欢的东西从来都是小卡一刷，大笔一挥就买了，绝对不会在一件东西旁边停留超过三秒钟，也绝对不会试穿超过半分钟以上。

可是如今，那种生活，对于他来说，只有怀念的份。

只是他并不觉得后悔，路是自己选的，走了就没什么值得后悔。

夏小雪试完了衣服，两个人又继续挽着手逛着，只是两人之间的话语明显少了很多。

走到薇姿专柜，夏小雪拿起一瓶温泉水润肤露试用。

专柜小姐看见，立即热情如火地推荐起来。

"小姐，这是我们的新品，非常适合您怀孕时候的肌肤，而且我们家的产品是零敏感纯天然的，您在怀孕期间也能放心使用。"

"嗯，我就是看看。"夏小雪笑着回答，并没有要买的意思。

那专柜小姐的眼神相当锐利，看出夏小雪没有要买的意思但肖亦凡不一样，于是转攻起肖亦凡来。

"先生，您看小姐用了以后效果多好啊，这款产品保湿效果非常好的。"

"嗯，好像是还不错，多少钱啊？"

"我们现在做活动，有这个活动套装，一套是899，非常划算，我还可以送您小样……"

"899？都够我们一个月的菜钱了，走啦，我不买。"还没等专柜小姐说完，夏小雪就打断了她的话，拉着肖亦凡就往外冲。

肖亦凡这回真不乐意了，他觉得这简直是太丢面子了，想当初自己做小少爷的时候什么时候丢过这份儿啊？于是他义正词严地说："你想要就买呗，你不是总说你脸干吗？"

"让我花899，把一个月的菜钱都抹在脸上，那我宁愿脸干。走啦，我要上厕所。"

肖亦凡没辙，只得被夏小雪拉着走了。

3…

夏小雪从厕所里出来，行动有些笨拙地挥手甩干自己手上的水，外套上因为不小心在洗手时沾上了水而留下了大片深色的水渍。

肖亦凡站在一边背着手笑眯眯地看着走过来的夏小雪。

夏小雪走到肖亦凡面前，笑着问他："你笑什么，一副做了亏心事的样子，从实招来。"

不等夏小雪说完，肖亦凡就把藏在背后的袋子递到了小雪的面前，脸上露出期待的表情。他迫不及待地想要看到夏小雪感动惊喜的样子。

夏小雪一看袋子，是薇姿的，她就知道里面装的是什么了。她甚至没有伸手去接，脸竟然一下子就暗下来。

"不是不让你买吗，那么贵。"

肖亦凡一看这架势，有些意外。他本以为一切会像偶像剧里演的那样，夏小雪被惊喜感动得泪流满面，然后两个人抱在一起幸福地转圈圈。

可是现在，他看一眼夏小雪阴沉的脸，终于明白，原来有时候电视剧跟现实的差别，竟然是南辕北辙的。

"我刷卡买的，没事儿。"肖亦凡压低自己的声音说。他想，自己要赶紧安抚好夏小雪的情绪，然后带着夏小雪和这套化妆品回家。

"刷卡就不是花钱啊？没见着钱就觉得是免费的啊？刷卡不用还吗？"夏小雪的音量完全没有跟着压低的意思，反而比刚才更加抑扬顿挫了，孕期荷尔蒙开始起作用，她觉得心里有一股无名的火在烧。

"要还那也是下个月的事儿了，下个月再说。"

"那不是一样吗？我不要，小票在里面没，我退了去。"

说完，夏小雪就抢过肖亦凡手里的袋子，往专柜那边走去。

这下肖亦凡真的有点火了，花自己的钱讨别人的欢心，不但没落着好，反倒把自己的脸和自尊都给搭进去了。想当初他恨不得给自己改名叫"肖十二少"，如今竟然沦落成这样。

"你给我站住，买了就买了，还退什么啊，你怎么跟个中年妇女似的？"肖亦凡终于还是按捺不住了。

这话一出，让已经奋勇地正往专柜走的夏小雪愣在原地。她的背影颤了一下，接着就一动不动了。

等肖亦凡走过来扶她的时候，才发现站在那里的夏小雪，早已经泪流满面。

又是这样，肖亦凡想。就跟上次自己激怒父亲一样，最后是自己想要的效果，但是中间的过程却与自己期待的完全不一样。

周围经过的人纷纷向他们投来好奇的目光，这让肖亦凡更加不爽。他不知道自己说了什么话伤了夏小雪，他回想自己的话里似乎没有什么问题，于是语气更加不好。

"你哭什么呢？我说什么了你就哭？"

"你凭什么说我是中年妇女，你现在觉得我大妈了是不是，觉得我身材不好脸也难看了是不是？"夏小雪的声音比刚才大了几乎十倍左右。

"不是，我就一比喻嘛，咱们今儿高高兴兴地陪你出来过生日，你电影不看衣服也不买，这过的叫哪门子生日，咱们还没穷到那个份儿上吧。"

肖亦凡最后这句话终于激怒了本来情绪就已经接近失控的夏小雪。

"没穷到什么份儿上？你知道家里还有多少钱吗？你知道生个孩子要花多少钱吗？你知道我们每个月生活上要花多少钱吗？"

夏小雪的声音越来越大，围观的人越来越多，有的人甚至拿出手机开始进行现场录制，肖亦凡的脸彻底被丢没了，丢得眼看自己都找不着脸了。

跟大部分男人一样，他选择了转身离开，撂下一句话，头也不回地就往出口走。

"我跟你说不通，不逛了，回家。"

夏小雪愣在原地。

她看着肖亦凡的背影，突然觉得那背影如此陌生，也许是她从来都没有好好地看过他的背影吧，也许是因为这根本不是夏小雪认识的那个肖亦凡。一种巨大的陌生感忽然笼罩了夏小雪。

她只能快走几步跟上去，任由脸上的眼泪越流越多。

手里还提着薇姿的袋子，里面装着他们一个月的菜钱。🈚

28

．
．
．
．
．

那条隐约的鸿沟

1 …

从龙德广场出来之后，肖亦凡赌气一样地挥手拦了一辆出租车。他不记得自己已经多久没有用过这个潇洒的动作了。

以前他出校门就打车，一系列动作都非常心安理得的流畅，可是现在，他怎么忽然有些不自然起来。

不过，无所谓，他知道他打车的这个行为，绝对可以让正在气头上的夏小雪更加不爽，这就够了。

经历了在商场的一切之后，正在气头上的肖亦凡再也说服不了自己去省那几个钱，以王宝钏苦守寒窑的架势，在寒风中等一辆久久未至的公共汽车了。

跟在肖亦凡后面还在哭着的夏小雪看见出租车在肖亦凡面前停下，心里果然又燃起了一把熊熊烈火。她瞪着肖亦凡，试图用眼神攻击他，但是肖亦凡根本就不回头看她，只是果断地上了车，开着车门等她也上去。

夏小雪觉得这个气没必要赌，因为两个人一起打车比一个人打车一个人坐公车来得划算。在此时夏小雪的观念里，一块钱对她来说就跟一百万同样珍贵，都是白花花的银子。

她很不情愿地上了车，重重地关上车门。

出租车上，两个人各自看着自己那侧窗外的风景，一句话也不说。

回家之后，夏小雪连脸都没洗就躺下了，肖亦凡知道这次夏小雪大概是真的生气了。

她是那种平时就算发烧快烧熟了都要坚持洗澡的人，但是今天她居然就这么躺下了。

肖亦凡为了弥补夏小雪今天的不卫生，只好自己气冲冲地洗澡去。

洗澡出来，即便是热水一浇，肖亦凡也冷静了不少。

夏小雪已经关了灯，面朝里，假装自己睡着了。

肖亦凡把灯打开，坐到床边，努力使自己用平静的语气说："我们聊聊吧。"

夏小雪没动，也没理他，肖亦凡心里那将熄的火就像又被添了一把柴一样，重新旺了起来。他放大了声音叫："夏小雪！"

夏小雪非常不情愿地扭了扭头，瞟了肖亦凡一眼，俨然一副拒绝交流的样子，说："我不想聊，没什么好聊的。"

肖亦凡来气了，因为他也突然觉得的确没有什么好聊的，就像所谓的大爱无痕什么的，他这大概叫大气无语。

他关了灯，躺到床上，愤愤地说了句："那就别聊了。"

夏小雪一听却不乐意了，她今天明明就是要跟肖亦凡对着干的，他这会儿顺着她了，她心里反倒不舒服。

于是她灵活地一骨碌从床上坐起来，打开灯，说："你不是想聊吗？怎么又不聊了？"

"我现在不想聊了。"

"可是我想。"

夏小雪挑衅地看着肖亦凡，眼神里有点得意，有点没事找事赢了的骄傲和快感。

"你想聊什么你说就是了，没人拦你。"

"好，那我就说说。我想知道你是不是特别不满意我，觉得我又老又丑，又招你烦？是不是时刻惦记着把我休了找个年轻漂亮的。"

"夏小雪你这么说可就没劲儿了。"肖亦凡被夏小雪说得挺不服气的，也坐起来，"你自己单方面拒绝交流，别搞得自己跟个受害者一样。"

"那怎么说才有劲儿啊？你一个男的假装什么受害者啊你！"

"我懒得跟你说，我明天还得上班呢，你要是想聊你对着墙一个人聊去吧。"

肖亦凡一脸贱相地伸个懒腰，重新躺回去睡了，不一会儿就鼾声大作。

夏小雪傻愣着看了会儿重新躺下的肖亦凡，终于没再说什么，只是默默关了灯，自己也躺下，沉沉睡去。

两人之间，留下了一道，几乎可以再睡下两个人都不显拥挤的巨大的鸿沟。

2···

第二天早晨，肖亦凡照例起床匆忙洗漱，憋着气准备以最快的速度赶上地铁，奔往公司。

拿公文包的时候，他看见包的旁边照例放着夏小雪的招牌爱心早餐：鸡蛋汉堡。

肖亦凡看了一眼躺在床上面朝里的夏小雪，知道她在装睡，可还是没说什么，只是笑笑，拿起汉堡和公文包就走了。

听见关门声，夏小雪赶紧起来，看见汉堡被肖亦凡拿走了，也安心地笑笑。

然后她拿起昨天晚上一直提在自己手里却都没有机会好好看一眼的薇姿的袋子，拿出里面价值一个月菜钱的护肤品。

仔细地研究了一番产品介绍，又去看看镜子里面的自己。

她觉得自己真的是老了，丑了，脸上的孕妇斑都非常明显。

夏小雪犹豫着，终于还是打开了一瓶乳液，在自己的脸上耐心而节省地涂抹着。

随后她像突然想到了什么似的，迅速换了衣服，提着剩余没有打开的化妆品就出门朝翠微奔去。

此时的肖亦凡，在地铁站里吃完最后一口鸡蛋汉堡，把塑料袋丢进垃圾桶，嘴里填满了汉堡困难地咀嚼着，随着人群往公司里走去。

自从上次在公司被陆露当众给了难堪之后，地铁站就成了肖亦凡吃早餐的地方。

他算准了时间，从地铁站到公司用竞走的速度，最快五分钟就可以到，所以每次他都掐准了时间，在最后还剩下五分钟的时候把剩余的汉堡一起塞进嘴里，然后利用最后的五分钟咀嚼，吞咽，到公司慢慢消化，很像牛。

他不想再被陆露抓到什么把柄，也不想再跟陆露起什么正面冲突，他唯一能做的，也就只有这样。

夏小雪到达龙德广场的时候，商场才刚刚开门不久，售货员都在忙着整理柜台，根本没有什么顾客。

夏小雪就在一旁等着，等那个专柜小姐收拾好一切，才犹犹豫豫地走过去，吞吞吐吐地说："您好，我昨天买的东西能不能退掉？小票什么的都在里面了。"

那小姐看了夏小雪一眼，认出是昨天那个小气的什么都不想买还大谈菜钱的女人。

那小姐一脸的不情愿，觉得一大清早就遇见退货的，简直就是触了大霉头。

"这位小姐，以后买东西你看好了再买行吗，买了又回来退，你不觉得麻烦吗？"那小姐斜眼看着夏小雪说。

"是，是，不好意思。我只需要一瓶乳液，剩下的产品我家里都有，真的是不太需要。我丈夫昨天没问我就给买了，麻烦您还是给我退了吧。"

"是吗？昨天就看您一副不想买的样子，要是你消费水平不高呢，就不要来我们这种高档的专柜买东西，买了再退，您说这样好吗？要是换了是我，可真没脸回来退。"

那小姐一边接过夏小雪手里东西开始像鉴定钻石般检查，一边冷嘲热讽地继续说："一大清早就遇见退货这种事儿，怎么那么倒霉啊我。"

夏小雪在旁边被讽刺得说不出话来，眼睛已经有些红了。

"哎，你怎么说话哪？一个奇迹般的声音响起，夏天像超人一样突然降临，身边牵着自己小巧玲珑的新女友，"什么叫换了是你啊，搞清楚你现在身份好吗？你是卖东西的，人家小姐是买东西的。顾客是上帝的口号你们天天嚷嚷，到底懂不懂啊你。"

夏小雪转身看见是夏天，惊讶之余，心里荡漾起满满的感激。

"我没说不让退啊。"那小姐嘴上依然很不服气的样子，又小声嘀咕一句，"有你什么事儿啊。"

这句话这让本来就想在自己新女友面前表现一把的夏天更加来劲儿了。

"有我什么事儿？这是我朋友！你没不让退，那你是什么意思啊，你一卖东西的，她是买东西的，退货怎么了，东西完好无损，小票也在，也没超出退货的时间范围，有什么不对的？"

"化妆品可是有规定没有质量问题不退不换的！"

"那好，叫商场的楼管来，我问问他这个问题，顺便把你刚刚对待顾客的态度跟他讲下。"

那小姐不说话了，默默地开好单子，略带求饶性质地递给夏小雪。

"麻烦你跟她道歉。"夏天继续来劲儿。

"对不起。"那小姐拉个长脸，不情愿地道了歉。

"算了算了，夏天，走吧，我也理亏的。"夏小雪拿着单子，抓着本来还想再补上两句的夏天，急急忙忙走了。

陪着夏小雪退完款，夏天才问夏小雪："刚刚到底怎么回事儿啊小雪？"

"没什么啦，这是昨天肖亦凡给我买的，不太合适我用，我就来退了呗。"

"亦凡也真是的，回头我帮你说说他，也不看好了再买，太不体贴了。"夏天开着玩笑，他身边的小女友此刻更加小鸟依人，依偎在夏天的身边。夏天得意地瞟了女友一眼，知道自己这次的英雄形象算是成功树立起来了，更加意气风发。

"哎，忘了问你，你们怎么那么早出来逛街啊。"

"起得早，没事做。她说出来逛街，这不就来了，刚进门就碰见你了。"

"啊，你好，你也住天通苑啊。"夏小雪亲切地跟小鸟女友打招呼。

小鸟女友害羞地点点头，以示回礼。

"行，那你们逛吧，我还要去买点东西，就不打扰你们了。夏天，今天谢谢你啊，改天来家，我给你做好吃的。"

"行，客气什么啊，那你小心点儿啊，我们先走了。"

送走了夏天，夏小雪手里紧紧地握着退回来的钱，走到耐克专卖店。

她找到昨天肖亦凡看得出神的那双鞋子，又回想起昨天肖亦凡那个有点可怜的样子，突然觉得难过。她知道都是因为自己，肖亦凡才变成现在这个样子的。

她以前陪肖亦凡逛过街，肖亦凡花钱不眨眼的指数简直惊世骇俗，起码对于夏小雪来说，是那样的。

可现在……

想到这些，夏小雪叫来售货员，买下了肖亦凡尺码的鞋子，满意地走了出去。

3…

夏小雪刚回到家不久，门铃就响了。她开门见是方芳，诧异地问："你怎么来了？你这会儿不是应该在上班吗？出什么事情了？"

"边儿去，乌鸦嘴，我来找你就是出事儿了啊。姐姐我是给你送那封面设计的钱来了，顺便来看看你，最近怎么样啊？我看你气色不错啊，肖亦凡把你养得白白胖胖的。"

"我……不怎么样。"

"啊，怎么了？"

"哎，别提了，昨天刚跟肖亦凡吵了一架。"

"怎么回事儿啊？"方芳一边进屋，把装钱的信封放在茶几上，一边驾轻就熟地倒水给自己喝，俨然就跟在自己家似的，"就你这丫鬟命，也敢跟你们家肖大少翻脸？"

夏小雪给方芳讲了昨天的事，刚讲完，方芳就一脸浩然之气地发表了意见："这可就是你的不对了。男人都爱面子，再说他给你买东西还不是对你好，我倒是整天盼着有个人抢着给我买东西呢，真是一人一命，你别身在福中不知福了。"

"可是他讲那话就不对，什么跟个中年妇女似的，我就是不爱听！"

"不爱听？亲爱的，你是不是产前抑郁了啊，那种低层次的话都能刺激到你？"

"说什么哪，我正生气呢，你还开我玩笑。"

"哎，这都是小事儿，你自己想想，你这么阴晴不定的，他再怎么爱你，也受不了，你总得换位思考下。"

"我……我也不知道最近自己是怎么了，有时候就是控制不住自己的脾气。"

"控制不住也得控制，深呼吸，深呼吸啊……"

"行，那下次我生气之前先深呼吸。"

"嗯，听方芳姐的，准没错。行了，我得赶紧回去了，这是你的设计费。公司最近要裁员，我得小心行事才行。"

"裁员？你们不是国企吗？"

"大姐，你还真是与社会隔绝了啊，最近全球都在闹经济危机呢，你不知道啊？"

"危机？那肖亦凡那边儿没事儿吧？"

"我估计影响也挺大的，他们做广告行业的，首当其冲，他压力肯定不小，你在家还跟他耍脾气，这不是要逼死他吗？行了不说了，我得走了。"

说完，方芳就一阵风一样地离开了，留夏小雪一个人回味着刚才方芳的话独自发呆。

临近下班的时候，公司又贴出了裁员的名单，肖亦凡赶紧凑上去看，他觉得整个公司最有可能被扫地出门的大概就是他了。

仔细地找了几遍，确定没有自己的名字他才松了口气，安心地提上公文包昂首阔步地走出办公室，心里升起一丝丝小小的得意与安慰。

4…

心情不错的肖亦凡回到家，桌上摆满了菜，依然都是自己爱吃的。夏小雪从厨房出来，手里端着两碗饭，近乎谄媚地笑着说："回来啦？赶紧洗手吃饭吧，一会都凉了。"

肖亦凡被夏小雪的殷切给吓着了，俨然对昨天的事还心有余悸。

夏小雪转身又进了厨房拿碗筷，肖亦凡不敢先坐，只得小心翼翼地环顾着四周，怕有什么机关暗器会突然飞出来。

忽然，他的目光落在了茶几上的耐克鞋盒上，走过去打开，那双限量版的耐克鞋映入眼帘，肖亦凡的心里瞬间涌起层层感动。

夏小雪再次从厨房出来，看见肖亦凡看着鞋傻愣在那里，便笑着说："愣着干吗啊，快去洗手吃饭，凉了就不好吃了。"

"哦，好。"

肖亦凡也笑，立马卷起袖子去洗手，昨天晚上的不愉快在两人之间突然就像水蒸气一样，了无痕迹地消失在了空气中。

从洗手间出来，肖亦凡脸上挂起了略显生硬的微笑。

"今天我们公司又裁员了。"肖亦凡装作云淡风轻地说。

夏小雪愣了一下，紧张地看着肖亦凡。

"没我，嘿嘿……"肖亦凡吐吐舌头，露出难得的仿佛学生时的调皮表情。

夏小雪松了一口气，随即笑了。

两个人的这场婚后最大的争吵，总算是画了个句号。

他们坐下来，十分融洽地吃完了这餐晚饭。一个月来大大小小的争吵，终于在最大的一场战争中平息了战火，这让肖亦凡全身都舒畅起来。他想，人倒霉时间久了终究还是会转运的，就比如自己，比如今天的自己。

吃完饭，夏小雪开始收拾桌子，肖亦凡想要上前帮忙，被夏小雪制止，说："别动，我自己来，你去看电视去，看看新闻什么的，顺便给我讲讲。"

"哟，你这是怎么啦？开始关心起国家大事了。"

"今天方芳来了，说我现在都跟社会隔绝了，连全球闹经济危机那么大的事都不知道，嫌弃我呢，所以我得学学。"

"方芳来干吗啊？"

"啊？没事儿，没事儿，就是来看看我，看看我……"

夏小雪怕自己说漏了私下偷偷接活儿的事儿，赶紧收拾好，默默进厨房刷碗去了。

刷碗的空档，肖亦凡的电话响了，是夏天打来的，因为心情好，肖亦凡接起电话就开始贫："哟！谁啊您是？陌生号码啊。"

"你夏哥哥！"

"夏哥哥？嗨，我怎么记得打从毕业之后你就没主动给我打过几次电话哪？"

"行了行了啊，少跟我来这套，你忙得跟小陀螺似的，这倒还恶人先告状了。"

"我哪敢啊。说，啥事儿？"

"也没什么要紧的事儿，但是想想还是应该告诉你一声。我今儿早晨跟我女朋友逛商场的时候碰见小雪了，她去专柜退你给她买的东西，结果被那小姐给说了一堆不中听的，差点儿哭了。还好我及时赶到，英雄救美。"

"啊？是吗？她没告诉我啊。"

"这种事儿她告诉你干吗，哎，我跟你说啊，其实小雪也挺不容易的，你别委屈了人家啊。"

"行了行了，我当然知道，那是我老婆，你看你这还上了心了，不怕哥们儿我吃醋啊。"

"别，快别吃那东西，吃多了对血管不好。好了，不跟你丫贫了，没事儿我挂了啊，改天有时间叫上郭阳一起出来吃饭。"

"行，忙你的吧。"

　　挂了电话，肖亦凡看着依然摆放在茶几上的耐克鞋，又看了看在厨房里忙碌的夏小雪，心里就跟被螃蟹狠狠爬过一样，很不是滋味。**世界**

29

我们的第一个新年

1 …

第二天下午，肖亦凡跟同事打了个招呼，提早下了班。

尚未到下班时间的地铁里，只有零零散散的几个人。肖亦凡坐在座位上，身体随着地铁的晃动而摇摆着，心里有了一丝悠闲和愉悦，仿佛回到学生时代。

那时的他，经常在非节假日人不多的时候翘课出来逛街，一手牵着陆露，一手提着大包小包的战利品，心中别提多惬意。

只是，那些没心没肺的时光，真的回不来了。

想到这个，他略略有点儿黯然。

出了地铁站，肖亦凡打车直奔翠微，到薇姿专柜重新买了夏小雪昨天退掉的东西。昨天羞辱夏小雪的专柜小姐依然在，她看了肖亦凡一眼，肖亦凡也同样回看了她一眼，没说什么。

走到自己家楼下的时候，肖亦凡抬头看见夏小雪正挺着微微凸出的肚子在阳台上晾刚洗好的衣服。

此时的北京已经很冷了，夏小雪却只穿了一件毛衣，在北京冬天的寒风里仔细地将衣服展平，挂好，每一个动作，都小心翼翼。

肖亦凡看着阳台上的夏小雪，心里觉得既温暖又心疼，看着此时的夏小雪在寒风里瑟瑟发抖，更加觉得自己委屈了一个好女孩。

肖亦凡快速地上楼，开门，桌子上只摆了碗筷。晾完衣服从阳台进来的夏小雪看见早归的肖亦凡，很是诧异。

"今天怎么这么早就回来了？"夏小雪问。她本来还想继续问，"你不会是被裁掉了吧，"但是想想觉得这样子说的确显得自己八婆又乌鸦嘴，于是索性闭嘴。

"想你了嘛，就早回来咯。"肖亦凡嬉皮笑脸。

"少来了你，那我赶紧做饭去，你早回来应该先打个电话的嘛……"夏小雪一边嘟囔着一边卷起袖子往厨房跑。

"打电话那就没法给你惊喜啦。"肖亦凡大声说。他悄悄把薇姿的袋子摆在饭桌中间最显眼的地方，鼓捣了半天，觉得就算是瞎子也能看得见之后，满意地坐在沙发上看电视，等着自己可爱的老婆大人做好饭。

夏小雪端着盘子从厨房出来，肖亦凡看了她一眼，故意没有上前帮忙。果然，看见桌子上的袋子，夏小雪的心一下子就温暖了起来。她提着袋子走到肖亦凡面前，一脸歉意又满眼温柔地看着他，说："谢谢你。"

"都老夫老妻了，还谢什么啊。"肖亦凡故作调皮地说。他本人实在是受不了那种偶像剧里你谢我谢，最后亲个嘴儿之类的情节，俗！

他要的是平淡生活里的小幸福，简简单单的相濡以沫。

"好啦，夸你两句还嘚瑟起来了，我再炒个青菜就好了，洗手准备吃饭吧。"夏小雪也故作轻松，说完转身进厨房继续炒菜。

就在夏小雪转身的瞬间，她的心头，还是划过一丝她自己也讲不清楚的复杂感受。

她不想再跟肖亦凡吵了，她想，平静与快乐，毕竟是用钱也买不到的东西，可是他们，却轻易地用899块就买到了，按照主妇心理学，她应该感到赚了莫大的便宜，快乐似神仙。

可现在的她，却真的不知道，这应该庆幸，还是悲哀。

吃过饭之后，一切收拾就绪，两人一起在客厅里玩儿任天堂红白机，经典的游戏《坦克城》，气氛很是融洽。

他们吵吵闹闹，仿佛回到了刚刚认识的时候。在如此虚幻的游戏世界里，他们暂时忘记了生活里的所有争吵，所有苦难，快乐得像是两只春天里的小鹿。

玩儿累了，两个人洗了澡躺在床上，夏小雪躺在肖亦凡的怀里，安静地闭着眼。她很想说点什么，但是什么也说不出来。她不记得自己已经多久没有这样好好地在肖亦凡怀里躺着了，那份久违的安全与温暖，传遍了她的全身。

短暂的沉默之后，肖亦凡轻轻地亲吻夏小雪的额头，脸颊，嘴唇。

夏小雪也回吻他，情欲开始在两人间流动。他们都觉得体内仿佛烧起了一把火，紧接着就是要做一些少儿不宜的事情了……

肖亦凡突然像触电一样停住了，惊喜地看着夏小雪。

夏小雪不明白发生了什么，惊讶地问："怎么了？"

"孩子……刚才孩子动了……动了……"肖亦凡结巴又激动地说。

"真的吗？"夏小雪有些懊恼，刚才自己正干柴烈火呢，根本就没顾到肚子里的那个小家伙做了什么事情，"我怎么没感觉到啊。"

"真的真的，我跟他说说话啊，让他再动动。"肖亦凡对着夏小雪的肚子，语无伦次地说着，"宝宝，你看，爸爸在这呢，踢爸爸的脸，踢我脸啊……"

可夏小雪的肚皮，寂静得仿佛无垠的非洲大草原。

肖亦凡百折不挠地耍了半小时马戏，累得气喘吁吁，肚子里的宝宝却始终没有反应。夏小雪倒是笑得眼泪都要掉出来了。

无奈，最终肖亦凡还是放弃了，也没有心情继续再做什么了。

俩人安静地躺在床上开始聊天，肖亦凡讲了一些公司里好玩的事情给夏小雪听，又讲了一些无关紧要的小压力。

困意渐渐袭来，夏小雪趁着自己有点儿迷糊，才微微红着脸说道："亦凡，你答应我，如果以后你生了我的气，一定要告诉我，不要闷在心里。我们之间永远不要有秘密，好吗？"

肖亦凡一愣："好。"

肖亦凡沉默了，也许是该让夏小雪知道自己和陆露现在的关系了，这样对他们三个人来说，都会公平一些。肖亦凡想着，深吸了一口气："小雪，我有事想跟你说，那个……陆露，现在是我的顶头上司了，我上次就想跟你说的。"

夏小雪没有反应，肖亦凡紧张地看了看怀里的夏小雪，这才发现她又已经睡了过去，并未听到他讲的话。

也许老天不想让小雪知道这件事吧，肖亦凡心想。

2…

第二天一大早，天还没完全亮，肖亦凡就醒了。

今天又是一个灰蒙蒙的天，但这并未影响他的好心情。

身边的夏小雪依然早就起了床，不见了人影。他知道她在厨房给他做早餐，尽管他也知道，那照例是永恒的鸡蛋汉堡，可是他还是觉得全身都充满了焕然一新的力量。

如同大力水手吃了菠菜般，肖亦凡从床上弹起来，迅速跑去厨房在夏小雪的脸上亲一口。洗脸，刷牙，更衣，提起公文包，拿着夏小雪亲手做的鸡蛋汉堡，出门上班。

肖亦凡想，自己应该活力百倍地去过这一成不变的生活，如果不能改变什么，那就试着接受，并且享受吧。

如果他不去热爱生活，又怎么能得到生活的热爱。

照例在地铁站吃完最后一口汉堡，他看了看表，距离上班时间还有九分钟，真好，自己可以悠然自得地竞走过去。

肖亦凡一脸灿烂地走进办公室，却看到陆露面无表情地站在他的办公桌前，手环在胸口，脸上写满"来者不善"四个大字。肖亦凡知道，自己热爱生活的计划，将要迎来首波冲击波。

肖亦凡的笑僵在脸上，尴尬得无所适从。

"肖亦凡……"

"我没迟到。"还没等陆露说什么，肖亦凡便急忙强调。他已经惯性地把自己摆在了罪人的立场。

"你是没迟到，我要说的不是你迟到的事情。"陆露看了看表，说。

"那我怎么了……"

"你昨天下午早退了吧。"

"我只是早走了一会儿。"

"很好，那你就是承认了自己的错误咯。你要知道，现在公司正在裁员，公司的每个人都在很用心地工作没有人敢怠慢，早退这事儿，念在你是初犯，扣发你这个月的奖金，这个处罚应该不算太重吧？"

"哦，不，不算。"肖亦凡的身子弯下去。

陆露趾高气扬地转身往自己的办公室走去。

肖亦凡心里的郁闷和委屈就像细菌一样，肆无忌惮地繁殖，蔓延，很快遍布了他的全身。

可是毕竟是自己的错误，谁让自己那么猴急地去买东西表现自己的爱啊，下班再去商场也不会关门儿，怎么就不能忍忍呢？

而且就在这节骨眼儿上，就在陆露的眼皮底下，在他们过往的爱恨情仇面前，他就这么以身试法，最终被公正地杀一儆百。他除了吞下这口气，又能如何。

肖亦凡沮丧地坐回到自己的座位上，原来假装生活很美好都是一件这么困难的事情啊。

"哎，亦凡，没事儿，咱们陆总一直都这样你也知道的，下个月要是钱不够跟哥们儿说一声，先给你垫上。"隔壁桌的同事安慰打趣着肖亦凡。

肖亦凡苦笑，说了句"没事儿"，就没再理他，转而把无尽的郁闷投入到同样无尽的工作和苦闷中去了。

郁闷了一个上午，他接到夏小雪发来的短信。他有些鸵鸟地把手机偷偷藏在抽屉里看。万一被陆露看见自己发短信，说不定这个月一分钱都拿不到了。

夏小雪在短信里说让他晚上回家吃饭，自己要做好吃的给他，还说自己很想他什么的一串甜言蜜语，看了之后让肖亦凡安慰了许多，也算是慰藉了他受伤的小心灵。

他只好安慰自己，为了自己可爱的亲爱的老婆夏小雪，还有昨天晚上没踢自己脸的宝宝，吃这点苦也算是值得了吧。

3 …

时间依旧以不饶人的架势飞奔而过，带走每一个人生命里发生过的或开心或难过或郁闷的每一个回忆。

如果你有心，认真仔细地看时间一眼，你就会毅然决然地发现它正一脸贱相，冲着你得意而高傲地微笑。

转眼到了元旦，一年就这么过去了。

就在我们刚刚习惯了一年的春夏秋冬，阴晴圆缺，习惯了在标注年月日的时候熟练地写下这一年的年份时，这一年却又这么过去了。

元旦前一天，肖亦凡公司放假。

他陪夏小雪出去买了很多菜，两个人准备晚上一起吃火锅，这是他们在一起之后度过的第一个新年。新婚夫妻跨年，总是有很多期许，更何况，他们现在怎么也算是一家三口。

夜幕降临了，可过新年的气氛并不浓。

北京五环内在元旦期间不让燃放鞭炮和烟火，天通苑在一个靠近五环的地方，远处的郊区，零星飘来轻薄起伏的鞭炮声，却更显得寂寥。

电视里晚会开始了，两个人坐下来看着电视开始吃饭，看着假装热闹的晚会，才有了一点过新年的喜悦。

正吃着，门铃就响了，肖亦凡起身开门，是方芳。

方芳没等门完全打开就像风一样冲进来，愤怒地把包摔在沙发上，一屁股坐下开始瞪着电视。

"哟，方芳姐，这是怎么啦，谁招惹你啦？"肖亦凡不识趣地打趣道。

"边儿去，有你什么事儿啊，你们男人都这德行。"方芳白了肖亦凡一眼。

肖亦凡看苗头不对，不敢再说话，低头吃东西。夏小雪走过来跟方芳并肩坐下："怎么了这是，大过年的，什么事儿啊？"

"小雪……"方芳的口气软下来，委屈地看夏小雪一眼，眼泪都要出来了，"我跟郭阳吵架了。"

"好啦，又不是第一次，你也算是身经百战了，什么事儿值得闹这么大，你这都等于离家出走了呢。"夏小雪尽量调节着气氛，好让方芳没那么伤心。

"他太过分了！今天竟然买了一个四千块的滑板。"

"嗨，就这事儿啊，今天过年，他想买就让他买吧，你用得着这么生气吗？"

"我能不生气吗？四千块，他一个月的工资，而且买个滑板，他都多大的人了，碰一下骨头都能断了，还学人家年轻人玩儿滑板……"说完这话，方芳觉得有些不对劲，什么年轻人啊，自己不就是年轻人嘛，怎么能为了数落别人就贬低了自己呢。

"郭阳也没别的爱好嘛，你凭什么剥夺人家的兴趣爱好啊，中学老师啊你。"夏小雪看出方芳卡壳的原因，笑了。

"小雪，其实我也不是说他不年轻不能玩儿。你知道吗？他工作的这段日子一分钱都没存过，时间也差不多了，他应该靠谱一点，想想我跟他的未来了，不是吗？"

"你上次就碎碎念过啦。郭阳毕竟是年轻人嘛，年轻人都爱玩儿啊。"

"那你不爱玩儿吗？肖亦凡不爱吗？你们都有危机意识。归根结底，就是他不在乎我。"方芳的口气软下来，忧伤地看着夏小雪。

"没那回事儿，等过段时间，他就会懂得了，哪儿能一下子就收获一个成品啊，爱是需要浇灌的嘛。"

"我浇灌得还不够啊，跟别人身上，一个森林都让我浇出来了。我今年都二十五了，哪儿那么多时间耗啊，你说，我们年轻的日子，还能熬几个年头？"方芳把自己满腹的委屈终于统统倒了出来，自己长时间的隐忍并没有换来同等的体谅，这一次，她真的有些失望。

但她瞬间意识到自己不能把这盆苦水泼到夏小雪两口子身上去，于是迅速恢复了女战士本色，厚着脸皮就坐下了，磨刀霍霍地看着一桌子的好吃的，吆喝着肖亦凡说："肖亦凡，你别愣着啊，添副碗筷去。"

"得令！"肖亦凡听俩人谈话的起承转合憋笑憋得几乎内伤，赶紧冲进厨房借机龇牙咧嘴一番。

三个人热烈地吃着，方芳本身就跟过年似的，家里热闹了不少。

正吃得开心，门铃又响了，肖亦凡边起身开门边嘟囔："嘿，今天咱们家是怎么了？挺热门啊。"

打开门，是郭阳和夏天。

"什么风把海尔兄弟给吹来了啊。"肖亦凡一边调节着气氛，一边给了郭阳一个眼色，示意方芳也在这里。

郭阳点点头，没说什么，跟夏天进屋了。

"你们怎么来了啊，真是巧呢，我再去拿两副碗筷，坐下一起吃吧。"夏小雪急忙站起来忙活。正吃得高兴的方芳瞟了郭阳一眼，没理他，继续吃自己的。

她知道没有风吹他俩来，肯定是肖亦凡暗中通风报的信，看夏小雪那样子，也是个从犯。

"快坐快坐。"夏小雪从厨房出来，招呼两人坐下："夏天，你最近干吗去了，怎么一直都没你消息啊。"

"嗨，我前段时间跟我一亲戚去了趟广西，寻找致富之路。兄弟姐妹们，我很快就要发大财了，到时候，都上我家喝酒去吧。"夏天一边挥舞着手里的筷子，一边演讲似的宣告着。

"哟，什么发财路啊，你也说给我们听听，要是好走，我们也走走去。"肖亦凡说。

"这可不行，等着吧，等我跟你们私下里聊。"夏天故作神秘。

"你不会是去搞什么非法活动吧夏天，说话跟一大仙儿似的，怎么，去了趟广西得道了啊？"方芳打趣道。

"没……没那回事儿，瞎说什么呢你，这么多吃的还堵不住你的嘴啊。"夏天吞吞吐吐地否认了方芳的说法，大家都笑了，没有人多想什么。

五个人在毕业之后终于又重新坐在了一起。

吃饭，聊天，开着无关痛痒的玩笑，没有人回忆过去，也没有人谈论近况，更没有人展望未来，因为他们潜意识里都不敢，都害怕，怕会难过，会感伤，会无可奈何……

火锅的热气把房间烘得很暖，窗户上蒙上了一层厚厚的雾气。

窗外，悄无声息地下起了迷蒙的冬雨，仿佛要将这一年最后的尘埃洗尽。屋中的这五个嬉笑的年轻人，却并不自知。

他们未来的生活，就像他们意识不到这场暖冬的雨一般，即将悄无声息地发生改变。世界

30

大家一起发大财

1 …

时针距离十一点半还有一段不小的距离，郭阳的同事们就开始蠢蠢欲动了，互相在内部的聊天软件上讨论中午吃什么。不知道从什么时候开始，一日三餐，成了困扰都市白领的几个首要问题。

郭阳不爱掺和这样的讨论，在公司里，他稍稍有那么点儿"闷"。对他来说，吃什么都一样，饱了就成。

十一点半一到，大家鱼贯而出，郭阳拿上搭在椅背后的外套，转身也离开了办公桌。

刚走出公司门口，往电梯间走，就看到等在门口的夏天。他赶紧迎上去，喜悦地拍一掌夏天："什么风把你给吹来了啊。"

"我路过，顺便过来看看你呗，怎么样，有约没？没约的话一块儿吃顿饭？"

"你都上门了，我有什么约不得推掉哪，走吧，想吃什么？"

郭阳的手臂搭在夏天肩膀上，两人一边说话一边往外走，就像他们上学的时候一样。

川菜馆里，人头涌动，都是在附近办公楼上班的白领们。他们熟悉到连菜单都不用看，直接就能报菜名点菜。

夏天和郭阳在角落靠窗的两人桌坐着，刚上了一个凉菜。

两人碰杯，郭阳拿起酒瓶给夏天满上，看夏天明显一脸欲言又止的样子，郭阳开口逗他："今儿真是路过？"

"那个……也不能完全算吧。"

"你小子！甭跟我搞这套了，赶紧交代。"

"那个……"夏天低下声音来，一脸神秘，"你听过《春天的故事》吧？"

"什么故事？"郭阳一时间没反应过来。

"《春天的故事》，那首歌儿！"

"哦……就那什么'一九几几年，是一个春天'什么的……是这首吧？"

"对，后面的歌词你还记得吗？"

"我记那干吗啊，你小子怎么语无伦次的。"

"赶紧想想，后面是什么？"

"……在南海边画了一个圈？问这干吗哪？"

夏天满意地点点头，表情更加神秘："你知道吗？当初那位老人在南海画了一个圈，有了深圳，现在呢，我们的领导人又跟广西北部湾画了一个圈，你知道那意味着什么？"

"意味着，意味着又有了一个圈。"

"你这人！"夏天有点儿急，少有的正经浮上他的脸，"没跟你玩儿脑筋急转弯，我告诉你，这意味着新的经济特区，意味着机会，机会懂吗！"

"机会？什么机会？"

"当然是赚钱的机会啊！我告诉你，无数个千万富翁就要从天而降。"

"你从哪儿听来的啊。"

"我表叔啊，他有一同学家里上面有人，这可都是内部消息。这次他带我去广西，我可开眼了，啧啧，那边简直遍地是黄金。"夏天压低了声音，似乎怕话里的黄金掉出来。

"我还是没听明白你什么意思。"

"我实话告诉你，这次我表叔带我去考察了一个项目，如果不出问题，你拿几万块出来，两年内就能成千万富翁。"

"怎么可能有这等好事儿啊，什么项目能这么赚钱？靠谱吗？"

"当然靠谱了！反正，说得简单点儿，就是资本运作，个人集资参与北部湾开发。你看现在王石啊潘石屹他们，都是通过这种方式起来的。"

"有那么玄乎嘛……这么好大家还不都去了。"

"有这种好事儿，大家当然都藏着掖着，谁跟我似的，发财也忘不了你和亦凡。"

"你也跟亦凡说了？"

"没，他排你后面，咱仨我跟你更亲嘛。"

经过夏天巧舌如簧的一顿乱喷，郭阳被说得晕晕乎乎，基本信了。可他每月的工资，加上家里给的一点儿补贴，大概只有两万多的存款，还是跟方芳的钱放一起的，所以他告诉夏天，他要先跟方芳商量一下，相信方芳会同意的。

"那你可别告诉方芳咱们这个项目具体的内容，她万一给说出去，那可不好，这可是机密。"

"得了，你放一百个心，在家里我说了算。"

"得了，甭跟我炫耀了，我等你电话啊。"

郭阳叫服务员结账，却发现夏天已经在上厕所的时候结过了。他没说什么，只是觉得，走上社会后，越发觉得这两个兄弟可爱。

2···

郭阳一回到办公室就打给了方芳，只是简单地说夏天考察了一个项目，他准备入伙，没想到方芳一听是夏天考察的项目，竟然抵死不从。

"全班最不靠谱的就是他了，他能找到赚钱的门路？也就你跟个大傻子似的信他。"

"方芳你这话过了啊，他不靠谱那是以前，他这不是正试着靠谱起来吗，都是朋友，你得支持他。"

"你从精神上支持他，我不反对，你要是真有钱了，拿物质支持，我也一句话没有。现在还吃了上顿没下顿的，还支持他，你支持得着吗你！"

"咱们不是有点儿存款嘛……"

"那钱是将来的储备，不能动！"方芳斩钉截铁。

"现在我们投资一下，也是为了将来嘛……钱放在那里不是钱，说白了就是纸，是数字。钱得流动，得让它们再去生钱……"郭阳经过夏天一中午的教导后，也学会了点儿专业术语。

"得了吧你！"方芳无情地打断郭阳，"就算是纸，是数字，我乐意！郭阳，那钱不是你一个人的，咱俩的钱可是一直放一块儿的。就你每月发了工资的那个花法，你自己想想这钱的大头是谁的。"

"我知道是你的，所以我这不是跟你商量吗……"

"没商量，就这样。没空跟你废话，我上班了。"

方芳有些粗暴地挂断电话，听着电话断线的"嘟嘟"声，郭阳先是有些愣，继而一股不被尊重的气从心底涌上喉头，转成了愤怒。

他拿出钱包，看到那张放着存款的借记卡，半赌气半为了兄弟情义，决定先斩后奏。趁着脑子还是热的，他立即打电话给夏天，让他回来他们公司，在楼下的工商银行等着拿钱。

夏天几乎是以索尼克的速度赶到了郭阳公司楼下的工商银行。见到郭阳，他笑得五彩缤纷，猛拍郭阳肩膀。

"世上除了妈妈就只有兄弟好了。"

"得了，少来这套，我这可是背着方芳入伙的，你小子要是搞砸了，方芳可是会吃了我的。"

"搞砸？绝对不！可！能！"夏天一脸自信，"你就等着成千万富翁吧。"

"千万富翁倒是对我诱惑不大，我没那么大的贪念，看到你靠谱地做事儿，哥几个也挺高兴的，应该支持你。"

"哎哎哎，是要逼我洒下男儿泪吗你。"

"少贫嘴。"

转完账，俩人又扯了几句，郭阳到时间上班了，两人告别，夏天蓬勃地离去，郭阳看着他的背影，笑了。

他很久没有看到过这么有活力的夏天，无论这项目成功与否，他觉得值得。

但是，上了电梯，他又开始些许忐忑：晚上回到家，该如何跟方芳讲这件事。

不过，事已至此，多想无益，以他了解的方芳的个性，也出不了什么大乱子。

3…

郭阳晚上回到劲松的家中时，方芳已经提前到了家，厨房飘出红烧肉的香味。

郭阳心中一乐，自从夏小雪搬离这里，他可是好久都没有吃到这个费时费力却无比解馋的红烧肉了。这是方芳的撒手锏，一般不轻易祭出。此次必然是自知白天在电话里态度不好理亏，所以变相承认错误。

不过，郭阳因为心虚，为了哄得方芳凤心大悦，也在地铁口出来时，在小摊上买了十元三把的百合花，一回来就乖乖地插入从宜家购置的便宜花瓶里。

此时这个不足四十平米的小房间内，百合花的香气，跟红烧肉的滋味，遥相呼应，缠缠绵绵，颇为温馨浪漫。

方芳端着红烧肉从厨房出来，瞟一眼桌上的百合花，努力克制住自己嘴角漾出的笑意，可喜形于色惯了的她，哪里克制得住，此时心中的百花齐放，还是被郭阳轻易看出。

"来，吃饭。"方芳把红烧肉往桌上一放。

"遵命。"郭阳表现得无比乖巧，飞速夹了几筷子红烧肉，接着称赞起方芳来，"亲爱的，你这手艺简直是金不换。"

方芳咧着嘴还故意飞一个白眼给他："金算什么啊，你应该说，给你全世界你也不换。"

"好好好……全宇宙都不换。"

无比融洽地吃完这餐饭，郭阳特别自觉地收拾了桌子，去厨房洗了碗。

把一切收拾好，郭阳回到沙发上，破天荒地没有去玩"魔兽"，而是跟方芳一起看无聊的肥皂剧。

看了一会儿，方芳就小鸟依人地闪入郭阳怀中，郭阳抱紧了她。

方芳声音小得跟蜂鸟一样，略带含糊地主动承认错误："那个……今天中午是我不对，脾气不应该那么差的。"

郭阳一看时机成熟，赶紧抓住机会，先是故作贴心地拍拍方芳的肩膀，继而特别宽厚地说道："哪儿啊，我们家方芳做什么都是于情于理的。"

"嘿嘿……"方芳整体来说还是个好哄的女人，但是，有一丝女人天然的警惕性忽然从方芳的某条末梢神经直达脑部。郭阳这番柔情似水，让她嗅到一丝不正常。

她一个鹞子翻身坐了起来，盯着郭阳的眼睛。

"综合你今天的表现，我觉得非奸即盗。你老实交代，你又干吗了？"

"嗨！你怎么就不往好了想我啊。"郭阳挠头。

"做错事的第二个特征出现，在我逼问的时候挠头！说不说！"

"那个……"郭阳的声音变得像蚊子一般，飞速又含糊，"我把钱借给夏天了。"

"什么？"那声音频率，方芳自然听不清楚。

郭阳做个深呼吸："我说，我把钱借给夏天了！"

这下方芳听清楚了，当下她忽然有点儿想听不清楚。

可是，她确确实实听到了，她无法装傻。

她的心，有一小块地方，"嘎嘣"一声，裂开了，碎片掉下来，滚落到再也看不到的黑暗角落里。

她从沙发上站了起来，仿佛看一个陌生人般看着郭阳，眼泪掉了下来。

郭阳没见过方芳这阵仗，有点儿慌了，赶紧上前安抚："方芳，你别哭啊，你打我骂我我都认了，你一哭，我头都大了。不就两万块钱吗，我明儿管我妈要，把这空填上总可以了吧。"

"郭阳，这压根儿不是钱的问题，你怎么就不明白。"方芳一字一顿。

"不是钱的问题，那是什么问题啊，咱坐下说成吗？"

说罢，郭阳伸手去拉方芳，却被方芳一下子甩开。

"最大的问题就是你看不到问题！"方芳几乎是用吼的。

"你能明说吗？我没那么高领悟力。"郭阳也有点儿带气。

"我觉得，你压根儿就没想跟我好好过日子，没这想法！"

"你不是我你怎么知道我没有，我觉得我已经做得挺好了。"

"那是你觉得，你有没有问过我怎么觉得？两个人生活在一起，是奔着结婚去的，你有一丝一毫这个想法吗？将来的日子，你有过打算吗？"

郭阳沉默了，他的确没有，他没想那么多，结婚对于他来说，还很遥远，他甚至觉得那是爱情的坟墓。

他此刻的沉默，如同一把锋利的匕首，再次刺伤了处在柔软之中的方芳。

她盯着郭阳慢慢后退，退到门口玄关，眼泪一直从眼眶滚落。她再也无路可退，转身拿起衣服，冲了出去。

而这一切，郭阳都看在眼中，仿佛石化了一般，并无阻拦。此时此刻的

他，仿佛置身于一片茫茫之中。方芳的疑问，摧毁了他保护自己的那层薄膜，令他必须重新审视自己，关于责任、爱情以及未来。🔲

31

望到尽头的未来

1···

当方芳如同鬼子进村一般敲响肖亦凡家的房门时，肖亦凡和夏小雪两人已经躺在床上准备睡了。

方芳暴风雨般的敲门声，伴随着鬼哭狼嚎，结结实实地把两人都吓了一跳。

夏小雪听出是方芳，衣服都没披，就小跑出去开门。

门刚一打开，方芳"呼啦"一下扑到夏小雪身上，鬼哭狼嚎升级成暴风骤雨。

肖亦凡穿好衣服揉着眼睛出来，看到方芳的这个阵势，知道能把方芳搞崩溃的，也就只有郭阳了。这已经不是第一回，所以他也懒得问什么，先窝心地给她倒了杯温水，继而主动乖乖地拿了被子和枕头到沙发上铺好，把卧室让给了两人。

两姐妹在卧室里痛陈革命家史，肖亦凡躺在沙发上充耳不闻。

临近睡眠边界的时候，他忽然想到了点儿什么，摸黑摸索到手机，打了个电话给郭阳，告诉他方芳在这里，让郭阳放心。还没等郭阳跟他抱怨，他就把电话挂了。此时此刻，在肖亦凡的世界里，他不关心别人的八卦，他只知道他明天要上班，他需要八个小时充足的睡眠。

卧室里，方芳的哭泣，经历了从悲痛欲绝到欲哭无泪之后，终于给夏小雪完整地讲述了事情始末。

夏小雪拍拍她的肩膀。这种时候，总要劝和不劝分："你要理解郭阳，男人间的感情，很难解释的。你想想，要是我去找你，郭阳不同意，你会把钱给我吗？"

"那不是一个概念！"

"姐姐，你别跟我这要性子嘛……解决不了问题嘛。"

"你身为我娘家人还这么对我……"方芳眼圈又一红，眼泪又要落下来。

"好好好。"夏小雪连忙哄，"郭阳是个大坏蛋，全都是他不对，应该让他跪着绕四环走一圈！"

"要从长安街跪完四环！"

"行，绕地球一周，行了吧？"

"那对我也没什么好处……"方芳不知道想到了什么，又要抹眼泪。

夏小雪赶紧递纸巾上去："方芳姐，看在我未来宝宝的份儿上，咱能不哭了吗？书上说了，怀孕期间外界的一切行为都会对胎儿造成影响的。"

这招俨然比较好用，方芳硬生生把眼泪给吞了回去。

"我深夜离家出走，他也不带追的，有这样的吗？万一遇到个流氓什么的，让他后悔一辈子！"

"嗯，流氓也会为自己深夜出门后悔一辈子的。"夏小雪逗方芳。

"去你的！"方芳终于被逗笑了，"我看他是真的一点都不担心。"

"他是对你太了解了，知道你只会来我这儿，还有什么不放心的。"

"小雪，其实我现在冷静下来想想，说白了，钱的事儿，充其量也就是一导火索。我跟郭阳之间的感情，真的是越来越淡了。以前上学的时候一切都挺好的，可现在，我觉得，他可能真的不是我要的那个人。"方芳一字一句地说，认真得前所未有，"我一次次地催眠自己，眼里只有好处，却看不到未来，小雪，你知道，女人美好的年龄也就那么几年，一步错，就步步错。"

"可郭阳是个好人啊，他也爱你，这个你难道感觉不到吗？"

"我知道他是个好人，我也知道他爱我。可好人，跟我要的人和适合我的人，是两码事儿。我要的是安全感，一眼可以望到尽头的未来。我不是没有给他时间，可我给得越多，就越恐惧。就像赌博一样，我越押越大，总怕有一天两手空空，一无所有。"

夏小雪叹口气，再也不知道说什么好，只能握住方芳的手，以示懂得。

"不说这个了。"方芳长舒一口气，"顺其自然吧。对了，我告诉你，夏天说不定还会来拉亦凡入伙的。虽说大家都是朋友，可是我真不相信夏天有什么赚钱的能力，你可要把家里的钱看牢。"

"这……那样好吗？"

"有什么好不好的，你们一分钱都要掰成两半儿花的。要投资，那也是得有闲钱啊，你们俩现在是有闲钱的主吗？"

"是这样没错。"夏小雪一脸难色，"可亦凡的性子，你知道的……"

"他性子那样，你也不能由着他。今时不同往日，要是就你们两人，怎么折腾都无所谓，可别忘记现在你肚子里有个宝宝呢。"

"嗯，那我留个心。"

"你要留很多个心！"

"嗯，谨遵方芳姐谕旨。"

方芳发自内心地笑起来："好了，不早了，我明天还得上班呢。上班族的悲哀哪，无论前一天怎么闹腾，第二天一早，都得洗心革面地去上班。明天可是周六啊，唉。"

"别抱怨啦，总会好起来的，大家还不都是这样，亦凡也要加班呢。"

两个人脱了衣服睡下，关了灯，方芳在夏小雪耳边，轻声地说道："小雪，有你真好。"

小雪微微笑："别抢我台词。"

而后，像在学校时无数次深夜卧谈后一样，她们睡了过去。

只有方芳知道，有些事情，终究要不一样了。

2…

第二天一早，夏小雪起得比另外两个人都早，做好两份早餐，到差不多的时间，才叫了两个人起床。

两个人简单梳洗过后，各自带上一份早餐出门上班，绝口不提昨晚发生的事情。

清晨的阳光总是有这样的魔力，无论前一天发生了什么，当你沐浴在新一天的阳光之中，你就会觉得，昨天的一切，也许都不值一提。

夏小雪送走了两人，拿上环保袋，穿上厚羽绒服，也跟着出了门。她要去附近的早市，那里的菜，便宜又新鲜。

驾轻就熟地穿梭在早市，夏小雪收获颇丰。当她提着丰厚的战利品回到楼下，却看到恰好也刚走到楼门口的夏天。

夏天看到小雪明显一愣，开口问道："啊，小雪，亦凡不在吗？今天不是周六吗？"

夏小雪的心当即提了一提，没想到夏天真的会来，还来得这么快。但她很快调整好自己，把菜递给夏天，笑着回答："他今天加班。"

"天，什么鬼公司，今天还要加班，他不在那我就撤了。"

"你找他什么事儿啊？"

"嗨，没什么事儿。"夏天转身要走。

"等等。"夏小雪知道夏天此行的目的，她决定替肖亦凡挡掉夏天，"既然来了，那就上来坐坐呗。"

"……也好。"本着贼不走空的态度，夏天决定从夏小雪入手。

进了门，把东西放到厨房，夏小雪探头出来问："夏天，早饭吃了没？没吃的话我给你做。"

夏天一脸的笑："嘿，你别说，我还真没吃。"

"那我给你做，你先在客厅看会儿电视。"

"小雪你真是太贤惠了，模范太太。"

夏小雪笑笑，并未搭腔，安静地在厨房做早餐。

夏天有备而来，哪儿看得下去电视，百无聊赖地把每个频道调了一遍，他终于按捺不住，拿着遥控器走到厨房门口。

"小雪，你平常在家都干吗啊？"

"没事儿干啊，也就看看电视，做做饭，打扫下房间什么的。家庭主妇的日子嘛，'呼啦'一声，一天就过去了。"

"平平淡淡才是真嘛，你平常看新闻不？"

"新闻？偶尔看看吧。"

"那你听过一首歌吧，叫《春天的故事》……"

夏天故伎重演，套了一遍在夏小雪身上，夏小雪安静地听夏天口若悬河，早餐也做好了。

她把早餐递给夏天，微笑地看着他，缓缓说道："夏天，我们家情况你也看到了，虽然说不上是一贫如洗，可是经济状况也并不好。宝宝一出生，哪里都需要钱，实在是没有这个钱去搞投资。"

"啊……小雪，你别误会，我没别的意思。就觉得是个好机会，有钱大家一起赚嘛。"

"那我替亦凡谢谢你了，你的好意我们心领了。"

夏天碰了软钉子，也就不再多说什么，飞速地吃完早餐，随便找了个借口，一溜烟似的跑了。

3…

但是，知名的气馁王夏天，这一次却前所未有地，在困难面前没有退缩。

一走出楼门，夏天便打电话给肖亦凡，约他下班后喝酒，肖亦凡自然答应了。

酒过三巡，夏天天花乱坠地讲了资本运作的事情，一心想要成功，又相信兄弟的肖亦凡自然被洗脑成功，瞬间迸发的热情几乎要点燃整个小酒馆，恨不得明天就跟夏天一起去到广西，把有限的生命投身到无限的资本运作之中去。

一回到家，玄关脱鞋的当儿，肖亦凡就迫不及待地问夏小雪："小雪，家里还有多少钱？"

夏小雪暗叫不妙，肖亦凡这么问，他下班干吗去了，她也猜了个大概，于是含糊回答道："能有多少钱啊，你每个月赚多少，你能不知道吗？"

"宝贝儿，我告诉你，我们很快就要发财了，夏天告诉了我一个特别好的项目……"

"我知道，夏天跟我说过了。"夏小雪打断肖亦凡。

"你知道了？怎么样，是不是觉得不错？我觉得这是咱们的机会。"肖亦凡换好鞋，走到夏小雪身边坐下，揽住她，想要通过亲昵的身体语言突破夏小雪的第一道防线，让夏小雪乖乖就范。

"你知道昨天方芳为什么跟郭阳吵架？"夏小雪俨然并不吃这套。

"不知道啊，怎么了？不会是为了这事儿吧？"

"就是为了这事儿。"

"那我觉得这就是方芳的不对了，我们家小雪应该没有这么不通情理吧。"肖亦凡妄图用糖衣炮弹进行第二波进攻。

"我通情理，可咱们也要具体情况具体分析。如果我们家是方芳他们的状况，我肯定也支持你的。可现在，我们不是有宝宝吗……你知道，宝宝一出生，就是一大笔钱。亦凡，我们没有闲钱拿去投资什么项目的。"第二波攻势在无敌主妇夏小雪面前也宣告无效。

"小雪，我告诉你，夏天说了，这个项目回本很快的，最多也就一个月，我们的钱就会回本。"

"那是夏天说的，没有天上掉馅饼的事儿，这个道理你难道不明白吗？"

"好，退一万步说，这项目可能没那么靠谱，可夏天开口了，为了哥们儿义气，为了夏天难得这么上进，我也得帮他。"

"我不是不要你帮他，只是，我们也要有限度地帮啊，总不能为了义气，连你老婆孩子都不要了吧。他们那个项目，最低入一股，不是一千出头吗？我们就先入一股表示一下。等宝宝出生了，我能工作了，咱们的经济宽裕点儿了，咱们再加码，可以吗？"

"一股？"肖亦凡夸张地叫起来，"我可说不出口，太丢面子了。我今天答应夏天，最少也要入个三十股的。"

"三十股！"夏小雪几乎要蹦起来，"你知道我们一共才多少存款，你就夸下这个海口？你为了面子也不能不顾将来的宝宝，这样也太自私了！"

"自私？我每天这么辛苦地工作，我自私？"喝了酒的肖亦凡有点儿动气。

"亦凡，我不是那意思，只是，我们做事总要从长远看，不能孩子气地想干吗干吗啊！"

"得，敢情我做了这么多，在你眼里就是个顾头不顾尾还孩子气的人是吧？"看夏小雪想解释，肖亦凡粗暴地打断了她，"别说了！就这样吧，我累了。"

说罢，肖亦凡澡也不洗，气冲冲地冲进卧室，把衣服乱丢一气，躺在床上侧身而睡，只留夏小雪一个人，在客厅，默默地生着闷气。

过了一会儿，夏小雪低眉顺眼地进入卧室，看到肖亦凡躺成一个"大"字，压根儿没留空间给她。

她轻微地叹口气，知道在酒精的作用下，肖亦凡的孩子气也给激发了。

她默默地从柜子里拿了别的被子出来，安静地去客厅的沙发睡，却几乎一夜无眠。卧室的肖亦凡，倒是鼾声大作，睡得不亦乐乎。**世界**

32

跨越千山和万水

1···

第二天一早，肖亦凡起床后，在床上发了大概一分钟的呆，回忆了一下昨天酒过三巡之后自己的整体表现，略有些不好意思，但更多的，却是愤慨。

自己身为这个家庭的大家长，唯一的收入来源，顶天立地的男子汉，比雪莲花还珍贵那么一点的经济增长点，为何不能当家做主，说一不二。

他穿好衣服去浴室洗漱时，夏小雪在默默地拖地。等他洗漱完毕，夏小雪转移阵地，默默地打扫卧室。

他穿鞋准备出门，看到桌上放着的早餐，那份不好意思，霎时增添了一点，但并未盖过因不能当家做主而引发的愤慨。

所以他沉默着，带着满身的愤慨踏上了上班路。

当门"砰"一声关上，夏小雪停下了手中忙碌的抹布。她心中有气，所以拒绝同肖亦凡交流，但也不能就这样坐以待毙。

她拿起环保袋速速赶赴了菜市场。一番采购之后，她回到家中打给夏天，邀他中午来家中吃饭，"顺便"谈谈投资的事情。

夏天以为肖亦凡做通了夏小雪的工作，恨不得立即插翅飞到天通苑，所以十二点不到，当夏小雪还在厨房忙着煲汤的时候，夏天就敲响了门。

"夏天是吧，门没锁。"火上坐着锅的夏小雪分身乏术，在厨房利用高分贝企图穿过墙壁直达夏天的耳膜。

夏天听到了，伸手开了门，把买来送给小雪的几罐鸡精顺手放到玄关，大摇大摆地走进屋，先跟厨房的夏小雪打了个招呼。

"小雪，我就是来吃个便饭，你这么麻烦干吗。"

"哪儿麻烦了，我平常自己在家也没人陪我吃饭，你来了，我也改善一下生活。"夏小雪忙着把最后一味调料放入砂锅中，在围裙上擦着手走出来招呼夏天，"赶紧坐啊。"

夏天正要往沙发走，夏小雪却引他到了餐桌："哎，菜都好了，就差一个汤了，半小时左右就能好，咱们先吃着，最后喝汤。"

"小雪，有你的啊！还能再贤惠点儿吗！"

"先别急着夸，先尝尝合不合你胃口吧。亦凡是山东人，口味重，我做习惯了，你看会不会太咸。"夏小雪夹一块可乐鸡翅给夏天。

"我尝尝。"夏天吃一口，立即竖起了大拇指："小雪，我看肖亦凡这辈子最正确的事儿就是娶了你。"

"夏天，几日不见，你真是越来越会说了。你先吃，吃饱了我们再谈点儿别的。"

一听到"别的"，夏天眼前一亮，立即把筷子往边上一放："别啊，咱们先谈'别的'再吃饭，我夏天可跟以前不一样了，做事儿能分得清主次了。"

"那什么，还是先吃吧，我怕你待会儿吃不下。"

"怎么可能！这么好吃的菜，哪能吃不下。"夏天没听出小雪话里的玄机。

"那好，我就说说关于你那投资的事儿……"夏小雪叹口气，"夏天，咱们算是朋友吧？"

"这……当然啊，小雪你怎么问这么见外的问题哪。"夏天心里有一丝不好的预感，"关于这个投资吧，我想我要跟你具体说说……"

"你先听我说成吗？"夏小雪打断夏天，"我知道你是为了我们家好，希望有钱大家赚，可是，夏天，我昨天已经跟你说得够清楚了，我们家没有这个闲钱去投资。可是，你又去找亦凡，亦凡回来又跟我发脾气……"

"啊？亦凡回来发脾气了？"夏天一脸不知是真是假的惊愕，"这可不好，我得说说他……"

"这个不是重点，重点是，夏天，你找他们来跟你合作投资，本来是好事。可现在，方芳和郭阳闹翻了，亦凡跟我也这样。你知道，我现在还怀着孕，不能生气……"夏小雪说着说着，悲从中来，眼泪眼瞅着就要落下来。

夏天一看夏小雪哭了，这才慌了神，赶紧顺手扯几张纸巾递过去："小雪，你别哭啊，咱们有事儿说事儿……"

"夏天，你想想过去上学的时候，我帮了你们三个人不少忙。"夏小雪擦一擦脸上的泪，"现在就当我求你，别拉着肖亦凡做这个了成吗？等生了宝宝，我能出去工作了，我们的收入稳定了，你们想怎么投资怎么投资，我绝对支持。现在这样的非常时期，又是宝宝，又是金融海啸的，我就想本本分分地过……"

看着又要哭出声来的夏小雪，又提及过往，夏天怎能不动恻隐之心，终于松了口。

"唉，小雪，我叫亦凡一起来做这个项目，真是好心。"

"那我就不说得那么明白了，当你答应了，好吗？"夏小雪举杯，"我以茶代酒，我们干了这杯。"

"好！"夏天把面前夏小雪斟好的啤酒一饮而尽，站起身来，"那个……小雪，我忽然想起来我还有点事情，我得先撤了。"

夏小雪也站起身来："那成，夏天，希望你别介意。"

"哪儿的话，都是朋友。"说罢，夏天匆匆地离开了。夏小雪叹口气，眼神扫到门口的那几罐鸡精上，忽然有些忐忑，不知道自己这样做，是对是错。

2···

从夏小雪家出来，被风一吹，方才在窘迫之中落荒而逃的夏天清醒了一点，忽然有些生气。

这本来是他跟肖亦凡之间的事情，夏小雪出来多什么事。

可既然答应了夏小雪，他就说到做到。

于是他趁着气，立即拨电话给肖亦凡。

"喂……夏天啊……"肖亦凡有点儿忐忑，想着昨天拍着胸脯夸下海口的他，该如何跟兄弟解释。

"我刚从你家里出来，小雪约我吃午饭。"

"啊？她约你吃饭？"肖亦凡有点儿蒙，很快地，他有了一丝不好的预感。

夏天在电话里把刚刚的场景如数叙述了一遍，随即口气中不无酸涩地说道："亦凡，哥们儿拉你入伙，真是特别单纯地想大家能一起过好日子，没想到惹你跟小雪吵架了，真是对不住你了。这事儿我觉得就先到这儿吧。要是事儿成了，哥们儿真的赚钱了，回到北京来，肯定也忘不了你。你现在就好好照顾好小雪，我还等着当干爹呢。"

夏天这一席话说得肖亦凡无言以对，他尴尬地讲了几句不痛不痒的话，夏天说自己晚上就要去北海了，得赶紧回家收拾行李，匆匆挂掉了电话。

肖亦凡放下电话，看看手头的一堆事情，一股怨气忽然顶上他的喉头。

他觉得夏小雪实在是太多事了，敢情他在这个家里，一点儿发言权都没有。

细想一下夏天说的项目，一夜暴富的神话让他有些昏头。

当即，他做了一个特别任性的决定——去北海看看。

肖亦凡是那种人，想到便做，不顾后果。

他先是请休了三天的补假，继而打电话给夏天，坚持要跟他一起去北海看看。夏天也赌着一口气，几番推脱之后，自然也就同意了。

飞机七点钟起飞，肖亦凡下班之后直奔机场，登机了，才发了条短信给夏小雪，以示交代，也带着点示威的意思。

夏小雪正在家中做饭，看到短信，立即打电话过去，他却已经关了机。

她自我安慰，以为是肖亦凡气不过她单独找夏天的事情，发条短信吓唬吓唬她，可电话打到肖亦凡公司，知道他请了三天的补假，她才明白肖亦凡不是闹着玩的。

但她能有什么办法，除了等，她只能上网去查查夏天所说的那个所谓的"项目"。

知己知彼，百战不殆。

但这一查，她却查出了一身冷汗。

这一夜暴富的神话，简直就是潘多拉魔盒，看到那些活生生的家破人亡的例子，夏小雪一夜无眠。

天亮之时，她做了一个很牛×的决定，就是追去北海，把肖亦凡揪回来。

她当即订了最早一班到广西北海的机票，上了飞机，才发了条短信给肖亦凡，说，既然他这么铁了心地要搞这个项目，那么她也过来看看。

3⋯

肖亦凡一下飞机，就遭遇了夏天的"同仁们"春天般温暖的招待，他们连夜带他四处参观豪宅名车，动之以情晓之以理，近乎癫狂地向他灌输"资本运作好，资本运作是个宝，只有资本运作才能救中国"的先进革命理念。

一轮狂风骤雨般的洗礼过后，肖亦凡被弄得心中激情万丈，恨不得当即写血书明志。

一个男人在梦幻般的事业面前，自然会把儿女私情抛诸脑后。他丝毫没有理会在北京的夏小雪，为何面对他的失踪，不闻不问。

凌晨三点多，众人都累了，鸟兽散。

夏天同肖亦凡睡在"组织"提供的简陋宿舍里，潮湿且杂乱，但是，他们并不在乎。

在梦想面前，这点儿苦算什么。

肖亦凡想，而后踏实地睡了过去。

临近中午时分，他的美梦被手机吵醒。

他迷迷糊糊地接起来，听筒里传来夏小雪冷静的声音："喂，亦凡吗？我现在在北海机场了，你方便的话，来接我一下？"

肖亦凡瞬间醒了，冷汗浮了一身，脑袋有些蒙地挂掉电话，眼前仿佛看到夏小雪化身一头豹子俯身冲向他的景象，情不自禁地抖了一抖。

这时他才发现，自诩对夏小雪无比了解的他，其实连冰山一角都未发现，夏小雪的骨子里，竟然有这么死缠烂打的基因。

但他不知道的是，温柔的夏小雪，只是在他肖亦凡面前，才会如此奋不顾身。

在广西略带潮湿的炎热空气中，肖亦凡穿越机场茫茫的人群，一眼就见到了小腹已经明显隆起的夏小雪。长途的飞行，让她一脸难掩的疲惫。

本来他是带着气到机场的，出租车上，他酝酿了很多遍"机场训妻"的狗血场景。

可见到夏小雪的那一刹那，所有的狗血都还给了狗，他愧疚起来。

当初口口声声地要给她幸福，而现在，他只看到这个女人的脸上，是满满的疲惫。

夏小雪看到意气风发略略呆傻的肖亦凡，一下子就笑了，吊着的心，终于安全地回到了胸腔。

肖亦凡本以为夏小雪见到他，就算不扑上来大骂，也要磅礴地落一会儿泪。面对她突如其来的笑容，他忽然有些不知所措。

他硬着头皮迎上前去，夏小雪默默地把手中并没有多沉的包递过去。

"哎……小雪，你怎么想一出是一出。"肖亦凡语气有些生涩。

夏小雪却一笑："我这不是跟上你的步伐吗？"

"你来这里干吗……我就是过来看看，几天就回去了。"肖亦凡听出了她的话里有话。

"夏天不是说这里很好吗？那我也就一起过来看看呗。咱们也没度过蜜月，这次就当度蜜月了，也让肚子里的宝宝见见世面。"夏小雪轻柔地拍拍肚子。

"你以后做什么事儿总要跟我商量一下……"

"嗯，肯定的，我错了。"夏小雪滴水不漏地主动认错，却像一个巴掌打在肖亦凡脸上，让他清醒了大半。

"咱们这是去哪儿啊？"步出机场大厅，夏小雪问道。

这个问题难倒了肖亦凡。是啊，去哪里，难道带去见夏天吗？见到夏天，那该有多尴尬啊。可不带去夏天那里，自己在这里也是个外来客，总不能真的带小雪去景点逛吧，她毕竟是个孕妇……

"亦凡，我有点儿累了，不然咱们先找个凉快的地方喝杯东西，休息一下？"

"好，没问题。"这个提议，让左右为难的肖亦凡精神一振，仿佛抓到了一根救命稻草。

4···

在机场附近的一家小咖啡店里坐下来，两人点了喝的东西，一时相对无言。

一整晚，夏小雪系统地研究了这个所谓"资本运作"的流程。她明白，直接劝肖亦凡，只能引起他的反叛心理，适得其反。肖亦凡不经她允许，跑来这里，就是例子。

所以她决定动之以情，完全放弃晓之以理。

"亦凡，我们认识几年了？"夏小雪喝一口奶茶，眼睛望向窗外，北海的景色很美，微风缓缓，绿树成荫。

"啊？干吗问这个。"肖亦凡一愣，不知道夏小雪卖的什么药，"四年多，五年不到。"

"是啊……一晃就五年了呢。"夏小雪的语气有些伤感。

"小雪。"肖亦凡想要解释,"你知道这个项目……"

"咱们先别提项目的事情好吗?"夏小雪看着肖亦凡的眼睛,那眼神,几乎是恳求。

"好。"肖亦凡软下来。

"亦凡,我其实真的不在乎你有多少钱,钱带不来幸福,我想你比谁都清楚这一点。"夏小雪望向肖亦反的眼睛,"你想要赚钱,这个我理解,可你赚钱是为了什么呢?"

"为了你能幸福,为了咱们的宝宝能有更好的生活。"肖亦凡这句话字字铿锵。

夏小雪笑了,笑得很幸福:"亦凡,如果我说,我现在就很幸福,你信吗?"

"我信,可是……"

"亦凡,从我们认识到现在,我没求过你任何的事情。可是这次,我想求你,放弃这个机会,跟我回北京。也许这个要求听起来真的很自私,可是,我忍不住要这么做。我求求你,不要带走我现在的幸福,我就是那种只要一点点的人。看到你现在努力地去给我好的生活,给我更多,我很感动。可是,现在的我,真的不需要这些。我想要的,就是平平淡淡的日子,没有大起,也不会有大落。"

"我……"

"我知道你为了我放弃了很多,能再为我放弃一回吗?我答应你,等宝宝生下来,我们的生活上了正轨,你做什么,我都陪着你一起,好吗?"夏小雪说着,眼眶红起来。

夏小雪已然把话都说尽了。

肖亦凡是那种吃软不吃硬的人,要是夏小雪对他大闹,相反地会把他逼得不回头,但夏小雪祭出温柔牌,他瞬间就输了。

跟大部分所谓的硬汉一样,肖亦凡这种人,永远不会死在剑下,只会陷在温柔中,寸步难行。

短暂的沉默后,肖亦凡伸手过去,擦掉夏小雪眼眶里充盈的泪。

"我说过不再让你哭的。"

夏小雪破涕为笑，她知道，肖亦凡会跟他回北京了。世界

33

赢了你输了世界

1…

从北海回来后，肖亦凡和夏小雪的关系变得有些奇怪。

两个人和和睦睦，举案齐眉，客气得甚至有些过了分。

对不起、谢谢你、你好、再见，成了他们生活里的常用语。

肖亦凡这边，因为夏小雪的千里寻夫确实有些不快。

他们那日立即折返北京，他简单地发了条短信给夏天解释。虽说夏天机敏地没有再打电话来，肖亦凡也没有主动联系他，但内心深处，肖亦凡其实对夏天这个哥们儿有所亏欠。

夏小雪这边，肖亦凡那日先斩后奏的不告而别，说没有在她心里留下丝丝伤痕是假的。

一个已婚的女人，最需要的安全感，瞬间流失掉了大半，她变得忐忑又敏感。

两个人都隐约觉得现在的关系有问题，可是，日子表面过得好好的，他们也就闭上眼，装着看不见。

公司要续签某个客户的广告合同，责任落到了陆露头上，有个同事家里临时有事，陆露便只带了肖亦凡赴会。

"八号公馆"里，桌上已经有了两个芝华士的空瓶子，两个四十岁左右的客户，玩儿得不亦乐乎，再次要酒，明显没有要点到即止的样子，陆露只得招手叫服务生进来，又点了两瓶黑方。

一个客户在跟陆露玩儿"两只小蜜蜂"，手不知不觉间就搭到了陆露的肩膀上，陆露明显地皱皱眉头，却依旧赔着笑脸，并未拒绝。

　　肖亦凡则在一旁小蜜蜂一般赔着笑脸勤劳地斟酒。

　　"方总，您太厉害了，我玩儿不过您。"陆露明显地输给客户几轮，喝下三杯几乎是纯的黑方后，主动讨饶。

　　"方总，我陪您喝。"肖亦凡看不过去，主动请缨。

　　"陆小姐真是年轻有为啊……"被称作方总的男子主动忽略了肖亦凡的存在，暧昧地拍拍陆露的手，"长得也这么漂亮……"

　　"您太客气了方总。"陆露冲方总一笑，媚态十足，"我是个实在人，有什么说什么，贵公司新一年的广告合同又到了续签的时候了。"

　　方总狡黠地一笑："这个……我想你也知道的，最近也是有很多公司在联系我们……"

　　陆露从手包里拿出一个厚厚的信封，塞入对方怀中："方总，贵公司一直跟我们公司合作得很好，而且今年我们公司开出的条件也很优惠了，您就当卖我一个面子嘛。"

　　方总却一下子握住陆露的手，反复摩挲，笑得山花烂漫语重心长状："自然，有陆小姐这样漂亮聪明的经理在，我也是不好意思改签别的公司的……"

　　肖亦凡在一旁见证这一切，几乎看呆，心时刻提到嗓子眼。

　　有那么几个瞬间，他以为陆露随时会翻脸，把酒瓶子抡到这个方总的头上。

　　但是，他错了，陆露从始至终都赔着笑脸，任那个方总大吃豆腐，只是眼神会不时扫过肖亦凡的脸，在他恍惚的刹那。

　　肖亦凡解释不了那眼神的含义，他心里酸涩得很。

　　陆露做这一切，都仿佛是为了惩罚他。

　　她的笑声，如同把把尖刀，准确无误地次次刺入他心中的软肋。

　　夜凉如水，今晚的北京，难得有月亮，略带苍凉蛮横地挂在天际。

　　陆露在街边吐得仿佛开天辟地，肖亦凡在一旁关切地轻拍她的背。

　　陆露吐完，忽然一屁股瘫坐在地。肖亦凡上前要扶，却被吐得有些虚脱的她，无力地推开。

　　肖亦凡有些尴尬木然地站在一旁，陆露凄然一笑，眼神迷离，风吹动她的长发，月光映在她的脸上。

　　"你是不是觉得我跟以前不一样了？"陆露的声音带着些自嘲。

肖亦凡没有直面回答这个问题："你没必要这么抛头露面地出来做事的。"

"怎么？你看到我被人吃豆腐，被人灌酒，心有没有略微地动一动？肖亦凡，有没有一丝丝？"陆露恍惚地笑起来，那笑声，单薄地在空气中颤抖，又低下来，"哪怕只有一丝丝也好啊，好让我知道，你没有那么无情……"

肖亦凡的眸光暗下去，他不知道该如何回应，心里翻江倒海般难受。

陆露透过眼中的泪光望向站在自己面前的那个模糊的身影："肖亦凡，你们男人是不是就是喜欢特别平凡的女孩儿，努力奋发又向上的，比如阿信、大长今。而我这样的，你们觉得我什么都有，什么都伤害不了我，所以就能轻易地抛弃我，是吗？所以我现在就证明给你看，我也能变成那种女孩儿，我也可以平凡努力奋发向上，过得像大长今！"

陆露的睫毛膏被泪水晕开，浮在她月光下略显苍白的脸上。她平日里伪装出来的高冷刁蛮，全部分崩离析。此时此刻，她只是一个受了情伤的女孩。

"当时你一声不响就离开了我，你知道我多难过吗？后来我疯了一样满北京找你，找到你的时候，迎面而来的却是你结婚的消息。你结婚那天，我去了咱们第一次约会的咖啡馆，躲在角落偷偷地哭，特别想问你为什么。直到现在我还不肯相信你是个坏人，我总觉得你是有什么事情瞒着我，不让我知道，我总是这么傻的。我进这个公司，不停地整你，我以为那样我会开心一点儿，可是，肖亦凡，我不开心！"

一口气说完这些话，陆露旁若无人地大哭起来，凄厉尖锐，痛彻心扉。

有路人好奇观望，但这两个当事人，已经没什么好在乎的了。

肖亦凡握紧拳头，指甲嵌进肉里，他也不觉得痛。

他不知道自己该怎么做，他好想把陆露拥进怀中，给她安慰。

可是，他什么都做不了，他什么都没有办法做。

此时此刻，他是一个坏男人，他还是夏小雪的丈夫。

他铭记在心，不敢忘，也不能忘。

半晌，他满是懊恼地骂给自己一句脏话。他觉得自己好失败，保护不了任何人："陆露，你别这样。你就当我是一个浑蛋吧！真的。我欠你的，下辈子还。"

陆露摇摇晃晃地站起身来，手扬起来，肖亦凡以为她要给他一耳光，毫不犹豫地闭起了眼睛，内心甚至有些期待这火辣辣的一巴掌能给他带来解脱。

可陆露却一把抱住了他，紧紧地，仿佛怕他会凭空消失。肖亦凡想挣脱，却无力。

"亦凡，我求你了，别离开我好吗，我求你了，求你了……"

陆露一声声的哀求，反复地，重锤一般地击打在肖亦凡的心上。

"亦凡，只要你不离开我，做什么我都肯，我不介意你有老婆，有孩子，如果你想要孩子，我也可以给你生，如果你没时间陪我，我只要跟你一周见一次，好不好？好不好？"

这个曾经高高在上的公主，现在也只是一个女孩子，站在自己喜欢的人面前，求他爱她。

肖亦凡难过得几乎要讲不出话来："陆露，别这样……我不值得……我……"

"这样你还是不要我吗？"

肖亦凡不讲话。

陆露推开他，决绝地盯着肖亦凡的眼睛，肖亦凡无法面对这眼神，低下头来。

陆露再次凄惨地笑起来："好……你不要我……"

说罢，她跌跌撞撞地冲向马路中间，肖亦凡连忙跑过去，一把将陆露扯回来抱在怀中。

一辆出租在两人的身前猛刹住车，发出刺耳的刹车声。

气急败坏的司机已经在车上骂人："不要命了啊，要死死远点儿。"

肖亦凡没有骂回去，只是紧紧地抱住陆露，生怕她再做出什么傻事。

2···

肖亦凡把陆露送回家，双井的天之骄子社区，他熟悉得仿佛闭上眼都可以找到。

他从出租车上把睡着的陆露抱下来，从陆露包里拿出钥匙开门。

玄关处，还是挂着当初他们两个人的照片。

把陆露放到床上，掖好被子，黑暗中，肖亦凡默默地抽完一根烟。

手机铃声响起，是夏小雪的来电。

　　肖亦凡没有接，把烟灭掉，轻轻地出了门。

　　肖亦凡一身疲惫加酒气地回到家中，夏小雪见他这样，询问的话刚到嘴边，又咽了回去。

　　"亦凡，吃了没？晚上煲的汤还有，要不要我盛一碗给你？"

　　"不用了，我先去洗澡……今天太累了。"肖亦凡说着就进了浴室，夏小雪拿过他换下来的衬衣准备去洗。

　　衣服上的香水味道扑面而来，迪奥的"晶采魅惑"。

　　夏小雪比谁都熟悉这个味道，这是陆露一直用的香水，当初在学校，她无数次闻到过这个味道。

　　略略沉思一会儿，夏小雪摇摇头，有些责怪自己的疑神疑鬼，转身干脆地把衣服丢进了洗衣机。

　　等肖亦凡从浴室出来，夏小雪终究没忍住，开口问："今天去哪里了？怎么回来得这么晚啊？"

　　肖亦凡略微有些不自然："啊，去'八号公馆'了。"

　　"哦？很高档的会所啊。"

　　"陪客户去的，不去不成。"

　　"听说里面的小姐挺漂亮的呢。"

　　听到小雪问这个，肖亦凡有些释然地笑了："啊，还成吧。"

　　"那你们叫小姐陪酒没？"

　　"呃……客户叫的嘛。"

　　"好吧好吧，放弃拷问你，我可是很开通的。"

　　"那是那是，小雪，我太累了，先睡了。"

　　"不看会儿电视了？今晚可是……"还没等小雪把"你最喜欢的欧锦赛"说出来，肖亦凡就打断她："不了，我好困。"转身就进了屋。

　　夏小雪动动嘴，有些难过，叹了口气。

　　从北海回来后，她越想搞好两个人的关系，肖亦凡就越躲。

　　夜深了，肖亦凡和夏小雪侧身躺在床上，两个人都在装睡。

　　窗外，不知何时，飘起了雪，鹅毛般的大雪，转瞬就铺了一地。

　　这是北京入冬后的第一场雪，下得这么无声又寂寞。

3···

第二天一觉醒来，因为昨天喝了不少酒，肖亦凡的头有点疼。

扶着脑袋走到客厅，夏小雪就迎上来，递过来一个玻璃杯。

"我一早百度了一下，说宿醉之后喝姜茶最好了，我刚熬了点儿，喝喝看。"

肖亦凡看一眼窗外，这才发现下了雪，拿着姜茶走到窗前，才知道雪有多大。

喝一口热乎乎的姜茶，心里的感动仿佛要漾出来。

肖亦凡，有个人这么对你，你还想要什么呢？他当即下了决心，把昨晚发生的一切，统统从记忆里删除。他一定要对夏小雪好，绝对不能有任何动摇。

因为大雪，肖亦凡虽然带着爱心早餐早了十分钟出门，可还是迟到了。

当他气喘吁吁地刚在座位上坐下，桌上的电话就响了，陆露的声音传来："肖亦凡，你来一下办公室。"

肖亦凡的心一下子提了起来，他知道这次没有平时那么简单，他现在真是宁可被简简单单欢欢畅畅地骂一通。

但转念一想，昨夜的陆露，很可能是被酒精冲昏了头，今天说不定把一切都忘了，于是他带着这点儿侥幸，进了办公室，一上来就承认错误。

"陆总……我错了，今天特殊情况，我追公车摔了一跤，下次再也不会迟到了。"

"啊？没事儿吧？"陆露当即从座位上紧张地站起来，一脸要过来检查的样子，那反应跟他想的有点儿不一样。

"没事儿……雪挺厚的。"

"我看看？摔哪儿了？"陆露真的走了过来。

"不用了陆总，不太好吧。"肖亦凡一脸的惶恐和尴尬。

陆露伸到一半的手缩了回去，有些自嘲地笑了："你是不是觉得我昨晚喝醉了说的那一切，今儿都忘了？我也想忘，可哪儿那么容易。既然话说开了，你也知道我的心意了，那你现在是怎么想的？"

"我……陆总，我没什么想法。"

"别叫我陆总了。"陆露叹口气，"我为我之前对你所做的所有事情道歉，对不起，亦凡。"

"陆……陆总，别这样……"

"我知道你需要时间，那咱们慢慢来成吗？先从朋友做起。"

肖亦凡愣在那里，不知道接什么话，半晌，他缓缓说道："陆露，我结婚了，孩子也……"

"停！这些都不影响咱们做朋友对不对？"

"对是对……"

"那就别说什么了。"陆露使出撒手锏，"就当你欠我的，好不好？"

此招一出，直中肖亦凡死穴，任他肖亦凡再人面兽心又极品，又如何能轻轻松松讲出那个看似简单的"不"字。

4···

夏小雪在家中整理完房间，看看时间，差不多中午了。她拿起环保袋，准备去趟超市，这一场悄无声息的好雪，让她的心情也略微变好了起来。

刚穿好衣服走到门口，门铃就响了起来，开门一看，是方芳。

方芳一进门就小炮弹一般冲上来抱住了夏小雪，笑得花枝乱颤，脸上写满了"问我吧，有好事儿"的潜台词。

"方芳，你劲儿再大点儿，我就给你推倒了，你这么没轻没重，看郭阳还要不要你。"

"我都准备不要他了，还管他要不要我。"方芳放开夏小雪，在玄关脱鞋，提及郭阳，鼻子还略冷哼了一声，"这叫熊抱好吗，换别人我还不抱呢！"

换上拖鞋，方芳看到夏小雪手里的环保袋："怎么，要去超市？"

夏小雪把环保袋放下："你来了我还去什么，看你那一脸迫不及待的样子，不让你说还不得憋死你，又有什么好事儿啊？"

"你这个没良心的小丫头，几日不见，挤兑我的本领见长啊。"方芳笑起来，"怎么着啊你，肖亦凡是不是见天儿冷暴力你啊，看把我们家小雪给憋的，倾诉欲这叫一个旺盛。"

一丝不易被察觉的阴影掠过夏小雪的脸，她犹豫着要不要把肖亦凡去北海的事情告诉方芳，想了想还是算了。

"去你的，我们俩好着呢。"夏小雪说，"好啦，快说啦，就当我求你说好不好。"

方芳笑起来："好消息是关于你的，你帮我们公司做的那几个活儿，市场反响特别不错，现在业内都在打听你呢！"

"真的吗？"夏小雪难掩脸上的喜悦，"会不会有奖金？"

"庸俗！"方芳撇嘴，"你成了家庭妇女之后怎么那么鼠目寸光啊，掉钱眼里了你。"

夏小雪有些不好意思，低头笑起来。

"好啦，奖金没有，但是我帮你把价码提了，现在一个活儿三千，怎么样？是不是要跪下来感激你方芳姐？"

"好好好，我跪。"夏小雪当即作势要跪，方芳赶紧一把扶住，"哎，你们孕妇怎么要不狡诈，要不就这么实心眼儿啊。"

"我就是做个样子，知道你会扶我的。我每天在家闲着没事，就想招对付你呢。"

"哎……女诸葛，你这么闲，快帮我想招对付一个人吧。"一丝红晕浮上方芳的脸，"小雪……我觉得我恋爱了。"

"啊？恋爱？恋什么爱？你跟郭阳……"

"不是郭阳！"方芳打断小雪，"我……好像爱上我们老板了。"

"什么？"夏小雪一时半会有点儿接受不了方芳移情别恋的事情，她一直觉得方芳跟郭阳就算有问题，也是小打小闹，却没想到一眨眼，竟然就没有了回头的余地。

"什么什么啊。"方芳瞪一眼夏小雪，"我以前觉得他对我也有点儿意思，可是最近，我发现他那个人就是那样，对谁都特温柔特好。不知不觉地，我发现自己可能真的爱上他了。哎，我终于有点儿了解你当初暗恋肖亦凡的感觉了，为了他，我都肯去反人类。"

"他是你老板，那年龄会不会很大？"

"三十二，黄金年龄好吗。早就跟你讲过了，什么记性啊你。听说他老婆大前年难产死了，之后就一直单身，真可怜，真是我见犹怜。"

"你别瞎用词儿！"夏小雪站起身来，冲好一杯柚子茶递给方芳，表情变得有点儿严肃："方芳，有些话我不知道该讲不该讲……"

"跟我你有什么不该讲的。"迟缓的方芳没看出夏小雪的不对劲。

"那我可就说了，我觉得你这样对郭阳不公平。也许你是当局者迷，可我觉得郭阳挺爱你的，要再找一个他这样的人，不容易。你不应该就这么判了他死刑，你得给他个机会，不要一下子就让不知根知底的人给骗了。"

"人没骗我，我暗恋好吗。"方芳略微有点儿不高兴。

"那更不应该，你现在还没跟郭阳分手呢，这算什么。"夏小雪还是摇头，"他不跟你分，就是还喜欢你，你就应该跟他好好聊聊，找到问题所在。"

"我觉得没这个必要。"方芳也没了好气。

"那什么事情有必要？"

"夏小雪，你什么意思啊？"方芳一肚子委屈涌上来，变成了怒气，"跟郭阳分，我心里还难受着呢，可不喜欢就是不喜欢，当初让你不喜欢肖亦凡，你肯吗？现在换我了，你倒是打击起来我一套一套的，有你这样的吗！"

说罢，方芳起身就要走，却被夏小雪一把拉住。

"方芳，我不是这意思。"夏小雪连忙安慰，"我也是为了你好，怕你吃亏。"

一句普通的话却让方芳落下泪来，她今天来找夏小雪，报喜讯是假，心里的感情憋不住来找夏小雪倾诉才是真。

"我大老远来找你，一路上心里难受得要死，你怎么这么不体贴人啊。我平常嬉皮笑脸的，可心里脆弱着呢，受不了你这样对我。"

"我错了我错了，你就算去反人类，我也支持你，成了吧。"看方芳这个反应，夏小雪明白郭阳也许真的戏不大了。方芳拿她当初喜欢肖亦凡来类比现在这位，俨然是真的喜欢。她虽然依旧为郭阳和方芳两人的感情惋惜，但情感的天平，瞬间也偏向了方芳。

"我先去做饭，等会儿咱们一边吃一边商量，怎么搞定这个钻石王老五好不？"夏小雪递张纸巾过去，"来，擦擦泪，怎么跟炮仗似的，一点就着。"

方芳接过纸巾来，排山倒海地胡擦一通，终于破涕为笑："去你的吧，你当初提到肖亦凡还不是能三秒钟落泪。"

"往事不要再提！"夏小雪转身往厨房走，"让你好好尝尝我的手艺。"

"不好吃就捅了你！"方芳在她身后大叫，夏小雪笑了。

算了，只要方芳高兴就好，我又凭什么告诉她，哪条路是对的，哪条路是错的呢，我好像连自己的生活都无法掌握。

想到这个，又想到肖亦凡，她有点儿伤感，但已经热起来的锅，适时地阻断了她的胡思乱想。

顺其自然吧，她又想，好好活着才是正经事。■

34

小命运的大玩笑

1 …

夏天轰轰烈烈运作的发财计划，如同许多太过美好的肥皂泡一样，吹得越大，破得也就越快。

所谓的资本运作其实就是传销，夏天举家投进去的钱，包括郭阳的那一部分，全都砸里头了。

夏天一下子颓了，再也直不起身子来。

夏天沮丧地回到北京，整日窝在家里的小房间里，连窗帘都不开，基本是半绝食状态。

他绝望地想，自己这次也许真的就这样完了，兄弟没有了，朋友没有了，钱也没有了，什么都没有了。

他不知道该怎样面对郭阳和肖亦凡，也不知道自己要拿什么来还郭阳的钱，那种巨大的绝望和失落把夏天紧紧包裹起来，让他深陷在一片漫天的黑暗中，遍寻不到哪怕一点点希望的光。

夏天妈看着儿子整天这副德行，心里又着急又难过。她想为儿子做点什么可是却什么也做不了，只有整天看着儿子悄悄抹眼泪，寸步不离地守护着，生怕他想不开做出什么傻事。

最终，无奈之下的夏天妈还是决定打电话给肖亦凡和郭阳，让他们来帮自己劝一下夏天。夏天妈想，能够得到朋友的宽容和谅解，夏天也许能稍稍好过一点。

一接到电话，肖亦凡和郭阳立马一起打车来到夏天家。夏天妈红肿着眼睛给俩人开了门，说起夏天最近的情况，讲得声泪俱下。

"阿姨，您别难过了，一会儿我跟郭阳好好劝劝夏天，您放心吧，夏天会好起来的，相信我们。"肖亦凡拍拍夏天妈的肩膀。

夏天妈妈点点头，抹掉脸上的眼泪，指了指夏天的房间，随即识趣地进了自己的房间。

肖亦凡和郭阳轻轻推开夏天的房门，夏天正平躺在床上，一动不动。屋子里非常凌乱，因为很久没有开窗通风，房间里的味道并不好闻。夏天听见有人进来，但并没有睁开眼睛，肖亦凡和郭阳看着心里难受极了。

肖亦凡大步走到窗前，二话不说"噌"地一下就把窗帘拉开，窗外喜人的阳光照进来，仿佛照亮了整个世界。

肖亦凡觉得还不够，伸手把窗户也打开，北京冬天凛冽的寒风瞬间侵略了夏天的房间。他用手挡着阳光，眯着眼睛，又把被子裹得紧了些，并没有打算起来的意思。

"起床啦，太阳都照到屁股了。"肖亦凡拿膝盖顶了顶床沿。

夏天这才意识到来的人是肖亦凡和郭阳，他有点不相信自己的耳朵，于是睁开眼，努力适应阳光之后，怔怔地看着他们："你们……你们怎么来了？"

"来看看你，整天都找不着你人，就干脆来你家堵你呗。"肖亦凡说。

"夏天，你那些事儿，我们都知道了，你也别觉得内疚什么的，大家都那么多年的朋友了，没事儿的，不怨你。"郭阳坐到床边，拍了拍夏天的肩膀。

郭阳直接切入了主题，夏天的心又难过起来："郭阳，我对不起你跟方芳。"

"没事儿的，你也不想这样不是吗？再说，钱没了可以再赚，人要是颓了，可就真的完了。"

"就是啊，那才几个钱啊，还没当初哥们儿一个月花的多。"肖亦凡撇撇嘴，"你年纪轻轻的，受这点儿挫折就颓了啊？"

"对啊，投资有风险，这事儿是我投资失败，你跟这儿自责什么啊。"郭阳笑，"家里的搓板我已经跪过了，方芳的河东狮吼我也经历了，你还在这儿半死不活的，不是更给哥们儿我添堵嘛。"

"看看人家郭阳的觉悟！夏天，咱们退一万步说，这事儿是你错了，可你整天躺床上顶屁用啊，是不是应该合计合计怎么脚踏实地赚钱还给郭阳呢？人家可是要等着跟方芳结婚的，方芳现在在家里鸡飞狗跳的，你可别坏了他们的好事儿啊。"肖亦凡半开玩笑地说，一方面是想鼓励夏天赶紧站起来重新开始，另一方面也是想顺便提一下郭阳跟方芳的事情，好给夏天提个醒，让他心里有数。

"行，我努力赚钱，我努力赚钱还你，我就是觉得……觉得这次自己特别愚蠢……你们说我怎么那么傻 × 呢……我……"夏天说着，终于还是忍不住崩溃地哭起来，在自己的兄弟面前，在最相信自己的两个人面前，这几天来一直憋在心里的难过、委屈、悲伤跟着眼泪鼻涕，一并跑了出来。

从夏天家出来，郭阳跟肖亦凡各自回了家。

郭阳一开门，方芳正在客厅一边吃苹果一边看电视，垃圾桶里有一只方便面的袋子，俨然没有给郭阳做饭的意思。

郭阳在沙发上坐下，讨好地对方芳笑笑，方芳白了他一眼，并不准备理他。

"我刚才，去夏天那儿了。"郭阳说。

方芳不接话，继续看着电视，"咔嚓咔嚓"地咬着苹果。

"夏天状态挺不好的，不过他说他会努力赚钱，把钱还给我们的。"郭阳继续说。

"哼……"方芳冷笑，"他当初不还说要让你发财的吗，你老人家信得都快得永生了，现在马后炮个什么劲儿。"

"谁都有犯错误的时候，犯了错只要知道改不就行了？别生气了。"郭阳企图能用老道理感化方芳。

"夏天犯错是他的事儿，他可以不再搞传销了。可你犯的错能改吗？你要是真能改你怎么不今天就把钱拿回来啊？"方芳显然不是这个频道的。

"我犯错我这不是承认错误了嘛，再说夏天现在哪有钱啊？"郭阳的语气依旧软成一条泥鳅。

"他没钱，你有吗？郭阳，你自从上班之后有哪个月为你跟我攒下过一分钱？你丢进那个窟窿的，说白了就是你爸妈和我的血汗钱，你这个时候来假慈悲，拿着别人的钱去讲义气，你多牛 × 啊。"方芳说着说着就又火了，把没吃完的苹果扔到了茶几上，"我当初就跟你说了不行，你听了吗？考虑过我的感受吗？你有为我们的未来想过吗？现在钱没有了你不受损失不受影响，话说的那叫一个大义凛然，我倒显得斤斤计较，事儿妈似的。可郭阳，你也不想想我这是为了什么？！"

郭阳一听这话，终于也恼了："方芳，你怎么说话啊这是，我当初不是想帮夏天吗，我也是想，要是真能赚到钱，对你和我也有好处。我不是已经认错了吗？还想怎么着啊你。"

方芳从沙发上站起来，脸上恢复了最初的平静和冷漠。

也许终于到了该摊牌的时候了。她看着郭阳，有些难过。

零零碎碎所有的账，攒了这么久，也应该算算了。

"我们分手吧，我不想再继续下去了。"说完这句话，方芳的心就像第一次做足底按摩时那样，又舒服，又痛。

"我不同意！方芳，你别这样……"郭阳的口气再次软下来。

"郭阳，你应该比谁都清楚，我也不想这样的。"

方芳说完就离开客厅回房间去了，留郭阳一个人呆呆地站在原地，电视的声音很嘈杂，但是郭阳却觉得整个世界都安静了。

2…

周末过后，方芳又开始过着朝九晚五的上班族生活，日复一日，并无新意。

她现在已经熟悉了公司的制度和上司出没的规律，于是在上班时间，她还可以做的就是偷偷跟夏小雪聊QQ。

这日，方芳照旧跟夏小雪聊得热火朝天。她口中的钻石王老五于洋正巧从她身边飘过，他瞟了一眼方芳的电脑屏幕，恰好夏小雪发过来一个闪屏，于洋看到了夏小雪的QQ头像，顿时仿佛被电击了一般，呆住了。

方芳正对着电脑挥舞着鸡爪给夏小雪讲笑话，讲得自己都笑得花枝乱颤，前仰后合的。

只是，她后合的时候，刚好就合到站在她身后发呆的于洋身上。

方芳回头看见于洋，急忙关了聊天窗口，手忙脚乱地站起来解释："于总，那个，那个是那个设计师，就是给咱们设计封面得到好评的那位，叫夏小雪，我刚才跟她谈业务呢，顺便聊了几句。"

以她对公司制度的了解，上班聊QQ是绝对不可以的，这会儿自己却被逮了个正着，只好硬着头皮撒谎，好先保住人，再保住奖金。

于洋点点头，看上去并没有要责怪方芳的意思，或者他根本没有很认真地在听方芳的解释，从头到尾都陷入了一种恍惚的状态。

他转身往办公室走，走了几步又折回来，方芳还站在原地，目送自己的心上人上司离开，又目睹他回来。

"你帮我联系一下，我请夏小雪吃个饭，算是感谢。"于洋说。

"哎，好，好。"方芳压制着心里的狂喜，答应着。

于洋办公室的门一关上，方芳就跟个蚂蚱似的跳起来，拿起手机就往厕所里奔。

进了厕所，小隔间的门一关，她就继续以豹的速度拨通了夏小雪的电话。

夏小雪接起来，还没等说话，方芳就在这边兴奋地嚷嚷开了："喂，小雪，你知道吗，就我们上司，于洋，就我那心上人，要约你吃饭。"

"方芳，你先别这么激动。"夏小雪满脑子莫名其妙，"他为什么要请我吃饭啊？"

"他说要感谢你，感谢你呢！"

"感谢我什么？"夏主妇细想了一圈，觉得自己没什么好被世人感谢的。

"你管他感谢你什么，这些不重要！重要的是，我的机会来了！"

"请我吃饭跟你的机会有什么联系？"夏小雪再次蒙圈儿。

"嗨，你怎么不长脑子啊！"方芳恨不得把夏小雪从话筒里直接揪过来，"等会儿你联系他，就说我跟你是朋友，顺便带我一起，这样我不就可以跟我的心上人单独吃饭了吗！"

"什么单独，不是还有我嘛。"夏小雪逗了方芳一句。

"哎，你到时候就当空气，空气懂吗？"

"行了行了，我知道啦，看你神经的。那你把那人的电话发给我，约好我再给你打电话。"

"哇哈哈，爱死你了小雪，我就知道你是一有血性的女的，拜拜。"

方芳兴奋地挂了电话，却没有立刻离开厕所，而是抱着电话，摇头晃脑地美了足足一分钟才离开。

接到方芳发来的于洋的号码，夏小雪立即打给了于洋。

她知道方芳平时对她也没什么期许，好不容易让自己帮忙一回，她绝对是要万死不辞的。

电话通了，夏小雪礼貌地问："喂，你好，请问是于总吗？"

"嗯，你是？"

"我是夏小雪，跟你们合作过的。"

"哦，夏小姐，你设计的封面我们真的非常满意。"电话那头声音温厚，一听就是好相处的人。

"谢谢，这也是我应该做的。哦，刚才方芳给我打电话说您要约我一起吃饭？"夏小雪切入正题。

"是啊，怎么？夏小姐不方便？"

"方便，只是于总能叫上方芳吗？有她在我会比较自在。我话少，很容易冷场。"夏小雪语气谨慎地提出要求。

对方却笑起来："有方芳那丫头在的确什么场合都能热闹起来。没问题，你什么时候有时间？"

夏小雪没想到这么顺利就完成了任务，心情一下子轻松许多："我什么时候都行，主要是你们平时都忙，于总来定时间吧。"

"那就今天晚上，你看行吗？"

"嗯，可以的。"

"想吃什么？"

"随便，我不挑食，简单点就好。"

"夏小姐是南方人？"

"嗯，对啊。"

"那……晚上七点，'俏江南'吧，夏小姐觉得怎么样？"

"别叫我夏小姐了，听着别扭，你就叫我小雪吧。'俏江南'挺好的，那晚上见，于总。"

"好，小雪，你也别叫我于总了，叫我于洋就成了。"

"好，于洋，晚上见。"

"嗯，晚上见。"

挂了电话，夏小雪马上打给方芳汇报情况。

"怎么样，怎么样？"电话一接通，方芳就焦急地问。

"我办事儿你还不放心啊，搞定了，晚上七点，'俏江南'。"

"呦，我们小雪怎么那么有本事啊。"方芳乐得整个人都要飘起来了："哎，你晚上可别打扮得太好看啊，往平凡了整，千万要把我狠狠地衬托出来。"

"知道啦，为了你，我甘做史上最绿小绿叶。"

"哈哈，等姐姐发了工资，请你吃生猛海鲜。好了，我挂了啊，此刻我觉得我跟希瑞一样充满了力量，哈哈！"

"你这点出息，拜拜。"

3…

夜幕降临，按照方芳怎么平凡怎么打扮的要求，夏小雪随便穿了一套运动套装。

她用厚厚的黑色长款羽绒服把自己整个人，连同微微凸起的肚子一起包裹了进去，头发随意地盘在头上，随手拿一个发夹别上。

装扮完，夏小雪看了一眼镜子里的自己，给予了自己很平凡的肯定，这才迈着有些缓慢的步子出了门。

她到的时候，方芳跟于洋已经在了。远远地看见夏小雪的两个人立即暂停了原本热烈的谈话，向她招手示意。

夏小雪不慌不忙地走过去，能给方芳制造多少机会就制造多少吧，不急不忙地走路，也算是自己仗义的一项。

于洋看见夏小雪，眼神有些蒙，直勾勾地看得夏小雪有些尴尬。

"你好，我是夏小雪。"夏小雪自我介绍，想打破一点尴尬的局面。她有点责怪平时没少说话的方芳，为什么此刻就像一只鹌鹑一样杵在那里，"于总？怎么了？我脸上有什么脏东西吗？"

"哦，你好，我是于洋。对不起，小雪你人像我的一个朋友了，我不是说长相，而是感觉像。"于洋回过神，急忙解释自己的失态。

三人就座，有一搭无一搭地聊着天，席间方芳一直接话，而夏小雪为了给方芳制造机会，同时也为了给宝宝补充营养，一直埋头苦吃，什么也不说。

见夏小雪一直不说话，于洋有些扫兴。他很想跟她说点什么，但是却找不到只有跟她才能聊的话题，终于，他想到一个，装作漫不经心地问道："小雪，你现在有男朋友了吗？"

一直没有加入谈话的夏小雪听见于洋问自己，便停止吃东西，微笑地看着于洋说："我都结婚了，而且于总看不出来我很快就要做妈妈了吗？"

"哦，是吗？看不出来呢。"

于洋有些沮丧，有些吃惊，但很快就把这份沮丧和吃惊埋下，不动声色。

之后依旧是方芳在不停地找话题逗大家开心，夏小雪只是在一旁安静地笑。

吃完饭，于洋买了单，并且跟夏小雪交换了电话号码，自然是以以后合作为名。

"我送你们俩回家吧。"出了饭店门，于洋说。

"不用了，你送方芳吧，我跟你们不顺路，而且也不远，我坐公车回去就行了。"

"有车方便一点，我送你吧。"

"真的不用了，你送方芳回去就行了，她家远。我先赶车去了，你们路上小心啊。"

说完夏小雪急忙跟他们告别，转身飞快地走了。飞快地离开，也算是自己仗义的另一项吧。

看着夏小雪的背影，于洋有些不甘心。他掏出一百块递给方芳说："我想起我还有点事情要处理，不能送你了，你打车回去行吗？到家给我个电话，让我放心。"

看着于洋手里的一百块钱，方芳觉得有点委屈，心里有一百个不愿意，但是有什么办法呢，人家还有事情要做，自己又不是他女朋友也没资格撒娇发脾气，只好点头："那我打车回去，你去忙吧，钱我就不要了，下个月多给我发几个奖金就行。"方芳故作轻松，然后告别了于洋，一个人打车去了。

方芳走后，于洋开着车去追在公车站等车的夏小雪。夏小雪看见于洋的车子停在自己面前，一下子愣住了。

于洋把车窗玻璃摇下来，示意夏小雪上车。

夏小雪看见远处公交车来了，可她不上车，于洋也没有要离开的意思，于是只得上去。

上车之后小雪问："方芳呢？"

"她打车走了。"

沉默了一会儿，夏小雪又说："我经常听方芳讲起你。"

"是吗？都说我什么？"

"说你为人和蔼可亲，一点都没有领导的架子，方芳经常庆幸自己遇到了一个好上司呢。"

于洋笑笑，没说什么，夏小雪继续问："你觉得方芳人怎么样？"

"她啊，她挺好的，有能力，很能干，人也机灵，又开朗，总之跟方芳合作一点都不困难。而且，最重要的是她还帮我找到了你。"于洋说。他不知道自己最后这句话到底是想表达什么，但是他的确觉得，这是最重要的。

"呵呵，于总你过奖了。"夏小雪并没有多想。

就这样，两个人的话匣子打开了，一路上都聊得很是开心。夏小雪觉得方芳没有喜欢错人，于洋就像自己的大哥哥，特别亲切的那种，不过，也仅仅是那样而已。

车子开到夏小雪家楼下，她礼貌地伸手，微笑着说："很高兴认识你，跟你聊天也很愉快。"

于洋认真地看着夏小雪的眼睛，也微笑着伸出手，礼貌地握了她的手一下。

"那我走咯，路上开车小心，再见。"夏小雪开心地下了车，跟于洋道别，转身离开。

看着夏小雪离去的背影，于洋并没有要走的意思。他打开钱包，里面有一张已经旧得发黄的照片，照片上是一个穿着白色棉布裙子的女生，站在海边浅浅地微笑，那干净纯洁单纯的感觉，像极了夏小雪。

于洋的记忆被这张旧照片一下子拉回到了很久之前。那个时候他刚刚大学毕业，跟自己深爱的女友过着幸福的生活。当时太年轻，不懂珍惜，当这个女生顺理成章地成了他的妻子，他却忙于事业，把她忽略在家。

之后，当他经历了一些事情，觉得这个世界跟他想得其实不一样，成长了一点，懂得了一点爱，妻子也怀孕了，他决定要好好待她。

而命运却总是爱跟他开玩笑，在他等待着成为一个爸爸的时间里，一场意外，却夺走了他的一切……

他的故事可以讲得很短，但其实所经历过的时间，很长，只是一切过去，便再也没有细细回味的意义，毕竟只是过往而已。

　　这么多年过去，他唯一懂得的就是，珍惜眼前人。

　　他的思绪，拉近，拉近，最后还是定格在夏小雪身上。他再次看向夏小雪进入的那栋单元楼，尽管早已没有了夏小雪的身影。

35

当自己是个傻瓜

1···

这天下午快下班的时候，肖亦凡被通知去通州联系业务。

当时肖亦凡已经磨刀霍霍准备冲回家吃饭，接到这个通知，虽然心里万分的不愿意，却又无可奈何。

现在陆露不仅不找他的茬还对他呵护有加，可这令他更加小心翼翼，生怕有什么陆露能庇护到他的地方，又让他欠下一份情。

肖亦凡只能重新展开桌子上收拾好的东西，整理好几份谈业务时要用的资料，装进公文包里，带着满肚子的郁闷上了去通州的车，不开心到忘记了打电话通知夏小雪。

到了通州，又是酒局，几个回合下来，肖亦凡被灌得有些蒙。

他努力保持着清醒，不管再怎么醉，都还是要说合同的事儿。

从酒场里出来，肖亦凡几乎已经找不着北了，那客户还算好心，给他在附近的酒店开了个房间，送他躺到床上才离开。

刚躺下一会儿，胃就开始疼。他摇晃着身子，冲进卫生间抱着马桶开始呕吐，胃几乎都要翻出来。

吐完了，肖亦凡瘫坐在地板上，悲凉混着孤独像蚕茧一样把他紧紧缚在里面。他突然很想哭，但身边却连个能给他安慰的人都没有。

想着想着，电话就响了。他迷迷糊糊地接起来，是陆露。本来是想问业务，但是听见肖亦凡开始有些语无伦次，陆露有点着急了："肖亦凡，你现在在哪啊？"

"我现在……现在在……通州……"

"我知道你在通州，通州哪？"

"酒店……"说完，肖亦凡抱着马桶又开始吐，电话被他扔在一边，之后如何，他就再也不知道了。

陆露再也坐不住了，她赶紧打电话给客户，弄清楚肖亦凡的位置，连衣服都没来得及换就开车往通州赶。

等陆露赶到，又跟服务生纠缠了几个回合，终于进去肖亦凡的房间时已经半夜十二点多了。当陆露看见倒在卫生间里，昏昏沉沉地伏在一堆呕吐物中的肖亦凡，一直以来坚强冷漠的面具瞬间变得粉碎。

这个自己曾经那样深爱的人，那样深刻地伤害过自己的人，如今早已经不再是当初那个意气风发的少年。

他现在已为人夫，很快就要为人父，一切早就已经在他跟自己提出分手的那一刻，物是人非了。

陆露叫了几个服务生帮忙把肖亦凡抬上自己的车。她把肖亦凡带回自己家，为他擦干净身体，换了干净的衣服。她坐在沉睡的肖亦凡身边，安静地看着他。

陆露已经不记得有多久没有这样看着肖亦凡了。肖亦凡脸上透出憔悴和消沉，仿佛在提醒她，曾施加给他何种的报复。

她那样深刻地恨过，是因为更早之前，她爱得浓烈，既然曾经爱过，为什么要忘记爱而硬要去恨呢？

可当她决心要面对自己，面对他们的过去，重新正视自己心中汹涌的爱时，她看到的却是一个压力越来越大，时刻想要躲着她的肖亦凡。

联系不到肖亦凡的夏小雪打电话给肖亦凡的各个同事，找不到肖亦凡对她来说就像是丢了整个世界。

打了不下十通电话，终于从办公室的那位"广播站"同事那里问到，肖亦凡被派去了通州联系业务。夏小雪这才松了一口气，可找不到肖亦凡，依旧让夏小雪感觉很沮丧。她突然有种自己要失去肖亦凡的感觉，那种感觉在她的心里挥之不去，使劲地扎她心灵最柔软的部分，让她疼。

夏小雪睡不着，拿着手机倒着看通讯录，希望能找一个说话的人。随着方向键的按动，"于洋"这两个字突然跃入她眼中。她愣了愣神，鬼使神差地，竟然拨了过去。

"喂，你好。"听声音，于洋显然已经睡下了。

"你好，不好意思打扰你了。我是夏小雪。"

"是你啊，怎么了，有什么事情吗？"于洋收起慵懒的声音，体贴地问。

那种口吻让夏小雪的心头一暖，差点流出眼泪来。她努力压了压自己喉中的哭腔："也没什么事情，就是想找个人聊聊天。"

"是不是发生什么事情了，你在哪，要不要我过去？"于洋听出夏小雪的不对劲，问她。

"不用，我在家，我很好，只是……"

"只是什么？到底怎么了？"于洋握着手机，一只手打开床头灯，目光已经开始搜索自己的衣服。

夏小雪对这一切全然不知，继续说道："我丈夫他到现在都还没有回来，我怎么找也找不到他，我着急，但是却不知道该怎么办，只好找个人聊天打发点时间，等他回来。"

听夏小雪这么说，于洋心里好像有什么东西"咕咚"一沉，但他没有说什么，只是安慰她道："没事的，别担心，说不定是手机没有电了，那边可能有事情又刚好走不开。我陪你聊天吧，希望这样能让你不那么难过。"

"谢谢你。"

"嗨，谢我干什么。哎，你给我讲讲你跟你丈夫之间的故事吧。"

夏小雪听着于洋温和的语气，心中又流过一阵感动："嗯……我丈夫，叫肖亦凡，我跟他是大学同学……"

就这样，他们开始了一整夜的聊天，期间，夏小雪给于洋讲了自己跟肖亦凡的一些故事，还有肖亦凡跟陆露的，夏小雪跟方芳的，似乎整个大学时光，都在这个百无聊赖的夜晚被夏小雪讲完了。

直到天已经蒙蒙亮的时候，夏小雪才意识到自己耽误了于洋休息。她急忙道歉："真对不起，都因为我让你连觉都没得睡，耽误你休息了。"

"没事的，我很愿意跟你聊天，跟你聊天比睡觉还能让我有体力呢。"

"有时间我请你吃饭吧，当作是补偿你，也当是谢谢你陪我聊了一整夜。"

"没关系的，要是你愿意，可以现在出来陪我一起吃早饭啊，反正我也没有时间睡觉了。吃完饭，我去上班，你回家好好睡觉，你也一夜没睡了。"

听到于洋的这个建议，夏小雪忽然嗅到了一丝不一般的气息。

可自己把人家当垃圾桶倾诉了一晚上，她也实在没有推脱的理由。

2···

第二天早晨，肖亦凡在陆露的公寓醒来的时候，脑子一片空白。他从床上坐起来，看着周围的环境觉得既熟悉，又陌生。

愣了一会儿，肖亦凡才意识到这是陆露家。有那么一瞬间，他以为过去发生的一切，其实只是个梦，现在梦醒了，他还是那个小少爷肖亦凡。

但很快他明白，这不是一个梦，昨天应该是陆露从通州把他接回来的，他想了想昨天晚上的事情，记忆却已经变得零零碎碎。

他只记得自己被人灌了好多酒，回到酒店的时候就吐了，之后就什么也不记得了。

正琢磨着，陆露穿了一身干净的家居服进来，见肖亦凡醒了，陆露对他说："醒啦？有没有不舒服，我给你冲了醒酒茶，你喝一点，早饭我做好了，赶紧洗脸刷牙来吃饭。"

陆露一边说一边拿了帮肖亦凡洗好的衣服放在床头，一切都做得自然流畅，就像他们当初恋爱的时候那样，仿佛什么事情都没有发生过。

肖亦凡对陆露的表现有点儿受宠若惊，几近惶恐地站起身来，走到角落里迅速穿起了衣服。

"你昨天喝醉了。"

"啊，被客户灌了几杯，呵呵，酒量不行了。"

"亦凡，我有些话想对你说。"

"……你说。"

"你最近压力是不是很大？"

"还好。"肖亦凡没准备跟陆露交心，他只想立刻离开。

"亦凡，如果这份压力里面，有一部分是因为我的话，我跟你道歉，对不起。我只是想告诉你，对于过去，你真的不要有愧疚，我不恨你，一点儿都不。"

"陆露……别这样。"肖亦凡生硬地挤出一个笑，"那个……昨天谢谢你。

我，我先走了。"

说罢，肖亦凡逃也似的离开。面对陆露对自己的原谅，他更加不知道如何是好。

她的脸再次浮现在他的眼前，他这才发觉，这半年来陆露真的瘦了好多。

原来的婴儿肥已经退去，脸上的棱角已经变得些许分明，俨然，陆露再也不是原来的那个小公主般的小女孩了。

从陆露家出来，冷风一吹，肖亦凡突然想起了夏小雪，自己一夜没有回家她肯定急坏了。

他拿出手机想给夏小雪打电话，这才发现手机没电了，于是只好在清晨的大街上好不容易找到了一个公用电话打了过去。

电话响了很多声，根本没人接，这回轮到肖亦凡担心了，一些不好的念头从他的心里汩汩地冒出来。他赶紧摇摇头，让自己不要乱想，接着打电话给方芳，那边方芳起晚了，正一肚子火地准备打车上班去。

"喂，方芳，我肖亦凡，你知道小雪去哪儿了吗？"

"我怎么知道啊。"方芳明显满腹牢骚，"你们小两口是怎么了啊，昨天晚上是夏小雪半夜打电话过来找你，要不是那样我也不会起晚了，这会儿又轮到你找她了，你们俩玩儿归玩儿啊，别把我一起给带进去行不行啊。"

"哦，那行，那你上班吧，不打扰你了。"

"我一会儿还得打车去，我跟你说啊，打车我留着发票你们俩到时候给我报销。"

"好，一路顺风，事业有成啊。"

没等肖亦凡说完，方芳就把电话撂了。方芳在气头上的时候，肖亦凡是从来都不敢怠慢的。可是找不到夏小雪，他始终都放心不下。

他看了看表，自己也得打车去公司了，不然铁定又得扣钱。他站在路边等车，这个时候已经是上班迟到打车的高峰期了，肖亦凡根本打不到车。

正着急着，陆露刚好开车出来。她把车停在肖亦凡身边，示意他上车，怕肖亦凡拒绝，还说："赶紧上车，这边不能停车的，一会儿被开了罚单从你工资里扣啊。"

肖亦凡眼看着上班要迟到了，又要给方芳报销车钱，一会要是还得扣罚单的钱那自己可真是亏大了，无奈，只得乖乖上了车。

只是这一天，是星期五，又是13号，肖亦凡注定要倒霉的。他上车的时候，被坐在出租车上刚好经过的方芳一点不漏地看在眼里。

方芳沉默犹豫了片刻，最终还是以好姐妹不能有所瞒骗的硬道理说服自己，拨通了夏小雪的电话。

夏小雪刚刚跟于洋吃完早饭回来，听见电话响，以为是肖亦凡，赶紧跑过去接。

"喂，小雪，我方芳，你还睡觉呢？"

"是你啊，我一夜没睡呢，肖亦凡一夜都没回来，怎么睡啊？"听见是方芳，小雪有轻微的失望。

"我跟你说个事儿，你可无论如何要坚持住啊。"

"什么大不了的事儿啊，你说。"

"我刚才看见肖亦凡了。"

"真的吗？在哪？"

"在陆露家小区门口，他上了陆露的车。"

"你会不会是看错了？"

"我又不瞎，5.2的视力会看错？笑话。"

夏小雪不说话了，她不知道要说什么，发脾气？但是也不能冲着方芳，装作不在乎？但如果不在乎的话，她的心，为何忽然就加了速。

"不过你也先别乱想，等肖亦凡回家他肯定会跟你解释的。我不跟你说了，上班儿去了，你好好休息吧。"

"嗯……那什么，谢谢你啊方芳。"

"嗨，说这干吗，怪恶心的，挂了啊。"

挂断了电话，夏小雪呆坐在沙发上，想着刚才方芳对她说的话，心里乱糟糟的，没有头绪。

正想着，电话又响了，是肖亦凡。

他回到公司之后，因为不放心，所以又打电话给夏小雪。夏小雪接了电话，听见是肖亦凡便大哭起来，边哭边说："你去哪儿了？我找了你整整一夜，还以为你出事儿了，你怎么也不打个电话回来跟我说一声呢？你不知道我担心吗？”

"对不起，对不起，昨天去通州谈业务，因为谈完已经太晚了，手机又没电了，怕打扰你休息，就没打电话回去。"肖亦凡并没有要完全说实话的意思。

"你不打电话回来跟我说，我怎么可能休息？"夏小雪慢慢停止了抽泣，声音里含着委屈。

"好了好了，别哭了，我以后不这样了啊，你好好休息，应该一夜没睡吧。我先工作了，晚上回去再说吧。"

"嗯，好。"

电话挂断了，夏小雪并没有提关于他彻夜未归的去向。她愿意相信肖亦凡一定会给她一个合理的解释。

关于彻夜未归，关于陆露，关于方芳看到的一切。

3···

下午下班，肖亦凡买了一堆好吃的回家，准备好好表现下厨做顿饭，以表示自己对夏小雪的歉意。

一进门，他就冲着正在厨房忙活的夏小雪喊："老婆，你快洗洗手到沙发上坐着，今天晚上由我来露一手，慰劳孕妇。"

夏小雪从厨房里出来，假装很轻松地冲肖亦凡微笑，然后洗洗手，摘了围裙给肖亦凡戴上。

肖亦凡开始钻进厨房忙活，夏小雪站在厨房门口倚着门框跟他说话。

"你昨天晚上去哪儿了？"夏小雪装作平常地问。

"嗨，昨天我都要下班了，又被硬叫去通州跟客户谈业务，结果正好碰见几个生猛的，没几下就把我给灌得差不多了。"肖亦凡一边忙活，一边说。

"那你昨天晚上睡哪儿了？"

"睡酒店……酒店。"

"就你一个人啊，你同事怎么不跟你一起去？"

"还有一个同事，也被灌了吧，反正我倒下的时候，他好像还站着呢。"

"我有一朋友今天早晨看见你了，说你跟你同事一起。"

"嗯……嗯……我跟我同事一起坐车回来的。"

"男的女的啊？"夏小雪故意坏笑着问。

"男的，当然是男的……"肖亦凡回答得有些心虚。

"哦，这样啊，没事就好，你做饭吧，我去沙发坐着了。"说完，夏小雪离开厨房。她突然很佩服自己，在这个时候还能处变不惊，临危不乱，也没有跟肖亦凡大吵大闹。她不想吵，因为她始终都想让自己相信自己的丈夫。她不知道当她连肖亦凡都不相信的时候，自己还能相信谁。

于是，不动声色，是对自己的相信最好的奖励。当作什么都没有发生，即使委屈，即使难过，也只是她自己一个人的事情罢了。

夏小雪带着这样的委屈和坚强，度过她人生中最疲倦的一天。

第二天早晨她没有起床给肖亦凡做早饭，她也不知道肖亦凡是什么时候出门上班的。那一夜她睡得天昏地暗，醒来的时候已经接近中午。

夏小雪躺在床上看着时钟，她想，自己已经很久没有这样长久地睡过觉了，睡觉的时候，就可以不用难过，也不用开心，不需要任何情绪。

尖锐的电话铃声将她剩余的睡意一扫而空，她拿起电话，是于洋打来的。

"是我。在干吗呢？"

"没干吗，我刚刚睡醒。昨天累了，就多睡了一会儿，你休息得好吗？"

"我身体好，睡一个小时就精神百倍的。中午我有两个小时的时间，一起出来吃饭吧，就当是报答你昨天请我吃早饭。"

"我请你吃早饭那也是因为我打扰了你休息，道歉的。"

"没有，没有打扰我休息，我还聊得挺开心的。"

"好啊，反正我中午也没东西吃。"夏小雪这次答应得很自然。

"那我下班去你楼下接你。"

电话挂断，夏小雪慵懒地从床上坐起来，因为睡得时间太久，她感觉自己的头昏昏沉沉的。用冷水洗了脸，感觉精神好了许多，她随便找了件肥大的衣服换上，然后坐在沙发上等时间一点一点过去。

夏小雪的手放在自己日渐隆起的肚子上，细细地感受着自己肚子里孩子的心跳。她似乎应该想些什么，却又不知到底该想什么。

不到半个小时，于洋就到了。

两个人依然去了俏江南，中午的客人并没有晚上那么多，大厅很安静。

于洋问夏小雪想吃什么，夏小雪只说了个"随便"，就继续看着窗外的人群，不再说话。

于洋看出夏小雪有些不对劲，随便点了几个菜，服务生走开后，他便问道："怎么了，你好像看起来很不开心的样子。"

"没什么，就是觉得心里闷闷的。"

"心里闷就是因为有不开心的事，有不开心的事情就应该说出来，这样会好很多。"

夏小雪听着，眼眶慢慢红了，眼泪忍不住流出来。

看见夏小雪哭，于洋一下子慌了，急忙问："是不是我说错什么了，你不想说就不说，别哭啊。"

"我觉得肖亦凡好像是背着我跟他之前的女朋友在一起了。"夏小雪抹着掉下来的眼泪。

她不知道为什么，于洋总是让她有想掏心掏肺的冲动，她觉得很可悲，现在最能让自己信任的人，已经慢慢不再是肖亦凡了。

"为什么这么想，没有证据，不要乱想，这样会让自己难过的。"

"方芳看见他上了前女友的车子，就在他前女友的小区门口。他整整一夜没回来，也许就是住在那边吧。"

"你也说了是也许啊，别乱猜了，你要相信肖亦凡，毕竟他是你丈夫。"

于洋看着哭泣的夏小雪，心忍不住疼起来。他使劲儿安慰她，希望能让她心里好过一点，似乎这样，自己的心里，也会好过许多。

"我也不知道，我心里很乱。"这是真心话，现在她的心里，仿佛有一万只蚂蚁毫无秩序地乱爬。

"那就什么也别想了，先好好地吃饭再说，如果有什么需要我的地方，不管什么时候，你都可以打电话给我，我 24 小时随叫随到。"

听于洋这么说，夏小雪心中一软，许久没有机会出现的感恩之心突然坐到了她身边。

于是为了回报于洋的善意，那天中午，她决定暂时抛开那些不开心的事情，吃了很多东西。

可是回家之后，那些烦人的事情又重新在她心里作怪。夏小雪依然想不开，只好打电话给方芳。

方芳正趴在办公桌上小憩，懒洋洋地接起电话。

"方芳，是我。"

"知道，说，什么事儿？"

"心里不舒服，想找你聊聊。"

"还在因为那天我跟你说的事儿想不开哪？肖亦凡跟你解释了吗？"

"他跟我撒谎了，没跟我说实话。"

方芳听到这儿，一下子坐直了身子："哟，这问题挺严重的啊，不过小雪，你也别想太多，男人嘛，说不定他有苦衷，你也别怪他。"

夏小雪叹了口气："我今天中午跟于洋一起吃饭了，还是他人好，知道安慰我，体贴人，肖亦凡没回家的那个晚上，也是他陪我聊了一整夜的天。"

听夏小雪这么说，方芳不说话了，虽然是朋友，但是自己喜欢的人对自己的朋友献了过分的殷勤，心里自然不是滋味儿。

可是一根筋的夏小雪并没有听出方芳的不对劲，还在一个劲儿地抱怨，诉苦，历数肖亦凡的不好，自己的辛苦，于洋的好。

方芳终于忍无可忍，大声地指责道："你行了吧夏小雪，别身在福中不知福啊。"

说完就把电话撂了。

吃了瘪的夏小雪才恍然觉察到，自己的话在无形之中给了方芳多大的伤害，同时她也意识到原来方芳对于洋的感情似乎不是小女孩闹着玩的，而是认真的。

可是夏小雪觉得这次自己没有必要主动道歉，方芳现在还有郭阳，如果要跟于洋认真，也要先处理好跟郭阳的感情才行。

至于夏小雪自己这方面，她虽然觉得自己没错，可她还是决定尽可能地疏远于洋，剩下的，就要看方芳自己了。

想完这些，夏小雪决定暂时就此翻过这页，静观其变。

她自嘲地笑笑，站起来，开始收拾房间。

日子总还是要过的，没有什么可以阻止。世界

36

晴天霹雳又一道

1 …

　　这天下午，夏小雪依然尽了所有好太太的职责，为肖亦凡准备了一桌丰盛的晚餐，并且准备以此来向肖亦凡道歉，弥补自己没有做早饭的疏忽。

　　等夏小雪准备好一切的时候，她接到了肖亦凡不回家吃饭的电话。

　　电话里肖亦凡敷衍地说，要跟夏天和郭阳他们吃饭，没再说别的。

　　挂了电话之后夏小雪的心突然拧了起来。她记得曾经她跟肖亦凡一起看过一个小品，讲的是夫妻双方互相用朋友来做挡箭牌闹出的笑话。小品虽然是笑话，但是放在生活里面可就不是了。

　　当时夏小雪还开玩笑说："你以后要是这样，我会毅然拆穿你，然后让你回家跪搓衣板。"可是如今，夏小雪想起当初的情形却一点都笑不出来。

　　此刻，她满脑子都是肖亦凡出轨的画面，让她觉得恶心。

　　然而事实上，肖亦凡这天晚上是真的跟夏天、郭阳一起吃饭去了。

　　这次聚会是肖亦凡发起的，他心里烦，无比烦，自从前天陆露再次跟她表白之后，肖亦凡就没有开心过。

　　三个人围坐在一张斑驳的小桌子边，肖亦凡问起郭阳和夏天的近况。

　　"我跟你们说，我最近是职场得意，情场也得意。我们那个老领导，整天被我巴结得五迷三道的，可能我很快就要被提成主任了。"几杯下肚，郭阳得意地说。

　　"那不错啊，情场怎么个得意法啊？方芳不是一直跟你闹脾气嘛。"肖亦凡说完，又觉得自己这句话可能会伤到夏天，下意识看了夏天一眼。夏天冲肖亦凡笑笑，也紧接着说："是啊，方芳不是一直跟你闹脾气嘛，得意个屁啊。"

"哎，让她闹去吧，两口子吵架还不都是床头打架床尾和，我现在的首要任务是努力赚钱，等存够了，我就给她一个惊喜，到时候她还不哭喊着往我怀里挤啊。"郭阳说。

"什么惊喜啊，先跟我们露个底儿。"肖亦凡拱郭阳。

郭阳压低了声音："那你们可别告诉方芳啊。我准备向方芳求婚。"

"真的？"别说是方芳，连肖亦凡和夏天都觉得惊喜了。在他们看来，郭阳始终都不像是个适合结婚的人，倒是个标准的毫无理财观念的月光族。现在他能有这样的想法，就表示已经有了浪子回头的心。

"嗯，我已经决定了，我以前在理财方面有点不开窍，但是以后我会慢慢改，而且我觉得，现在也是时候跟方芳定下来了。"郭阳认真地说，说得几个人在酒精的作用下都有些感动。

郭阳被两人盯得有点儿不好意思，接着转了话题："夏天，你呢？"

"嗨，我自从从那件事情里活过来之后，家里就整天抱怨我，说我整天无所事事什么的，我现在是能不回家就不回家，在外面能赚一点是一点，哎，生不如死啊。"夏天仰天长啸般地拿起酒杯一饮而尽，肖亦凡和郭阳也端起酒杯跟着一起喝。

他们都抱着喝完这杯还有三杯的态度，使劲喝酒，排解心中的苦闷。

肖亦凡听着两个朋友的快乐与悲伤，心里酸得很。时间过去了，他们无忧无虑的时光也跟着过去了，留下的，只有无尽的感叹。

"哎，光我们说了，你呢，亦凡？"

"哎，其实我这几天挺烦的……"借着酒劲，肖亦凡把前几天去通州，陆露向自己表白的事原原本本说了一遍，"你们说，这些女的怎么就那么难捉摸呢？前段时间还总是给我难堪，这下就变了。"

"你就烦这个啊？"夏天不可思议地问。

"是啊，毕竟现在我已经跟小雪结婚了，我跟陆露，不可能再回到从前了。"肖亦凡说。

"哎，不如你就从了陆露吧，现在不都是有妻子有情人的，多赚。"夏天不正经道。

看肖亦凡脸色不对，郭阳赶紧说："好了，说正经的，这样下去不是办法，不如你跟陆露好好谈谈，你们俩这么拖着不行，总要做个了断。"

"是啊，小雪也不容易，你也别让她再受什么委屈了。"夏天也收起了嬉皮笑脸。

肖亦凡边点头边思考。虽然话说起来轻松，但若真正实施，却是道阻且长。

三个人不再说什么，只是一起喝着酒，沉默着，想着各自的事情。

2…

另一边的夏小雪，一直坐在满桌的饭菜面前，看着它们从热气腾腾到冷得几乎要结冰，都没动筷子。她目光呆滞地看着前方，偶尔有眼泪从眼眶里流出来，她也不擦，等眼泪干了，又再有新的流出来，循环往复。

摸着自己已经明显隆起的腹部，她的眼泪又流出来。

终于，她还是决定，默默承受这一切，毕竟自己还有孩子，孩子现在已经成为她的全部，也是唯一的希望。

当初她决定把孩子留下的时候，她就已经下了决心，愿意为这个孩子付出所有，所以，忍受这一切，又有什么难的呢？

刚刚做了决定，尖锐的电话铃声就打破了屋里的安静。

电话是于洋打来的，夏小雪很想像以前一样跟于洋分享自己现在的心情，自己所难过的，所决定的一切。可是，现在不能，为了方芳，为了她唯一的好姐妹，她只是冷漠地问："有什么事吗？"

"也没什么事，感觉你似乎是一个人在家，很需要找个人陪你聊天，就打电话过来了。"于洋说。

"谢谢，我很好，不需要。"夏小雪继续冷漠地回答。

"你怎么了，发生什么事了？"于洋听出了夏小雪的不对劲儿，忍不住问。

"没什么，你别问了。"

"我怎么可能不问呢，我说过你如果有什么事情我都会陪着你，现在你明明就是不开心，我不可能当成什么都没有发生。"

夏小雪顿了顿，还是按捺不住："那你知不知道，其实方芳很喜欢你。我们是好姐妹，所以我不能跟你走得太近，我不可能因为你而失去方芳，比起你，方芳要重要得多。"

于洋在电话那边沉默了一会儿："其实，我早就看出一点眉目了，小女孩儿，总会冲动一点，过段时间也许就过去了，我也没怎么放在心上，而且，我也有选择的权利不是吗？"

"是啊，你有选择的权利，所以我不会干涉你，但是我同样也有，所以我选择方芳，不选择你，也是可以的对吗？"于洋说到的关于选择的问题，恰好踩中了夏小雪这期间深埋在心中的地雷，"所以请你以后不要打扰我的生活，就算你不选择方芳，也请你跟她一起好好工作吧。还有，请你不要告诉方芳我今天对你说的这些，那样的话，我会很感谢你的。"

"嗯，我知道了，那你好好休息吧。"于洋并没有跟夏小雪计较，只是淡淡地道了晚安，便把电话挂了。

听着电话那头的忙音，夏小雪有略略的后悔，自己的话似乎有点重了。但最终，她还是想，重了好，这样可以让一个人彻底死心，就像如果肖亦凡出轨得再彻底一点，自己也就死心了。

可是想到这里，她又问自己，肖亦凡现在还不算彻底吗？

夏小雪冷笑着擦去又涌上来的眼泪，没有答案。

几天后，方芳正在办公室工作得热火朝天时，接到了夏天的电话，夏天约她一起吃饭，顺便谈谈。

方芳很大方地答应下来，约在自己公司楼下的一家餐厅。

中午，方芳到的时候，夏天已经在那了。

坐定之后，两个人点了简单的食物和饮料，夏天沉默了半晌，首先开口说："方芳，我知道你还生我的气，真的对不起。"

"算了，我没什么好生气的，都过去的事儿了。"方芳一边咬着饮料的吸管，一边看着窗外，对夏天说。

夏天从包里拿出一个信封，递给方芳："这里有三千块钱，我最近一直在努力打工，赚钱还你们，我知道那些钱里面也有你的份，所以先拿这些给你，顺便跟你道歉。"

方芳看着桌子上的信封，想了想，最后还是把它推回给夏天："你还给郭阳吧，毕竟钱是他拿给你的。夏天，我跟你说实话，我当时真的挺生气，但是后来我认真想了想，这事儿不怪你，所以我生气，也不是生你的气。"

"可是事是因我而起的，再说现在你跟郭阳一直这样也不是办法，我心里觉得挺过意不去的。"

"我跟郭阳的事跟你也没关系，如果没有你这事儿，也许还会有别的，你别自责了，以后你好好工作，比什么都强。"

"方芳……"夏天对方芳的一番话有些感动。

"其实我也要谢谢你，是你让我意识到，有些已经过去的事情，早就应该放下了，如果硬是抓着，只会伤害自己。"方芳认真地说。

"我就是希望你跟郭阳能好好在一起，郭阳其实很爱你，慢慢你就会知道的。"夏天并没有听出方芳话里的意思。

"行啦，快点吃东西吧，吃完我好回去上班儿了。"

方芳熟练地转移了话题，两个人不再讨论这个问题，只是一边说着无关痛痒的话，一边吃着午饭。

3···

就在夏天去找方芳道歉的那天，肖亦凡也决定去找陆露，做个了断。

晚上，两个人约在一家以前约会时常去的餐厅。

肖亦凡到的时候，陆露已经等在那里了，看见肖亦凡，她脸上露出难掩的欣喜。肖亦凡突然不知该如何开口。他记得以前约会的时候，陆露总是要迟到至少半个小时。她说，女生就是要这样才能让男生觉得自己重要，不要每次总是提前或者准时去，男生慢慢就会觉得那样是理所当然的。

那个时候肖亦凡对陆露的这些歪理不以为然，可是今天想起来，却觉得难过。似乎现在的陆露，再也不是从前那样。如今，她放下骄傲，放下自尊，放下曾经自己所有荒谬的理论，在这里等他，等他来，等他来自己身边。

肖亦凡原本准备好了一套说辞，在看到陆露的欣喜之后，他瞬间就哑了，什么也说不出来。整顿饭气氛非常尴尬，除了陆露偶尔问几个工作上的问题之外，就再也没有什么话题。

最终，陆露还是忍不住问道："你其实，是想跟我说什么吧？从你一来的时候我就看出你有话想跟我说，你说吧，我想知道。"

"我，我想……我们之间，应该有个了断。我现在已经结婚了，我们不可能再回到过去，你是知道的。"肖亦凡斟酌了许久，终于还是说了出来。

陆露轻轻点点头，放下了手中的餐具："我当然知道。可是，我也不要求你做什么，我只是希望你能偶尔陪在我身边，在我难过的时候，能看见你，就够了。"

肖亦凡无言以对，他不知道要怎么继续说服陆露，也不知道要怎么说服自己。陆露的要求很小，可是，就连这很小的一点，他也做不到。他必须让陆露死心，然后去找属于她自己的幸福，这样对他，对陆露，对夏小雪，才是公平。

肖亦凡沉默着，起身想要离开。

陆露望着肖亦凡的背影，大声对他说："没有关系，我可以等，我无所谓时间，我会一直等。"

肖亦凡愣了一下，但还是继续向前走着。

"肖亦凡。"陆露微微有些颤抖的声音传过来，"你想知道你爸爸的事吗？"

肖亦凡停下脚步，回过头看着陆露："我爸爸怎么了？"

陆露回望肖亦凡，眼前慢慢起了水雾："你爸爸，得了胃癌。"

陆露的声音不大，却犹如一道闪电，一下子就把肖亦凡劈傻在原地。他站在那里，脑子里像是飞进了一整窝的蜜蜂，嗡嗡地响。

跟陆露道别后，失魂落魄的肖亦凡不愿回家，在小区外的公园里坐了很久，抽光了一包烟。

他犹豫着要不要打电话给父亲，一直到最后一根烟抽完，才缓缓拿出手机，拨通了父亲的电话，可听筒里传来的，却是冰冷的机械女声。

他又打到家里，依然没有人接听。肖亦凡只能安慰自己，父亲大概是出去应酬了。他想不到更好的理由，让自己的担心可以减少一些，让自己回家面对夏小雪的时候，不是一副难看的脸色。

回到家，看见一桌子没动的菜，肖亦凡的心又狠狠拧了一下。

见他回来，夏小雪迎过去，一边接过他手里的公文包和外套，一边问："你最近怎么都回来得那么晚，是不是应酬多了？"

夏小雪其实只是想再给肖亦凡一个机会，再给自己一个机会，也给他们两个人的感情一个机会，所以才这样明知故问。

肖亦凡没有解释，只是顺着说："是啊，最近应酬挺多的。"

夏小雪的眼睛里闪过一丝绝望，很快，她又像往常一样笑着说："以后你有什么事情要早点打给我才行哦，每次我饭都做好了，你又不回来，多浪费，你说你是不是应该被惩罚一下，把我做的菜都吃了再去睡觉？"

"我已经吃了很多了，这么多菜我怎么吃得下？"

"跟你闹着玩的，我没敢收，怕你回来饿，既然你不饿，那我就收拾咯，明天我自己吃了，你可不许后悔啊。"

说着夏小雪就开始收拾桌子，同时得意地跟肖亦凡炫耀自己最近做设计时的灵感和喜悦。

肖亦凡也努力做足好丈夫的表面工夫，随口附和着，称赞着夏小雪，好让自己和夏小雪的心里都能好过一些。

可是两人的心之间，已然有了厚厚的隔阂，隔阂的两边，隐藏着两个人各自的心事，各自的烦恼和悲伤。

只是生活，依然平静。世界

37

铺天盖地的压力

1 …

第二天一大早，肖亦凡一如既往地去上班。他的公文包旁边，也一如既往地摆着爱心鸡蛋汉堡，这让肖亦凡心中对夏小雪的愧疚，又加重了一层。

临出门之前，肖亦凡在夏小雪的脸上深深地亲了一下，夏小雪被肖亦凡这个突如其来的动作震惊了一下，随即又笑着说："好啦，赶紧去上班吧，晚上早点回来，我等你吃饭。"

肖亦凡点点头，出门了。

夏小雪站在原地，抚摸着自己的脸颊，她不知道自己为什么没有因为这个吻而开心雀跃。她努力地想让自己相信肖亦凡还是很爱自己，并没有做对不起自己的事。

可是，她心里的那只小恶魔却不断地叩击她的心：肖亦凡是因为内疚才亲你的，你没有感受出那个吻里面深深的愧疚吗？

是，一定是这样的，夏小雪告诉自己。

肖亦凡坐在座位上一直发呆，他依然在考虑要不要打电话给父亲。他怕电话打过去验证陆露所说的一切都是真的，可是他又很想赶紧知道父亲的状况，就好像当初高考出成绩的时候，既想赶紧知道成绩，又怕成绩不好的那种矛盾的心情。

正当肖亦凡犹豫的时候，他的手机响了，是个陌生号码。

他以为是客户，接起来的时候口气很客气。

"喂，您好，我是肖亦凡。"

"亦凡，我是你陈伯伯。"对方说。

肖亦凡的大脑飞速运转起来，努力回想着陈伯伯是谁，很快，他想起这是父亲多年的好友。

肖亦凡小时候，陈伯伯经常来他家做客，那个时候他对肖亦凡很好，比父亲对自己还要亲切得多。

只是后来肖亦凡上了寄宿高中，又上了大学，一年也回不了几次青岛，见陈伯伯的次数就少了，印象也就淡漠了。

陈伯伯来电，肖亦凡觉得很纳闷，心底却不知为何产生了不好的预感。

"亦凡，我想告诉你，你父亲被牵扯到一起经济案件当中，资产已经被冻结，现在也已经被隔离审查了，处境非常不好。"

肖亦凡一听这话，蒙了，赶紧追问："那我父亲现在人在哪，现在怎样了？"

"他被隔离了，本来他不让我告诉你这些，但是我觉得你现在应该长大了，有出面为你父亲解决问题的能力。"

肖亦凡当下做了决定："我知道了，陈伯伯，我现在马上订机票过去。"

"好，那我去机场接你。"

挂了电话肖亦凡已经顾不得公司的规矩了，赶紧打电话订了下一班飞回山东的机票，然后冲进陆露的办公室，还没等陆露欣喜，就直接说："陆总，我现在必须马上回山东，我父亲出事了，机票我已经订好了，中午十二点半。"

陆露看着肖亦凡满脸的凝重，又看了看表，已经将近十一点。陆露拿起外套和车钥匙："我送你去机场吧。"

肖亦凡知道现在不是推脱的时候，于是点头，跟着陆露走出了办公室。

在陆露的车上，肖亦凡想起夏小雪，但是又不方便当着陆露的面给夏小雪打电话，于是只能发了个短信给她说：今天晚上不回家了，具体事情等明天回去再说。

接到短信的夏小雪面无表情。她没有回，只是默默关了机，眼泪一行行流下来，像决堤的洪水。

下午三点多，肖亦凡在拘留所里见到自己父亲时，他的眼睛还是红了。

那个平时气宇轩昂的父亲，此时满脸胡茬，憔悴得仿佛一个年迈的老人，再没有任何棱角。

"爸……"肖亦凡叫他，他不记得自己已经多久没有这样叫过自己的父亲了。

"哎，哎……"肖爸爸答应着，眼中也有了泪水。

两个人坐下来，肖亦凡看着苍老了许多的父亲，心像被扎了一下，眼圈再度泛红。

"我来的时候，陈伯伯已经把情况都跟我说了。"

"哎，你那个陈伯伯啊，就是藏不住话。"父亲故意开着玩笑。

"爸，我现在已经不是小孩了，我已经有处理问题的能力了，你要相信我，就像我相信你是清白的，我一定会找最好的律师帮您打赢这场官司。"

"好，好，爸爸相信你。"

说着，两个人的眼眶里又有了泪，就像在演琼瑶剧一样，没完没了。

肖亦凡在山东待了两天，这两天里他到处奔波，在陈伯伯的帮助下，为父亲请律师，寻找对父亲有利的证据。

甚至连睡觉的时间，他都用来帮助律师翻查资料，只有在等律师或者陈伯伯的空档里稍微地眯上一会儿。

他一直都没有问关于父亲的病，他必须要先帮助父亲处理好这件事情，等到一切都尘埃落定，再把父亲接去北京，让父亲接受最好的治疗。

等肖亦凡暂时处理好一切回到北京时，已经是他离家之后的第三天了。

2···

回家之后，疲倦的肖亦凡没有搭理坐在沙发上看电视的夏小雪，也没有看见夏小雪一直臭着脸，蓄势待发时刻准备要跟他大吵一架的样子。

他太累了。他只想先洗个澡，然后安稳地睡一觉，醒来之后，还有一大摊事情等着他去处理。

夏小雪见肖亦凡没有要道歉要解释的意思，甚至不想理自己，立刻就火冒三丈。一直以来她都给了肖亦凡最大限度的宽容和放纵，但最后得到的是肖亦凡的愈加出格。

夏小雪冲进浴室，正准备洗澡的肖亦凡看夏小雪进来，看了她一眼，说："我先洗个澡，你要是上厕所就你先。"

"你这几天干吗去了？"干脆利落，一个多余的字都没有。

肖爸爸出事之后，肖亦凡一直没有告诉夏小雪。一来不想让她担心，二来他觉得就算夏小雪知道也帮不上什么忙。他知道自己最近已经瞒了夏小雪太多的事情，但是，不知从什么时候开始，他开始觉得很多事情瞒着她比让她知道要好得多。

"我不是回山东了吗，对了，我们家还有多少钱？"肖亦凡问。

"家里哪有什么钱？"夏小雪没好气地说。

"我家里出了点事情，我爸急着用钱，所以，想先拿一点给他。"肖亦凡面有难色地对夏小雪说。

"家里哪还有钱，你平时总是买这买那的，觉得自己不差钱，根本就没什么存款。你爸要用钱？你爸不是有的是钱吗？当初你结婚什么都没给你，现在还想从儿子这里搜刮，商人是不是都这样啊？"夏小雪因为心中一直憋着气，说话自然难听，连讽带刺的。

肖亦凡认为毕竟是自己的不对，也就一直忍着，可是听见夏小雪这番话，他瞬间就急了，几乎是用吼的："你怎么说话呢，那是我爸，你有什么资格这么说？"

"你爸？你结婚的时候他来了吗，你给人家打工过得水深火热的，他伸援手了吗，这会儿想从你这儿拿钱了。而且，你有钱吗？你以为自己是银行啊？"

"夏小雪你别太过分，我爸不给我钱是应该的，这么大的人本来就不该伸手问家里要钱，我给我爸钱也是应该的，就算是我养他老了。"

"要养老你养去吧，我又没拦着你，但是我跟你说，家里没有钱，你有本事你就去赚。我也有孩子，我还要把钱留给我孩子呢。"

肖亦凡不说话了，面对口气尖锐的夏小雪，他不想再跟她继续争辩什么。

于是，他就像天下所有的男人一样，抓起衣服，摔门走了。

澡也顾不得洗，水也没来得及喝一口，迅速地逃离出去。

离开家的肖亦凡，站在地铁站里，看着地铁地图，才发现原来偌大的北京城，他竟然没有可以去的地方。在这个陌生的城市里，他连一个真正属于自己的家都没有，只有一套租来的公寓。

站在地铁站待了很久，最终他还是只能打给夏天，随口编了个理由到夏天家里寄宿一夜，并没有提他跟小雪起冲突的事情。夏天自然毫不犹豫地答应了，他正有一肚子的话，想找个人说说。

　　话说夏天这边，也发生了一点新鲜事，他最近遇见了点感情上的问题。虽然说他在成长的路上，一直以来遇上的感情问题不算少，可像这次这么复杂棘手的，却是第一次。

　　前段时间，夏天终于从惨败的阴影里面走出来，找到了一份还算不错的工作，开始打算努力地赚钱，获取安稳的生活。这对向来不靠谱的夏天来说，是一个相当大的进步了，可夏天也说不上接下来发生的事情到底算不算喜事。

　　刚进单位没几天，夏天的那个老领导就让他到家里坐坐。夏天兴奋得就像要坐着"神七"上太空一样。他活这么大，以前上学的时候连班长都没好好跟他说过一句话，更何况是领导。

　　那天，夏天下血本买了两瓶茅台、两条中华就上门了，可是到了领导家之后，夏天就发觉气氛不对劲儿，那哪是坐坐啊，根本就是一场别开生面的相亲大会嘛。

　　相亲的对象是老领导的宝贝女儿，叫林娜，大夏天三岁，俗话说什么"女大三，抱金砖"，话是这么说没错，但这块金身材真不是盖的，都能顶俩夏天了。

　　去领导家那天，作陪的是领导家的无数亲戚，七大姑八大姨，就差没找个跳大神的把领导过世的父亲请来显个灵了。

　　这一餐饭，虽说领导的家人很是热情，但夏天头上的冷汗，还是不停地冒。

　　林娜倒是通情达理，她看出夏天的尴尬，尽量地缓和气氛，终于成功地把妇女团的注意力引到了最近的八点档电视剧上。

　　夏天看出林娜的用心良苦，不由得向她投去一个感激的眼神。林娜的眼神刚好转过来，也投在了夏天脸上，发现对方也在看她。她微微一笑，心领神会地向他眨眨眼，透出几分俏皮的模样。夏天晃了一下神，看见她微微翘起的嘴角旁那对好看的梨涡。

　　原来胖胖的姑娘，也有那么一点儿可爱的样子。

　　第二天，领导就叫夏天去谈话，问他觉得自己的女儿怎么样。夏天哪敢说不好，只能一个劲儿地点头哈腰称赞附和。可是没想到领导那么爽快，以气吞山河的架势说，林娜对他的感觉也挺好的，让夏天主动点儿，常约她逛逛公园什么的。

　　夏天只得从命，从办公室出来后，打电话给林娜相约晚上去后海坐坐。

晚上在后海，俩人傻兮兮地在沙发上坐着，没什么共同语言的两人不知怎么讲起"胖"这个话题来。夏天觉得不对劲儿，赶紧岔开话题。林娜倒是大大咧咧无所谓的样子，对夏天说，我给你讲个故事吧。

林娜之前有个男朋友，两人要好得很，已经谈婚论嫁了。可就在俩人准备订婚的当天，男孩儿出了车祸，当场身亡。林娜伤心欲绝，把自己锁在家里，暴饮暴食，当了整整一年的宅女。

后来想开了，可身子也发起来了。她尝试过减肥，却怎么都减不回去，也就顺其自然了。

林娜的语调很轻松，却不自觉地带着略略伤感。夏天听完这个故事，看着林娜那有些发呆的样子，心里的某个地方，忽然变得柔软。

两人喝完了咖啡，在后海边儿散步。天黑，林娜一个走不稳，差点儿摔倒，夏天眼疾手快扶住了她，这样一扶，俩人的手就牵到了一块儿。

夏天的心就像给敲了一样跳得厉害，瞥一眼林娜，她的情况貌似也好不到哪里去。

送林娜上出租车时，被路灯一照，夏天才发现林娜的脸红得厉害。

这天晚上，肖亦凡和夏天两个人都一夜没睡，一直躺在床上说着话，聊起自己的近况、烦恼，有时候也顺便回忆一下以前的美好。

夏天把自己的故事讲给肖亦凡听，认真地说："我觉得，我好像喜欢上林娜了，而且这次的喜欢跟以前的都不一样。"

"怎么个不一样法？"肖亦凡问。

"我也不知道，以前我想一个女孩儿，脑子里出现的是一个大体的轮廓，现在我想林娜，出现的就是她清清楚楚的脸。我想，也许这次可以试试看。"夏天说着，难得地有些害羞，"哎，不说这事儿了，我现在比较担心你的事儿。说实在的，你得考虑下小雪的感受，从结婚到现在，她没享过一天福，但是她还是愿意这么跟着你，照顾你，你得学会珍惜眼前人，有什么事情，你也别瞒着她，毕竟有很多事情，两个人是要一起面对的。"

听夏天跟自己推心置腹地说话，肖亦凡有些感慨。他看着眼前的夏天，觉得很欣慰。他终于看到夏天从之前的阴影里走出来，有了自己的生活。肖亦凡安静地思考着，然后说："那等我有时间跟她好好谈谈吧。"

两个人沉沉睡去，窗外的天已经有些微亮。

3…

因为受到父亲事件的影响，再加上最近夏小雪的情绪越来越不稳定，两个人的争吵与日俱增，肖亦凡开始想要抛弃那些琐事，全身心投入到工作中去，再加上陆露在工作上给他的帮助，他的职场生涯，开始变得风调雨顺。

可是公司里难免也有一些不好听的闲话传出。

肖亦凡表面上并不在乎，可心里还是多少因为这些闲话而感到困扰。他是男人，可以无所谓，但他不希望陆露因为他而受到闲言碎语的攻击，所以他尽可能地在公司跟陆露保持距离。

但是，陆露看起来并不在乎，依然做着自己想做的事情。

这天快要下班的时候，陆露又走到肖亦凡办公桌旁边，说："晚上一起吃饭吧，我想去吃海鲜了。"

"可是……"

"下班我等你。"陆露没等肖亦凡说完，就打断他，然后回到办公室去了。

肖亦凡被搞得一头雾水，但是又无可奈何。

此时的夏小雪，正如火如荼地进行着自己的设计工作，不知疲倦。她希望可以尽可能多接一些工作，赚多一点钱，好迎接宝宝的出生。

闲暇的时光里，她开始给未来的宝宝购置婴儿床、玩具，还有可爱的小衣服……夏小雪经常在做设计做累了的时候，看着自己买的那些东西，看得出神。

肖亦凡最近不回家吃饭的次数越来越多，问他，他就敷衍说有应酬，但夏小雪知道，他是跟陆露在一起。那次方芳看见他上了陆露的车之后，有一回又看见他跟陆露一起吃晚饭。

可是夏小雪不说破。她始终固执而天真地等着肖亦凡跟自己坦白，或者说摊牌，却始终等不到那一天。最近产前忧郁又开始折磨夏小雪，她的情绪也越来越不对劲。

这天肖亦凡照样回来得很晚，夏小雪早已经坐在沙发上等着，桌上仍然是一桌未动的菜。

"我不是提前给你打过电话说不回来吃饭了吗？怎么还做这么多菜

啊？"肖亦凡问。

"我开心做就做，不开心做就不做。就算你说你回来吃饭，如果碰上我不开心的时候，你也没得吃。"夏小雪冷冷地说。

"夏小雪你什么意思啊？"肖亦凡听着夏小雪的口气整个人就不舒服。

"我没什么意思，就是说我现在已经没必要为你做饭了，做不做全凭我开心，就跟你回不回来吃饭一样的。"

"我最近不是应酬多吗？"肖亦凡这句话说得有点心虚。

"我知道，花天酒地嘛，男人还不都一个德行。"

"夏小雪，你……"

"我睡觉去了，免得你看见我心烦。"

还没等肖亦凡发作，夏小雪就兀自打断他的话，站起来回卧室去了。肖亦凡站在原地，堵了满腔的气发不出来。

不过最终，他想想还是作罢。最近他们之间的争吵越来越多，夏小雪也经常在一些鸡毛蒜皮的小事上跟他过不去，但肖亦凡不想去计较，他对夏小雪一直心怀愧疚，他心甘情愿地这样纵容着她。

只是，原来那个温柔的，对他无微不至的夏小雪，已经慢慢消失不见了，而剩下的，只有两个人之间，无止境的争吵。🌐

38

一个期限有多长

1 …

第二天一大早，肖亦凡照样去上班。手里提着夏小雪给他做的鸡蛋汉堡，只是，这汉堡在他手里已经再也感觉不到爱心的味道，只余了满满的苦涩。

肖亦凡走后，夏小雪从床上坐起来，默默地思考着什么。肖亦凡父亲的事一直压在她心上，最终，她还是决定拿出一些钱来给肖亦凡，尽管肖亦凡没有说明他的父亲到底出了什么事，但是，夏小雪相信事情应该不小。

她告诉自己，不管自己跟肖亦凡怎么吵怎么闹，他们毕竟还是夫妻，她还是爱他的，她的腹中还有肖亦凡的孩子，怎么可能就这样坐视不理。

做了决定之后，夏小雪对自己的大度满意地点点头，然后下床洗漱，换了衣服就出门去银行取钱。

一大早，银行的生意就好得不得了。夏小雪领了号，在一大堆人里面挺着大肚子耐着性子排队。正等着的时候，恰好遇见同样一大早来银行办事的于洋。

于洋看见夏小雪，很是兴奋，急忙过来跟夏小雪打招呼。

"小雪，怎么在这儿碰见你啊，今天没睡懒觉啊？"于洋仿佛忘记了那天跟夏小雪之间不愉快的谈话，打趣道。

倒是夏小雪，依然觉得那天话说重了，还是有点不好意思。她尴尬地笑笑，点点头说："是啊，真巧。"

"我正好来银行办点事，你要干吗？取钱还是存钱还是别的？"

"我来取钱。"

"那正好，别排队了，来，我是VIP，带你走后门去。"于洋得意地笑着说。

"不用了，我排队就行。"夏小雪下意识地推脱。

"来吧，没事的。"

夏小雪拗不过，也不想继续耗着等，只好跟着于洋进去了。

说是巧合，其实一点都不巧，自从那天夏小雪比较直接地拒绝了于洋之后，于洋的心里就有了这么一个心结。他自己解不开，于是就只能指望"系铃人"来帮忙。

于是自那天起，于洋一有空余时间，就会到夏小雪家的附近徘徊。他知道夏小雪总会出门，所以自己怎么也能赶上那么一回，"碰巧"遇见她。就这样一次的"碰巧"，对于于洋来说就已经足够了。

终于，不负苦心人，于洋在这个如此平凡的早晨，等到了挺着肚子，有些艰难地往银行走的夏小雪。

VIP的待遇就是不一样，没两分钟，夏小雪就怀揣着大把的钞票，跟着于洋大摇大摆地走出了银行。

"谢谢你啊，每次你都帮我，这也快中午了，我请你吃饭吧，就当是我谢谢你。"夏小雪不想欠下这个人情。

"不用了，我还得赶回公司，再说你一个女孩子，身上带着那么多钱也不安全，正好我把你送回家，再回公司。"

"不用了，你已经帮了我很大的忙了，再让你送我回去我真的会不好意思的，再说你还有事情要办，别耽误了。"

"没事的，我也不差这一会儿，走吧，上车。"

夏小雪无奈，只好乖乖上了车。她也觉得自己身上带着钱，一个人回家确实不安全。这里的一分一厘，都是她的命根子，是这个家活下去的资本。

车子一路奔到夏小雪家楼下，夏小雪下了车，跟于洋道别，但是沉重的身体使她的行动已经越来越不利索，下车的时候一个踉跄，幸亏扶住车子，总算有惊无险。

于洋看见却急了，他赶紧下车："我看我还是扶你上去吧，你现在行动那么不方便，平时一个人就不要自己在街上乱溜达了，要是出个什么事，多危险。"

夏小雪不好再推脱什么，任由于洋搀扶着她，走进单元楼。

只是，这一切，都被正好请了半天假，回来想跟夏小雪好好谈谈的肖亦凡一点不落地看在了眼里。

肖亦凡没有马上上楼，等于洋下来，把车开走之后，他才带着一肚子怒火回了家。

夏小雪刚回家，正打算收拾房间，看见肖亦凡早早地回来，本来想问些什么，但最终只看了他一眼，没说话。

夏小雪不说话，肖亦凡心里更气了。他冷笑了一声问："刚才送你上来的男人是谁啊？"

听肖亦凡这么问，夏小雪知道他误会了，她想解释，但想到这些天来肖亦凡跟陆露的关系也一直瞒着她，便觉得没有这个必要，更觉得肖亦凡根本就没有资格质问自己，便也冷声回答："不关你的事。"

肖亦凡一听更火大了，他大声说："我现在是你的合法丈夫，只要我跟你一天没离婚，就关我的事。"

"合法丈夫"，夏小雪心里念着这四个字，竟然有一种深深的无力感。这些天这些事早就已经让她身心俱疲，她早就已经不想再吵下去。夏小雪只是看着肖亦凡，一字一句地问："那你跟陆露的事儿关不关我的事呢？"

肖亦凡愣住了。在他们同床共枕的这些日子里，他一直以为自己隐瞒得很好，可是，夏小雪终究还是知道了。

肖亦凡自知有错，口气不由自主软下来："小雪，你听我跟你解释……"

"你不用解释了，我也不想听。"

"可是……"

"你不用跟我解释，我真的不想听。"

肖亦凡有点火了，最近发生了那么多事情，他的心情本来就不好，更何况他跟陆露之间一清二白，现在却被夏小雪说得好像一件不可告人的秘密一样："夏小雪，你没必要这样，既然你早就知道了，为什么不早说，何必要用这种方式来给我难堪？"

"肖亦凡，我不是没有给过你机会，我真的给了你很多机会，可是你都没有好好利用，现在你还反过来怪我？"

"我跟陆露之间是清白的。"

"那你为什么一直都不跟我说，如果是清白的会有那么难开口吗？"

"我跟陆露真的是清白的，你要相信我……"

"我以前的确尝试过相信你，但是你根本就不值得。"夏小雪看着肖亦凡，眼睛里是难得的决绝，"我们之间已经没有什么好说的了，我本来还一直在犹豫，但是我现在想清楚了，我们还是暂时分开一段时间比较好。"

肖亦凡不说话了，呆呆地站在原地。他知道是自己对夏小雪隐瞒了太多，但现在，就算知错也已经太迟了。

夏小雪也不再说话，继续收拾着房间，收拾了一会儿她又问："你是准备让我们母子走，还是你走？"

"小雪，我们谁都不要走好不好？我知道是我不对，你不要生我的气，但是我跟陆露之间真的什么都没有发生过……"

肖亦凡哄她，但是夏小雪根本就没有理他的意思。

无奈，肖亦凡只得黯然离开。在他就要出门的时候，夏小雪又叫住他，但是并没有像往常一样亲切地叫他"亦凡"，而是单调而冷漠地"喂"了一声。

肖亦凡转身，夏小雪扔给他一个信封："你爸不是要用钱吗？你不要误会，我不是要对你示好，只是单纯地帮你爸。"

说完，夏小雪离开客厅，忙自己的去了。

肖亦凡拿着这只信封，心中百味杂陈，却一个字也说不出来。

2…

下午刚上班不久，业务部经理就走到肖亦凡旁边，开始对前段时间跟肖亦凡做的一个交接项目进行百般挑剔。业务部经理龟毛是公司里出了名的，在他眼里，蒙娜丽莎的微笑都是作的。凡是交到他手里的文件，不退回来修改个五次以上是不可能过关的，有很多时候，甚至把好的改成坏的，而且，只要改到一定次数，无论好坏，他都照单全收。

可今天肖亦凡的情绪实在是已经不好到了极点，业务部经理啰唆了一顿之后，肖亦凡就被彻底点燃了。他站起来对着他说："我告诉你，如果我是真的做得不好你可以说，你也是受过高等教育的，别总是说这个项目不行，不行的，不行在哪？"

"肖亦凡，你这是怎么说话呢？"

"我就这么说话怎么了？怎么了？"

说着，肖亦凡冲过去就要动手，幸好被经过的陆露及时给拦了下来。

"干什么呢你们这是？都给我住手。"陆露这么一吼，两个人都停下了，站在原地喘着粗气。

"肖亦凡，你跟我来。"

说完陆露就走出了办公室，肖亦凡看了业务部经理一眼，跟着陆露去了。

两人坐电梯一直到地下停车场，陆露上车，肖亦凡也跟着上。车上两个人一直没有说话，肖亦凡很想问陆露要去哪，但是懒得问也不想问。此时的他情绪糟糕透了，觉得去哪对他来说都一样，去死也是一样。

车子一路狂飙，最后在陆露家楼下停下来。

陆露下车，对肖亦凡说："上楼再说吧。"

肖亦凡没争辩，跟着陆露上了楼。

陆露冲了两杯咖啡，递一杯给肖亦凡。两个人坐下来，陆露喝了一口咖啡之后，终于问："说吧，今天是怎么回事儿？"

"没什么，心情不好。我明天会跟业务经理道歉的。"

"肖亦凡，你最近是怎么了？自从你从山东回来之后好像整个人都变了，有什么事情你就说出来，能帮忙的我一定会帮。你爸爸的事情我已经听我爸说过了，我爸也一直在想办法，那件事情你不要太担心……"陆露温和地安抚着肖亦凡。

"没事的，只是家里的一些事情罢了……"肖亦凡说。

"家里的事？你是说你跟夏小雪？"

肖亦凡点点头。

"发生了什么你告诉我，虽然我不知道你们两个人的事情我能不能帮上忙，但是起码，说出来心里能好受一点。"

肖亦凡沉默了，沉默了许久之后他开始倾诉，一点一滴，从他跟夏小雪第一次因为薇姿化妆品吵架，到他彻夜不归并且对夏小雪说了谎；从夏小雪一直给他机会但是他都察觉不到，到他看见于洋送夏小雪回家；从原来夏小雪一直以来都知道自己跟陆露的事情，到夏小雪说要跟他分开一段时间……

说着说着，肖亦凡的眼泪终于流下来。自从结婚之后他一直压着自己内心中的那个小男孩，不让他出来作怪。他无数次告诉自己，他已经是个男人了，可是现在他知道，做男人也有累的时候，他终于还是忍不住崩溃了，在陆露面前，在曾经爱过的人面前，泪如雨下。

看着眼前像个孩子一样哭泣的肖亦凡，陆露第一次发现自己什么都做不了。

经过这么多的风雨，肖亦凡已然不再是那个当初自己深爱着的，意气风发的少年了，如今的他，已经是一个丈夫，一个父亲，一个满身重压的男子。

陆露爱怜地看着肖亦凡，心里第一次有了放弃的念头，她想自己也许真的应该放手了，她所坚守的过去，终究不能永恒。

如果放手，不逼他，也不逼自己，多年之后，也许这也是一段美好回忆。

如若事情就这么发展下去，她也不知道将会迎来怎样的结局。

她终于有点儿意识到自己的天真，除去爱，原来生活里更多的是柴米油盐酱醋茶。

于是，就在肖亦凡为了别人而哭泣的这一刻，陆露给了自己一个期限，如果在她二十四岁生日到来之前，肖亦凡依然没有对她表白或者表示，她就放手。

从此以后，大家尘归尘，土归土，老鼠走大雁飞，一去不回头。

这一次，她是狠狠地，又狠狠地，下了决心。

3···

肖亦凡走后，夏小雪收拾完了房间，又安静地做好饭，洗好衣服，就像什么事情都没有发生过那样。

在她做那些事情的时候，她甚至忘记了跟肖亦凡的争吵，仿佛她还是在等他下班回来，一起开心地吃饭，看电视，看累了就睡觉，像以前的任何一天一样，平淡而幸福。

可等她完成所有的工作，躺在沙发上看着越来越暗的天色，听着邻居家的夫妻们传来的吵闹嬉笑的声音的时候，夏小雪终于还是发现，其实自己，早就已经习惯了有肖亦凡的生活。以前即使他回来得再晚，她也知道他总会回来，她等着他，心里总会有盼头。可是如今，她连盼头都没有了。她亲自把肖亦凡扫地出门，然后才发现，她受不了没有他的生活。

可是倔强的夏小雪，是绝对不允许自己打电话给肖亦凡，再把他叫回来的，毕竟这次肖亦凡，伤害了她。

满肚子苦闷的夏小雪翻遍了号码簿，却发现除了方芳以外，她竟然已经没有任何人可以联络。

拿着电话犹豫了很久，她还是按下了呼叫键。

半个小时之后，方芳出现在夏小雪的家门口。夏小雪开门把她迎进来，寒暄了几句，然后特别不好意思地说："上次的事情，对不起，我当时心情不好，也没考虑你的感受。"

"上次？哪次？什么事儿啊？"方芳俨然已经不记得了，或者，只是装作不记得。

"就是，于洋那次……"夏小雪吞吞吐吐地提示。

"嗨，那事儿啊，我根本就没往心里去，你要是不说我都忘了。过去就过去了，说那些也没意思，姐姐我跟你哪有过隔夜仇啊。"方芳大大咧咧地摆摆手，"肖亦凡呢？又应酬去了？"

"没有，我把他赶走了。"夏小雪故作轻松。

"你有病吧，怎么回事儿啊到底？"方芳瞪大了眼睛，仿佛看怪兽一样看着夏小雪。

"还不就是他跟陆露那事儿，我一直等着他跟我说，但是他一直都没说。今天我实在是忍不住了，就跟他吵了一架。"夏小雪怕再次挑起方芳的不快，隐瞒了于洋的事情。

"夏小雪，你挺行啊，我看你好像一点都不担心是吧。"

"我有什么好担心的，他那么大一人，躺大街上也死不了。"

"行了吧你，你跟我就别装大头蒜了。我问你，要是你真的舍得肖亦凡，你会这么晚了，打电话过来让我陪你？要是肖亦凡真的以后都不回家了，你真就愿意这么跟他分开？如果你们真的分开，那你肚子里的孩子怎么办？"

没等方芳把心里的十万个为什么问完，夏小雪故作轻松的面具就一点点崩碎了，她还是忍不住，倒在方芳的怀里失声痛哭起来。

方芳轻拍着夏小雪的肩膀，任由她哭着，等到哭声渐渐小了，方芳才说："小雪，既然你还是很爱肖亦凡，就不要再跟他这样闹下去了，感情哪里经得起你这样一次次的折腾。眼看孩子就要出生了，无论是出于爱还是出于对肚子里孩子的未来，你都应该忍耐一下……"

"可是，可是我真的已经很累了……"夏小雪哭着说。

"我知道，你说，我们谁不累啊，只是累的方式不一样罢了，反正生活都要继续，为什么不让自己开心一点呢？"

夏小雪伏在方芳怀里，听着方芳的话，渐渐想通了。

她应该重新审视一下自己跟肖亦凡的感情了，也许在孩子出生之前，他们重新开始，还不算晚。

当天晚上，肖亦凡还是在陆露的公寓住下了，为了避免肖亦凡尴尬，陆露收拾了简单的用品，去了父亲那边住。

第二天一大早，肖亦凡的情绪已经稳定下来。他刚起床，陆露就开门回来了，看见肖亦凡，笑着说："起来了啊，我给你买了早餐，一会儿吃了我们一起上班去。"

等肖亦凡洗漱完毕，陆露递给肖亦凡一串钥匙说："这是公寓的钥匙，你这几天先住在这里吧，我回家住就是了。"

肖亦凡有些不好意思："可是那边那么远，你上班怎么办？"

"没关系的，我不是有我的爱车吗。"陆露一边说，一边调皮地扬扬手中的车钥匙。

肖亦凡看着陆露脸上那久违的调皮和单纯，情绪又不禁波动起来："陆露，你真的没有必要对我这么好……"

"嘿嘿，我也不想对你这个大坏蛋这么好啊。可是，大概女人就是天生爱犯傻吧，我既然忍不住，那还不如顺其自然呢。"陆露笑着说。

肖亦凡没说话，陆露接着说："行了，吃饭吃饭，我去把豆浆盛出来，你赶紧换衣服去，吃完了我们好走了，不然一会儿时间来不及啦。"

陆露边说边去了厨房，肖亦凡望着陆露消瘦的背影，站在洒满阳光的公寓里，静静地发呆。

那天晚上方芳并没有在夏小雪家留宿，她跟夏小雪躺在床上一直聊到很晚，途中方芳收到郭阳发来的短信，说有急事让她赶紧回家。

方芳没有理会，而是一直陪着夏小雪。

直到夏小雪沉沉睡去，方芳才起身，轻手轻脚地穿好衣服，离开了夏小雪家。

当方芳打开家门的时候，她被眼前的一切惊呆了。

郭阳坐在一个用许多支蜡烛围成的爱心里，虽然没有开灯，但是烛光依然把小小的房间照得很亮。

郭阳手捧着一大束玫瑰，静静地坐在爱心里，俨然已经等了很久，蜡烛已然烧掉了许多，根部已经流满了鲜红的支离破碎的烛泪。

见方芳回来，原本已经困得快要睡着的郭阳立马有了精神。他缓缓站起来，腿已经有些麻木，站不太稳。

他站了一会儿，腿慢慢恢复知觉之后，慢慢地走向方芳。

方芳依然站在门口，惊讶得动弹不了。随着郭阳慢慢走近，她清晰地看见，在那束玫瑰的中间，赫然放着一只精致的盒子。

方芳猜到了，在这一系列偶像剧般俗套的浪漫上演之后，将要发生的事情。

果然，郭阳走到她面前，单膝跪地，拿出那只精致的小盒子，打开，一枚简单而精致的戒指，闪着动人的光。

"方芳，我们结婚吧。"郭阳说。语气里带着一点兴奋。

在郭阳的预料中，方芳接下来会疯狂地抱住他旋转，感动得说不出话来。

可方芳依然站在原地，沉默着，许久之后，她看着郭阳充满了兴奋和期待的眼睛，淡淡地说："不要！"

郭阳傻了，他依然跪在地上，手捧着花，举着戒指，但是眼睛里原本饱含的感情瞬间就变成吃惊和失望。

方芳打开灯，房间亮起来，蜡烛的光辉被灯光决绝地压下去。

"为……为什么……"郭阳依然保持着那个姿势，问。

"郭阳，谢谢你一直以来在我身边照顾我，关心我。我承认，我一直都很期待这一天的到来，我以为当这一天来的时候，我会疯狂，会感动，会哭……可是你瞧，我没有。"方芳在沙发上坐下来，看着跪在原地的郭阳缓缓说道。

郭阳站起来，走到方芳面前，依然问："为什么？"

"因为，我早已经放弃了这段感情。你不是一个适合结婚的人，更不是适合我的人，我想要的安全感，我想要的感同身受，你一点点都给不了。"

"方芳，我知道我以前做错过，我也知道我还不够好，可我以后会努力改变，成为你想要的那种样子。"郭阳急切地说着这一切，试图集合每一个字的力量来重新打动方芳。

"还有……"方芳打断了他，吸了口气继续说，"我，已经有了喜欢的人……"

郭阳傻了，手里的玫瑰花掉在地上，戒指被他紧紧地握在手中，他一句话都讲不出来。

"这不是改变不改变就能扭转的事。感情就像人一样，死透了，就是死透了。"方芳盯着郭阳，语气中没有一丝波澜，"郭阳，我们分手吧，你还是搬走吧，这样下去对我们都不好。"

郭阳呆住了，原本所计划好的想好的一切美丽动人的场景，在他的脑海里像一个一个充了过多气体的气球，瞬间全部都破灭了，一个不剩。那巨大的爆炸声震耳欲聋，把郭阳都震傻了。

沉默了许久，郭阳将戒指盒盖好，装进自己的口袋。

他默默走回房间，开始收拾东西。

方芳跟在他后面，看着他的背影，那背影里充满了哀伤。

"你不用这么急着收拾。"方芳说，"你可以等找到房子后再搬。"

"不，我要立即搬走，我去夏天那儿住。"郭阳一边收拾，一边小声而坚定地说。

"郭阳，你没有必要这样……"

郭阳停止了收拾，他站直身子，直直地看着方芳："我是怕我今天不走，以后就舍不得走了，到时候你就是赶我走，我也会赖在这里……"郭阳说着，眼睛里溢满了泪水，他不想让方芳看见自己哭，于是接着低下头收拾东西。

可是，就在低头的瞬间，方芳还是看见一滴泪，从郭阳的眼睛里掉出来，掉在他正在折的一件衣服上，氤氲成一个巨大的圆点。

方芳转身回到客厅，她不想再看他，她怕自己会心软，会舍不得。

可是，她却一点都不想哭。也许，在一个女人对这段感情彻底死了心的时候，便不会再因此而流下一滴眼泪。曾经，方芳哭过了，痛过了，也不舍过了……该做的她早就已经在很久之前统统做完了，如今对于方芳来说，剩下的，也就只剩好好地道一句再见。

　　郭阳走了，走之前他想再对方芳说点什么，但是最终还是没有开口，只在门口站了片刻，便离开了。

　　门被关上的那一瞬间，方芳的心还是被狠狠地刺痛了一下。

　　她痛，不是因为她舍不得，而是因为自己一直期待的，渴望的和珍惜的人和事，终于还是被日复一日的失望与决绝吞噬得一干二净。当她真的就站在自己的梦境面前时，才发现，原来，他们并非自己想象的那么可爱。世界

39

再见亲爱的小孩

1 ···

夏天跟林娜，随着接触的增多，俩人都有了点儿心照不宣的小情愫。

但是偏偏林娜是内敛型的，夏天一动了真情，也变鹌鹑了。

所以，虽然感情进展顺利，但是彼此心中，始终都没个实底儿。

这天晚上，两人相约一起吃完晚饭，夏天一如既往地准备送林娜回家，林娜却说想要散散步。夏天回家也没什么事情做，也就陪着去了。

两个人走在林娜家附近的小公园里，天气很冷，林娜缩了缩脖子，把半个脸藏在长长的羊毛围巾中取暖。

夏天偷偷看了一眼林娜露在外面的两只大眼睛，闪烁着明亮的光。

他的心，瞬间就被击中了，脸一下子就红了，还好天黑看不到。

"夏天，其实……"走了许久，林娜终于还是打破沉默开口说话了，"其实如果不能做情侣，我们是不是还可以做朋友？"林娜说这话的时候很小心，语气里面没有一点自信，让夏天觉得很心疼。

"为什么不能做情侣？"那表情，就像个冲动的孩子。

林娜看了夏天一眼，笑笑说："现在很少有人会喜欢像我这样胖胖的女孩了，现在大家都喜欢骨感的，要是回到唐朝，我说不定还能做第二个杨贵妃，可是现在，呵呵，不行了……"林娜故作轻松地开着自己的玩笑。

夏天的心里更加不是滋味儿。他知道林娜是个好姑娘，他也知道如果自己错过了这一次，也许就再也没有机会了。情急之下，他对林娜说："不是这样的，我就喜欢像你这样的，不对，我就是喜欢你，如果你愿意……嗯，或者说，如果你也觉得我不错，能不能做我的女朋友……"

　　夏天哼哼唧唧地说完，两个人都害羞地站在原地。林娜的脸红得像只饱满的苹果，在夏天眼里看起来更加可爱。

　　害羞了一会儿，夏天终于还是鼓起勇气，大方地牵起林娜的手，向前走去。

　　林娜低着头，顺从地任夏天牵着。

　　两个人沿着公园的湖畔一路走过，这一日北京的天气出奇的晴朗，竟然破天荒的可以看到满天繁星。

　　两个人在湖边的椅子上坐了好久也不觉得冷。

　　八点刚过，突然，湖的沿线，刹那间亮起了一圈灯。那五颜六色的彩灯，结结实实地绕湖一周，把这个冬季萧瑟的湖，装点得美得令人窒息。

　　两个人都被这瞬间迸发的奇迹感动到了，而后，夏天亲了林娜。

　　当两个人柔软的嘴唇，互相碰触到的那一刻，他们觉得，仿佛天上所有的星星，都开满了花。

　　日子过得很快，正当夏天的新恋情如火如荼进行着的时候，转眼也就到了陆露二十四岁的生日。

　　那是她给自己的期限的终点，感觉起来特别悲壮。

　　是啊，转眼都二十四岁了，两个轮回，两次经过本命年的那一天。

　　陆露费尽心思为自己安排了一个生日会，想在愉悦的气氛里，将长大一岁这件悲伤的事情淹没。

　　地点就安排在她跟肖亦凡第一次约会的那个咖啡馆，五道口的雕刻时光，陆露把它包了下来，邀请了很多朋友。

　　陆露依稀记得那个时候她刚刚答应肖亦凡跟他交往看看。两个人第一次约会的那天，陆露按自己的理论迟到了半个小时之久。肖亦凡就像只可怜的拉布拉多犬一样，用特别无辜的眼神，一直坐在靠窗的座位上张望，连厕所都不敢去。

　　陆露来的时候，他慌忙地站起身，就像迎接国家领导人，手忙脚乱的样子差点儿让她笑出声。

　　可是如今，一切都不见了。

　　感情就是这样，你伤了别人，无论有意无意，总会有一个人再来伤你。

　　陆露想，也许她之前也在不经意间用她的骄纵和任性伤害过别人，所以现在，是她还债的时候了。

约定的时间快到了，朋友都陆陆续续来了，夏天也牵着林娜的手，一脸幸福地到来。陆露却接到肖亦凡的电话，电话里肖亦凡告诉陆露说自己还有工作，必须跟客户谈一个合同，所以要晚点过去。

陆露假装心情不错，笑着说："没问题，我会等你来了再切蛋糕的。"

挂断电话之后，陆露的伤感还是一拥而上。她在心里对自己说：陆露，这是你给自己的最后一个机会，最后一个了。

陆露想着这一切，眼神飘向当初她跟肖亦凡常坐的那个位子，又飘向窗外。

窗外，已然下起了鹅毛般的大雪，雪花纷纷扬扬地落下来，仿佛陆露二十三岁那年所有的记忆，连同肖亦凡，连同爱情，一起在今天夜里尘埃落定。

2…

大雪夜，肖亦凡依然没有回家，他已经很多天没有回家住了。

夏小雪一直倔强地不肯打电话给他，他也一直没有打电话回来。

就这样，夏小雪彻底失去了肖亦凡的消息。

坐在沙发上，看着窗外飘落的雪花，夏小雪突然觉得很可笑。

她想他们也算是这个世界上，比较荒谬的一对夫妻了，在感情尚没有出现很大裂痕的时候，却失去了彼此的消息。

肖亦凡离家后，夏天来找过夏小雪，告诉了夏小雪关于肖亦凡父亲的事情。

夏小雪的心里难免会起波澜，她知道自己对肖亦凡有过分的地方，可是肖亦凡如果还把自己当成他的妻子的话，为什么不明确地告诉她？

原本有点悔过之心的夏小雪又想起这件事情陆露一定什么都知道的时候，幽怨的情绪又重新燃起，再次决心沉溺在冷战之中。

可这天晚上，夏小雪看着雪花，突然很想念肖亦凡。她记得在她年少的时候，心里常有这样的画面，在下雪的夜里，她抚摸自己隆起的腹部，端一杯热茶，站在窗边一边看雪花，一边等待自己的丈夫回家。

丈夫回来的时候，她会洋溢满脸幸福的微笑，迎上去，接过丈夫手里的东西，并递给他一杯热茶，然后在丈夫的脸上轻轻地印下一吻。

那个时候，夏小雪觉得那将是世界上最幸福的时刻，虽然那个时候她不知道自己的丈夫是谁，但是她已经确定，自己一定会很爱他。

可是如今，大雪，热茶，隆起的腹部都有了，她却不知道自己要等到什么时候，丈夫才会回家。

正在那边伤感着的夏小雪，被电视上的一条关于车祸的新闻吸引住了。新闻里所说的那个死于车祸的男子跟肖亦凡所具备的特征几乎一模一样，夏小雪看得心惊肉跳的，越来越害怕。

终于，她还是忍不住了，拿起电话，拨了那个已经很多天没有拨过，甚至已经变得有些陌生的号码。

此时已是午夜十二点多，陆露的生日派对结束了，朋友们都各自回了家。

陆露喝了不少酒，有点蒙，无奈肖亦凡只能带着陆露回到自己这几天一直在住着的陆露的家。

到家之后陆露就吐了，吐得一塌糊涂翻江倒海，如同肖亦凡在通州那次一样。肖亦凡无微不至地照顾着，不敢怠慢。

他帮陆露擦了把脸，搀扶她躺在床上。陆露吐过之后清醒了不少，一直醉眼蒙眬地看着肖亦凡，看得肖亦凡心里直发毛。

也就是这个时候，夏小雪打了电话过来，肖亦凡看了看电话，转身要接，陆露却突然鬼上身一样地哭着跑过去，把肖亦凡的手机夺过来，关掉了。

肖亦凡无奈，只能任由陆露这样做，然后重新哄陆露躺下。

躺着的陆露一直哭，哭着说："不要走，肖亦凡，我不许你走……"

"好好，我不走，我不走。"

"你怎么可以离开我呢？你怎么能离开我！你不许走，你哪儿都不许去……"

看着陆露绝望地哭，肖亦凡的心里难过极了，他很想告诉陆露，他已经不再是过去的那个肖亦凡了。

虽然他很想回到过去的那个样子，可是，谁都知道，永远都回不去了。

找不到肖亦凡的夏小雪急疯了。她固执地穿好衣服，迎着北京寒冬夜里的风雪出门，固执地想要从偌大的北京城里，把肖亦凡找出来。

可是下着大雪的北京城夜里，根本就打不到车。平时她不想打车的时候，出租车一辆接着一辆地从她身边擦过，可是等到她真的需要的时候，出租车们却在夏小雪的世界里集体消失了。

夏小雪绝望地流下泪来，几乎要在脸上结冰，冻得脸生疼。

她不知道如果肖亦凡死了，自己要怎么办，她很想找到他，跟他道歉，跟他说：回家，我们好好过日子，我什么都不在乎了，只要你能在我身边。

可是肖亦凡在哪？在哪呢？

无奈之下，夏小雪还是想起了于洋，在这个时候，也只有于洋可以帮她，可以开着车，载着孤单无助的她，在北京城的夜晚转悠，寻找自己的丈夫。于是，夏小雪拿出电话，拨了于洋的号码。

电话很快就被接起来，听声音于洋已经睡了，但还是使劲打起精神问："小雪？有事儿吗？"

"我找不到肖亦凡了，能不能……帮帮我……"夏小雪说着说着就哭起来了。

"小雪你别急啊，你跟我说你现在在哪，我马上过去，具体什么事情我过去再说。"于洋听夏小雪哭了，有些着急也有些心疼，急忙问。

夏小雪说了自己的具体位置，然后挂断了电话。

挂断电话的夏小雪依然不甘心就那么站着原地等，于是挺着已经很大的肚子，在北京城的夜里漫无目的地四处乱走。她甚至觉得多走一步，就可以节约一点时间，找到肖亦凡的机会就会越大。

哭着走了一段路，一个重心不稳，夏小雪突然脚底一滑，重重地摔在雪地里。

她艰难地想从雪地上爬起，却发现自己站不起来了，腹部涌上一股剧烈的疼痛，下体有温热黏稠的液体流出。

她低下头看，血浸透了她的裤子，染红了洁白的雪地，那红色在白色的雪地里触目惊心。

一阵剧痛，她昏倒在雪地里，然而在她昏过去的前一秒，她似乎看见，自己的孩子在向自己招手，然后，越来越远……

当于洋找到夏小雪的时候，她已经在雪地里昏迷了，血染红了很大面积的雪地。

看着倒在血泊中的夏小雪，于洋的心像要裂开一样。如果可以，他真的希望可以把夏小雪从肖亦凡手中抢过来，让她从此以后不再受千般万般的委屈。

　　送往医院的过程中，昏迷的夏小雪一直叫着肖亦凡的名字，叫得于洋的心生疼。

　　他想对夏小雪说：你真傻……

　　可是在爱的时候，又有几个人是不傻的呢？自己还不是也一样？明明知道夏小雪心有所属，还是希望可以一直陪伴着她。于洋不知道自己对夏小雪算不算是爱，但起码，是傻。

　　到了医院，于洋才打给了方芳。电话那边的方芳已经睡了，但听是于洋，还是尽可能让自己提起精神。于洋没有管那么多，只是对方芳说："夏小雪出事儿了，在雪地里摔了一跤。现在在北医三院，可能要做手术，她说她找不到肖亦凡，你是她好朋友，你过来吧。"

　　"什么？小雪出事儿了？我马上过去！"

　　方芳的睡意一下就没了，她从床上弹起来迅速换了衣服，在换衣服的同时还利用免提电话给夏天和郭阳，然后蓬头垢面地出了门，火速往北医三院赶。

　　急救室门口，三个朋友焦急地等在外面，郭阳一直打电话，却始终找不到肖亦凡。郭阳和夏天都去参加了陆露的生日派对，但是两个人都说派对散了之后就各自回家了，不知道肖亦凡去哪了。

　　最终，方芳好像想到了什么，对郭阳说："你有陆露的电话吗？"

　　"哦……有……"郭阳急忙调出陆露的电话给方芳看。

　　方芳接过电话直接就拨了，响了几声，陆露接起来，俨然酒意正浓，很含糊地问："喂……谁啊？"

　　"麻烦你让肖亦凡接电话。我是方芳。"方芳压着火，克制着自己的情绪说。接着她就听见电话那头陆露像个醉鬼一样大嚷着"肖亦凡，找你的"，把电话递了过去。

　　肖亦凡刚接过电话，说了声"喂"，方芳就沉不住气了，对着电话骂起来："肖亦凡，你还是不是人了，这都什么时候了你还在外面玩儿女人，你良心给狗吃了啊……"

　　"方芳你怎么说话呢这是，我玩谁了！"肖亦凡听方芳这样说，就火了，要跟方芳理论。

"我告诉你，夏小雪现在在医院躺着，她要有什么三长两短的，我先杀了你，再杀你全家！"方芳骂着，眼泪就下来了。

"小雪怎么了？你们现在在哪！"

郭阳见方芳的情绪有些失控，急忙接过电话，低声走到边上跟肖亦凡讲了事情的严重性。

而方芳，早已经蹲在了地上，泣不成声，抖成了一团。

3···

肖亦凡挂掉电话之时，三魂已经失了七魄，拿起衣服就要走。

身旁的陆露也听到了电话的内容，酒已醒了大半，要跟肖亦凡一起去。

肖亦凡拒绝了。

陆露有些坚持，肖亦凡已经走到了门口。

他回头看一眼陆露，眼睛湿了。

"陆露，如果我对你有债，现在可以算是还清了吗？求你了，放过我，也放过你自己吧。这个世界，不是只有肖亦凡和陆露两个人。"

肖亦凡开门离开，门关过来，陆露完全醒了，她瘫在了地上。

我都做了些什么啊，她想。

当肖亦凡一脸慌张地赶到医院，看到黑着脸的郭阳和夏天，和蹲在一旁已经哭得没力气的方芳，眼圈一下子就红了。

"小雪怎么样了？啊？孩子怎么样了？"

夏天和郭阳都摇摇头。

"摇头是什么意思啊？怎么样了？"肖亦凡的声音已经带了哭腔。

"还在抢救，情况怎样我们也不知道。"郭阳说。

肖亦凡几乎瘫倒在急救室门口的座椅上，靠着墙，眼睛空洞地盯着急救室的门。

一个护士出来，肖亦凡赶紧冲过去："护士，请问夏小雪怎么样了？她怎么样？"

"请问哪位是夏小雪的家属？"护士问。

"是我，我是她丈夫。"肖亦凡说。

"病人现在情况很危险，在非常情况下，大人和小孩只能保一个。"护士冷若冰霜，毕竟他们见惯了大场面，这点事情对于他们来说就跟吃饭喝水没什么两样，但是对于肖亦凡，对于方芳来说，简直就是晴天霹雳。

肖亦凡当场就傻了，他愣着不说话，方芳母狮一般冲过来冲着肖亦凡的脸就是一耳光，撕心裂肺地吼道："肖亦凡，我跟你没完……"

郭阳和夏天拉住方芳，方芳哭得都快气绝了，肖亦凡却待着说不出话来。

"请问……"护士又要问，被火头上的方芳打断。

"问个屁啊，当然是保大人，大人如果没了，留孩子给你妈×养啊……"方芳的话就像一把尖锐的刀，狠狠地刺进肖亦凡的心脏。

护士递给肖亦凡一张纸，继续说："这是手术同意书，麻烦你签一下……"

肖亦凡眼神空洞地签了同意书，接着，他呆坐在长椅上，什么话都没有。

于洋看到肖亦凡的状况，上前拍了拍他的肩膀，想说点儿什么安慰他。

肖亦凡看到于洋，却眼睛都红了，他恶狠狠地盯着他，吐出来一句话，"你怎么会在这里？"

于洋刚要说点儿什么，方芳却又趁众人不备，上前，猛踹了肖亦凡一脚。

"你不想想夏小雪最需要的时候为什么不在她身边，却关心他为什么在这里？！"

这句话让本来看到于洋变得不理智的肖亦凡瞬间冷却了下来。

懊悔波涛汹涌般涌了他的心头，他抱住头，缩成了一团。

"对不起……"他喃喃地说。

接下来的半个小时，对于所有人来说，如同半个世纪那么长久。

当医生从急诊室出来的时候，众人纷纷迎上去，大家都不敢开口询问情况，似乎都不敢先知道结局。

"你们谁是病人的家属？"医生问。

"我，我是。"肖亦凡连忙说。

"母子平安，恭喜你当爸爸了，是个女孩，但孩子是早产，还得放在保温箱观察……"

在场的所有人终于都松了一口气，但没有人讲话，没有人沉浸在一个小生命来到这个世界上的快乐之中。

也没有人发现，偷偷跟着来的陆露，在不远处的角落里，哭成了一条狗。

梦该醒了，她这样想，你差一点，就毁掉了肖亦凡的整个世界。

肖亦凡轻声走进病房，夏小雪还没有醒来，肖亦凡看着夏小雪憔悴的脸，心疼得要有血滴下来。

他回头跟站在他身后的方芳他们轻声说："你们先回去吧，这里有我就行了。"

"我们还是陪你一起等吧。"郭阳说。他知道方芳也想一起等夏小雪醒来，但是这个时候方芳根本不会跟肖亦凡说话，于是也算是替方芳表达。

"不用了，你们回去吧，明天大家都要上班，折腾了快一夜了，我自己在这就行了。"

"可是……"郭阳还想说什么，被于洋阻止了。

"我们走吧，给他们两个人点儿空间吧。"

于洋的话，适时的点醒了众人，郭阳看了夏天一眼，夏天点点头，他又看了方芳一眼，方芳没说什么，郭阳只好说："那好，如果小雪醒了，你一定要打电话告诉我们。"

"嗯……"肖亦凡点点头。

众人散去，各自回家，只有肖亦凡一个人，坐在午夜安静的病房里，看着面容憔悴的夏小雪，过去一点一滴的回忆在一瞬间涌上来。

他想起孩子第一次踢他的时候，想起夏小雪给孩子购买的可爱的小衣服、小鞋子、小玩具，每件都精致可爱极了，那个时候肖亦凡经常看着那堆东西，幻想着孩子出生之后，坐在一堆玩具里兴奋地把玩的样子。

可是刚刚，他差一点失去了这一切。

肖亦凡的眼泪流下来，他使劲地握着夏小雪的手，他想，自己已经有多久没有这样好好地握一握她的手了，他不记得了……

麻药的劲儿过了，夏小雪喉咙里发出了一点声音，她缓缓地睁开眼，看到的是满脸疲惫和憔悴的肖亦凡。

她终于松了口气，疲倦地说："你没事就好了，电视里新闻说出了车祸，那人……特别像你，我以为……"说着，夏小雪的眼泪流下来，但她依然微笑地看着肖亦凡，继续说："你没事就好了……"

肖亦凡难过极了，他看着夏小雪，眼中满是泪水。

　　他心疼地握住夏小雪悬空着的手，轻声说："小雪，对不起……"

　　"亦凡，我们之间没有对不起，其实我应该跟你说对不起，没有保护好自己，保护好宝宝……"

　　说到宝宝，夏小雪忽然想到了点儿什么，她触电般摸一下自己的肚子，脸色瞬间几近崩溃。

　　肖亦凡看出了夏小雪的反应，他忙握住夏小雪的手，微笑着柔声对她讲，"不用担心，孩子生下来了，是个女孩，很像你……"

　　夜，终于过去了。

　　又是一个雾霾的北京。世界

40

是否还能相信爱

1···

一夜没合眼的肖亦凡，在安抚夏小雪睡去后，拖着疲惫的身体，回家给她拿换洗的衣服。

离开医院前，他去看了一眼小婴儿，隔着玻璃，他看到小小的她，那么孱弱，那么渺小，那么需要保护，心中一阵翻涌的难过。

他只得赶紧走掉，因为再一秒，他可能都要无法呼吸了。

他无法面对自己内心的愧疚。

在回家的地铁上，他忽然有一丝庆幸他跟夏小雪瞒下了孩子还依旧在保温箱的事情，他不要她再担心了。

一进家门，熟悉的味道扑面而来，是夏小雪的味道。

他已经不记得自己多久没有回来了，坐在沙发上，他燃起一根烟，酸楚波涌而至。

他环视着四周，看见夏小雪为孩子布置的小角落，因为房子太小，他们连专门的婴儿房都没有。

但是夏小雪还是找到了那样合适，那样温馨的一个小角落，布置得如此温暖，等待孩子降生。

地上还有一堆没有被清理干净的"装修"垃圾，小玩具的包装，小衣服的包装……

都是孩子用的东西的包装袋。

肖亦凡开始动手打扫，打扫的时候他不由得想：如果当初自己毅然拒绝了陆露，如果当初他能够立刻就对夏小雪坦白，如果当初他没有质疑夏小雪和于洋的关系，如果当初自己没有离开家，如果那晚，他接到了夏小雪的电话……

那么多的如果在他的心里像雨后春笋一样冒出来，个个都带着尖，扎得他心疼。

窗外是天通苑的万家灯火，点点滴滴。

肖亦凡缓缓蹲在了地上。

这个才二十四岁的男孩，这个背负过家庭重担的男孩，这个如今才真正一夜长大的男孩，一边打扫着房间，一边在不知不觉中，泣不成声。

委屈吗？也许吧。

但更多的，是自责，是无力回天。

2···

陆露回到家，一夜未睡的她歪在沙发上，可是她一闭上眼，眼前就会浮现出肖亦凡在医院时，那张无助的脸。

这就是自己想要的结果吗？她真的爱他吗？

如果是，爱一个人，不应该让他幸福吗？

抑或没那么爱，是自己潜意识里想要报复夏小雪？

可是，如果这是报复，夏小雪又做错了什么呢？

她什么时候变成了一个以爱的名义去报复别人的人呢？

她头疼得厉害，走去厕所，冷水过面，她清醒了一些。

也许夏小雪从一开始就不知道呢，也许，她只是意外早产，跟自己并没有关系。

母子平安，这样就好了吧。

真的好了吗？

其实，陆露心里明白地知道，这件事情，或多或少与自己有关。

又或者，一切都是自己造成的，此刻的陆露把自己摆到了道德的绞刑架上，焦躁不已。

是时候该解决这一切了。

她该彻底离开肖亦凡同夏小雪的世界了。

可是在她消失之前，她觉得自己欠夏小雪一个道歉。

陆露静静地看着镜子里素面朝天的自己，仿佛过去的那个她。

还好，希望不会太晚。

陆露拿起外套，直奔医院。

找到夏小雪住的医院病房之后，陆露站在病房门口等了很久。她深呼吸了一下，终于还是鼓起勇气，推门进去。

病房里面，夏小雪恰好刚醒过来，看到陆露，她愣了一下。

很快，她挤出一个笑来。

"陆露，你怎么来了？"

"小雪，我来看看你，能跟你谈谈吗？"陆露诚恳地讲。

"当然可以啊，快过来坐，外面挺冷的，喝杯热水吧。"夏小雪略带艰难地从床上坐起来，想给她倒杯水。

陆露赶紧上前，扶住她。

"不用了，我不渴。"

夏小雪的和善，却让陆露感到有些窒息，一瞬间，她觉得自己渺小极了。

"谢谢你来看我。"沉默了一会儿，夏小雪先开口说。

陆露斟酌了许久。终于开口讲道："其实……我是来跟你道歉的。"

"啊？"夏小雪不明白。

"其实这些天，肖亦凡一直都住在我家，你出事那天晚上，他也在……"陆露坦诚地说。

夏小雪愣住了，她的脑海里开始浮现一些乱七八糟的画面，心跳开始加速，连呼吸都有些困难。

"不过，你别误会。我承认，我还爱肖亦凡，我也一次次地跟他表白过。但是，他一直都没有对我有所表示……"陆露有些难过，"我也明白，现在的肖亦凡已经跟以前不一样了，所以我给了自己一个期限，二十四岁生日那天，也就是昨天晚上，如果他仍然对我没感觉，那么我就放弃……结果，那晚我喝醉了，我不让他走，我挂断了你的电话，关掉了他的手机，就是这样……夏小雪，如果你要怪，就怪我，是我害了你，对不起……"

夏小雪平静地听完陆露的话，即使她知道这个时候自己必须说些什么，可是她的喉咙被堵上了，什么都说不出来。

沉默了很久，夏小雪终于深吸了一口气，对陆露说："我不怪你，也不恨你，也不会恨肖亦凡。过去，我从你手里抢走了你最深爱的人。如今，就当是我还给你的。现在，我们俩爱恨扯平，谁都不欠谁的，这样不是很好吗？"

"夏小雪，你别这样，我决定离开北京了，我不会再打扰你们了……"陆露看到夏小雪的平静，有些不安。

她来时一副受难者的心态，寄希望于小雪的大吵大闹，想以此来完成她的救赎。

但是小雪平静得有些可怕，让陆露突然之间慌了神，觉得自己终究是无法解脱了。

"没事，我是说真的，现在，我终于觉得心安了，我也真的不欠谁的了，谢谢你来看我，再见。"

夏小雪说完再见，便转头看着窗外，不再讲什么。

陆露知道自己应该走了，她缓缓站起来，离开了病房。

3…

陆露从医院离开的时候，方芳刚好走到楼下。

她直觉有些不妙，赶紧上楼，推门进去。

她看见夏小雪看着心如死灰般的眼神，便知道出事了。

她不知道陆露究竟跟小雪说了些什么，只能小心翼翼上前："小雪，刚刚陆露……"

"我没事的，你别担心。"夏小雪硬挤出来一个微笑。

"她……跟你说了些什么？"方芳试探性地问。

"她什么都跟我说了，那个晚上，肖亦凡跟她在一起……我觉得这样其实挺好，我不欠她的了，也不欠任何人的了……"

夏小雪脸上带着笑，眼神却那么绝望。

"小雪，他们肯定没发生什么，你要相信肖亦凡……"

"事已至此，我相信或者不相信，重要吗？我妈从小就教育我，宁愿别人欠自己的，也不要亏欠别人，不然会有报应的。那个时候我总觉得我妈妈老思想老观念，但是，我现在懂了，因为我得到报应了……"夏小雪说着，眼泪一滴一滴掉下来。

"小雪，你放心，孩子一定会没事的。"

"孩子怎么了？你带我去看看她。"夏小雪猛地站起身来。

方芳这才意识到夏小雪并不知道孩子还在保温箱中，自己说漏了嘴，慌乱地补救道，"孩子好好地在育婴室呢，你别瞎想了。"

"方芳，你还是不会撒谎。"夏小雪平静地看着她，缓缓道，"你放心，只要孩子还活着，就是再苦再难我都能咬牙撑过去。"

"今天太晚了，孩子肯定都睡了，你还是早点休息，明天我一早就带你过去。"

夏小雪定定地看着方芳，"带我去看看孩子，算我求你了。"

方芳无奈，只得起身。

"看一眼，你就乖乖回来睡觉。"

夏小雪点头，方芳搀着她，离开病房，往育婴室走去。

育婴室里，保温箱中，小猫般大小的孩子蜷缩成小小一团，却带着硕大的呼吸机面罩，连脸都看不清楚。

夏小雪隔着玻璃远远地看着，紧紧捂住嘴，不让自己哭出来，仿佛一下被抽走了全身的力气，顺着玻璃滑坐的地上。

方芳赶紧抱住夏小雪。

"夏小雪你别撑着，你给我哭出来。"

夏小雪摇头，"哭有什么用。"她咬着牙借着方芳的力气重新站起来，心疼地看着自己的孩子，伸出右手，似乎想要透过育婴室的玻璃，抚摸宝宝稚嫩的皮肤。

方芳攥住夏小雪的手，她的手，那么凉。

"医生说了，只要过了这两天宝宝就可以撤掉呼吸机了，你不要太担心。"

"方芳，我决定了，我要离开肖亦凡。"

方芳吃惊地看向夏小雪，"你疯了吗？宝宝怎么办？你不爱他了吗？"

夏小雪心疼地看着这么近那么远的宝宝。

"就是因为太爱了，所以才一错再错。现在是时候结束这一切了。"

"谁错了！没人有错，你冷静一下。"

"是我错了……"夏小雪把头抵在玻璃上，"其实，仔细想想，当初亦凡向我求婚，我内心难道没有一点自私吗？是我太贪心了，人一贪心就会有报应的。"

"可为什么要报应在我孩子身上呢？"夏小雪的脸在抽搐。

方芳心疼地看着她。"小雪，你没有做错什么，这不是报应，如果硬要说，只能怪造化弄人。"

夏小雪摇摇头，"当初我就是把自己交给命运，却抢了陆露最爱的人，现在报应来了，是我活该。可是我的孩子是无辜的，她还那么小，不应该受这些罪。"

"就让一切回到原点吧，不能让错误再继续下去了……"夏小雪看着方芳，眼泪一滴滴落下。

方芳抱住夏小雪，"不会的，是你太累了，所以才会想太多，孩子已经没事了，这一切都跟你没有关系，你不要再责怪自己了。"

夏小雪哽咽着，她说不出话来，只一味地摇头。

她痛心而歉疚地看着孩子，孩子睡得那么熟，仿佛这一切纷扰都与她无关。

上天啊，请让我的宝宝少受一些苦，你要什么，你就拿走。

方芳离开之后，夏小雪透过窗户，往医院的花园看去。

华灯初上，花园很漂亮，她起身，坐上窗台。

夜风吹动了她的头发，月亮不知道是何时升起的，天上出现了寂寥的几颗星。

几分钟过去了，就仿佛过了几个世纪那么漫长，夏小雪觉得时间仿佛都随着她的悲伤停滞了。

电话响起，她接起来，是远方的母亲。

"喂，妈……"才说了两个字，夏小雪的眼眶里就溢满了眼泪。

"小雪，吃饭了吗？我忽然想你了，就打给你问问情况，你可不要嫌妈妈烦哦。记得要是最近身体有什么不舒服的就赶紧去医院，别自己忍着啊……还有，别总是那么孩子气，老是依着自己的脾气。要好好对人家肖亦凡，控制下自己的情绪。产前就是容易暴躁，你多跟他沟通沟通，他会理解的……"电话那边，母亲喋喋不休地叮嘱着。

夏小雪一边附和着，一边强忍着眼泪，但是最终还是忍不住，哭了起来。

她想，这个时候，也只有自己的母亲可以听自己说话，听自己哭。

一个孩子在最脆弱的时候，家人永远都是自己最强大的避风港。

"怎么了，小雪，你怎么哭了？"听到夏小雪哭，母亲担心地问。

"妈，我想家了……"

"怎么了，发生什么事情了？"

"我摔倒了，孩子早产了。"夏小雪的眼泪止不住的流下来。

电话那头竟是一片沉默，许久，夏妈妈才开口说："我这就买票去北京，明天一早就能到。你想吃什么，我带给你。"

语气这样冷静，听不出一丝波澜。

"妈妈你不要来，北京大雪，路不好走，房子也小，住不过来的。我没事，我能照顾好自己的……"

"你闭嘴！"夏妈妈突然急了，"我就是以为你能照顾好自己，你会好好的，你能幸福，你可以平平安安的！"

说着说着，夏妈妈哽咽起来："妈就你这么一个孩子，你爸爸走的时候你才六岁，晚上打雷，你不敢一个人睡觉，你钻进妈妈的被窝，叫我永远都不要走。妈妈答应过你的，妈妈答应过永远保护你，永远不离开你，可妈妈现在都做了些什么……"

夏小雪听到母亲崩溃般的大哭。

就算父亲死去，她都没有听过母亲如此的悲怆。

"妈妈，妈妈你不要这样……"夏小雪吓到了，一时间泪水都退了回去。

"小雪，妈妈就应该辞掉工作去北京照顾你的……"

"妈妈，我知道你不来北京是有原因的，不是你不要来的。我知道你是为了每个月给我的那两千块，又觉得北京的房子太小住不下，才留在家里辛苦工作的。妈妈，我都知道的……"

想到妈妈的辛苦，夏小雪的眼泪又掉下来。

母女二人举着电话，远隔着几千里双双掉着眼泪。

"别哭了，孩子没事就是万幸，亦凡肯定也很辛苦，你不要给他太多压力。"

"他很后悔，觉得他没照顾好我。"提到肖亦凡，夏小雪语气突然变得跟冰一样，"妈，可我想跟他离婚。"

"为什么？小雪，这是大事，你要冷静，我觉得亦凡是个好孩子……"

"我不想说，妈，您要是疼我，您就先别问了，好吗？以后有机会我会跟您说的。"

"小雪，这事儿你要好好考虑，离婚可不是儿戏，没有回头路的。"

"妈，我真的已经考虑清楚了。"夏小雪缓慢而决绝地说，"我的心死了，早就没有什么路好走了。"

电话那头又是沉默，终于，夏妈妈发出一声轻微的叹息。

"小雪，你现在长大了，妈妈相信你有自己的想法。如果你真的决定了，那妈妈会尊重你的选择。家里的大门，永远为你敞着。"

"妈，谢谢你……"

"那离婚之后你打算怎么办？"

"我打算回家，带着孩子，陪在你身边，安心找个工作，好好地过日子。"

"小雪，妈妈是过来人，只想劝你最后一句，无论发生了什么样的事情，在婚姻里，在孩子面前，没有什么是不能被原谅的。每个人都是摸着石头过河，没有人一生下来就懂得怎么去爱，怎么维系婚姻，你没有，肖亦凡也没有。如果有错，永远不是一个人的错。人错了，你得给人机会改，就像你没准也错过，是不是你也得到了改过的机会呢？"

"谢谢你，妈妈，我明白的，我会再想想。"

"妈妈相信你，你现在也是个妈妈了，想想孩子。"

挂断电话，夏小雪这才从窗台上下来，双腿已然颤抖得不成样子，差一点就要摔倒。

她缓缓地走到床边，躺下，安静地睡去了。

这一觉，她睡得很安稳。

她终于没什么牵挂了。

她终于可以回家去了。

就在夏小雪决定跟肖亦凡离婚的这个晚上，肖亦凡接到了父亲的电话，父亲告诉他自己的案子已经结了，总算是有惊无险，无非是要白手起家，但他觉得自己输得起。

电话里，父亲对肖亦凡说："亦凡，我知道我这次出事，你为爸爸做了很多，我也知道小雪处理这件事情的态度。当初我对她那么不尊重，但她还是愿意拿出钱来让你帮我，我真的觉得……挺对不起小雪的。她是个好女孩，以前是我太过分了，你要好好对人家，等有时间我去北京，跟小雪当面道歉……"父亲的语气里，已经有了一丝讨好，也听出了苍老的味道，这让肖亦凡心疼，他知道父亲这次面对了人生里的一次大坎，坎虽然过了，无论嘴上多么的斗志满满，人却也疲了。

"爸……"肖亦凡啜泣起来，"出事儿了……那天我没回家，小雪以为我出了意外，下着大雪出去找我，结果摔了一跤，孩子早产了，现在还在保温箱里……"

肖爸爸在电话那头沉默了很久，最后叹口气说："但总算是母子平安，是值得高兴的事情，不是吗？"

"可是……如果小雪知道那天我在陆露家，她是不会原谅我的……"

"亦凡，爸爸快六十岁了，都能重新再来。你们俩这么年轻，经过了这么多事情，有什么不能挽回的呢？相信我，让小雪看到你的真心，不要瞒着她，跟她解释清楚，她是个好女孩。"

肖亦凡在电话这边点点头，却什么都没有说。

问了几句父亲的病情，知道是早期胃癌，还在可以控制的范围内。

肖爸爸本说要来北京看一下孩子，但肖亦凡却坚持说想让小雪静养一下，等一切都平稳了再来，父亲算是劫后余生，他不想要他再折腾了。

但内心里，他其实想独自迎来那尘埃落定的一刻。

或者说，他其实不知道，该如何同夏小雪坦白。

他明白两个人岌岌可危的感情，已经不起这一次意外的真相。

41

送你离开千里外

1···

天微微亮，躺在床上的肖亦凡却再也睡不着了。

北京清晨的熹微里，隐约有惨淡的茫茫雾气，像是悲伤。

自从小雪早产以来，他连续几个日子夜不能寐，躺在床上直到疲倦袭满全身才可以合眼。

可转瞬就从酸楚中苏醒，要不就是漫天的梦魇，梦中仿佛过了一个世纪，醒来看看时间，躺下也就两三个小时。

他的心中满是对孩子的愧疚，认为她本应健康的呱呱坠地，受到大人们的疼爱，一切按部就班，直到完成她的人生轨迹。

可是如今……

肖亦凡一想到这，便仿佛跌入一个幽深的无底洞，来来回回，都是不着边际的深渊。

看看表，已经是六点钟，肖亦凡拍拍额头，深吸口气，耷拉着肩膀起了床。

洗漱完毕，他从冰箱里拿出了昨天买的材料，希望能给小雪做一锅鸡汤补补身子。

他没有过做菜的经验，只能打开电脑，找到做菜的网页，按照上面教导的方法，一个步骤一个步骤地记下。

清洗鸡内脏而产生的血水，让肖亦凡一阵阵反胃，几欲作呕，这几天睡眠不足仿佛起了作用。

因为没吃早饭，胃酸漾上来，他走到客厅，用湿淋淋的手倒了一杯水，试图冲散胸中的恶心。

虽然效果不大，但他还是强打起精神来，继续回到厨房。

做汤的材料不全，肖亦凡便站在炖锅前，不断地品尝着味道。

因为忐忑，他几乎每五分钟就要尝一次，要知道，那味道，其实真的不太好受。

因为翻滚而产生的水蒸气让他满头大汗，他却站在那一动不动，认真得有些令人心疼。

直到他认为味道已然不是苦涩而是微微透着甘甜，肖亦凡调小了火，慢慢熬。

是的，慢慢熬。

坐回沙发上，肖亦凡有些自嘲地笑。他的心，这些日子以来，仿佛也在被一把不温不火的小火，慢慢地熬着。一开始不觉得痛，等感受到，却手脚被缚，无力回天，只得睁眼望天，默默承受。

自责和煎熬已经让他不堪重负，他觉得一切都是报应，一切都是应得的。

他偶尔会有些恶作剧地想，换成以前的自己会怎么做。

会死吗？会觉得活不下去吗？会四处找人抱怨，换得不痛不痒的同情？抑或是会把责任推得一干二净，一切都怪到天不时地不利人不和？

回首毕业以来的这段日子，他有些心悸。

当初，他觉得自己好像一夜长大，那么勇敢地去承担了一切，男人无比。

现在看起来，那如同一个可笑拙劣的角色扮演游戏，他却在里面演得不知魏晋，洋洋得意。

他仿佛幼儿园过家家的小朋友，等到结束那日，才发觉自己当初的把戏多么幼稚。

汤熬好了，他小心翼翼地把汤盛入保温桶里。

时间已经接近中午，阳光洒在他的脸上，这才能看出他的虚弱。

起床到现在，他一口东西都没有吃，鸡汤的香味，对他来讲，仿佛也是免疫的，他现在想的只是赶紧去医院，把汤给夏小雪。

悄悄推开小雪病房的门，他看到侧身躺着的夏小雪，走近了，发现小雪还在睡，呼吸很浅，不时会抿起嘴唇，痛苦不时滑过她的脸，有几缕头发从脸颊滑落，肖亦凡伸手帮她把头发拨到脑后。

那是一张他多么熟悉的脸，此刻却显得如此虚弱，没有生机。

肖亦凡又开始自责起来，都是你的错，一切都是你的错，他在心里默念着。

他把保温桶放在了小雪床边的矮柜上，轻手轻脚地关门出去了，他怕他再停留一分钟，眼泪就要落下来。

而且，是时候上班了。无论如何，他都是要工作的，不然怎么付医药费。

他关门的刹那，小雪睁开了眼睛，凝视前方，久久没有挪动身体。

肖亦凡进门的时候她已经醒了，她只是无法面对如今的境遇。

她再也无法忍住悲伤，无法挤出一个笑容，无法像并不很久的从前那样，轻轻地抚摸这个男人的头，告诉他一切都无所谓。

她有所谓，真的有所谓。

她没有哭出声来，人真正地被悲伤淹没时，心都死了，哪里来的泪。

她看一眼柜子上的保温桶，慢慢地坐了起来，打开看了一眼，而后，又合上了盖子，发出了一声不被察觉的叹息。

继而她扭过头，如同一尊雕塑般，呆坐着看着窗外，悲伤从她的身侧汹涌而出。

窗外的世界，车水马龙，生机勃勃。

一切都在美好地继续，没人在意是不是有个女孩子的生活，已然停滞，一步也走不下去。

而肖亦凡，此时身在上班高峰期的地铁上，被挤来挤去，像个可笑的肉粽。

他的表情有些可怜，有些委屈。

曾经的他潜伏在人群之中，仿佛占领着一个制高点，看着脚下的尔虞我诈，视为游戏。

他觉得自己跟别人不一样，跟"这些人"不一样。

而此刻的他则看不到往日的孤傲与目空一切的超脱，他潜意识中渴望大家放过他，放过他的一切，却又希望有个人出来指责他，辱骂他，好让他有种解脱的快感。

而周围的人，依旧一脸冷漠肃穆，带着满满的冷漠和空洞。没有人真的关心他的生活，正如他，亦不想知道他们的内心此刻正在忍受着什么。

肖亦凡任自己被挤压被推来推去，他忽然懂了一点点生活。

生活就是你随波逐流，但却不失希望，而此刻，他的希望，又在哪里呢？

夏小雪带着笑容的脸庞，仿佛一个失焦的光圈，渐渐聚焦在他的眼前。

他的眼里，终于有了一点点坚定。

2···

刚到公司，还没等在自己的位子上坐稳，就有同事凑过来。

"亦凡，知道吗？王八蛋又回来了！"

肖亦凡不语，此刻的他，已然顾不上这些鸡毛蒜皮。

那同事不顾肖亦凡的冷漠，继续说："真是风水轮流转啊，哪能说回来就回来？咱们公司真是乱来。"

肖亦凡自顾自地收拾着东西，他把自己的物品收拾妥当，他要请假照顾小雪，这是地铁上忽然的决定。

王八蛋又回来了，这是他始料未及的。不过无所谓，如果请不了假就辞职。

如今的他，除了小雪，失去别的东西也不会再让他动容。

像一个男人一样地去承担。肖亦凡心里不断告诉自己。

同事明显对肖亦凡的反应不太满意："亦凡，你怎么不说话啊？"

连叫了几声，见肖亦凡不答应，当下也就有些悻悻，白了肖亦凡一眼，又凑到别的桌前与他人闲聊了。

肖亦凡收拾完，来到经理室门前，叩开了房门。

"请进。"

肖亦凡低着头走进去。

王经理一见是肖亦凡来了，脸上竟然破天荒地堆满了笑容，十分热情地招呼他坐下。

"原来是亦凡来啦，好久不见了啊，来，快坐快坐。刚好有事要找你。"

肖亦凡看着经理笑笑，觉得有点不习惯，但还是礼貌地回应。

待他坐稳，经理先开了口。

"亦凡啊，以前，有什么对不住的地方多多包涵啊！"

肖亦凡笑着小声说："经理您这是哪里的话。"

经理也笑了："以前的确是难为你了，我告诉你个事，陆露认识吧？"

肖亦凡抬头看着经理："认识，怎么了？"

经理挪了一下座椅的位置："我想其实你也不知道，其实这个公司是陆露爸爸的一个战友名下的吧……"

肖亦凡的确不知道，他怎么可能知道。

"你还记得当时你四处发简历，只有一个广告公司通知你去面试，可那公司招满了人，是那个公司的 HR 介绍你过来的吧？"

"记得啊。"

"嗯，其实，这一切，算是一个偶然里的必然吧。"

"啊？"

"呵呵，亦凡你也是聪明人，有些话我就不要说得那么明白了吧。"

望着笑得意味深长的经理，肖亦凡忽然一下子就明白了，自己为何那么简单地就找到了这份其实还算不错的工作，为何王经理什么都看不惯他，为何陆露一下子就成了他的顶头上司。

一时间，太多的信息涌入他的脑海。

"最近呢，陆露跟我谈过，说当初你也有苦衷……哎呀，亦凡，你知道的，我当初那么对你，其实也是有苦衷的……"

还没等他说完，肖亦凡就打断他："经理，这些过去的事就别提了，我没往心里去，而且当时其实真的是我做得不够好。对了，我今天来也是有事找您。"

"亦凡，你这个年轻人真是太让我刮目相看了。"经理赞许地点头，小鸡啄米似的，继而伸手递给肖亦凡一份资料，"不过，让我先说吧，你先看看这是什么？"

肖亦凡接过资料，还是打开翻看了一下，这是一个新项目的资料，资金充裕，题材新颖，仿佛为他量身定做。

"亦凡啊，这个项目我觉得很适合你。看了你前一阵子做的几个事情，领导们都觉得你是个可塑之才。怎么样，有没有信心独挑大梁一次？"

肖亦凡在这公司那么久，接触到这么庞大和有挑战性的工作，还是第一次。

说实在的，肖亦凡认为自己不愿做个上班族的原因之一，就是工作没有挑战性没有独立意志。

现在终于有一个机会了，看着手上的项目书，他却忽然有点儿想笑。

这算是安慰奖吗？他想。

以前的肖亦凡，那么想成功，如果有这样一个机会，他简直要拿命来拼。

可现在，他觉得他没那么想要。

"经理，我今天是来请假的。"

经理满是期待的眼神突然充满了疑惑和不解："嗯？那你要请多久？"

"大概要半个月。"

经理皱皱眉头："这么长时间的假？这个项目可是等不了的啊。有什么事？能不能调剂一下，这可是个很好的机会，你知道公司里有多少新老的员工想做这个项目吗？"

肖亦凡低头思考了一下："经理，我，我妻子身体出了点问题……我想我得照顾她，这比这个工作重要。"

王经理一下子呆住了，他忽然发现眼前这个略显憔悴的年轻人，也许跟他想的不一样。他没有他曾经认为的那么天真幼稚、不谙世事，他转而想到他自己，想到他在肖亦凡这个年龄的时候，不免有些伤感。

他的心，有那么一小块柔软的地方，被触动了。

他的表情松懈下来，叹了一口气，继而走到肖亦凡身边，拍了拍他的肩膀。

"好吧，不勉强你。可是，我多句嘴，你真的想清楚了？"

经理说这话的时候明显是动了情，这个意想不到的人突然真挚的关怀，让多日以来，备受煎熬的肖亦凡鼻子有些发酸，眼泪差点掉下来。

他深吸口气，坚定地点点头："谢谢经理，我真的想清楚了。"

"那好，我准假了。"

肖亦凡再次道谢，起身离开，走到门口，经理突然在后面道："陆露她……今天晚上八点的飞机去美国。"

肖亦凡站住了，没有回身，声音平静得有些过分："是吗？那麻烦经理替我跟她讲句一路平安吧。"

经理坐在那边欲言又止，看着肖亦凡关门出去，摇摇头，吞下了口中的话。

他虽然已经不太懂得这些年轻人，可是，莫名地，他有一丝怜惜和恻隐，甚至，有点儿羡慕。

3···

在这个并无二样的北京的清晨，方芳终于做出了一个决定。

因为目睹了小雪的经历，她瞬间没有了对于完美爱情的憧憬和期盼。

这时的她，终于明白，原来爱，不仅会带来幸福，更多的时候，爱会造成伤害。

她开始回望自己的过去，是不是浪费了所谓的好时光，用自己汹涌的爱，淹没了一切本该被她紧握在手中的美好。

当曾经沧海难为水，她才发现那些幼稚单纯的打闹竟是如此的让人神往。

她二十三岁，青春虽然尚未成为旧年华，却也耽搁不起。

所以她决定跟于洋告别，有些感情，来得快，去得也快。

她跟夏小雪不一样，她可以快刀斩乱麻。

虽然此刻想起于洋的脸，她的心总会紧一紧，但她宁可相信，那是得不到所造成的幻觉，只有离开，才是治愈疼痛的灵丹妙药。

当她故作轻松地敲开于洋办公室的门，于洋正在一一把桌上的补品放到环保袋里，看到她来了，他温和地笑着挠挠头。

"啊，你来得正好，我买了一些补品，你帮我拿给小雪。你知道，我不方便去的。"

"嗯，好。"方芳的声音有些萎靡。

于洋看到了方芳的不对劲儿，但并未停下手中的忙碌："怎么了，方芳，听你的声音不大对头啊，是不是照顾小雪太累了？对了，从今天开始你不用上班了，我放带薪假给你，等小雪康复了你再回来。"

"于总，我今天是来辞职的。"方芳一股脑儿讲出这话，生怕一个迟疑，自己就会变卦。

于洋却并不意外，脸上依旧是那温和的笑："为什么？我一直很欣赏你的办事能力的。你知道，这个世道，我想找到一个更适合你的工作还是比较难的。"

"很多时候，我其实没有那么现实。"方芳笑笑，"面包虽然难找，吃馒头也是可以的。"

"可你还是没有告诉我为什么？"

"理由重要吗？"

"本来不重要，可是，身为一个长辈，一个大哥，一个欣赏你的人，这就重要了。"

"因为我喜欢你！"方芳讲完这句话，脑袋"嗡"地一下就响起来，她的脑袋短路了。

"我知道。"当于洋微笑地讲完这句话，方芳的电路板也跟着烧掉了。

"我这个年龄，不能说身经百战，也多多少少懂一些事情，怎么能看不出来呢。"

"那……你……"方芳难得地卡壳了。

"可是方芳，我问你，关于我，你知道些什么？或者换个问题来问，你认识我这个人吗？"

"我……"

"回答不上来了是吧。方芳啊，在你眼里，我也许是个钻石王老五，虽然在我自己看来，钻石也是石头。可是，你有没有想过，也许你喜欢的并不是我，而是一种年轻女孩子对于任何成功中年男性的幻想。你说你喜欢我，可我这个人，你一点都不了解，何来喜欢？喜欢的，只是一个空壳而已，我说得对不对？"

方芳被说得哑口无言，在于洋面前，她被分析得透透彻彻。

"所以呢，身为你的幻想，我有责任和义务，不同意你辞职。"

"这对我不公平。"方芳还想嘴硬一下，口气却软了下来，方才女烈士的感觉已经消失了，"不待你这样的。"

"我哪样了？少一个幻想的对象，多一个教父不好吗？来，东西拿着。"于洋把那包满满当当的补品递过来，"我还有一个项目要谈，记得帮我问候小雪。"

说罢，他拿着车钥匙出了门，剩下方芳呆若木鸡地站在办公室。

痴傻地站了一会儿，方芳舒出一口气，再次活了起来。她笑了，那笑容，轻松明快。

于洋跟她不是一个段位的，她回首自己几分钟前还刻骨铭心的暗恋，忽然觉得有些不好意思。

4···

回家的地铁上。

肖亦凡已经几天没有刮胡子，惨白的日光灯下，他看起来气色差极了。

他知道，陆露没多久就要离开北京了，可能再也不回来。

他拿起手机想要打电话给她，但是思来想去，还是没有拨通那个号码。

还能说些什么呢？

地铁一站站行驶，时针指向七点，他想起那些同陆露的点点滴滴，想到两人甚至都没有好好讲一句再见，心中一阵焦灼。

终于，到了东直门站，就在车门关闭前，肖亦凡跑出地铁，往机场快线的方向奔去。

首都机场，众人来给陆露送行。

陆露微笑着跟众人告别，眼中却还是有所期待。

这个傻姑娘，还是期待着偶像剧里的狗血情节。男主角在最后一秒，飞奔着赶来。

但是赶来又能如何呢？陆露的心底，发出一声轻微的叹息，他们都回不去了。

王经理拿着一束花走到她身边，递给她，悄悄地说："他不会来了，他让我代他祝你一路平安。"

陆露笑。"我知道，谢谢你，王经理。"

她戴上手中的墨镜，扬起头来，一如昨日骄傲的她，"再见了大家，保重。"

留给送行的人一个大大笑脸之后，她转身登机了。

上了飞机，陆露呆坐着，墨镜遮去了她大半的脸庞。

空姐提示请乘客关掉手机。

陆露拿起手机，刚想关掉，一条短信瞬间进来，是肖亦凡的号码。

"对不起，忘了我。好好生活，替我活够我那一份。"

飞机跃上天空，飞往一个完全陌生的城市。

北京，再见。陆露掉着泪想，肖亦凡，再见。

首都机场外，肖亦凡坐在停机坪外的高耸栅栏外，看着飞机升上天空，变为一个小黑点。

随后，他决绝地转身离开，那略显单薄的外套里，灌满了冷冽的风。

像是一只悲壮的鸟，起起落落间，都是默然。🌐

42

一切世事可原谅

1 ···

从机场快线出来，肖亦凡换乘了一号线，赶往医院。

他想去跟小雪坦白那天晚上的事情，让她原谅他。

轻轻推开房门，就看到方芳站在小雪旁边，二人聊着什么，说到什么开心事，小雪淡淡微笑，仿佛一朵苍白的花。

肖亦凡远远地看着她，抿嘴深呼吸一下，调整出一个不那么生硬的微笑，走上前去。

两个人看到他，便停住了口中的话题。

方芳站起来刚要说话，小雪却开口说："方芳，你能先出去一下吗？"

方芳看一眼肖亦凡，一脸的为难，默默叹口气，还是出去了。

肖亦凡瞬间心中一紧，他知道也许有什么事情发生了。

"亦凡，你觉得我们两个之间有问题吗？"小雪的声音，这样冰冷。

"有什么问题……一切都在往好的方向发展不是吗小雪？你别担心孩子……"肖亦凡默默决定今天还是别提那晚的事情了，得选个两个人能心平气和的好日子。

"肖亦凡，你怎么还是不明白，现在不是孩子的问题，是你我的问题！"，小雪眼中已经有了泪，"下雪那天，你在哪里？"。

她终于讲出这句话。

"我……"肖亦凡瞬间明白了，"小雪，我可以解释的……"

"我不用解释，肖亦凡。"夏小雪摸着自己的胸口，"你知道吗？我相信你没有做任何对不起我的事情，可是，我这儿死掉了，心死掉了，你懂吗？"

"小雪，我错了，对不起，真的对不起，我……"肖亦凡想要解释。

"你不懂。"夏小雪打断他，"一直以来，你都觉得我是你的，不会离开你，就好像我是你的附属品。夏小雪在你心里，永远是你老婆，是一个怀着你孩子的女人。可是亦凡，我是个人，你这样对我，我会跑开的。这么久以来，你工作很辛苦，为了我为了这个家好辛苦，我都看在眼里，也很感动。可是，日子并不是有感动就能过的。我需要你跟我交流，跟我沟通，可你什么时候想到过，我们两个组成了一个家，家里还有我在等你。每天回家，你就说累，要休息。我们每天生活在一起，可日子却像两条平行线，没有任何交集。你有没有想过就算是婚姻也是要经营的，对于我们的婚姻，你做了些什么？你有努力过什么？你知道吗？并不是只有你一个人压力大，我每天在家，焦虑得无数次想要从楼上跳下去，可是，这些你知道吗？你有试图了解过吗？你有吗？"

夏小雪仿佛是要把这长期以来积累的委屈一吐而尽。

可哪里说得完呢？那么多咽下的点点滴滴，她忽然不想说了，看着这个眼前这个手足无措的肖亦凡，想想刚刚崩溃的仿佛一个疯子般的自己，她累了。

"离婚吧，亦凡，我放过你，你也放过我。孩子我带走，你也知道，我不能再生了……这样你还可以开始你的新生活……"

夏小雪是闭着眼睛讲这些话的，她怕多看一眼肖亦凡，心中的坚定就会土崩瓦解，可眼泪，为什么还是忍不住地要流出来呢？

肖亦凡愣愣地看着夏小雪，竟然一句话都讲不出来。

他甚至连一丝想要为自己辩驳的想法都没有了。

他长久以来的掩耳盗铃，原来只骗过了自己。

他一直以来坚守的，责任，此刻竟成了他与小雪之间的鸿沟。

不对，不是责任的问题，责任只是他逃避感情的借口。

他内心里总觉得他不爱夏小雪，所以他用责任来催眠自己，只要是赚到了钱，他就认为对得起小雪和这个家了。

他却忽略了小雪也是一个人，比谁都能敏锐地感受到他的作为。

他们两人之间，本应该是一段恋情的初期。你侬我侬，热情似火。

可是实际上从一开始一切都变得很窘迫，变得让人窒息。

两个人都蓬头垢面，仿佛是一下子陷入了老夫老妻的怪圈。

他忘了女生最需要的是什么，只记得小雪是孩子的母亲，却忘记了小雪依旧是一个爱着他的女孩子。

方芳不知何时进来了，她把肖亦凡拉至一边："亦凡，你先走吧，等她冷静冷静再说，这儿有我，你不用担心，我会劝劝她的。"

被方芳拉出病房之前，肖亦凡又回望了一眼，却只看到夏小雪仿佛面对一个陌生人的脸。

2···

肖亦凡失魂落魄地坐上地铁，各种思绪围困着他。一时间，他的人生竟然变得毫无方向，他随着人群，上了一班刚刚开过来的地铁，在角落里找到座位坐下。

那么大的一个北京城，此刻能容纳自己的地方竟是这样小，拥挤得令人窒息。

他开始质疑自己当初来到北京的决定。

这个城市，太大了，大到可以让所有人的心，都变冷。

地铁里的移动电视，播放着五月天的那首《时光机》，歌词一句句地，砸向他的心。

> 那阳光碎裂在熟悉场景好安静，一个人能背多少的往事真不轻。
> 谁的笑谁的温暖的手心我着迷，伤痕好像都变成了曾经。
> 全剧终看见满场空座椅灯亮起，这故事好像真实又像虚幻的情境。
> 只是那好不容易被说服的自己，借口又顶不住懊恼的侵袭。
> 好后悔好伤心想重来行不行，再一次我就不会走向这样的结局。
> 好后悔好伤心谁把我放回去，我愿意付出所有来换一个时光机。
> 对不起独自回荡在空气没人听，最后又是孤单到天明。

肖亦凡的心里一阵阵发酸，眼泪开始在眼窝里打转。

视线移向蜘蛛网般的北京地铁线路图，密密麻麻的。

再看看周围的人们，虽然大家都灰头土脸，满脸疲惫，可是在这些脸的后面，他又看到一点点的光。

那一点点的光，叫作希望。

因为希望，所以我们才可以在这个冰冷的城里，不会冻死，才能硬着头皮，流着血和泪，勇敢地活下去。

肖亦凡仿佛一下子想通了，有时候，成长真的只是一瞬间的事情。

他默默地换乘了地铁，去了公司。

如果夏小雪想要分开，他去求，他去劝，他去认错，他去跪在地上求她原谅，那又怎么样呢？

他不能再这么孩子气了，他得去做点儿什么，他要点点滴滴的来，用分分秒秒的行动，来向她证明，他不再是以前的那个肖亦凡了。

他错过，他后悔了，他现在，可以肩负起一个家。

到了公司，同事们对他的出现都略略有些吃惊，应该是那位"广播站"同事的功劳，他们都或多或少知道了些肖亦凡的家事。

肖亦凡应付了几个同事的寒暄，径直走到经理室，敲开了门。

"亦凡，你怎么来了？"王经理对于他的出现有些吃惊，"假期不够长？"

"没有，经理，我要复工。"肖亦凡一进门，就开门见山地说道。

"啊？那你妻子那边……"

"她很好，有很适合的人在照顾她。我想，现在也有更适合的事情，等着我去做。"

"也是，男人嘛，事业总是要放在前面的。"经理拿起一份文件，放到肖亦凡面前，"还好我没有把这个事情交给别人做。亦凡，你应得的，你跟刚进公司的那个毛头小伙子不一样了。"

看到变得慈眉善目的经理，肖亦凡有点感动，却不太确定自己是否应该如此轻易地感动。

因为他看不懂经理这么做，究竟是陆伯伯的原因还是对自己能力的肯定。

不过，这不重要，肖亦凡想，重要的是，我会做好这件事情，从这件事情开始，一件件地做好。

把所有自己丢掉的东西，一件件捡回来。

事业，小雪，还有幸福。

3···

小雪的身体在方芳的悉心照顾下，慢慢好了起来。

这天下午，有一个人来拜访小雪，他带着一篮水果，怯生生地跟着护士走进了病房。

这时方芳还没到，只有小雪一个人在看书。

看到有人进来，小雪一惊，她曾在肖亦凡的相片簿里看到过这个人，她记得肖亦凡提到他的时候脸上迅速划过的阴霾，这个人，是肖亦凡的父亲。

"肖叔叔？"她有些迟疑地问道。

"小雪吗？怎么样？好点了吗？"肖爸爸脸上满是慈祥的微笑，真是懂得谈话艺术的人，一句话就把距离拉近了。

小雪点点头，有点儿惶恐，她没想到两个人第一次见面，竟是在这样的场合。

"亦凡呢？他不在？"

"嗯，叔叔您坐。"

夏小雪起身要给肖爸爸整理座位，肖爸爸却示意小雪不要动，自己慢慢整理好旁边的座位，然后缓缓坐下，整个人的动作看起来笨拙又苍老。

肖爸爸一坐定，便长舒一口气。

此时的他已不见往日的干练潇洒，而多了一份黯然的老人气息。

"亦凡不在也好，我跟你好好聊聊。"

提及肖亦凡，小雪沉默了，眼里满是落寞。

"你们的事情，我大概知道一些，我想，叔叔欠你一个道歉。"

"叔叔，您别这么说。"

"小雪，每个成年人，都应该为自己的行为负责。叔叔当初做的决定，不管在你这里有没有伤害，于我，都要跟你讲一句对不起。"

"叔叔，没人需要道歉，真的。"夏小雪长叹一口气，"要怪，就怪造物弄人吧。"

"我当初反对，是因为觉得你们还小，我对你也不了解，但是我也年轻过，我知道你这样的女孩子。"

夏小雪有些自嘲地笑起来："叔叔，我是什么样的女孩？我只是个傻瓜吧……"

"你这样的女孩子，爱得无比投入，爱得忘了自己。但是啊，孩子，爱情这样的事情，可以一个人单方面付出，可是，婚姻不成，婚姻是两个人削平所有锋利，组成一个家。你这么用力，伤的还是自己。当然了，叔叔讲这个话，是把你当半个女儿看，才说得这么明白，如果有什么不中听的地方，希望你别介意。"

"叔叔，我明白的。"夏小雪从小没有父亲的陪伴，心中忽然有点暖。

"亦凡这个孩子吧，人不坏。可是，其实还是担不起一个家，让你受苦了。"

夏小雪沉默。

"其实，这一切都得怪我，自从他母亲走了，亦凡就变得沉默起来。我一门心思地赚钱，一天到晚见不到这孩子几面。他从小就得学会自己照顾自己，没钱了饿了也不跟我说，就忍着，也不开口要。

"后来等他稍微大了一点，懂事了，有了朋友，忽然一下子变得开朗起来，就好像小时候的那些不快乐都没存在过一样，可我们两父子之间交流，却变得越来越少。那时我总觉得，只要在物质上满足他就够了，可是却没想到，他所缺的不过就是家庭的温暖。

"这次见到他，他仿佛一夜之间就长大了。过去他跟我闹，无论多坚持，我都能看出他的硬撑。我之前反对你们在一起，是因为我知道他还没准备好，迎来一个家庭。其实，如果当初我能多给你们一点支持，也许今时今日，就不会是这样一个结果……"

肖爸爸说着说着，就有些动情，眼睛变得有些红。

"叔叔，您别这么说。"夏小雪只能用这种无力的话来回应。

"其实亦凡也不容易，你也得对他有点儿体谅。毕竟，他没受过什么苦，这差不多一年来，大大小小的事儿加起来，他之前那么多年都比不过。有些事儿，你有牺牲，他也不是没有的。很多时候他其实不太清楚自己要什么，就知道一个劲儿地往前冲，我看在眼里，老想给他避免错路弯路，没想到却适得其反，兜兜转转更大的一个圈。小雪，你是个聪明的女孩子，我想你应该懂吧？"

"肖叔叔，我懂。"夏小雪咬紧牙。

"所以，无论之后怎么样，叔叔还是希望你跟亦凡能够好好地过日子。爱情，有的时候……"

"叔叔，您别说了。我跟肖亦凡，一切都结束了，我不爱他了……"像是生怕肖爸爸讲出后面的话，夏小雪打断他。

"啊？"肖爸爸对夏小雪的反应有些吃惊，"小雪，不要因为有一些阻碍……"

"谢谢你叔叔。"夏小雪有些凄然地笑起来，"结局也许一开始早就写好了吧，但是，我想跟亦凡分开，不是因为那些错路、弯路，我珍惜过去的每一件事情，不管那些是不是错误的决定，是不是不够理智。我爱过肖亦凡，拼命地、忘了自己地爱着，所以可以为他跟全世界为敌，把所有的苦都能过成甜。可是，此时此刻的夏小雪，已经不爱他了……"

肖爸爸安静地听完夏小雪的一番话，微微地愣住。

一会儿，他微微笑了，站起身来，爱惜地拍拍夏小雪的手。

"退一万步说，我身为一个家长，真的希望你们，能在最坏的时候，懂得吃，舍得穿，不会乱。今天咬牙熬过去，明天就算不是个晴天，也不会更坏。我要替肖亦凡谢谢你。"

"谢谢我？谢我什么？"

"谢谢你让他长大了，小雪，我再最后劝你一句，别那么急着说再见，如果可以，再给他一个机会，谁能收获一个成品呢？你仔细看看，这个你不爱了的长大了的肖亦凡，也许更可爱一些。也许更适合做一个好丈夫，好爸爸。"

之后，肖爸爸没再提及两人感情的事情，而是陪着小雪有一搭没一搭的讲着家常，待了不多久，他看一眼时间，说要去看一眼孩子，便要走了，得去化疗。

夏小雪要起身来送，陪着一起去看孩子，肖爸爸却摇摇头，说日子还长着呢，何必拘泥于这片刻的礼数。

肖爸爸走到病房门口，没有回头，却仿佛自言自语般讲了一句话，"小雪，我还等着孩子叫我外公呢。我相信，肖亦凡也在等着她叫爸爸呢，就像你，是不是也很期待孩子叫你妈妈的那一刻呢？"

　　房门关过来，午后的阳光，很好地洒进房间里，夏小雪包围在一片金黄的温暖中，缓缓闭上了眼。

　　聪明如她，怎会不懂肖爸爸话语中的深意呢？

　　过去，全世界都在劝她离开肖亦凡，现在，全世界又都在劝她留下。

　　她有点想笑，鼻子却酸酸的。

　　黑暗中，她看到一个女孩子，好熟悉的笑容，那是四年前的她，懵懂、冲动、奋不顾身。

　　对方跟她擦肩而过，同她微微一笑，转身却跑远了，终于消失在了黑暗的尽头。

　　夏小雪哭了，在三月的春天的初始，她终于真正地哭了起来。

　　她终于决定试着原谅肖亦凡，她终于可以面对自己内心的舍不得。

　　肖亦凡直到最后也不知道这番谈话的存在。

　　也许这只是一个插曲，却足够改变结局。

尾　声

转眼到了年关，北京的大街上，四处都飘满了节日的气氛，红红火火。

这一日，肖亦凡接手的项目终于成功竣工，他拿到了一笔不菲的年终奖金。

小雪没再提离婚的事情，肖亦凡每天再晚都来照顾，俩人话不多，相敬如宾。

今天，还是夏小雪带着孩子出院的日子，他提前下班，打了个电话给方芳，让她先去医院照顾小雪，说自己晚点过去接母女俩，他想先回家收拾下房子，再去给小雪买个出院礼物。

方芳自然说好，追问之下，她知道肖亦凡想买个戒指给夏小雪。

表面上，肖亦凡觉得当初的那个草戒指，太草率，太不正规，可在他心里很深很深的地方，他也明白，他想借着这个戒指，给这些日子以来，一直处在停滞状态的两人，一个重新开始的契机。

如果当初他们的那段婚姻，是从一枚廉价的草戒指开始的，那么就让现在的这一段感情，因为一个货真价实的戒指，破茧重生吧。

地铁上的肖亦凡想到这个，脸上就浮上了笑。

他已经很久没有这样笑过了。

医院中，方芳到的时候，小雪却已经只身办好了出院手续，抱着孩子，就要打车回家。

方芳却硬拦着，就近找了个咖啡馆，说要两人坐一会儿等肖亦凡来接。

夏小雪虽说多大人了还需要他来接，但还是拗不过方芳说要姐妹谈心，只能去了。

咖啡馆中，人并不多，接近年关，北京快空了。

两姐妹安静地坐着，孩子不时发出咿咿呀呀的声音。

"小雪，咱们两姐妹间不讲废话，你知道我为什么要留你坐会儿吧？"

"我知道。"

方芳笑了，"你知道？那你跟我讲讲？"

"你想劝我跟肖亦凡重归于好。"

"嚯！不都说一孕傻三年么？你怎么越孕越聪明了。你是怎么想的，你跟我交个底吧？"

"我也不知道，我想也许我们应该先分开一阵子，冷静一下。"

"小雪，亦凡这段日子的努力，你难道都看不到吗？人心都是肉长的，我看着都心疼。"

"我看得到，可……"

"可什么可！经历了这么多事情，终于看到一丝幸福的苗头了，你却要冷静一下？！我就这么说吧，如果你一直对那天晚上的事情耿耿于怀，我觉得，你是魔怔了。退一万步讲，我觉得那天晚上，肖亦凡没有做错任何事情。就算有错，也罪不至死。"

"可我不知道我是不是还爱他……"

"哪儿那么多的干净利落的爱和不爱啊，小雪，很多时候爱一个人的表现，更多的是原谅啊……"

原谅两个字，突如其来重重地落在了夏小雪的心上，敲开了她心上的最后一块坚冰。

是啊，过去的她，总觉得很懂爱，总以为爱一个人，就是为他付出一切。

可经历了这么多，她忽然发现，也许原谅，才是付出之后最悠然的延宕。

她没有再说什么，她忽然有点儿想回家了。

天通苑那个小小的，温暖的，有点儿破旧的，却是一砖一瓦，用爱创造的家。

肖亦凡到了商场，里三层外三层全是人，仿佛买金子不要钱。

这一年，金价一路飙升，菜百的人就从没少过，人们来到这里，像买白菜一样地买着金子。

当然，这些事情，肖亦凡并不知道，这样的生活，其实与他无关。

他仅仅是一个发了年终奖才会踏进这里的新婚小先生。

是的，新婚，数一数指头，他跟夏小雪，结婚也不过十个月。

挤到柜台前，服务员忙得死去活来，无暇理他。

他看了半天，这才意识到金价这么高了，轻轻松松地就比他印象里翻了一倍。

他看中了几枚戒指，做工精致、不大不小、价钱也合适，他张嘴让服务员拿出来给他看一下，换来的却是冷冰冰的一句"忙着呢，你隔着玻璃看不见啊"。

肖亦凡不在乎地笑笑，脸上是一水儿的波澜不惊，要是换成一年前的肖少爷，铁定会从地上高高跳起，不讨个说法誓不罢休。

可现在的肖亦凡，真的就乖乖地把头贴到了玻璃上，仔细地观察着那一枚枚戒指，丝毫不管他前后推来搡去的人们，认真得仿佛小学生。

大家都不容易，何必给人家添麻烦呢，肖亦凡心里轻轻地这样说。

半天的对比后，他选中了一枚样式简单的戒指。

当他第一眼看到，就知道是夏小雪喜欢的。

那戒指上有一只做工精巧的小蜻蜓，仿佛随时都要飞起来的样子，差不多十克，他差一点就买了，是服务员的一句话提醒了他："买来送女朋友的吧？"

他微微愣了一下，夏小雪哪是他的女朋友，他怎么能就这么简简单单地送她一枚金戒指。

他摸摸兜里的年终奖金，刚好一万块，转身走向了钻石柜台。

钻石柜台的人不多，在服务员的撺掇下，他买下了一枚售价9999的钻戒，半克拉，白金搭配，简简单单的样子。

服务员说，颜色可能略微发黄，品质没那么好，所以才便宜。

肖亦凡听了，不仅不介意，倒是有些欣喜。

在他看来，这种独一无二，更是好的。

坐上地铁，差不多一个小时才回到天通苑的家中。

肖亦凡看一眼时间，赶紧打扫房间，还得去接她们母女呢。

收拾到茶几那块儿的时候，抽屉中，一本日记本却意外地映入他的眼帘。

他拿出来看，竟是夏小雪写的宝宝日记。

他犹豫了一下，继而坐起来，甚至带着点儿郑重地翻开这本日记。

"亲爱的宝宝，妈妈其实一直都不奢求爸爸的爱，偶尔想想，就觉得是欠了爸爸很多很多……"

"亲爱的宝宝，妈妈开始偷偷地工作了哦，哼哼，都是为了你的奶粉钱呢，你长大了可要孝顺，不然打你屁股……"

"亲爱的宝宝，妈妈决定不把这本日记给你看了。爸爸好像跟以前他认识的一个阿姨又联系上了，那个阿姨很美，比妈妈好很多，也更适合爸爸……"

"亲爱的宝宝，日子好难过，但还好有你陪妈妈，爸爸今晚又没有回来……"

"亲爱的宝宝，这是爸爸离开家的第三天，我守了一天的电话，一天都不敢出门，怕爸爸打电话来家里找不到妈妈……"

肖亦凡一页页地翻看着这本宝宝日记，终于止不住，无声地落下泪来。

沧海桑田。

原来，她一直都这么的爱着他。

那么绝望，这么沉默。

愿无岁月可回头。

此时，被方芳送到楼下的夏小雪，上楼打开门，看到了抱着宝宝日记哭成狗的肖亦凡的背影。

她的心，忽然就疼了一下，瞬间变得好软。

无论嘴上说了多少次不爱了，这一刻，她明白，她还爱着他。

她终于原谅了他。

原来在爱情里，原谅真的比爱更难。

但还好，她做到了。

她走到浑然不觉的痛哭的他身旁，摸摸他的头，开口柔声问他，"听方芳说，你有东西要送我？"

后来，他们都哭了。

窗外，不知何时起了风，吹走了持续了多日的雾霾。

明天的北京，会是个晴天吧。

春天，就快要到了呢。

故事就这样结束了。

又或许，永远也不会结束。

那些忧伤的年轻人，每一年，都会潮水般涌入一个陌生的城。

学着成长，学着生活，学着爱或者被爱。

每个人的生命中，都会有一个夏小雪。

每个人的灵魂里，也都会有一个夏小雪。

如果你是肖亦凡，你又会怎么对待你的那个夏小雪？

只愿你们不会错过。

只愿你们的世界，彼此相爱。